IRRESISTÍVEIS

CHRISTINA LAUREN

São Paulo
2017

Portuguese Language Translation copyright © 2017 by Universo dos Livros Editora Ltda.

Beautiful
Copyright © 2016 by Christina Hobbs and Lauren Billings
All Rights Reserved.

Published by arrangement with the original publisher, Gallery Books, a Division of Simon & Schuster, Inc.

© 2017 by Universo dos Livros
Todos os direitos reservados e protegidos pela Lei 9.610 de 19/02/1998.
Nenhuma parte deste livro, sem autorização prévia por escrito da editora, poderá ser reproduzida ou transmitida sejam quais forem os meios empregados: eletrônicos, mecânicos, fotográficos, gravação ou quaisquer outros.

Diretor editorial: **Luis Matos**
Editora-chefe: **Marcia Batista**
Assistentes editoriais: **Aline Graça e Letícia Nakamura**
Tradução: **Mauricio Tamboni**
Preparação: **Clarisse Cintra | BR75**
Revisão: **Cely Couto e Alexander Barutti**
Adaptação de capa: **Francine C. Silva**
Arte: **Francine C. Silva, Valdinei Gomes, Carlos Roberto e Vanúcia Santos**
Design original da capa: **Fine Design**
Foto de capa: **Volodymyr Leshchenko**

Dados Internacionais de Catalogação na Publicação (CIP)
Angélica Ilacqua CRB-8/7057

L412i

 Lauren, Christina

 Irresistíveis / Christina Lauren ; tradução de Mauricio Tamboni.
– – São Paulo: Universo dos Livros, 2017. (Beautiful Bastard, 10)

 384 p.

 ISBN: 978-85-503-0092-4

 Título original: Beautiful

 1. Literatura norte-americana 2. Literatura erótica 3. Ficção
I. Título II. Tamboni, Mauricio

17-0572   CDD 813.6

Universo dos Livros Editora Ltda.
Rua do Bosque, 1589 – Bloco 2 – Conj. 603/606
CEP 01136-001 – Barra Funda – São Paulo/SP
Telefone/Fax: (11) 3392-3336
www.universodoslivros.com.br
e-mail: editor@universodoslivros.com.br
Siga-nos no Twitter: @univdoslivros

A A. K. W., por cada sorriso paciente e cada batalha enfrentada.

PIPPA

Tentei não me mostrar amargurada demais por existir uma correlação próxima entre o entendimento e a análise retrospectiva.

Por exemplo, somente quando está diante da prova final é que você se dá conta de que poderia ter estudado um pouco mais.

Ou, talvez, olhando para o cano de uma arma apontada para a sua cabeça você pense: "Deus, eu fui mesmo um idiota."

Ou talvez você esteja olhando para a bunda branca do seu namorado idiota enquanto ele mete em outra mulher na cama, e aí pense com um toque de sarcasmo: "Ah, então foi por isso que ele nunca consertou as escadas. Elas eram o alarme de que Pippa estava chegando."

Arremessei minha bolsa contra ele, golpeando-o e acertando-o diretamente nas costas. O barulho foi como o de cem batons atingindo uma parede de alvenaria.

Para um traidor, mentiroso e pé no saco de 40 anos, Mark realmente estava em forma.

– Seu filho da puta! – bufei enquanto ele tentava, sem a menor elegância, sair de cima dela.

Os lençóis haviam sido arrancados da cama – o cara era preguiçoso pra caramba, é claro que não iria querer levar as roupas de cama para a lavanderia da esquina antes de eu chegar em casa – e seu pau ricocheteou na barriga.

Ele o cobriu com a mão.

– Pippa!

Em sua defesa, devo dizer que a mulher, mortificada, escondeu o rosto atrás das mãos.

– Mark! – ela arfou. – Você não me disse que tinha uma namorada.

– Que curioso! – respondi por ele. – Ele não me disse que tinha *duas*. Mark deixava escapar gemidos de terror.

– Vamos – disse a ele, erguendo o queixo. – Pegue suas coisas e vaze daqui.

– Pippa – ele conseguiu pronunciar. – Eu não sabia...

– Que eu viria para casa no horário do almoço? – perguntei. – Sim, eu imaginei que não soubesse, queridinho.

A mulher se levantou, humilhada, tentando encontrar suas roupas. Acho que a atitude decente a tomar seria me virar e deixá-los se vestir em seu silêncio cheio de vergonha. Mas, na verdade, se eu fosse ser justa, a atitude decente a ser tomada pela mulher não seria alegar não saber que Mark tinha namorada quando tudo naquele maldito quarto era decorado com tons de turquesa e os abajures ostentavam enfeites de rendas.

Ela achou que estava visitando o apartamento da mãe dele? Ah, dá um tempo, porra.

Mark vestiu as calças e se aproximou de mim com as mãos erguidas, como se estivesse chegando perto de um leão.

Dei risada. Naquele momento, eu era muito mais perigosa do que um leão.

– Pippa, minha querida, eu sinto muito.

Ele deixou as palavras se espalharem no espaço entre nós como se elas pudessem realmente ser suficientes para aliviar a minha raiva.

Em um instante, um discurso inteiro tomou conta da minha cabeça, totalmente formado e articulado. Um discurso sobre eu trabalhar quinze horas por dia para apoiar a *start-up* dele, sobre ele viver e trabalhar no meu apartamento, mas não ter lavado um copo sequer em quatro meses, sobre ele se dedicar muito mais a divertir essa mulher do que a *me* fazer feliz nos últimos seis meses. Porém, concluí que Mark não merecia nem esse tanto da minha energia, por mais glorioso que o discurso fosse.

Além disso, seu desconforto – que aumentava a cada segundo que passava sem que ele ouvisse uma única palavra minha – era maravilhoso. Olhar para ele não me faria mal algum. Talvez você pense que ficar olhando não me traria nenhum alívio em uma situação assim. Mas longe disso: olhar para ele incendiava alguma coisa dentro de mim. Imaginei que talvez fosse o meu amor por ele, queimando como uma folha de jornal colocada junto a um fósforo aceso.

Ele deu um passo mais para perto.

– Não consigo imaginar como você está se sentindo agora, mas...

Inclinando a cabeça e sentindo a fúria ferver dentro de mim, eu o interrompi:

– Ah, não consegue? Shannon deixou você para ficar com outro homem. Então, tenho a impressão de que sabe *exatamente* o que eu estou sentindo.

Quando falei isso, as memórias dos primeiros dias tomaram forma, memória de quando nos conhecemos no pub, de quando éramos apenas amigos e tínhamos longas conversas sobre as minhas aventuras românticas e os seus fracassos amorosos. Lembrei-me de quando percebi que ele realmente amava a esposa e do quão arrasado ficou ao perdê-la. Tentei evitar me apaixonar por ele – por seu senso de humor afiado, os cabelos ondulados e negros, os olhos castanhos luminosos –, mas não consegui. E aí, para minha imensa alegria, uma noite se transformou em algo mais.

Três meses depois, ele se mudou para a minha casa.

Seis meses depois disso, pedi para ele arrumar uma tábua que estava rangendo na escada.

Dois meses depois *disso,* desisti e eu mesma consertei a escada.

Foi ontem.

– Pegue as suas coisas no armário e vaze daqui.

A mulher passou apressada por nós, sem nem olhar. Eu conseguiria lembrar como era seu rosto? Ou só me lembraria de Mark metendo nela e de seu pau ricocheteando com força enquanto ele me olhava em pânico?

Ouvi a porta principal bater alguns segundos depois, mas Mark continuava parado.

— Pippa, ela é só uma amiga. É a irmã do Arnold, do futebol, e se chama...

— Não me diga o maldito nome dela — gritei, rindo incrédula. — Estou pouco me fodendo para como ela se chama.

— Mas e...?

— E se for um nome bonito? — interrompi. — E se, algum dia no futuro, eu estiver casada com *um cara muito legal* e tivermos uma filha e meu marido sugerir esse nome? Aí vou ter que dizer "Ah, é um nome lindo, mas, infelizmente, Mark trepou com uma garota que tinha o mesmo nome na minha cama, com os lençóis empurrados para o lado porque ele é um tarado preguiçoso. Então, não, acho que não é um nome legal para a nossa filha." — Encarei-o. — Você arruinou o meu dia. Talvez a minha semana. — Pensativa, inclinei a cabeça. — Mas sem dúvida não arruinou o meu mês, porque aquela bolsa da Prada que comprei na semana passada é maravilhosa, e nem você ou o seu rabo branquelo e infiel podem acabar com isso.

Ele sorriu, tentando não dar risada.

— Mesmo agora — falou baixinho, com adoração. — Mesmo depois que eu a traí desse jeito, você é *tão divertida*, Pippa.

Fiquei boquiaberta.

— Mark. Caia fora do meu apartamento.

Ele piscou os olhos como se o gesto fosse um pedido de desculpas.

— Mas é que eu tenho uma teleconferência às quatro da tarde com os italianos, entenda, e eu pensei que pudesse fazê-la daqui...

Dessa vez foi minha mão em sua cara que o interrompeu.

Coco trouxe uma xícara de chá para mim e acariciou meus cabelos.

– Ele que se foda – sussurrou, para o terror de Lele.

Lele adorava motocicletas, mulheres, rúgbi e Martin Scorsese. Mas não gostava, conforme já havíamos descoberto, que sua esposa falasse palavrões em casa.

Enterrei meu rosto em meus braços cruzados.

– Mãe, por que os homens são tão babacas?

O "mãe" era para as duas, porque é o título pelo qual as duas atendem. No início, foi confuso – gritar por uma e as duas se virarem para responder – e o motivo pelo qual, assim que aprendi a falar, Colleen e Leslie me deixaram chamá-las de Coco e Lele, em vez de "mãe".

– São babacas porque... – Coco começou, mas logo se conteve, refletindo: – Bem, nem todos eles são babacas, são?

Imagino que ela tenha olhado para Lele em busca de uma confirmação, pois sua voz voltou mais forte quando ela disse:

– E sejamos claras: as mulheres também podem ser babacas.

Lele veio em seu socorro:

– O que podemos dizer é que Mark sem dúvida é um babaca e todas nos sentimos um pouco pegas de surpresa por isso, não é verdade?

Era triste também para minhas mães. Elas gostavam de Mark. Apreciavam o fato de ele ter algo entre a minha idade e a idade delas. Apreciavam o gosto sofisticado que ele tinha para vinhos e o fato de ouvir Bob Dylan e Sam Cooke. Enquanto estava comigo, Mark gostava de fingir que tinha vinte e poucos anos. Quando estava com elas, facilmente se transformava no melhor amigo de lésbicas de cinquenta e poucos. Agora me pergunto qual versão de si mesmo ele usava com a vagabunda sem nome.

– Sim e não – admito, sentando e secando o rosto. – Em retrospectiva, eu me pergunto se talvez Mark tenha ficado tão furioso com Shannon porque *ele mesmo* nunca pensou em trair.

Observo os olhos arregalados e preocupados das duas.

– Quero dizer, ele nem sabia que era uma *opção* até trair. Talvez seja uma opção terrível se você está infeliz, mas mesmo assim é uma opção. – Senti o sangue deixando o meu rosto. – Talvez tenha sido a forma mais rápida e simples de terminar comigo.

Elas me encaram, atônitas ao testemunharem o terror ganhando força dentro de mim.

– Será? – insisti, deslizando o olhar de uma para a outra. – Ele estava tentando terminar e eu estava cega demais para ver? Será que dormiu com uma mulher na minha própria cama para tentar me afastar? – Passo a mão sobre a boca. – Será que Mark é um enorme covarde com um pau incrível?

Coco cobriu a própria boca para tentar segurar o riso. Lele parecia pensar no assunto.

– Não posso comentar sobre o pau, meu amor, mas eu diria, sem dúvida, que o cara é um covarde.

Lele segurou meu cotovelo e me guiou com sua pegada sólida para que eu ficasse em pé e a acompanhasse até o sofá macio. Então me puxou junto ao seu corpo alto e rígido, e, em uma fração de segundo, as curvas de Coco também estavam ali, me aquecendo do outro lado.

Quantas vezes já tínhamos nos sentado assim? Quantas vezes fizemos essa coisa de sentar juntas em um sofá para pensar sobre o mistério do comportamento dos meus namorados? Juntas, discutíamos justamente isso. Nem sempre chegávamos a respostas, mas em geral nos sentíamos bem melhor depois de um bom abraço no sofá.

Dessa vez, elas não se esforçaram muito para criar suas hipóteses. Quando sua filha de 26 anos vem para casa enfrentando problemas com um homem e você é parte de um casal de lésbicas cujo primeiro amor dura mais de trinta anos, não há muito a dizer além de "ele que se foda".

– Você está trabalhando demais – murmurou Lele, beijando meus cabelos.

— E odeia o seu trabalho — Coco sussurrou, concordando e massageando meus dedos.

— E vocês sabem que foi justamente por isso que fui almoçar em casa. Eu estava com vontade de rasgar minhas pilhas de tabelas e jogar o café de Tony na cara dele, então imaginei que um bom café caseiro e alguns biscoitos pudessem melhorar o meu dia. Que ironia.

— Você pode pedir demissão do trabalho e vir morar aqui com a gente — Coco lançou a proposta.

— Ah, mãe, eu não quero — falei baixinho, ignorando o fato de a sugestão acender uma pequena chama dentro de mim. — Eu não faria isso.

Estudei a sala de estar à nossa frente. A pequena televisão que era usada mais como um suporte para os vasos cheios de flores de Coco e menos para sua finalidade ideal; o tapete azul e áspero que costumava ser um campo minado de sapatos de Barbie escondidos; o assoalho meticulosamente manchado saindo por debaixo dele.

Eu odiava o meu trabalho. Odiava o meu chefe, Tony. Odiava o tédio infernal das intermináveis horas analisando números. Odiava o transporte público e o caminho até o escritório e não tinha nenhum amigo ali depois que Ruby foi embora, quase um ano e meio atrás.

Odiava o fato de cada dia parecer grudar no dia seguinte e tudo formar uma massa confusa.

Mas talvez eu seja uma sortuda, lembrava a mim mesma. *Pelo menos eu tenho um emprego, não é? E amigos, embora a maioria deles passe mais tempo fofocando no bar do que fazendo qualquer outra coisa. Tenho duas mães que me amam mais do que tudo e um guarda-roupa que faria à maior parte das mulheres babar de inveja. Sério, Mark às vezes era um amor, mas, se eu for ser justa, também era um saco. Pau legal, língua preguiçosa. Em forma, mas meio desajeitado, agora que penso no assunto. Quem precisa de um homem? Eu não.*

Eu tinha tudo isso — uma vida boa, de verdade. Então, por que me sentia um lixo?

— Você precisa de férias — Lele sugeriu.

Senti algo dentro de mim estourar: uma pequena explosão de alívio.
— Isso! Férias!

O Heathrow estava uma loucura infernal na manhã de sexta-feira.
"Voe na sexta", Coco disse.
"Vai ser tranquilo", ela disse.
Parece que eu não devia aceitar conselhos de uma mulher que não pisa em um avião há quatro anos. Todavia, ela parecia um modelo de sabedoria se comparada a mim: seis anos haviam se passado desde o meu último voo. Eu nunca viajava a trabalho. Tomei um trem para Oxford para visitar Ruby, e tomei um trem para Paris com Mark quando quisemos férias rápidas para nos fartar com comidas e vinhos e uma aventura sexual selvagem com a Torre Eiffel ao fundo.
Sexo. Deus, como sinto falta de sexo.
Porém, eu tinha coisas mais importantes em minha mente e agora me perguntava se neste exato momento havia mais gente no Heathrow do que em toda a cidade de Londres.
As pessoas não trabalham mais?, pensei. *Está claro que eu não sou a única viajando antes de a semana de trabalho chegar ao fim, em umas* não *férias aleatórias em pleno outubro para escapar do tédio infernal do meu trabalho e da traição, do golpe que...*
— Vamos logo — uma mulher rosnou atrás de mim.
Ela me assustou e me afastou dos pensamentos que rolavam em minha cabeça enquanto eu esperava na fila para passar pela segurança.
Dei três passos para a frente e olhei por sobre o ombro.
— Melhor assim? — perguntei indiferente agora que estávamos paradas exatamente na mesma ordem, apenas mais perto da agente verificando os passaportes.
Trinta minutos depois, eu estava no meu portão. E precisava de... algum passatempo. Os nervos se repuxavam em meu estômago, o tipo

de ansiedade que me fazia sentir em dúvida se era melhor comer ou ficar com fome. Não que eu nunca tivesse tomado um voo antes... eu só não tinha voado *muito*. Para ser mais clara, eu me sentia normal na minha vida cotidiana. Tinha uma loja preferida em Maiorca, aonde eu ia para comprar saias novas. Tinha uma lista de cafés em Roma que eu poderia apresentar a qualquer um que fosse visitar a cidade pela primeira vez. Mesmo assim, eu me sentia um peixe fora d'água no Heathrow, justamente no Heathrow. Ali tudo era sério e nada de perder tempo ou bloquear plataformas e passagens do metrô, nada de ficar parada do lado errado da escada rolante, mas, de alguma maneira, pensei que o aeroporto fosse ser mais acolhedor – a porta de entrada para uma aventura.

Parece que não. Era enorme e, mesmo assim, as multidões se mostravam surpreendentemente gigantes. O agente no nosso portão gritava informações ao mesmo tempo que outro agente em outro portão emitia anúncios parecidos. As pessoas embarcavam e tudo parecia um caos, mas, quando olhei em volta, ninguém além de mim parecia se incomodar com tudo aquilo. Olhei para o meu cartão de embarque, agarrado na mão. Minhas mães tinham comprado uma passagem de primeira classe para mim – um mimo, disseram – e eu sabia o quanto isso havia lhes custado. É claro que o avião não partiria sem mim, não é mesmo?

Um homem parou ao meu lado, usando um terno azul-marinho e sapatos perfeitamente polidos. Parecia muito mais seguro de si do que eu parecia.

Fique ao lado dele, pensei. *Se ele não embarcou, certamente ainda não chegou a minha hora de embarcar.*

Deixei meus olhos vagarem por seu pescoço até seu rosto e senti uma leve vertigem. É claro que eu estava vendo o mundo pela lente de alguém que acabava de sair de um relacionamento, mas o cara era *lindo*. Os cabelos eram pesados, loiros; os olhos verdes profundos analisavam o cartão de embarque em sua mão; o maxilar estava no ponto para eu morder.

– Com licença – falei, tocando em seu braço. – Poderia me ajudar?

Ele olhou para onde eu toquei e lentamente me encarou e sorriu.

Os cantos de seus olhos se repuxaram e uma única covinha brotou em sua bochecha esquerda. Ele tinha dentes perfeitos, americanos. E eu estava suada e esbaforida.

– Você poderia me ensinar como as coisas funcionam por aqui? – pedi. – Faz muitos anos que não viajo de avião. Agora é minha hora de embarcar?

Ele acompanhou meu olhar, apontado para a passagem em minha mão, e a inclinou um pouquinho para conseguir ler.

Unhas limpas e curtas. Dedos longos.

– Ah! – falou, dando uma risadinha. – Olhando para o portão de embarque, acrescentou: – Agora é o embarque prioritário, de pais com crianças de colo e pessoas que precisam de um pouco mais de tempo. A primeira classe vem em seguida. Quer me acompanhar?

Eu o acompanharia até para atravessar o portal do inferno, senhor.

– Seria ótimo – falei. – Obrigada.

Ele assentiu e se virou outra vez na direção do atendente.

– A última vez que viajei de avião foi para a Índia, seis anos atrás – contei a ele, que voltou a olhar para mim. – Eu tinha 20 anos e fui a Bangalore com minha amiga Molly, que tinha uma prima trabalhando em um hospital lá. Molly é um amor de pessoa, mas somos péssimas viajando juntas e quase embarcamos por acidente em um avião com destino a Hong Kong.

Ele deu uma risadinha. Eu sabia que estava tagarelando nervosamente e ele estava sendo apenas educado, mas não consegui não concluir a história inútil.

– Uma mulher muito gentil no portão de embarque nos ajudou e saímos correndo para o outro terminal, para onde nosso voo tinha sido transferido. Não prestamos atenção aos anúncios porque estávamos bebendo cerveja no restaurante, e conseguimos chegar ao avião pouco antes de fecharem o embarque.

— Sortudas – ele murmurou. Erguendo o queixo na direção da passarela quando o funcionário anunciou que o embarque da primeira classe estava aberto, ele me disse: – Agora é a nossa vez. Vamos.

O homem era alto e, enquanto ele andava, seu traseiro me fez lembrar Patrick Swayze em *Dirty Dancing*. Deslizando o olhar por seu corpo, cheguei a me perguntar quanto tempo um homem levava para polir um sapato com tanta perfeição. Se eu procurasse um único fio solto em seu terno, uma única fibra de tecido fora do lugar, certamente sairia de mãos vazias. Ele era meticuloso, mas não era rígido.

O que ele faz?, eu me perguntava enquanto enfim entrávamos no avião. *Homem de negócios. Provavelmente está aqui a trabalho, tem uma amante em algum apartamento requintado de Chelsea. E a deixou hoje de manhã, amuada na cama, usando a lingerie que ele comprou ontem para ela para se desculpar por uma reunião que se estendeu até muito tarde. Ela ofereceu o jantar para ele sobre lençóis de seda e depois o amou durante toda a noite, até ele levantar da cama às quatro da manhã para começar a polir os sapatos...*

— Moça – disse, como se tivesse repetido pelo menos uma vez.

Dei um salto, estremecendo, me desculpando.

— Desculpa, eu...

Ele acenou para que eu me sentasse próximo à janela e então coloquei a bolsa abaixo da cadeira à minha frente.

— Desculpa – repeti. – Eu tinha me esquecido de como os embarques podem ser *organizados*.

Acenando para que eu não me preocupasse, ele disse:

— É que eu viajo muito de avião. Fico no piloto automático, por assim dizer.

Observei enquanto ele meticulosamente pegava seu iPad, fones de ouvido com cancelamento de ruído e um pacote de lenços antissépticos. Usou um deles para limpar o apoio de braço, a mesinha de refeições e as costas da cadeira à sua frente antes de puxar outro lenço para limpar as mãos.

– Você veio preparado – murmurei, sorrindo.

Ele riu como quem se sentia observado.

– Como eu disse...

– Você viaja muito de avião – terminei para ele, dando risada. – Você é sempre tão... vigilante?

O homem olhou para mim como quem estava se divertindo.

– Em uma palavra, sim.

– E você recebe provocações por causa disso?

Seu sorriso era uma rara combinação de homem reservado e travesso e fez brotar uma leve e deliciosa reação em meu rosto.

– Sim.

– Bem, que bom. É uma coisa legal, mas digna de um pouco de zoeira.

Ele deu risada e voltou a cumprir sua tarefa, jogando os lenços usados em um saquinho de lixo.

– Anotado.

A comissária se aproximou e entregou um guardanapo para cada um de nós.

– Meu nome é Amelia e vou atendê-los durante este voo. Gostariam de beber algo antes da decolagem?

– Água tônica e limão, por favor – meu colega de assento rapidamente pediu.

Amelia olhou para mim.

– Hum... – comecei, estremecendo um pouquinho. – Quais são as opções?

Ela riu, mas com gentileza.

– O que a senhora quiser. Café, chá, suco, refrigerante, coquetéis, cerveja, vinho, champanhe...

– Ah, champanhe! – exclamei, batendo as palmas das mãos. – Parece uma forma muito apropriada de dar início às férias!

Inclinei o corpo para mexer na bolsa.

– Quanto é?

Irresistíveis

O homem me deteve, apoiando a mão em meu braço e dando um sorriso confuso.

– É *de graça*.

Olhando para ele por sobre o ombro, percebi que Amelia já tinha saído para buscar nossas bebidas.

– *De graça?* – repeti embasbacada.

Ele assentiu.

– Em voos internacionais, eles servem bebidas de graça. E, bem, na primeira classe, tudo é sempre de graça.

– Ah, *merda* – proferi, ajeitando-me. – Eu sou uma idiota. – E usei os dedos do pé para empurrar a bolsa outra vez para debaixo da cadeira. – É a primeira vez que viajo na primeira classe.

Ele se aproximou um pouquinho e sussurrou:

– Eu nem tinha percebido.

Não consegui resistir à sua voz e olhei para ele, que piscou os olhos em tom de brincadeira.

– Mas percebeu que estou fazendo tudo errado? – brinquei, sorrindo.

Com ele tão próximo e seu cheiro de homem e amaciante de roupas e cera de sapatos, meu coração batia como um tambor em minha garganta.

– Não tem jeito errado de fazer as coisas.

O que foi que ele disse? Meu sorriso ficou ainda maior.

– Você não vai me deixar esquecer todas as minhas garrafas de bebida espalhadas aqui, vai? – sussurrei.

Ele ergueu três dedos.

– Palavra de escoteiro.

Ajeitando o corpo, colocou o pequeno saco de lixo em sua pasta e a colocou próximo a seu pé.

– Está voando para casa? Ou voando para longe? – perguntei.

– Para casa – veio a resposta. – Eu sou de Boston. Passei a última semana em Londres a trabalho. Você disse que está de férias, então imagino que esteja partindo rumo ao seu destino?

– Estou, sim. – Ergui os ombros para respirar fundo. – Estou voando para longe. Precisava de uma pausa da minha realidade aqui.

– Uma pausa nunca é ruim – murmurou, olhando diretamente para mim. Seu foco calmo era um pouco enervante, para dizer a verdade. O homem era claramente escandinavo. Seus olhos eram tão verdes, seus traços tão definidos. Era quase como se um foco de luz me engolisse quando ele voltava sua atenção para mim. O que me deixava vertiginosa e ligeiramente constrangida. – O que especificamente a leva a Boston?

– Em primeiro lugar, meu avô mora lá – respondi. – E aparentemente muitos amigos também. – Dei risada. – Vou conhecer todos eles em um passeio pelas vinícolas da Costa Leste. Literalmente *conhecer* um grupo de pessoas pela primeira vez, mas, nos últimos dois anos, uma amiga falou tanto deles que sinto como se já os conhecesse.

– Parece uma aventura e tanto. – Ele olhou muito rapidamente para os meus lábios antes de voltar a fitar meus olhos. – Jensen – falou, apresentando-se.

Estendi o braço, estremecendo ao sentir o toque frio das minhas pulseiras de metal, e apertei sua mão estendida.

– Pippa.

Amelia trouxe nossas bebidas e nós a agradecemos antes de levantar nossas taças e fazer um brinde.

– Aos que estão voando para casa e aos que estão voando para longe – propôs Jensen com um leve sorriso. Brindamos antes de ele continuar: – De onde vem esse nome, Pippa? É um apelido?

– Pode ser – expliquei. – Costuma ser um apelido para Phillipa, mas, no meu caso, é só Pippa. Pippa Bay Cox. Minha mãe, Coco, é americana. Coco Colleen Bay, e é daí que vem o meu sobrenome. Ela sempre adorou o nome Pippa. Quando minha mãe Lele engravidou do irmão de Coco, Coco prometeu que, se eu fosse menina, elas me chamariam de Pippa.

Jensen deu risada.

— Desculpa, mas... Sua mãe ficou grávida do *irmão* da sua outra mãe?

Ah, céus. Sempre me esqueço de explicar essa história de uma maneira mais delicada...

— Não, não, não diretamente. Foi inseminação — expliquei, também rindo. Que imagem mental eu estava criando. — Na época, as pessoas não eram tão abertas quanto hoje à ideia de alguém ter duas mães.

— Sim — ele concordou. — É provável que não. Você é filha única?

... porque a história sempre toma esse caminho.

— Sim, sou — confirmei, assentindo. — Você tem irmãos?

Jensen sorriu:

— Tenho quatro.

— Ah, Lele adoraria ter tido mais filhos — comentei, balançando a cabeça. — Mas, enquanto ela ainda estava grávida de mim, tio Robert conheceu tia Natasha, encontrou um Deus todo cheio de julgamentos e chegou à conclusão de que o que havia feito era pecado. Ele acha que eu sou uma abominação. — Tentando melhorar o clima, acrescentei: — Vamos torcer para tio Robert nunca precisar de medula ou de um rim, não é mesmo?

Jensen pareceu levemente horrorizado.

— Isso.

Sentindo um pouco de culpa, percebi que estávamos sentados juntos havia menos de cinco minutos e eu já tinha contado toda a minha história.

— Mas enfim — resolvi concluir o assunto. — Elas tiveram que ficar apenas comigo. Ainda bem que eu as mantive muito ocupadas.

Sua expressão ficou mais suave.

— Posso apostar que sim.

Ergui a taça, tomei um gole de champanhe e observei as bolhas se formando.

— Agora elas querem ter netos, mas, graças ao Babacão, vão ter que esperar mais um pouco.

E terminei a bebida com um último gole.

Quando Amelia olhou para mim, ergui a taça.

– Temos tempo para mais uma antes de decolar?

Com um sorriso, ela pegou a taça para enchê-la outra vez.

– Veja como Londres é enorme! – murmurei, olhando pela janela enquanto o avião subia. A cidade se estendia lá embaixo e era lentamente engolida pelas nuvens. – Maravilhosa.

Quando olhei para Jensen, ele rapidamente tirava o fone de um dos ouvidos, segurando-o delicadamente na mão.

– Desculpe, não ouvi.

– Ah, não é nada. – Senti minhas bochechas esquentarem e não sabia se era de constrangimento por estar falando demais, dividindo coisas demais com meu colega de assento, ou por causa do champanhe. – Eu não tinha percebido que você estava com fones. Só estava comentando que Londres é enorme.

– É mesmo enorme – falou, inclinando-se um pouquinho para olhar. – Você sempre morou aqui?

– Fiz faculdade em Bristol – contei. – Depois voltei, quando arrumei um emprego na firma.

– Na firma? – perguntou, agora retirando os dois fones dos ouvidos.

– Isso. Empresa de engenharia.

Impressionado, Jensen arqueou as sobrancelhas e eu rapidamente voltei a falar para ver se ele voltava ao normal.

– Sou uma sócia minoritária – expliquei. – Minha formação é em matemática, então fico analisando números para ter certeza de que não estamos usando a quantidade errada de concreto.

– Minha irmã é engenheira biomédica – contou orgulhoso.

Irresistíveis

– São coisas bem diferentes – esclareci, sorrindo. – Ela faz coisas bem pequenininhas e a gente faz coisas enormes.

– Mesmo assim, o seu trabalho é impressionante.

O comentário me fez sorrir.

– E você?

Jensen respirou fundo deliberadamente e eu passei a suspeitar que a última coisa que queria era falar de trabalho.

– Sou advogado. Trabalho com direito empresarial e cuido dos passos que precisam ser dados quando acontecem fusões de empresas.

– Parece complicado.

– Sou bom com detalhes. – Encolheu o ombro. – Meu trabalho tem muitos detalhes.

Olhei outra vez para ele: o vinco perfeito nas calças, aqueles sapatos marrons brilhando, os cabelos penteados sem um fio sequer fora de lugar. Sua pele parecia muito cuidada, as unhas perfeitamente aparadas. Sim… Eu podia ver que ele era um homem de detalhes.

Olhei para as minhas roupas: um vestido básico, meia calça listrada de roxo e preto, botas de salto alto até os joelhos e o braço cheio de pulseiras. Meus cabelos estavam presos em um coque bagunçado e eu não tivera tempo de me maquiar antes de sair correndo para pegar o metrô.

Éramos um par e tanto.

– Há momentos em que desejo que tivéssemos mais mulheres bonitas na empresa – falou, acompanhando o meu olhar. Ficou em silêncio para respirar e, por fim, acrescentou: – Uma pena não precisarmos de ninguém com formação em matemática.

Eu me permiti aceitar esse elogio enquanto ele rapidamente – e quase desajeitadamente – voltava a ouvir música e a ler. Somente quando Jensen disse isso percebi que tinha começado a me sentir meio maçante. Não conseguia manter a atenção do meu namorado. Não conseguia reunir a energia necessária para avançar na carreira. Não tinha tirado férias havia meses, não tinha saído e me irritado com minhas amigas havia ainda mais tempo. Nos últimos meses, sequer me preocupava em tingir meus cabelos loiro-avermelhados de alguma cor que me agradasse. Eu estava presa à rotina.

Estava.

Não mais.

Sorrindo, Amelia se aproximou.

– Mais uma?

Entreguei minha taça para ela, sentindo as férias, a aventura, o escape tomarem conta do meu sangue.

– Sim, por favor.

O champanhe traçava seu caminho, fazendo espuma ao passar por meu peito, chegando aos meus membros. Eu praticamente sentia pequenos fragmentos do meu corpo relaxando, desde os dedos até o braço e os ombros, e olhava para minhas mãos – droga, esmalte descascando – conforme o calor deslizava pela tatuagem de pássaro em meu ombro.

Inclinei a cabeça para trás, suspirando com alegria.

– Isso é tão melhor do que andar pelo apartamento tentando encontrar as coisas que o Tarado deixou para trás quando foi embora.

Ao meu lado, Jensen pareceu assustado.

– Desculpe, como? – perguntou, puxando um fone do ouvido.

– Mark – esclareci. – O Tarado. Eu não contei para você?

Parecendo contente enquanto deixava seus olhos deslizarem por meu rosto – concluindo que eu estava bêbada, sem dúvida, mas eu não dava a mínima –, Jensen falou gentilmente:

– Você não tinha comentado nada, não.

– Na semana passada, fui para casa e encontrei meu namorado fodendo uma boceta inominável.

E solucei.

Jensen mordeu o lábio para conter o riso.

Eu já estava tão bêbada assim? Só tinha tomado... Contei nos dedos. Puta merda! Tinha tomado quatro taças de champanhe com o estômago vazio.

— Aí eu o expulsei — contei, ajeitando o corpo e me esforçando para soar mais sóbria. — Mas, no fim das contas, não é tão simples assim. Ele disse que, depois que você vive com alguém por oito meses, é impossível arrumar a mudança em um dia. Falei para ele levar o que conseguisse e eu queimaria o resto.

— Você obviamente estava muito nervosa — Jensen falou baixinho, tirando o outro fone do ouvido.

— Eu estava furiosa, e magoada... Porra, eu tenho 26 anos, ele tem mais de 40. Não deveria procurar uma trepada em outro lugar! Você não concorda? Aposto que sua amante londrina que fica de lingerie enquanto lhe serve comida na cama é mais nova, em forma e perfeita, não é?

Um leve sorriso brotou em seu rosto.

— Minha amante londrina?

— Não que eu seja perfeita, e sei muito bem que jamais servi comida na cama, mas eu serviria... se ele insistisse ou quisesse ficar o dia todo na cama. Mas o cara tinha que trepar com a amiguinha na hora do almoço, então por que iria querer ficar o dia todo na cama comigo?

E aí fiquei furiosa outra vez. Esfreguei a mão no rosto. Eu tinha certeza de que minhas palavras não estavam fazendo o menor sentido.

Jensen permaneceu em silêncio, mas, quando ergueu o olhar, parecia ainda estar ouvindo.

Era como estar com minhas mães no sofá, mas aqui havia certa distância e eu não tinha que me preocupar com a possibilidade de elas ficarem preocupadas comigo. Aqui eu tinha a oportunidade de fingir que meu trabalho enfadonho e meu ex-namorado tarado eram coisas que eu podia deixar para trás de uma vez por todas.

Ajeitei-me na cadeira pra olhar para Jensen e falar tudo o que eu tinha a dizer.

– Talvez eu fosse um pouco desleixada diante dele, não é? – arrisquei, assentindo distraidamente quando Amelia perguntou se eu gostaria de mais uma taça de champanhe. – Mas, quando conheci Mark, pensei que ele tivesse sido feito para mim. Você sabe como são as coisas no começo...

Jensen assentiu vagamente.

– Sexo em todos os cantos do apartamento, certo? – esclareci. – Eu voltava do trabalho e me sentia como uma criança correndo escada abaixo na manhã do Natal.

Ele riu das minhas palavras.

– Comparar sexo à infância... Me dê um minuto para processar isso.

– Mas todo dia era assim – murmurei. – A esposa o havia traído e abandonado e eu o vi passar por tudo aquilo e... Bem, por muito tempo, tive esperança de que ele voltaria a viver normalmente. E ele voltou... Voltou à vida *comigo*. E ficamos muito tempo juntos... Quero dizer, uns onze meses, o que é uma eternidade para mim. E foi tão bom no começo... até que, de repente, deixou de ser. Ele não limpava a casa, não consertava nada que eu pedia e era eu quem sempre pagava as compras, os jantares e as contas e, antes que eu pudesse perceber, já estava arcando com as contas da nova empresa dele. – Olhei para Jensen e seu rosto pareceu tremer um pouquinho. – E eu não tinha problema nenhum com isso. De verdade! Eu o amava, então eu lhe daria o que ele quisesse. Mas acho que dar a ele uma amante para foder na minha cama com a roupa de cama empurrada para o lado para ele não ter que lavá-la antes de eu voltar para casa era um pouco demais para mim.

Jensen apoiou sua mão sobre a minha.

– Você está se sentindo bem?

– Estou com vontade de enfiar essa bota no rabo dele, mas, fora isso, eu...

— Às vezes, quando estou no avião... – ele falou, me interrompendo gentilmente. – Eu tomo um drinque, talvez dois, e ocasionalmente acabo esquecendo como isso me afeta quando pousamos. A altitude, ela faz as coisas... piorarem. – E inclinou o corpo ligeiramente para a frente, de modo que eu conseguisse focar em seu rosto, acredito. – Não estou dizendo isso para julgá-la por você querer tomar champanhe, porque esse tal de Mark parece mesmo ser um idiota, mas só quero deixar claro que voar e beber é uma experiência diferente.

— Talvez eu devesse tomar água, então? – solucei, e aí,
para o meu horror,
eu arrotei
Santo Deus!
Puta que pariu!
— *Caralhooo!* – consegui dizer, batendo a mão na boca.

Aposto que um homem como Jensen não saía por aí arrotando em público feito um mendigo.

Ou saía com garotas que fizessem isso.

Ou falassem palavrões.

Ou soltassem gases.

Ou sequer deixassem um fiapo em seu terno.

Murmurando um pedido de desculpas, passei por ele e fui ao banheiro, onde pude lavar o rosto, respirar até me acalmar e dar um sermão em mim mesma diante do espelho.

Depois de alguns minutos, quando voltei ao meu assento, Jensen tinha dormido.

O pouso foi violento e fez o corpo de Jensen se levantar ao lado do meu. Ele tinha passado quase quatro horas dormindo, mas eu não consegui fechar os olhos. O álcool deixava meus amigos com sono, mas me acordava. Fui muito infeliz nesse voo porque eu preferiria ter dormido a ficar sentindo saudades de Mark e ter me passado por louca com um desconhecido.

O Logan International se estendia, cinza e sem vida, à nossa frente, e Amelia fez o que acredito serem os anúncios de sempre sobre permanecermos sentados e retirarmos as bagagens com cuidado e obrigado por voar conosco.

Arrisquei uma olhadela para Jensen e o movimento fez um gongo metálico ecoar em minha cabeça.

– Ai! – gemi, apoiando a mão na testa. – Eu odeio champanhe!

Ele sorriu educadamente para mim.

Deus, como aquele homem era lindo. Imaginei que ele tivesse alguém o esperando em casa para ele contar sobre a inglesa louca e desajeitada a bordo.

Mas, quando recebemos autorização para nos levantarmos, ele puxou o celular da capa do notebook e franziu a testa ao ver a longa lista de notificações.

– Voltou para a vida normal? – perguntei com um sorriso.

Ele não ergueu o olhar na minha direção.

– Divirta-se na sua viagem.

– Obrigada.

Literalmente mordi os lábios para me conter e não começar a dar uma longa explicação sobre por que tagarelei incessantemente com ele e arrotei. Em vez disso, segui seu traseiro perfeito, dez passos atrás, até o terminal.

Depois de atravessar os corredores, indo buscar as malas, encontrei meu avô esperando na base da escada rolante. Ele usava uma camiseta do Red Sox, calças cáqui desbotadas e suspensórios.

Seu abraço lembrava o de Coco: pegada firme, suavidade calorosa, sem muitas palavras ao cumprimentar.

– Como foi o voo? – perguntou, guiando-me ao seu lado, mantendo um braço em meu ombro.

Minhas pernas estavam fracas, instáveis. Eu daria tudo por um banho quente.

— Tomei champanhe demais e falei até deixar um cara cansado de tanto ouvir.

Inclinei o queixo, apontando para o homem de negócios alto que andava alguns passos à nossa frente, já falando ao celular.

— Ah, entendo — falou meu avô.

Olhei para ele, mais uma vez impressionada por eu ter vindo de uma família tão gentil e cuidadosa com as palavras. Dois anos já haviam se passado desde sua última visita a Londres, e antes disso eu o via nos principais feriados. Meu avô não tocava no assunto, mas seu apoio a Lele e Coco era claro.

— É muito bom vê-lo — afirmei. — Senti saudades do seu rosto e dos suspensórios.

— Quanto tempo você fica aqui antes de cair na estrada? — meu avô perguntou em resposta.

— Tenho uma festa amanhã. Depois, no domingo cedo, partimos para as vinícolas. Mas, no final da viagem, volto para passar alguns dias com o senhor.

— Está com fome?

— Morrendo — respondi. — Mas não quero nem pensar em álcool.

Apressei-me em prender outra vez meus cabelos bagunçados e passar a mão no rosto antes de prosseguir:

— Nossa, eu estou acabada!

Meu avô me analisou e, quando nossos olhares se encontraram, percebi que ele só enxergava o que havia de melhor em mim.

— Você está linda, minha Pippa!

Dois

JENSEN

Eu conseguia me lembrar perfeitamente do único voo mais desconcertante do que aquele.

Foi no mês de junho depois do meu primeiro ano da faculdade e cerca de dez meses depois de eu conhecer Will Sumner. Ele havia chegado a Baltimore, o cara sorridente, presunçoso e, certamente nós dois seríamos comparsas. Para alguém como eu, cuja vida havia sido, até esse ponto, tranquila e protegida, Will Sumner era o melhor tipo de bola demolidora.

Naquele verão, fomos às Cataratas do Niágara com sua família e, digamos... Bem, nós *nos deparamos com* uma fita VHS contendo um pornô muito amador. Nada de música, rostos, mas tudo filmado com uma câmera estática. Mesmo assim, assistimos várias e várias vezes, até ficarmos insensíveis ao conteúdo, recitando as falas sacanas em uníssono e comendo Pringles.

Foi a primeira vez que vi alguém fazendo sexo *de verdade*, e achei incrível pra caralho... até a bela tia de Will, Jessica, entrar em pânico no aeroporto, sem conseguir encontrar seu "filme caseiro" na bagagem de mão.

Sentei-me ao lado da tia Jessica o voo todo, e devo dizer que não me senti nada à vontade. Nada, mesmo. Eu era todo palmas suadas e monossílabos e consciência constante de que eu sabia como ela era nua. E sabia como ela ficava enquanto *transava*. Meu cérebro não conseguia lidar com esse tipo de informação.

Will se mostrou tão compassivo quanto o esperado, jogando em mim amendoins e bolinhas de papel feitas com seu guardanapo.

– Por que você ficou todo travado, Jens? – gritava do outro lado do corredor. – Parece que alguém viu você pelado.

Pippa foi um tipo totalmente diferente de desconforto. Era o tipo de desconforto no qual beleza e charme tomam forma em maquiagem borrada e um tagarelar incessante, fruto do milagre do álcool. O tipo em que você finge dormir por mais de três horas quando seu cérebro, em pânico, encontra uma lista de formas mais interessantes de passar tempo no avião.

Enquanto seguíamos rumo às esteiras para pegar as bagagens, o leve zumbido do aeroporto se espalhava à minha volta. Era quase tão familiar quanto o barulho do meu aquecedor ligando à noite ou da minha própria respiração. Eu podia sentir Pippa atrás de mim, conversando distraidamente com seu avô. Sua voz soava agradável, trazia um sotaque pesado que misturava a polidez de Londres com a informalidade das ruas de Bristol. Seu rosto estava ótimo, olhos brilhantes e maliciosos; na verdade, foram esses olhos que me atraíram imediatamente, pois eram de um azul impressionante e muito expressivos. Mas eu sentia medo de fazer contato visual e ela começar a falar outra vez. Quase senti seu pedido de desculpas borbulhando enquanto eu saía correndo do avião, e imaginava que, se eu desse abertura, ela sem dúvida voltaria a falar.

Esfreguei os olhos e avistei minha mala vindo na esteira. Havia algo quase comicamente intenso na mensagem que eu sentia estar recebendo. Justamente quando comecei a pensar se estava procurando mulheres nos lugares errados, se eu estava errado quanto ao meu tipo, se deveria me aventurar mais nos encontros, o universo me prende em um avião com uma tagarela linda, excêntrica, completamente insana.

Não vamos dar um passo maior do que a perna, Jens. Escolha o que você já conhece.

Irresistíveis

Talvez a Emily do softball não fosse tão ruim, no fim das contas.

Minha motorista segurava uma placa com meu nome e eu assenti, sem dizer nada, seguindo-a para fora do aeroporto. O carro era escuro e frio e imediatamente peguei o celular outra vez, deixando meu cérebro deslizar novamente para dentro daquele espaço familiar, onde eu vivia e respirava trabalho.

Eu telefonaria para Jacob na segunda-feira para definir um horário para revisarmos os arquivos da Petersen Pharma.

Eu precisava enviar um e-mail para Eleanor, do RH, dizendo que teríamos de contratar alguém para substituir Melissa no escritório de San Francisco.

O carro parou junto ao meio-fio em frente à minha casa e senti como se algo me puxasse.

O outono estava chegando, o vento deslizava entre as árvores, que soltavam suas folhas pelas ruas, deixando tudo mais colorido antes de as cores desaparecerem durante os intermináveis meses de inverno. Do lado de fora, o ar era gelado. Fui até a motorista atrás do carro e lhe dei uma gorjeta considerável por ter enfrentado a hora do rush de Boston com tanta eficiência.

Essa viagem a Londres havia durado apenas uma semana, mas parecia ter se estendido por toda uma eternidade. Fusões eram uma coisa. Fusões internacionais eram outra. Mas fusões internacionais com problemas? Brutais. Burocracia infinita. Detalhes infinitos, com pedidos a fazer e informações a registrar. Viagens infinitas.

Olhando para minha casa – um sobrado simples, dois pontos de luz nas janelas da sacada, porta principal emoldurada por vasos de plantas –, permiti-me relaxar. Por mais que eu viajasse, no fundo eu era muito caseiro, e, porra!, como era bom estar perto da minha própria cama. Sequer me sentia constrangido ao perceber que Netflix e ligar para pedir comida me deixavam um pouco embriagado.

A casa se acendeu com um único toque em um interruptor e, antes de fazer qualquer coisa, desfiz e guardei a mala – no mínimo para esconder as evidências de que eu sem dúvida voltaria a viajar em breve. *Negação, você é minha amante favorita.*

Mala desfeita, jantar encomendado, Netflix no ponto e, como se por acaso, minha irmã mais nova, Ziggy - Hanna, para quem não é da família - usou sua cópia da chave para abrir a porta.

- Oi! - cumprimentou.

Como se ela não tivesse motivo para bater à porta antes de entrar.

Como se ela soubesse que eu estaria sentado aqui, de moletom e chinelo.

Sozinho.

- Oi! - respondi, observando enquanto ela jogava as chaves em uma vasilha na mesinha próxima à porta de entrada e errava o alvo por pelo menos uns sessenta centímetros. - Está bem de mira, hein? Que fracasso!

Ela deu um tapa em minha cabeça enquanto passava.

- Chegou agora?

- Sim. Foi mal. Eu ia ligar para você depois de comer.

Ela parou e se virou para lançar um olhar questionador na minha direção.

- Por quê? Eu sou a pessoa para quem você liga para dizer "amor, estou em casa"?

Ziggy deu meia-volta e eu olhei suas costas enquanto ela ia buscar uma cerveja para mim e um copo de água para si.

Quando ela voltou, resmunguei:

- Que coisa mais horrível de se dizer.

- Estou errada?

Ela soltou o corpo ao meu lado no sofá.

- O que é que você está fazendo aqui?

Ziggy era casada com meu melhor amigo Will, de quem eu era amigo há mais de quinze anos - o mesmo Will da tia Jessica - e os dois moravam a menos de cinco minutos de casa, no fim da rua, em um imóvel muito maior e muito mais confortável.

Ela ajeitou os cabelos e sorriu para mim.

- Alguém sugeriu que eu "dou passos pesados de um lado para o outro pela casa" e, por isso, "atrapalho os telefonemas de trabalho à noite". - Ziggy deu de ombros e tomou um gole de água. - Will tem uma conferência importante com alguém na Austrália, então achei melhor ficar aqui até eles terminarem.

- Está com fome? Pedi comida tailandesa.

Ela assentiu.

- Você deve estar cansado.

Dei de ombros.

- Meu relógio biológico está um pouco desregulado.

- Tenho certeza de que uma noite tranquila é boa ideia. E sei que não tem ninguém que você esteja louco para ver agora que chegou em casa.

Com a cerveja já inclinada na direção dos lábios, fiquei congelado e deslizei meu olhar na direção dela.

- Pare com isso.

Para ser justo, toda a minha família parecia preocupada demais com o que acontecia na vida dos outros e eu já tinha feito o papel de irmão protetor em mais de uma ocasião. Mas eu não queria ver minha irmã mais nova cuidando da minha vida.

- Como está Emily? - perguntou, simulando um bocejo.

- Ziggs.

Ciente de que estava se comportando como uma criança chata, ela se virou e olhou para mim.

- Ela faz *scrapbooks*, Jensen. E se ofereceu para me ajudar a arrumar a garagem.

- Isso me parece muito simpático - comentei, mudando de canal.

- Isso é ela *antes do casamento*, Jens. São seus dias de *diversão*.

Ignorei suas palavras, tentando segurar a risada para não encorajá-la.

- Emily e eu não temos nada.

Por sorte, ela escolheu não forçar a barra nem fazer piadinhas de cunho sexual.

– Você vai amanhã?

– O que tem amanhã?

Ziggy arregalou os olhos na minha direção.

– Sério? Quantas vezes já falamos sobre isso?

Bufei, levantei-me e tentei pensar em um motivo que me forçasse a sair da sala.

– Por que você está me atacando assim? Eu acabei de chegar em casa!

– Jens, nós vamos fazer a festa do terceiro aniversário de Annabel! Sara está prestes a ter o sétimo filho, então ela e Max não tinham como fazer a festa na casa deles. O pessoal todo vem de Nova York. Você sabe muito bem disso! Até comentou que chegaria da viagem em tempo.

– Está bem, está bem. Sim, acho que passo por lá.

Ela me encarou.

– Não tem nada de *passar por lá*. Venha se *divertir* com a gente, Jensen. E veja que irônico o fato de eu estar lhe dizendo isso. Quando foi a última vez que você saiu com os seus amigos? Quando foi a última vez que se mostrou sociável ou saiu com alguém além da Emily do softball?

Não respondi. Eu saía com mais mulheres do que minha irmã imaginava, mas ela estava certa ao dizer que não me empenhava muito. Eu já tinha me casado uma vez. Com a doce e divertida Becky Henley. Tínhamos nos conhecido no segundo ano da faculdade, namorado por nove anos e passamos quatro meses casados antes de eu chegar em casa e a encontrar arrumando suas coisas em meio às lágrimas.

Eu não estava me sentindo bem, ela dissera. *Nunca senti que estava no lugar certo.*

E essa foi a única explicação que recebi.

Certo. Na época, aos 28 anos, eu tinha um diploma de Direito e um divórcio recente – no fim das contas, não restava muita coisa, portanto, me concentrei na carreira. A todo vapor. Durante seis anos, me saí bem com meus parceiros, ascendi profissionalmente, vi minha equipe crescer, tornei-me indispensável na empresa.

Só para então me pegar passando as noites de sexta-feira com minha irmã mais nova, recebendo um sermão para me tornar mais sociável.

E ela estava certa. Era mesmo irônico o fato de Ziggy estar tendo essa conversa comigo. Três anos atrás, eu tinha dito exatamente a mesma coisa para ela.

Suspirei.

– Jensen – ela me chamou, puxando-me de volta na direção do sofá. – Você é péssimo.

Eu era. Eu era totalmente péssimo recebendo conselhos. Sabia que precisava sair dessa rotina de trabalho. Sabia que precisava incluir um pouco de diversão na minha vida. E, por mais que eu fosse contrário a discutir o assunto com minha irmã, eu sabia que provavelmente gostaria de estar comprometido. O problema era que eu praticamente nem sabia por onde começar. Essa possibilidade sempre parecia ser um peso enorme. Quanto mais tempo eu passava solteiro, mais difícil parecia ser me comprometer com alguém.

– Você não saiu nenhuma noite em Londres, saiu? – Ziggs quis saber, virando-se para me observar. – Nenhuma noite?

Pensei na principal advogada da nossa equipe em Londres, Vera Eatherton. Ela se aproximou de mim quando terminamos um dia de trabalho. Conversamos por alguns minutos e, assim que sua expressão mudou, assim que seus olhos apontaram para o chão com um ar de timidez que eu nunca a tinha visto lançar, soube que ela me convidaria para sair.

– Quer sair para comer alguma coisa mais tarde? – Vera me convidou.

Sorri para ela. Era uma mulher muito bonita. Alguns anos mais velha do que eu, estava em boa forma, era alta e magra, mas com belas curvas. Eu *deveria* querer sair para comer mais tarde. Comer mais do que "alguma coisa".

Mas, para além das complicações do ponto de vista do ambiente de trabalho, a ideia de sair com alguém – mesmo que para uma única noite de sexo – me deixava exausto.

– Não – respondi a Ziggy. – Eu não saí. Não do jeito que você está dizendo.

– Onde está o meu irmão pegador? – perguntou, dando um sorriso brincalhão.

– Acho que você está me confundindo com o seu marido – rebati.

Ela ignorou minhas palavras.

– Você passou uma semana em Londres e ficou todo o seu tempo livre no hotel. *Sozinho*.

– Isso não é totalmente verdade.

Para ser sincero, eu não tinha passado todo o tempo no hotel. Eu tinha andado pela cidade, visitado alguns pontos turísticos. Mesmo assim, em uma coisa minha irmã estava certa: eu tinha feito tudo isso sozinho.

Ela arqueou uma sobrancelha, desafiando-me a provar que estava errada.

– Ontem à noite, Will comentou que você precisa reviver o Jensen dos tempos de faculdade.

Arregalei os olhos para ela.

– Não volte a conversar com Will sobre como éramos nos tempos de faculdade. Ele era um idiota.

– Vocês dois eram idiotas.

– Ele era o idiota principal. Eu só o acompanhava – rebati.

– Não é isso que ele diz – ela respondeu com um sorriso malicioso.

– Você é esquisita – retruquei.

Irresistíveis

– *Eu* sou esquisita? As luzes da sua casa se acendem e apagam sozinhas, você tem um aspirador de pó automático para manter o chão limpo mesmo quando está viajando, você desfaz as malas em cinco minutos logo depois de entrar em casa, e *eu* sou a esquisita?

Abri a boca para retrucar, mas logo a fechei, erguendo um dedo para que ela não soltasse mais nenhuma das suas tiradinhas.

– Odeio você – enfim falei.

E a risada passou borbulhando por sua garganta.

A campainha tocou e fui buscar a comida, depois a levei para a cozinha. Eu amava Ziggy. Desde que ela voltou a morar em Boston, vê-la algumas vezes por semana claramente fazia bem a nós dois. Mas detestava pensar que ela se preocupava comigo.

E não era só Ziggy.

Minha família toda pensava que eu não sabia que eles compravam lembrancinhas extras para mim no Natal porque eu não tinha uma namorada para colocar presentes debaixo da árvore. Quando me convidavam para jantar, sempre deixavam no ar a dúvida de se eu levaria alguém comigo. Se eu levasse alguma desconhecida para uma refeição na casa dos meus pais no domingo e anunciasse que me casaria com ela, toda a minha família ficaria louca comemorando.

Não havia nada pior do que ser o mais velho de cinco filhos e justamente aquele com quem todos se preocupavam. Ter que assegurar o tempo todo que *eu estava bem, total e completamente bem*, era exaustivo.

Mas isso não me impedia de tentar. Especialmente porque quando forcei Ziggs a curtir a vida ela encontrou Will, justamente Will, e os dois viveram um felizes para sempre. E eu não podia invejá-los.

– Está bem – falei, levando um prato de comida para ela e me sentando outra vez ao seu lado no sofá. – Lembre-me da festa. Que horas será?

– Às onze horas. Eu escrevi no calendário na sua geladeira. Você chegou a ler? Ou já foi logo jogando o Post-it fora porque maculava a superfície perfeitamente estoica da sua geladeira solitária?

Apressei-me em engolir um gole de cerveja.

– Será que você pode dar um tempo com o seu sermão? Por favor, minha querida estou cansado. Não quero passar por isso esta noite. Basta me dizer o que eu preciso levar.

Ela deu um sorriso de quem queria se desculpar antes de pegar uma garfada de arroz e curry. Depois de engolir, disse:

– Nada. É só aparecer. Vou levar uma pinhata e um monte de coisas de meninas, como tiaras e... trecos.

– Trecos?

Ela deu de ombros, rindo:

– Coisas de crianças. Eu sou péssima! Nem sei o nome daquelas coisas.

– "Itens de festa"? – arrisquei, sinalizando as aspas com os dedos.

Ela deu um tapa em meu braço.

– Que seja. Isso. Ah! E Will vai cozinhar.

– Aí sim! – cerrei os punhos no ar, em comemoração.

Meu melhor amigo havia recentemente descoberto um amor por tudo ligado à culinária, e dizer que todos estávamos tirando proveito disso seria um eufemismo, a julgar pela hora extra que eu vinha passando diariamente na academia para compensar.

– Como está nosso querido cozinheiro? Em dia com os episódios de *Master Chef*? Ele sabe usar bem um avental, devo admitir.

Ela me olhou de soslaio.

– É melhor você desejar que eu não conte isso a ele, ou então você vai ser cortado dos jantares. Juro que já ganhei dois quilos desde que ele começou com essa obsessão por massas. Não que eu esteja reclamando, veja bem...

– Massas? Pensei que ele estivesse numa fase de pratos do Mediterrâneo.

Ela negou com um gesto.

– Isso foi na semana passada. Essa semana, está treinando sobremesas para a festa de Annabel.

Senti minha testa franzindo.

– Ela tem um paladar tão seletivo assim?

– Não, meu marido só é louco pela afilhada.

Ziggy levou mais uma garfada à boca.

– Bem, se todo mundo está vindo a Boston para a festa, acho que sua casa vai estar cheia amanhã à noite – afirmei.

Somando os dois filhos da nossa irmã Liv e nossos amigos Max e Sara, de Nova York, que estão prestes a ter o quarto filho, a quantidade de adultos estava quase sendo superada pelos adoráveis rebentos. Ziggs adorava receber as crianças, e eu poderia apostar todo o meu dinheiro que Will ficaria com pelo menos uma delas grudada à sua perna durante quase todo o fim de semana.

– Na verdade, não – ela respondeu rindo. – Max e a família vão se hospedar em um hotel. Bennett e Chloe vão ficar com a gente.

– Bennett e Chloe? – perguntei, sorrindo. – Você não tem medo?

– Não. Essa é a melhor parte! – Ela se aproximou, olhos arregalados. – É como se Chloe e Sara tivessem trocado de personalidade durante a gravidez. Você realmente precisa ver com seus próprios olhos para acreditar.

—

Conforme previsto, quando Ziggy abriu a porta, na manhã de sábado, a única coisa que consegui ver atrás dela foi um brilho de cores e seda e corpinhos minúsculos correndo. Uma criança aproximou-se de suas pernas, abraçou-as ferozmente e a empurrou para a frente, na direção dos meus braços.

– Oi! – ela disse, sorrindo para mim. – Aposto que você já está superfeliz por ter vindo.

Olhei por sobre seu ombro, na direção da entrada da casa. Uma pilha de sapatos infantis estava próxima à porta principal e eu conseguia ver uma montanha de presentes de aniversário ajeitada na mesa da sala de jantar.

– Estou sempre pronto para provar os pratos de Will – falei, ajudando-a a se equilibrar e passar pelas crianças.

Ao longe, por sobre o som da risada profunda de Will vinda da cozinha, havia um coro de gritos e berros e o que eu imaginava ser o clamor de Annabel:

– É o meu aniversário! Eu vou ser o Superman!

Eu precisava de mais café.

Em geral, eu não tinha sono muito pesado, e havia passado a maior parte da última noite acordado, sentado em minha sala de estar, tentando lembrar todas as vezes que eu tinha realizado algo puramente social – por vontade própria – nos últimos cinco anos.

O problema era que, além de ir à academia, aos jogos de softball às quintas-feiras e sair para beber ou tomar um café com algum amigo depois do jogo, não havia nada muito interessante acontecendo em minha vida. Meu calendário social estava cheio, é claro, mas os eventos quase sempre eram algo como um jantar de negócios, uma visita a um cliente, algum acontecimento importante que meus patrões queriam marcar com um jantar generoso. Dois anos atrás, eu havia chegado à depressiva conclusão de que tempo demais na estrada e no sofá haviam me deixado fora de forma. Comecei a correr e voltei a levantar peso, perdi treze quilos e ganhei músculos. Redescobri meu amor pelos esportes, mas apenas para me dar conta de que não tinha feito aquilo para melhorar a aparência ou atrair a atenção de alguém. Era apenas para *me sentir* melhor. Fora isso, nada significativo havia mudado na minha vida desde então.

Meu casamento fracassado era algo em que eu evitava pensar, mas, bem tarde na noite passada, cheguei à conclusão de que Becky ter me deixado havia desencadeado uma reação em cadeia:

Irresistíveis

a mágoa me fez mergulhar de cabeça no trabalho, o que me trouxe sucesso, mas se tornou uma espécie de recompensa obsessiva. E, em algum momento, eu sabia que teria de escolher entre dar mais ênfase ao trabalho ou à vida fora do trabalho. Seis anos atrás, com a amargura alimentando a maioria dos meus pensamentos ligados a relacionamentos românticos, a decisão fora fácil.

Agora eu estava feliz, não estava? Talvez não completamente realizado, mas no mínimo contente. Todavia, o cutucão que minha irmã me dera na noite passada havia me deixado em pânico. Eu morreria velho em uma cama de solteiro perfeitamente arrumada, diante de um armário no qual os casacos encontravam-se meticulosamente organizados de acordo com suas cores? Será que eu deveria desistir agora e partir para a jardinagem?

Atravessei o corredor e cheguei ao quintal. Havia centenas de bexigas presas à cerca e às árvores, unidas com fita às cadeiras brancas de dobrar e arrumadas junto às pequenas mesas redondas. Um bolo branco com cobertura na forma de babados e decorado com uma girafa, um elefante e uma zebra de plástico tomava o centro da maior mesa no quintal.

Um grupo de crianças usando casacos e cachecóis corria pelo gramado. Parei cuidadosamente fora do caminho delas, na direção do grupo de adultos próximo às churrasqueiras.

– Jens! – a voz conhecida de Will me chamou, e eu segui em sua direção.

Mais bexigas se dependuravam nas pérgulas que também davam sustentação às videiras, junto à faixa que deixava claro que o tema do aniversário era safári.

– Eu nunca tive uma festa de aniversário tão legal assim – falei, olhando para trás, para a explosão de cores no quintal. – Annabel nem mora aqui. Quem são todas essas crianças?

– Bem, os filhos da Liv estão... em algum lugar – explicou, olhando em volta. – Os outros são de Max e Sara ou do pessoal do trabalho de Hanna. Parece que todos são melhores amigos a essa altura.

Pisquei para ele antes de deslizar o olhar pelo quintal.

– Este é o seu futuro.

Minhas palavras saíram com um tom de desolação bem-humorada, mas ele abriu um sorriso enorme.

– Isso mesmo.

– Tudo bem, tudo bem. Acho que o café não está resolvendo para mim. Cadê a cerveja?

Ele apontou para uma caixa de isopor colocada em meio à sombra produzida pelo enorme carvalho.

– Mas lá dentro tem um uísque que talvez você queira provar.

Virei-me enquanto Max Stella chegava ao quintal, sorrindo para o grupo de crianças que grasnava pelo gramado. Max e Will tinham aberto uma empresa de capital de risco juntos em Nova York anos atrás e pareciam aquele tipo de dupla badalada e esquisita que mistura artes e ciência: a expertise e os olhos atentos deles em seus campos de atuação os tinham tornado homens muito ricos. Todavia, devo admitir que, com mais de dois metros de altura e sendo uma parede de músculos, Max parecia mais um brutamontes jogador de rúgbi do que um admirador das artes.

– Seria bom se nós fizéssemos amizades com tanta facilidade – comentou Max, vendo as crianças correrem de um lado para o outro.

Sua esposa, Sara, o acompanhava, segurando a barriga enorme da gravidez e sentando-se na cadeira que Max ajeitara para ela.

Cumprimentei-o com um aperto de mão antes de voltar-me a Sara.

– Por favor, não se levante – pedi, inclinando o corpo para beijar-lhe a bochecha.

– Estou tentando ficar de mau humor – ela disse enquanto o mais leve sinal de um sorriso brotava no canto de sua boca. – Mas o seu cavalheirismo está destruindo a raiva que a gravidez provoca.

Irresistíveis

– Prometo trabalhar mais para ser um cafajeste – respondi solenemente. – Embora eu deva dar os parabéns... Eu não a via desde que esse aqui começou a cozinhar. Quanto tempo? Quatro?

– Quatro, Max? Quatro anos? – perguntou Will, sorrindo por sobre a cerveja. – Talvez você devesse tirar um cochilo ou algo assim. Encontrar um hobby.

A porta voltou a se abrir e Bennett Ryan saiu, seguido por Ziggy e uma Chloe com a barriga enorme por causa da gravidez.

– Eu diria que ele já tem um hobby – falou Bennett.

Bennett e Max eram amigos desde quando estudaram juntos na Europa. Todavia, enquanto Max era todo sorriso e charme amigável, Bennett era a personificação de uma pedra. Raramente fazia brincadeiras – ou sorria, pelo que eu tinha visto. Então, quando Bennett abria um sorriso, era algo que a gente notava. Sua boca deu uma leve inclinada, a linha de seus ombros se suavizaram. Ele ficava desse jeito quando olhava para a esposa.

Agora estava praticamente se acabando em sorrisos.

Era... desorientador.

– Jensen!

O chamado atraiu minha atenção para o que havia atrás de mim. Chloe atravessou o quintal e me puxou em um abraço apertado.

Pisquei os olhos por um momento, olhando com curiosidade para Will antes de finalmente abraçá-la. Eu nunca tinha abraçado Chloe.

– Oiê! Como você está? – cumprimentei, afastando-me para olhar para ela.

As duas grávidas tinham ossos pequenos, mas Sara era graciosa e delicada, ao passo que era impossível não notar como Chloe era feroz. A Chloe que eu conhecia não era exatamente o que poderíamos chamar de uma mulher melosa, e eu agora me via sem palavras.

– Você está com uma aparência...

– Feliz! – ela terminou a frase para mim enquanto levava a mão à barriga. – Em êxtase e... contente pra caralho!

Dei risada.

– Ah, é?

Estremeci ao olhar para as crianças no gramado.

– Merda, é melhor eu parar de falar palavrões. – E, ao perceber o que tinha acabado de dizer, deu risada. – Acho que sou um caso perdido.

Bennett acariciou delicadamente os ombros de Chloe, que olhou para ele e... começou a *gargalhar*.

Todos ficamos em um silêncio desconcertante. Até Max enfim dizer:

– Eles não tentaram se matar nos últimos quatro meses. O que tem deixado todo mundo muito preocupado.

– Verdade – confirmou Chloe, assentindo. – Estou deixando todo mundo preocupado por me sentir tão disposta. Enquanto isso, a doce Sara não conseguiu abrir um pote de pasta de amendoim na semana passada e ficou tão furiosa que o jogou pela janela, na calçada da Madison Avenue.

Sara deu risada.

– Ninguém saiu ferido. É só o meu orgulho e meu recorde de bom comportamento.

– George ameaçou deixar Sara e ir trabalhar para Chloe – Bennett comentou, referindo-se ao assistente de Sara, que tinha um reconhecido histórico de ódio por Chloe. – O Armageddon está chegando.

– Está bem, está bem. Parem de monopolizar meu irmão. – Ziggy passou ao lado de Chloe e lançou seus braços em volta do meu pescoço. – Você ainda está aqui!

Lancei mais um olhar confuso para Will.

– É claro que ainda estou aqui. Ainda não ganhei bolo.

Como se eu tivesse pronunciado a palavra mágica, um grupo de crianças se aproximou, pulando animadas, perguntando se já era hora de apagar as velinhas. Ziggy pediu licença e seguiu na direção de outro grupo, que brincava.

– Quando será o parto de vocês duas? – eu quis saber.

– O de Sara, no fim de dezembro – Chloe contou. – O meu, em primeiro de dezembro.

Com isso, todos tomamos um momento para olhar em volta, em meio ao leve frio de outubro, com as folhas caindo esporadicamente à nossa volta.

– Não se preocupem, eu estou bem – ela falou ao perceber a expressão de preocupação de todos. – Esta é a minha última viagem. Depois, vou voltar a Nova York e esperar essa coisinha chegar.

– Você sabe se é menino ou menina? – perguntei.

Bennett negou com a cabeça.

– A criança definitivamente tem o DNA de Chloe. Foi teimosa o suficiente para impedir que os médicos olhassem o sexo.

Max bufou, parecendo esperar o retorno daquela Chloe ácida do passado, mas ela apenas deu de ombro e sorriu.

– É verdade! – ela praticamente cantarolou, alongando o corpo para conseguir beijar o maxilar de Bennett.

Considerando que Bennett e Chloe costumavam perder totalmente a noção em suas brigas verbais, vê-la ignorar a tentativa dele de evitar que ela perdesse o controle era... bem, meio desconcertante, de certa forma. Em termos de normalidade, era mais ou menos o equivalente a assistir ao ritual de namoro de dois alienígenas.

Ziggy voltou do quintal trazendo a aniversariante.

– As crianças estão ficando agitadas demais – falou, e todos entenderam suas palavras como um sinal de que era hora de começar a festa.

Conversei amenidades com Sara, Will, Bennett e Chloe enquanto Max, minha irmã e alguns dos outros pais preparavam copinhos com Oreos amassados, sorvete e gomas.

O irmão de Max, Niall, e sua esposa, Ruby, foram os últimos a chegar, mas não notei sua presença em meio ao caos dos alunos de pré-escola estimulados pelo açúcar.

Foi um tanto perturbador conhecer Niall Stella. Eu já estava acostumado a andar com Max, cuja altura era fácil de esquecer porque ele parecia tão à vontade em sua própria pele e tão emocionalmente igual a todo mundo. Mas a postura de Niall era perfeita – quase rígida – e, embora eu mesmo tenha meus respeitáveis 1,87 m, Niall era alguns bons centímetros mais alto. Levantei-me para cumprimentar os dois.

– Jensen – ele cumprimentou. – É muito bom finalmente conhecê-lo.

Até os sotaques dos dois eram diferentes. Lembrei-me de Max contando sobre o tempo que passou em Leeds e como a cidade havia influenciado sua forma de falar, deixando suas palavras mais soltas e tranquilas. Mas, como tudo mais em Niall, até seu sotaque era peculiar.

– Uma pena não termos nos visto enquanto estávamos em Londres.

– Próxima viagem – falei, acenando com a mão. – Dessa última vez, foi cansativo demais. Não tive muita companhia. Mas é ótimo enfim poder conhecê-los.

Ruby passou por ele, deu um passo à minha frente e optou por um abraço. Em meus braços, ela mais parecia uma cachorrinha graciosa: vibrando apenas ligeiramente, apoiando-se na ponta dos pés.

– Sinto como se já o conhecesse – falou, afastando-se para me dar um sorriso enorme. – Todo mundo estava em nosso casamento em Londres no ano passado e contavam histórias envolvendo "o ardiloso Jensen". Enfim nos conhecemos pessoalmente.

Histórias? Ardiloso?

Enquanto todos nos sentávamos em nossas cadeiras, eu me perguntava o que isso queria dizer. Nos últimos tempos, não me sentia a pessoa mais interessante. Útil? Sim. Versátil? É claro. Mas "ardiloso" era uma palavra que trazia alguns mistérios, os quais eu

Irresistíveis

sentia que não se aplicavam a mim. Era estranho estar com 34 anos e sentir que a velocidade da minha vida estava diminuindo, que os melhores anos haviam, de alguma forma, ficado para trás, especialmente quando parecia que eu era o único me sentindo assim.

– Ziggy não parou de falar de você. Um mês depois do casamento, ela ainda falava de você – contei a Ruby. – Deve ter sido um evento incrível.

Niall sorriu para ela.

– Foi mesmo.

– Então, o que os trouxe aos Estados Unidos? – perguntei.

Eu sabia que Ruby tinha se mudado para Londres para fazer um estágio que acabou levando-a a uma pós-graduação e que o casal havia recentemente passado a chamar a capital inglesa de sua casa.

– Estamos fazendo uma viagem para celebrar nosso primeiro aniversário de casamento, só que um pouco atrasados – ele explicou. – E começamos aqui, onde viemos encontrar Will e Hanna.

Ruby se mostrou animada.

– Vamos fazer um tour por cervejarias e vinícolas, subindo pela costa.

Seu entusiasmo era contagiante.

– Aonde exatamente vão? – eu quis saber.

– Hanna alugou uma van – Niall explicou. – Vamos partir de Long Island e, ao longo de duas semanas, faremos o caminho até Connecticut e depois Vermont. Sua irmã organizou tudo.

– Eu já trabalhei em uma vinícola em North Folk – contei a eles. – Nos anos de faculdade, todos os verões eu trabalhava na Laurel Lake Vineyards.

Em tom de brincadeira, Ruby deu um tapa em meu ombro.

– Cale a boca! Você é um especialista no assunto.

– Não posso negar – rebati, sorrindo para ela. – É verdade.

– Você deveria vir com a gente – ela propôs, assentindo como se a questão já estivesse decidida. Então, olhou para Niall e lançou para ele um sorriso de vencedora, fazendo-o rir discretamente. Em seguida, virou-se para Bennett, Chloe e Will: – Digam para ele nos acompanhar.

– Espectadores inocentes aqui – falou Will, estendendo a mão. – Mantenham-me fora disso. – Ele fez uma pausa, tomou um gole de sua garrafa e enfim prosseguiu: – Muito embora me pareça uma ótima ideia.

Olhei apático para ele.

– Pense com carinho, Jensen – Ruby continuou. – Will e Hanna e outra amiga vão com a gente... E graças a Deus Hanna não bebe muito porque, se bebesse, não teríamos ninguém para dirigir. Vai ser um grupo fantástico.

Eu tinha que admitir que seria perfeito fazer uma viagem pela região. Embora eu devesse ter umas mil milhas para trocar, a ideia de entrar num avião para sair de férias me parecia horrível. Por outro lado, uma *road trip*? Bem... talvez.

Mas eu não podia. Já havia passado mais de uma semana fora do escritório e não conseguia sequer pensar em como faria para cumprir meus prazos.

– Vou pensar no assunto – respondi a eles.

– Pensar em qual assunto? – Ziggy perguntou, voltando a participar da conversa.

– Eles estão tentando convencer seu irmão a participar da sua viagem – Bennett explicou.

Ziggy assentiu lentamente para Ruby, como se estivesse digerindo a informação.

– Entendi. Jensen, pode me ajudar a preparar as coisas para o bolo?

– Claro.

Acompanhei minha irmã até a cozinha e abri o armário para pegar uma pilha de pratinhos.

Irresistíveis

– Você se lembra do que me disse em uma festa anos atrás? – ela arriscou.

Eu me perguntei se me fingir de idiota ajudaria.

– Vagamente – menti.

– Bem, deixe-me esclarecer para você. – Ela abriu uma caixa e puxou um punhado de garfinhos de plástico. – Estávamos diante de umas pinturas horríveis e você resolveu me dar um sermão sobre equilíbrio.

– Eu não dei sermão nenhum – rebati, bufando. Ela respondeu com uma risada afiada. – Não dei, mesmo. Só queria que você saísse mais, vivesse mais. Você tinha 24 anos e quase nunca saía do seu laboratório.

– E você tem 34 e mal sai do seu escritório e-barra-ou casa.

– É totalmente diferente, Ziggs. Você estava começando a vida. Eu não queria que ela passasse enquanto você mantivesse seu nariz enfiado em um tubo de ensaio.

– Bem, em primeiro lugar, ninguém enfia o nariz num tubo de ensaio...

– Qual é?!

– Em segundo lugar – prosseguiu, encarando-me. – Talvez a vida estivesse começando para mim, mas você é quem está deixando a sua passar. Está com 34 anos, Jens, e não 80. Qualquer hora vou encontrar na sua casa um cartão de alguma associação de aposentados ou suspensórios de meias na lavanderia.

Pisquei os olhos para ela.

– Fala sério.

– Estou falando sério. Você nunca sai.

– Eu saio todas as semanas.

– Com quem? Colegas de trabalho? Sua amiga do softball?

– Ziggs, você sabe muito bem que o nome dela é Emily – censurei minha irmã.

– Emily não conta – ela retrucou.

– E qual é o seu problema com Emily, pelo amor de Deus? – perguntei frustrado. Emily e eu éramos amigos... uma amizade colorida. O sexo era bom... muito bom, na verdade. Mas nunca passou disso, para nenhum de nós. Três anos depois, tudo continuava igual.

– Porque ela não é um passo adiante para você, ela é um passo para o lado. Ou talvez seja um passo para trás, afinal, enquanto você tiver sexo acessível, não vai se dedicar a encontrar alguém que o preencha.

– Então você acha que eu sou muito profundo?

Ignorando minhas palavras, ela prosseguiu:

– Você passou uma semana toda em Londres e não fez nada além de trabalhar. Da última vez que passou um fim de semana em Vegas, sequer viu a Strip. Você está usando um suéter de caxemira, Jensen, quando deveria estar usando uma camiseta justa e deixando os músculos à mostra.

Olhei aterrorizado para ela. Não sabia o que era pior: minha irmã estar dizendo isso ou o fato de ela estar dizendo isso na festa de aniversário de uma criança completando três anos.

– Está bem, que péssimo, você está certo. – Ela estremeceu teatralmente. – Vejamos o que eu acabei de dizer.

– Seja clara, Ziggs. Isso já está ficando entediante.

Ela bufou.

– Você não é nenhum velho. Por que insiste em agir como um?

– Eu...

Meus pensamentos cessaram.

– Faça algo divertido com a gente. Se solte, fique bêbado, talvez encontre uma garota para trepar...

– Jesus Cristo!

– Está bem, pule a última parte – falou. – Outra vez.

– Eu não vou me intrometer na viagem de aniversário de casamento deles e, bem... ser mais um segurando vela. Isso não vai estimular a minha vida social.

– Você não vai segurar vela nenhuma. Eu os ouvi falando sobre a viagem e uma amiga deles vai junto – ela garantiu. – Qual é, Jens?! É um grupo de pessoas legais. Vai ser muito divertido.

Dei risada. *Diversão.* Eu detestava admitir, mas minha irmã tinha razão. Eu tinha acabado de sair de uma semana intensa de trabalho em Londres – depois de muitas, *muitas* outras semanas consecutivas de trabalho intenso – com a intenção de voltar a trabalhar na segunda-feira. Não tinha planejado nenhuma folga.

Algumas semanas longe do trabalho não fariam mal, fariam? Eu tinha deixado o escritório em Londres preparado para o próximo julgamento, e minha colega Natalie podia cuidar do que faltava. Eu tinha mais de seis semanas de férias atrasadas, e só não tinha mais porque havia vendido dez semanas alguns meses atrás, sabendo que eu jamais as usaria.

Tentei imaginar duas semanas com Will e Ziggy, duas semanas de vinícolas, cervejarias, horas de sono... E a ideia parecia tão boa que eu quase quis chorar.

– Está bem – concordei, esperando não me arrepender por isso.

Os olhos de Ziggy ficaram arregalados.

– Está bem... o *quê*?

– Eu vou.

Ela ficou boquiaberta, claramente em choque, depois lançou os braços em volta do meu pescoço.

– É sério?! – berrou, e eu me afastei para levar a mão ao ouvido. – *Desculpa!* – berrou outra vez, à mesma distância do meu ouvido. – Estou tão, tão animada!

Um leve desconforto se formou em meu peito.

– Aonde você disse que nós vamos, mesmo? – perguntei.

Sua expressão ficou ainda mais animada.

– Preparei um itinerário incrível. Vamos passar por cervejarias e vinícolas e alguns resorts maravilhosos e, na última semana, vamos a um chalé *inacreditável* em Vermont.

Assentindo, soltei o ar em meus pulmões.

– Está bem, está bem.

Mas Ziggy percebeu minha hesitação.

– Você não está pensando em mudar de ideia tão rápido, está? Jensen, eu juro que...

– Não – eu a interrompi, rindo. – É só que... eu viajei com uma pessoa louca ao meu lado ontem e ela falou que estava indo visitar vinícolas. Entrei em pânico pensando que, por alguma gracinha louca do universo, ela talvez pudesse ser a amiga que vai junto. Para dizer a verdade, eu preferiria quebrar a mão em uma porta ou comer um tijolo.

Ziggy deu risada.

– Ela estava vindo de Londres?

– Num primeiro momento, ela pareceu legal, mas aí ficou bêbada e não parava mais de falar – contei à minha irmã. – Teria sido um voo mais agradável se eu estivesse apertado na fileira do meio, entre duas poltronas. Deus, imagine passar uma semana inteira com uma mulher assim.

Com ares de comiseração, minha irmã estremeceu.

– Passei horas fingindo estar dormindo – confessei. – Você tem ideia de como é difícil fazer isso?

– Desculpe interromper – uma voz feminina falou atrás de mim. – Mas, Hanna, veja! Minha Pippa chegou!

Virei-me e fiquei congelado.

Seus olhos azuis bem-humorados encontraram os meus e seu sorriso era um deleite... e, dessa vez, sóbrio.

Espere!

Há quanto tempo ela estava parada ali?

Não!

Caralho!

PIPPA

"Deus, imagine passar uma semana inteira com uma mulher assim", ele dissera.

A loira estremecera em comiseração.

"Fingi estar dormindo por horas", ele dissera antes de estremecer – estremecer de verdade.

Eu sabia que era ele, é claro. Mesmo de costas, com seus cabelos perfeitamente arrumados, o suéter de caxemira impecável e as calças perfeitamente passadas em uma festa de crianças, eu o reconheci assim que entrei na cozinha. E aí, é claro, recebi a ajuda do ritmo de sua voz – doce, grave, em momento algum estridente ou aguda – assim que chegamos atrás dele, esperando o momento certo para interrompê-los. Parte de mim queria deixá-lo continuar falando para sempre. Saber que eu realmente era tão entediante quanto acreditava ser era como se alguma coisa raspasse meu cérebro. Também fiquei impressionada por sua capacidade de reclamar da situação com uma combinação tão fluida de articulação e irritação.

Eu jamais teria esperado isso. Ele parecia tão estável.

Mas o cara não esperava que *eu* estivesse parada ali, e vi suas bochechas empalidecendo durante a breve duração da sensação de surpresa, durante uma inspiração urgente.

Ouvi minha própria risada explodir em meio ao seu silêncio horrorizado. E aí, quando eu falei um discreto "Olá, Jensen", era como se

Hanna e depois Ruby se dessem conta do que estava acontecendo. E depois foi a vez de Niall, que murmurou:

– Santo Deus. Ele estava falando *de Pippa,* não estava...?

E aí Ruby o calou com um tapa no ombro.

Jensen assentiu e falou mortificado:

– Pippa.

Se você tivesse me perguntado ontem o que eu esperaria que Jensen fizesse depois daquele voo, eu teria dito: a) imediatamente me esquecer; ou b) comentar com alguém o quanto eu era desagradável e aí imediatamente me esquecer.

O fato de todo mundo estar tão horrorizado por mim – e eu deslizei várias vezes o olhar entre uma Hanna boquiaberta e um Jensen totalmente pálido – me lembrava de que eles não tinham ideia de como Jensen estivera certo ao dizer tudo aquilo.

E aí havia Ruby e Niall. Ruby tinha coberto a boca com a própria mão para segurar o riso. Niall ficou sorrindo para mim. Nenhum deles estava surpreso pela história que Jensen contou a meu respeito.

Olhei em volta, para todos eles, com um grande sorriso estampado em meu rosto.

– Meu Deus, pessoal, ele *não* está errado.

Jensen deu um passo hesitante para a frente e eu falei mais para ele do que para o resto do grupo:

– Eu fui... – Nesse momento, procurei a palavra certa. – Eu fui uma completa maníaca, mesmo. Ele está certo. Peço desculpas!

– Não foi uma maníaca completa – ele rebateu, soltando o corpo, um pouco aliviado. Aproximando-se de mim, baixou a voz: – Pippa, que grosseria da minha parte foi...

– Só é grosseria porque eu estou aqui – respondi e, quando seus olhos se arregalaram em constrangimento, apressei-me em acrescentar: – E como você saberia que eu viria a essa festa? Veja só que coincidência!

Ele negou com a cabeça, mas olhou para meus olhos, que deixavam claro que eu estava contente.

— Acho que é mesmo.

— E, se eu não tivesse aparecido, você estaria contando à sua irmã sobre o seu voo horrível, mas seria só uma história engraçada. Uma história muito, muito verdadeira e engraçada.

Ele sorriu agradecido e, aparentemente por instinto, olhou para a taça de vinho em minha mão.

— É a minha primeira — assegurei-lhe antes de acrescentar: — Infelizmente não vai ser a última por hoje. Muitos rostos desconhecidos por aqui. Coragem líquida e tal. — Dei de ombros, sentindo um frio na barriga ao vê-lo. — Mas pelo menos aqui você tem por onde escapar.

Ele assentiu, enfim afastando sua atenção do meu rosto para poder olhar em volta. Erguendo desconfortavelmente a mão, disse:

— Então,, bem, esta é Hanna, minha irmã.

A engenheira biomédica; ele tinha comentado a respeito dela no avião. *Um advogado e uma engenheira?* Então eles eram uma *daquelas* famílias. Dei um sorriso.

— Ruby falou muito sobre você.

— Bem, ela deve ter se esquecido de comentar sobre o quanto eu *adoro* ver meu irmão passar vergonha.

Hanna deu um passo para a frente e me abraçou.

Assim como seu irmão, Hanna tinha a pele clara e era um pouco alta. Os dois estavam em boa forma. Eu fui agraciada com genes magros, mas provavelmente só correria se estivesse sendo perseguida, e, mesmo assim, dependendo do que estivesse me perseguindo. Realisticamente, eu não tinha a menor chance contra, digamos, vampiros.

— Eu entrei em uma sala cheia de fanáticos por boa forma? — perguntei. — Graças a Deus Ruby não se exercita regularmente...

Curioso, Niall arqueou uma sobrancelha.

— Ah, não?

— Ah, droga! — interrompi. — Vamos mudar de assunto.

Um belo homem de cabelos escuros passou a cabeça pela porta da cozinha e falou com Hanna:

– Amor, pode me trazer a segunda bandeja de salgadinhos? Essas crianças são poços sem fundo e... – Ele parou ao me ver e abriu um sorriso. – Oi! Você deve ser a amiga de Ruby, aquela que vai com a gente na viagem.

O rosto de Jensen ficou petrificado outra vez, como se só agora ele estivesse processando essa informação.

– Pippa, este é Will, meu marido – Hanna o apresentou, sorrindo.

Estendi o braço para dar um aperto de mãos.

– É um prazer conhecê-lo.

– Traga-a aqui para fora – propôs Will. – Ela precisa conhecer todo mundo.

Parecendo aliviado por irmos a outro lugar, Jensen colocou sua taça no balcão e gesticulou para que eu acompanhasse Hanna para fora da cozinha.

Ela nos levou até um amplo deque, onde havia cinco outras pessoas segurando bebidas e cuidando de um grupo de crianças correndo e rolando na grama.

– Vocês não vão acreditar no que... – Hanna começou a dizer, mas Jensen a interrompeu.

– Ziggy, não... – pediu, o tom de aviso permeando sua voz. – Sério, não faça isso.

Ela deve ter visto o que eu percebi nos olhos dele – uma vergonha mortificante –, porque apenas sorriu e me apresentou.

– Esta é Pippa. Ela estava sentada ao lado de Jensen no voo ontem. Não é uma loucura?

– Loucura total – falei, rindo. – Era eu fazendo o papel de maníaca embriagada – acrescentei, olhando para Jensen.

O pobrezinho parecia querer cair embaixo do deque e nunca mais ressurgir.

Irresistíveis

— Bem, então eu já adoro Pippa — uma morena linda (e *muito* grávida) disse à minha direita.

Outra mulher, também *muito* grávida — sério, havia alguma coisa na água aqui? — parada ao lado de um homem gigante, pouco menor do que Niall, deu um passo para a frente.

Se tivesse que adivinhar, eu diria que ele é Max, e ela, Sara — a cunhada de Ruby.

— Eu sou a Sara — ela confirmou. — Mãe de algumas das crianças ali no gramado... — Então, deslizou o olhar para encontrar as crianças e, aparentemente sem encontrá-las, virou-se para mim com um sorriso cansado no rosto. — É um prazer finalmente conhecê-la. Ruby falou sobre você para nós.

— Ah, não! — exclamei, rindo.

— Só falou coisas boas, não se preocupe.

A mulher de cabelos escuros, que tinha falado primeiro, se aproximou de mim com a mão estendida. Por um átimo de segundo, parecia querer me fatiar e servir como um sushi de Pippa, mas logo sorriu e todo o seu rosto pareceu caloroso.

— Eu sou a Chloe. Este é meu marido, Bennett. — E apontou para o homem ao seu lado, um cara alto e bonito, mas também muito sério. Chloe levou a mão à barriga: — Em breve seremos pais deste... mistério.

Troquei um aperto de mãos com Bennett e quase caí dura quando ele falou:

— Você teria feito um favor a nós todos se tivesse convidado Jensen para fazer parte do clubinho das pessoas que já treparam a bordo de um avião.

Sara ficou boquiaberta, Hanna estendeu a mão e deu um tapa no braço de Bennett, mas eu só consegui tossir uma risada. Olhei para Jensen.

— Isso é verdade? Você teria me acompanhado ao banheiro?

Ele riu, balançando a cabeça como quem estava se divertindo.

— Eu tenho tendência a não transar com mulheres que não vão se lembrar de nada depois.

Fiquei um pouco aturdida com o flerte presente em suas palavras.
– Aquela sua amante no flat de Londres o deixou cansado demais?
– Uma invenção da sua cabeça, infelizmente.
– E a sua bela esposa no tríplex no final da rua?
– Mais uma vez, você criou uma vida de fantasias para mim – respondeu, esboçando um sorriso.
– Bem... – uni as mãos. – Isso só significa que você está livre para transar durante as duas semanas que passaremos bebendo pelas vinícolas da Costa Leste.

Jensen enrubesceu. Algumas pessoas – Chloe, Sara e Niall – deram risadas escandalosas.
– Ah, meu Deus! – exclamou Sara, levando sua mão delicada à boca. – Jensen, você está vermelho feito um camarão. Bem, é uma pena que eu vou perder isso.

E era verdade. Jensen estava morto de vergonha.
– Mal posso esperar – ele falou com uma voz trêmula.

Meu pobre colega de voo ficou totalmente surpreso ao se ver como objeto de toda a nossa atenção.
– Essa viagem sem dúvida vai ser divertida.
– Pippa é exatamente como eu descrevi, não é? – falou Ruby para todos e, ao mesmo tempo, para ninguém em especial, sorrindo amigavelmente para mim.

Passei meu braço em volta do dela e dei um sorriso.
– Agora, me apresente aos baixinhos. Seus amigos gostam mesmo de se reproduzir, não é?

– Não sei por que você não vai trabalhar em uma creche – arriscou Ruby. – Você é tão fofa lidando com crianças.

Fiz cócegas na barriguinha de Annabel e fingi estar surpresa quando sua irmã mais nova, Iris, pulou de trás da casinha de brinquedo e gritou:

– Boo!

– Porque... – comecei a responder, mas minha voz foi abafada quando Iris e Annabel abraçaram meu rosto ao mesmo tempo. – Eu viveria embriagada.

Ruby deu risada.

Gentilmente afastando as garotinhas, dei-lhes uma tarefa:

– Vejam se vocês conseguem arrumar alguns palitinhos de cenoura para a tia Pippa! – E então virei-me outra vez para Ruby, enquanto as crianças corriam na direção da mesa repleta de comida: – Além disso, eu ganho mais no meu emprego. É difícil mudar.

Ela puxou um fiapo de grama do chão e resmungou:

– Não é tão difícil assim.

– Bem, não é para você. Afinal, você tem um Niall Stella na cama e uma vaga na Oxford à sua espera... – Trombei em seu ombro e sorri quando ela olhou para mim.

Ruby deu uma risadinha a contragosto.

– Deus, aquela época toda foi uma loucura. Já se passaram dois anos, dá para acreditar? Parece que foi ontem.

Não fora fácil esquecer a experiência excruciante de Ruby ao final de seu período na empresa de engenharia onde nos conhecemos, a Richardson-Corbett, onde se apaixonou por Niall, que enfim percebeu o que estava acontecendo e rapidamente se apaixonou por ela. E depois ele arruinou tudo sendo um covarde quando ela teve que escolher entre o emprego e o relacionamento.

Eu o perdoei pouco depois que ela o perdoou, mas gosto de chamá-lo de cafajeste de vez em quando.

Ele aceita com bom humor.

Eu acho.

E, por falar no diabo, Niall apareceu, encontrando um espaço entre nós duas no gramado e entregando uma taça de vinho a Ruby. Sorrindo, assisti à cena enquanto ele se aproximava e a beijava.

– Isso nunca vai ser coisa do passado – murmurei.

– O que não vai ser? – ele quis saber, afastando-se dela para se virar na minha direção.

– Ver o carinho que vocês demonstram em público. Você costumava entrar no seu escritório e trancar a porta para amarrar os sapatos com toda a privacidade.

Ruby deu risada.

– Eu precisei de um tempo para treiná-lo.

Ele estremeceu sem protestar, tomando um gole de cerveja. A transformação de Niall Stella desde que conhecera Ruby era impressionante. Ele sempre fora confiante, mas também levava um ar de formalidade quando se movimentava. *Agora* era apenas… calmo. Agora estava claramente, perfeitamente feliz. Isso fez um sentimento brotar dentro de mim, uma flor se abrir em minha garganta.

Observei Sara de longe enquanto ela segurava Ezra, sua filha de um ano, por sobre seu barrigão de grávida.

– Seu irmão logo vai ter o quarto filho. Quando é que *você* vai tentar ter os seus?

Virando-me, vi Niall levar a mão à boca, tossir e se esforçar para não engasgar com a cerveja.

Do outro lado de seu longo torso, Ruby murmurou:

– Pippa.

– Ah, já entendi – falei, cutucando as costelas de Niall. – Eu faço todas as perguntas impróprias porque sou a melhor amiga da sua esposa. Ver também: como foi que essa cicatriz apareceu no seu rosto? Quão esquisitas foram as coisas depois que vocês trepram pela primeira vez? Você vai tentar engravidar logo?

Isso me rendeu uma risada de Niall, que me abraçou e me puxou para beijar o topo da minha cabeça.

– Nunca mude, Pip. Você faz as coisas continuarem interessantes.

– E por falar nisso… – comecei, sentando-me. – Qual é o plano para a viagem? A gente não vai sair amanhã cedo? Enquanto estava assediando Jensen, me dei conta de que estou me intrometendo nas férias de vocês, mas não sei exatamente aonde vamos.

Ruby acenou para alguém do outro lado do quintal e me virei para descobrir que ela estava chamando Hanna.

– Vamos perguntar aos cérebros por trás da operação. Eu não fiz nada. Literalmente. Só assinei os cheques e apareci preparada. Hanna e Will cuidaram de todos os detalhes.

Um emaranhado de pernas, braços e cabelos castanho-claros parou no gramado à minha esquerda, e logo percebi que Hanna estava cercada por duas meninas gritando.

– Já fui substituída – apontei, fingindo estar chateada.

– Tia Chique é minha preferida.

Virei o rosto ao ouvir uma voz grave.

Will sentou-se ao lado da esposa: alto, tatuado, lindo de tirar o fôlego e, a julgar pelo brilho em seus olhos, conhecedor de todas as coisas sacanas do mundo.

Observei seu rosto enquanto ele olhava para Hanna, Annabel e Iris.

– Hanna é a tia Chique? – eu quis saber.

Ele assentiu, estendendo a mão na direção de Iris e puxando a garotinha para se sentar em seu colo.

– Na época em que Hanna ainda era minha noiva, Anna não conseguia falar o nome dela. E a chamava de Chique. E agora… – explicou, fazendo uma pausa para beijar o pescocinho fofo da irmã mais nova de Anna. – Agora ela será tia Chique para sempre.

– É claro – Hanna disse rindo, apontando para sua calça jeans e moletom da Harvard.

Essa sensação que ela transmitia de estar sempre à vontade era o que eu mais gostava nela. Era uma falta de atenção natural às roupas, e nunca consegui ser assim.

– É claro – outra voz masculina acrescentou atrás de nós. Jensen aproximou-se e fechou o pequeno círculo de pessoas no gramado, sentando-se diretamente à minha frente. – Perdão – falou, rindo. – Do que estávamos falando?

– Que Hanna é muito chique – respondi. – Embora ninguém seja páreo para você.

E apontei para suas roupas, uma combinação perfeita de peças.

– Você não está nada mal – ele elogiou, apontando para o meu vestido.

Neguei com a cabeça.

– Eu sempre tenho essa sensação de não pertencimento. As pessoas são confortavelmente casuais ou, como você, impecáveis. Eu sou aquela criatura com meia-calça fluorescente em um restaurante bacana. Alguém me ajude a dar um jeito nisso.

– Perto de você, sempre me sinto uma lâmpada de poucos watts – comentou Ruby.

As palavras me fizeram bufar. Não foi isso que eu quis dizer, de forma alguma. Ruby era impressionante: esbelta e segura, com um sorriso capaz de iluminar um prédio inteiro.

– Acabo de perceber que não sei nada sobre roupas – comentou Hanna, encolhendo um ombro.

Ruby gritou:

– Eu sempre falo que não sei nada *sobre cabelos!*

Elas se aproximaram de Niall e de mim e trocaram um toque de mãos. Niall e eu trocamos um olhar. As duas pareciam gêmeas.

Hanna inclinou o corpo e abriu um *mapa de papel* para mostrar o caminho das vinícolas de Long Island, seguindo para o norte, rumo a Connecticut e depois Vermont, onde passaríamos a segunda semana juntos em um chalé espaçoso – a julgar pelas fotos que Will mostrou em seu celular –, que prometia ser rústico e luxuoso, além de bem caro.

Ruby estava vertiginosa; inclinou-se na direção de Niall e o abraçou. Will olhava com adoração para Hanna. De repente, imensamente grata por Jensen nos acompanhar na viagem, olhei para ele. Estava estudando cuidadosamente o mapa e discutindo a melhor rota com Hanna.

Seus cabelos caíram para a frente, sobre o arco suave de sua testa, bloqueando seus olhos da minha visão. Precisei de um momento para catalogar seus traços: nariz reto, um frescor leve e constante nas bochechas, lábios carnudos que eu agora sabia serem capazes de formar um sorriso enorme e natural e um maxilar que eu queria segurar com as mãos.

Depois de alguns minutos, ele percebeu meu olhar.

Tentei disfarçar, mas essa seria uma manobra óbvia e desajeitada. Eu estava olhando descaradamente para ele.

Não sei o que se passava em meu estômago. Senti calor, nervosismo, curiosidade, e de repente passei a ver a viagem como algo especial.

Will e Hanna.

Niall e Ruby.

Jensen e... *eu*.

Eu queria entrar nesse jogo?

Talvez. Quero dizer, é claro que eu estava interessada. Imediata, cega e – é provável – inutilmente. Jensen e eu não tínhamos nos conhecido no encontro mais tranquilo do mundo.

Mas o calor dentro de mim se desfez quando me lembrei da última vez que vi Mark, há uma semana. Seu rosto me implorava para eu não terminar o relacionamento, deixava claro que ele não queria terminar. A verdade, todavia, era que ele não queria ser colocado para fora do apartamento, não queria ficar sem uma boa fonte de Wi-Fi, não queria perder os cômodos que convenientemente usava o dia todo enquanto eu trabalhava. Infelizmente para ele, eu pretendia ser um pouco mais valorizada do que isso.

Mas eu poderia ser valorizada pegando um cara por uma ou duas semanas?

Olhei outra vez para Jensen.

Sim. Sim, eu poderia.

Infelizmente para esse plano, Jensen trazia consigo um ar que dizia: "Eu estou bem comigo mesmo, mas não estou à vontade para me relacionar."

Depois de assentir para Hanna quando ela pediu licença e para Will, que foi receber alguém que tinha acabado de chegar, Jensen olhou outra vez para mim e sorriu. Deu tapinhas no gramado ao seu lado, inclinando a cabeça e balbuciando as palavras "venha aqui".

Incapaz de recusar um convite tão discretamente doce, eu me levantei, bati as mãos na saia para limpar a grama seca, dei dois passos e me sentei ao seu lado no gramado.

— Olá — cumprimentei, batendo meu ombro no dele.

— Oi.

— Sinto como se já fôssemos velhos amigos. — Inclinando a cabeça na direção da mesa de doces, perguntei: — Você conseguiu descolar um cupcake do Come-Come antes que eles fossem dizimados?

Rindo, ele sacudiu a cabeça:

— Ainda não.

— Eu devia ter imaginado — falei, sorrindo de volta para ele. — Seus lábios não estão com aquela mancha azul semipermanente que os cupcakes deixam e...

— Pippa — ele me interrompeu, olhando em meus olhos. — Eu realmente sinto muito por não ter sido muito gentil.

Com um aceno, dispensei suas palavras. Eu bem tinha imaginado que esse assunto voltaria à tona. Eu via Jensen como se ele fosse transparente, como a pessoa gentil e responsável que era.

— Acredite — falei. — Eu estou morrendo de vergonha do que aconteceu no avião.

Ele começou a balançar a cabeça para interromper, mas eu estendi a mão para contê-lo.

— Para dizer a verdade, eu nunca contei tudo da minha vida daquele jeito para ninguém. Achei que nunca mais voltaria a vê-lo e que eu podia... – Fiz que não com a cabeça. – Sei lá, talvez apenas expressar tudo na esperança de tirar um peso enorme da minha mente.

– E funcionou?

– De forma alguma. – Dei um leve sorriso. – Em vez disso, minha atitude só fez essa viagem se tornar muito desagradável para nós dois. Mas eu aprendi a lição. Para mim também seria melhor se nunca mais nos víssemos, mas aqui estamos nós.

– Aqui estamos nós.

– Vamos recomeçar? – propus.

Ele assentiu na direção do mapa de Hanna.

– Acho que essa viagem vai ser divertida.

– Você não se importa de me acompanhar?

Ele se esquivou da pergunta com uma risadinha.

– Fico feliz por ser o seu apoio na noite em que você voltar bêbada para a van.

Impressionada, balancei a cabeça.

– *A* noite? Você acha que eu só vou beber uma vez? Já esqueceu que há uma série de vinícolas pelo caminho?

Ele abriu a boca para responder enquanto um sorriso já fazia seus lábios se curvarem, mas nós dois ficamos espantados quando alguém gritou seu nome do outro lado do gramado. E meu coração ficou inexplicavelmente desapontado ao ver que era Will precisando da ajuda de Jensen para dependurar a pinhata.

– Por que ele resolveu pedir para mim, e não para Max ou Niall? – Jensen resmungou bem-humorado, levantando-se.

A resposta era muito clara: Max estava ocupado controlando as crianças de três anos que gritavam para andar no aviãozinho. Niall estava ocupado acariciando Ruby na sombra da varanda.

Mas, quando Jensen se foi, Niall entrou em ação e o seguiu.

Ruby veio até mim e me abraçou.

– Estou tão contente por você estar aqui!

Soltei o corpo contra seu torso esguio, rindo. Quando nos ajeitamos outra vez, concordei:

— Eu também estou feliz por estar aqui.

— A gente vai se divertir muito — ela sussurrou.

Assenti, olhando na direção onde Jensen e Will erguiam os braços para prender a corda da pinhata no galho de um grande olmo. A camiseta de Will se repuxou, deixando exposta uma pequena área da pele tatuada.

O suéter de Jensen também estava erguido, mas, infelizmente, não me mostrava nada. Ele tinha uma camisa por baixo, cuidadosamente enfiada na calça.

— Então, ele é lindo — Ruby comentou casualmente.

Confirmei com um "a-ham".

— E solteiro — afirmou. — E divertido, e responsável...

— Já entendi qual é a sua.

— E em boa forma... e parente de Hanna. O que significa que é um cara *incrível*.

Virando-me para ela, perguntei:

— E por que isso? Quero dizer, *por que* é solteiro?

— Acho que ele trabalha demais — ela supôs, especulando. — Quero dizer, demais, *demais mesmo*.

— Muita gente trabalha demais. Porra, veja você e Niall. Mas vocês ainda conseguem transar todos os dias... — Ergui a mão quando ela abriu a boca para concordar. — E eu não quero ouvir nenhuma confirmação disso, foi só uma colocação retórica. — Ela fechou a boca e fingiu prendê-la com um zíper. — Mas eu não entendo. Ele é pervertido? — Olhei brevemente para ele outra vez enquanto me perguntava se eu preferia essa possibilidade. Jensen e Will tinham terminado de pendurar a pinhata e agora riam para o pônei de papel machê junto à árvore. — Acha que ele talvez prefira homens?

— Duvido.

– Não sei... – murmurei, olhando para Jensen. – Ele se veste bem demais.

Ruby me deu um tapinha.

– Certo, vou dizer o que já chegou aos meus ouvidos. – Ela ajeitou o corpo para me encarar, dando as costas para o resto da festa. Esperei enquanto o frio na barriga gerado por uma boa fofoca fazia seus olhos se iluminarem. – Ele foi casado quando tinha vinte e poucos anos. Mas, segundo o que Hanna me contou, o casamento só durou alguns meses.

Fechei uma carranca.

– Isso é... interessante?

Imaginei *este* Jensen, com seu suéter de caxemira azul e calças pretas perfeitamente passadas em uma festa infantil. Tentei imaginar o Jensen *de antes* – talvez tenha conhecido aquela garota em um dia de chuva, quando as compras dela caíram de um saco rasgado. Abaixou-se para ajudá-la e depois os dois se transformaram em um emaranhado de corpos suados enquanto os lençóis permaneciam caídos no chão. Tiveram um casamento rápido, algo escandaloso e selvagem.

– Ele passou nove anos com ela – Ruby continuou. – Desde a faculdade até terminarem a pós-graduação em Direito.

Minha fantasia se desfez.

– Nossa!

Então eu estava certa: ele não era o tipo perfeito para um fim de semana selvagem.

– Acho que, logo depois do casamento, ela disse que achava que os dois não eram feitos um para o outro.

– E ela não poderia ter feito isso *antes* de os dois trocarem as alianças? – perguntei, puxando um fiapo de grama. – Que coisa estranha.

– Você não é a primeira a perguntar isso.

O rosto de Ruby empalideceu e eu imediatamente reconheci a voz de Jensen.

— Puta merda! — resmunguei, virando-me para encará-lo. — Desculpa. Dessa vez, nós fomos pegas falando de você.

Ele deu risada enquanto estendia o braço para pegar a taça de vinho que estava ao nosso lado.

Estremeci enquanto procurava alguma coisa para dizer. Por fim, falei:

— Duvido que seja justo você conhecer toda a história da minha vida enquanto eu não sei nada da sua. Só sei que não existe nenhuma amante em Londres e nenhuma esposa no tríplex.

Ele sorriu, confirmando.

— Realmente, não existe nada disso.

— Bem, você poderia ter demorado mais com a pinhata — arrisquei, tentando encobrir meu constrangimento com um pouco de humor. — Francamente, você quase não me deu tempo para descobrir seus podres.

Jensen apertou os olhos para protegê-los da luz do sol.

— Esse é o único podre que existe.

Ele me estudou, mas eu simplesmente não consegui desvendar a sua expressão. Estaria furioso? Indiferente? Aliviado por eu já saber daquilo? Por que eu tinha essa sensação de que havíamos acabado de nos conhecer, mas eu já carregava essa bagagem enorme?

— E isso é bom ou ruim?

Abri a boca por alguns segundos de confusão antes de perguntar:

— Você quer saber se é bom ou ruim o fato de você só ter uma história interessante?

Jensen estremeceu, mas essa reação sumiu em um piscar de olhos.

— Me avise se quiser mais vinho.

Quatro

JENSEN

– Já chegou aos meus ouvidos.

Terminei a última linha do e-mail que estava escrevendo antes de olhar na direção da porta.

– Greg. Oi. – Afastei-me da mesa e acenei para que entrasse. – O que está rolando?

– Ouvi dizer que você vai sair de férias – contou.

Greg Schiller era outro advogado, especializado em fusões de empresas de biotecnologia, e adorava uma fofoca – adorava mais do que qualquer outra pessoa que eu já conhecera, exceto tia Sherry e Max Stella. Ele prosseguiu:

– E agora vejo que está correndo contra o tempo em uma noite de sábado, então deve ser verdade.

– É, sim – respondi, dando risada. – Férias. Mas só até o dia 22.

Férias. Minha mente tropeçou na palavra e no quão familiar ela parecia no seguinte contexto: eu, Jensen Bergstrom, estou saindo de férias.

Eu era o cara que ficava até tarde na empresa e trabalhava nos fins de semana quando alguma coisa tinha de ser feita, o cara que as pessoas procuravam em uma emergência. Não lia e-mails correndo para poder sair logo do escritório e definitivamente não era do tipo que fazia minha assistente limpar minha agenda das próximas duas semanas para eu poder viajar pela Costa Leste.

Todavia, eu tinha feito justamente isso algumas horas atrás.

Tinha limpado a minha agenda para fazer uma *road trip* por vinícolas com minha irmã e meu cunhado e seus amigos e uma mulher que eu conhecera bêbada em um avião.

O que eu tinha na cabeça?

A insegurança tomou conta de mim. Ainda havia alguns detalhes a acertar no lado londrino da fusão entre a HealthCo e a FitWest. Se eu fosse parar em uma região onde não houvesse sinal de celular e...

Como se tivesse percebido minha hesitação, Greg inclinou o corpo por sobre a minha mesa.

– Não faça isso.

Pisquei os olhos para ele.

– Não faça o quê?

– Essa coisa de imaginar todo e qualquer cenário catastrófico para se convencer a não ir.

Bufei. Ele estava certo. Era muito mais do que apenas não vir trabalhar. Era uma sensação esmagadora de que eu estava em uma encruzilhada da minha vida. Outra vez. Seria muito mais fácil ficar em casa, descansar amanhã (em vez de entrar em uma van com minha irmã e seus amigos) e depois, na segunda-feira, voltar a me afundar numa rotina de trabalho.

Mas fazer isso seria ficar exatamente onde estive nos últimos seis anos.

Sacudindo a cabeça, girei um grampeador sobre a mesa.

– Nunca pensei que eu seria esse tipo de cara, sabia? Quero dizer, você está certo, hoje é *sábado*. Natalie vai dar conta de tudo.

– Vai, sim.

E sentou-se na cadeira à minha frente.

– Bem, o que você está fazendo aqui? – perguntei, olhando para ele.

– Esqueci a carteira no escritório ontem. – Ele deu risada. – Ainda não cheguei ao nível Jensen Bergstrom de dedicação.

Bufei. E ele prosseguiu:

Irresistíveis

– Mas todos nós sabemos que há dois caminhos nessa empresa. Sacrificar tudo e se tornar um dos associados ou continuar como funcionário por uma década. Muitos de nós invejamos você, sabia?

Corri a mão pelos cabelos.

– Sim, mas você tem três filhos e uma esposa que curte tomar cerveja. Alguns de nós invejamos você.

Greg deu risada.

– Mas eu provavelmente nunca vou me tornar um sócio. Você está chegando lá.

Santo Deus, que jeito estranho de terminar uma conversa. E ter 34 anos e estar quase lá. O que vem depois? Duas décadas de mais do mesmo?

Greg se aproximou.

– Mas você passa tempo demais aqui. Vai chegar à crise da meia-idade e ter uma Ferrari em menos de três anos.

O comentário me fez rir.

– Não diga isso. Você está soando como a minha irmã.

– Ela parece bem inteligente. A propósito, vai viajar para onde?

– Um passeio por vinícolas com um grupo de amigos.

Surpreso, ele arqueou as sobrancelhas. Entretanto, havia no ar aquela pergunta não verbalizada. Aquela pergunta de se alguém mais nos acompanharia, alguém especial na minha vida. Bandeiras vermelhas se agitaram em minha visão periférica.

– Bem – corrigi. – Com os amigos da minha irmã.

Ele sorriu e percebi que eu tinha tomado a decisão certa. Melhor Greg pensar que eu só ia acompanhá-los do que Greg achar que havia alguma fofoca interessante a ser descoberta.

– Bebida e folga – disse. – Muito bom.

—

O ar da manhã de domingo trazia um friozinho úmido. Meu carro estava parado junto ao meio-fio, já bombardeado pelas folhas caindo do bordo no jardim da frente, e eu me perguntava quanta sujeira se acumularia ali. Ziggy tinha se oferecido para vir me buscar com a van, mas, em uma explosão impulsiva, eu disse que os encontraria na casa dela. Meu carro não saía da garagem havia três meses. Ou eu tomava um ônibus para o escritório ou um táxi para o aeroporto. Minha vida parecia pequena o suficiente para caber em um dedal.

Subi as escadas da casa de Will e Ziggy, chutando algumas folhas ao passar pela varanda. As bexigas da festa de aniversário não estavam mais presentes e duas enormes abóboras e um vaso de flores haviam retomado seus lugares.

Pensei na minha casa, onde não havia abóboras nem guirlandas na porta, e tentei afastar o pensamento de vazio que brotou em meu peito.

Eu não estava negando que queria mais para a minha vida.

Eu só não estava nada contente por minha irmã mais nova ter apontado tudo de forma tão clara para mim. Como sempre tive uma resposta instintiva a críticas, eu tendia a me fechar e precisar pensar um pouco. Os pensamentos de ontem à noite ainda viviam na forma de um bocejo de exaustão ecoando em minha cabeça.

Apertei a campainha e ouvi Will gritar, lá de dentro, que estava aberta.

A fechadura virou com facilidade e eu entrei, soltando minha sacola próximo às outras, junto à porta, tirando os sapatos e seguindo o aroma de café recém-preparado que atravessava o corredor.

Niall estava sentado à mesa do café, segurando uma caneca, enquanto Will pilotava o fogão.

– Mexidos, por favor – falei. Em resposta, ele jogou uma fatia de cogumelo na minha direção. Enquanto ia ao armário pegar uma xícara para mim, deslizei o olhar pela cozinha até chegar ao quintal dos fundos. – Onde está todo mundo?

Irresistíveis

- Acabamos de chegar - Niall respondeu. - Pippa e Ruby foram ajudar Hanna a terminar de arrumar a mala.

Assenti, tomei um gole de café e deslizei mais uma vez o olhar pela cozinha.

Embora minha casa fosse - e até eu podia admitir isso - um pouco mais organizada, a casa de Will e Ziggy parecia mais... calorosa. Um pequeno vaso de flores descansava no parapeito próximo à pia da cozinha. A porta da geladeira estava coberta com os desenhos da festa de Annabel e, muito embora eles ainda não tivessem filhos, qualquer um podia ver que era apenas uma questão de tempo.

Em outros lugares da casa, eu sabia o que encontraria: livros e publicações científicas por todos os cantos - as páginas marcadas com o primeiro pedaço de papel que minha irmã conseguisse encontrar naquele momento. Uma geladeira coberta de ímãs de viagens ou contendo suas citações favoritas. Fotos da família e páginas de quadrinhos emolduradas decoravam as paredes.

O telefone de Will vibrava em algum lugar atrás dele.

- Pode pegar o telefone ali para mim? - pediu, assentindo na direção do balcão. - Está tocando a manhã inteira.

Estendi a mão para pegar o aparelho e vi um grupo trocando mensagens pela tela.

- Você está em um grupo que troca mensagens? Que coisinha mais fofa!

- É assim que nos mantemos atualizados sobre o que está acontecendo, mas tudo chegou a outro nível depois que Chloe ficou grávida. Ou Bennett vai ter um ataque cardíaco antes de esse bebê chegar ou vai ter que ser mandado para algum lugar bem longe. Leia para mim, por favor.

- Aqui diz que a companhia aérea perdeu a mala de Chloe - comecei. - "Os sapatos de que ela mais gosta estavam lá, uma bolsa *clutch* que comprei para ela em nosso aniversário e um presente que ela escolheu para George". Depois, Max pergunta se a cabeça dela deu a volta no pescoço ou se ela começou a falar em línguas. E Bennett responde que "teria sido melhor se isso tivesse acontecido".

Will deu risada enquanto virava algumas fatias de bacon na frigideira.

– Esses dois são meus preferidos. Diga a ele que li um artigo no *Post* que dizia que só seis ou sete padres nos Estados Unidos sabem realizar exorcismos. Talvez ele devesse começar a fazer alguns telefonemas logo. – Sacudindo a cabeça e suspirando melancolicamente, acrescentou: – Deus, que saudade de Nova York.

Digitei a mensagem que ele pediu antes de colocar o celular de volta sobre o balcão.

– Precisa que eu faça alguma coisa?

Will apagou o fogo e começou a separar porções de ovos em seis pratos coloridos.

– Não. A van já está aí e abastecida, as malas estão arrumadas. Assim que terminarmos o café da manhã, estaremos prontos para ir.

Eu tinha repassado o itinerário criado por minha irmã e sabia que o caminho até Jamesport, em Long Island, levaria cerca de quatro horas – um pouquinho mais, um pouquinho menos, dependendo do trânsito e da balsa.

Não seria nada muito ruim.

Senti um peso rebelde em meus pensamentos. Sabia que essa viagem me faria bem, mas, de alguma forma, eu queria provar que eles estavam errados. Provar, talvez, que eu não precisaria de mais do que já tinha conquistado na vida. Senão, como poderia sentir orgulho de tudo o que eu tinha conquistado?

Ouvi a voz de Ziggy vindo do andar de cima, depois Pippa gritando alguma coisa com ares de drama e Ruby e Ziggy rindo histericamente.

Will me olhou nos olhos, arqueou as sobrancelhas.

Eu não precisei perguntar para saber o que ele estava pensando, e, se não estivesse perfeitamente claro para todos nós, então seríamos um grupo de idiotas.

Irresistíveis

Essa viagem era muitas coisas – férias, uma oportunidade de os casais ficarem juntos –, mas também era um recomeço.

Eu já esperava os olhares, as insinuações e – em especial depois de algumas taças de vinho – a confirmação definitiva de que esse era um grupo de casais viajando juntos.

Pippa era sexy, o problema não era esse. Era linda, o problema não era esse. O problema era seu tipo de beleza, seu tipo de sensualidade – extravagante, escandaloso – e o fato de eu saber, no fundo, que ela não era a mulher certa para mim. Outro problema era minha ambivalência acerca de relacionamentos e o tipo de recuo estranho e instintivo que eu havia desenvolvido como resposta a eles.

Mas eram apenas férias. Não *precisavam* ser mais do que apenas férias.

– Você está preocupado com alguma coisa – Will questionou, entregando-me uma caneca enorme e apontando para a gaveta onde ficavam os talheres.

Coloquei um punhado de garfos dentro da caneca e virei as costas para ele.

– Não, só estou analisando umas coisas.

Ele sorriu.

– Demorou um pouco.

– Sou bom em evitar.

Will explodiu em risos com a tranquilidade de um homem que está prestes a ter duas semanas de férias com sua melhor amiga e esposa.

– Que mentira. Conversaremos mais tarde.

Soltei um gemido de ambivalência, passei manteiga na torrada, enchi o copo de suco e ajudei a levar tudo para a mesa.

– O café da manhã está pronto! – Will gritou por sobre o ombro.

Ouvi passos pesados pela escada e ergui o olhar para ver Pippa entrar na cozinha, seus cabelos loiro-avermelhados em uma trança folgada. Preparada para o longo caminho, ela usava *leggings* de um azul elétrico, tênis e um suéter solto de tricô preto que deslizava suavemente por sobre um ombro.

– Olá, Jens – ela cumprimentou, abrindo um sorriso enorme em seu caminho para a cozinha.

A trança balançava a cada passo e eu a vi de costas, mas afastei rapidamente o olhar quando me deparei com seu traseiro naquelas calças.

Puta que pariu!

Concentrei-me outra vez na mesa, mas logo notei o olhar de Will, que deixava claro que ele percebera o que tinha acontecido.

– Olá, Jens – ele repetiu com um sorriso cada vez maior. – Como está a sua análise das coisas agora?

– Parece que eu vou ter que dar um soco no seu pau – rebati, sentando-me e ajeitando o guardanapo em meu colo.

Ele riu e puxou uma cadeira para Ziggy, que se juntava a nós.

– Adoro estar certo – Will comentou, inclinando o corpo para beijá-la.

Ela também olhou para ele, mas confusa.

– O quê?

– Eu só... – Ele se virou, pegou uma garfada de ovos e sorriu para Pippa enquanto ela ajeitava a cadeira ao meu lado. – Eu só estou *muito* ansioso por essa viagem.

—

Reunimo-nos próximo à lustrosa van estacionada junto ao meio-fio, observando Niall guardar as bagagens da forma mais eficiente possível e decidindo quem se sentaria onde. Ziggy havia pensado em tudo. A van acomodava oito pessoas, então nosso grupinho de seis cabia ali e ainda sobrava muito espaço para travesseiros, cobertores, lanches, água, rádio a satélite e até mesmo dominó, jogos de tabuleiro e palavras cruzadas.

Tínhamos decidido nos alternar ao volante, mas – como aqui era o espaço da minha irmã – definimos quem seria o primeiro com uma ajudinha de uma versão nerd do jogo pedra, papel e tesoura: pipeta, béquer, caderno. A pipeta manchava o caderno, o caderno cobria o béquer, o béquer quebrava a pipeta, segundo ela havia explicado. Demoramos mais para entender a hierarquia do que para enfim chegarmos ao acordo de que Will seria o primeiro a dirigir. Quando quebrei a pipeta dele com meu béquer, era hora de partir.

Pippa se sentou ao meu lado e me deu um sorriso desconfiado.

– Oi, amigo.

Dei risada.

– Quer brincar de caça-palavras?

– Pode apostar, senhor.

Ela puxou o jogo e deu um sorriso de loba.

—

Devo admitir: Pippa era surpreendentemente boa jogando caça-palavras. Enfiei a caixa de volta no espaço onde Ziggy havia deixado os jogos e olhei para Pippa.

– Foi divertido – comentei discretamente. – Como encontrou aquele "pepinos"? O que foi aquilo, mulher?

Ela soltou uma risada deliberada.

– Fiquei de olho naquele "P" durante a maior parte do jogo, suei muito ali. – Inclinando o corpo para frente, na direção de Ruby e Niall, Pippa arriscou: – Alguém mais quer jogar caça-palavras?

– Eu quero jogar contra você a próxima rodada – falou Niall, sorrindo para ela por sobre o ombro. – Vou ficar feliz ao vingar os homens.

– Pode ir sonhando – ela provocou. Ajeitando-se outra vez no assento, Pippa suspirou e olhou pela janela. – Fazer uma *road trip* aqui é muito diferente de fazer uma *road trip* na Inglaterra.

– Como assim? – eu quis saber.

Ela afastou os cabelos da testa e se virou ligeiramente na minha direção.

– Você consegue ir de um extremo a outro da Inglaterra em um único dia – explicou antes de elevar a voz para contar a todos nós: – São cerca de catorze horas de viagem entre a Cornualha e a fronteira com a Escócia, não são, Niall?

Ele refletiu por um instante.

– Depende do trânsito e do tempo.

– Verdade – ela confirmou, assentindo com a cabeça. – Mas aqui, aqui as estradas são infinitas. Você poderia entrar em uma delas numa segunda-feira e seguir dirigindo por dias, realmente se perder. Não seria incrível fazer isso? Arrumar uma moto ou um desses furgões e dirigir, dirigir, dirigir, sem nenhum destino específico em mente?

– Parar em todos os mirantes, comer *junk food* em todos os estados – Ziggy completou no banco da frente.

– Precisar de todos os banheiros pelo caminho – Will acrescentou, piscando com um olho na direção dela. Ele ergueu o olhar e me observou pelo retrovisor. – Você se lembra daquela viagem do dardo que fizemos nos tempos de faculdade, Jens?

– E como poderia esquecer?

– Viagem do dardo? – Pippa perguntou, olhando para nós.

– Não sei quanto Ruby contou para você – falei. – Mas Will e eu fizemos faculdade juntos. Foi assim que ele conheceu Zig... Hanna.

Ela ficou de olhos arregalados, aparentemente percebendo que entre nós havia todo um oceano de histórias que não foram contadas e duas semanas para ouvi-las.

Abri um sorriso.

– Uma viagem do dardo é uma viagem em que você basicamente joga um dardo no mapa para decidir aonde vai. No nosso caso, acer-

Irresistíveis

tamos um lugar próximo ao Bryce Canyon National Park, então foi lá que fomos parar no verão antes do último ano do colégio.

– Vocês foram dirigindo de Boston até *Utah?* – Ruby perguntou incrédula.

– Parece que Will tem uma preferência por destinos que fiquem mais à esquerda no mapa – falei. – Bem, muito mais à esquerda.

– Lembro que tínhamos 400 dólares, o que parecia uma fortuna na época, e essa quantia tinha que cobrir os gastos com gasolina, alimentação, pedágios e um lugar para dormir. Depois, quando o dinheiro acabou, tivemos que... hum... improvisar.

A essa altura, Ruby virou-se para trás em seu assento para me encarar, claramente rindo.

– Na minha cabeça, vocês dois trabalharam como strippers em algum bar de beira de estrada em Nebraska. Por favor, não estraguem essa minha imagem.

Will latiu uma risada.

– Você não está tão longe da realidade, para dizer a verdade.

– Quanto tempo durou a viagem? – Niall perguntou. – Não sou nenhum especialista em geografia dos Estados Unidos, mas o percurso deve ter algo como... quase 5 mil quilômetros?

– Uns 4 mil quilômetros – falei. – No velho Lincoln da mãe de Will. Sem ar-condicionado, bancos de vinil.

– Sem direção hidráulica ou elétrica – Will acrescentou. – Bem diferente do interior de couro e DVD player que temos aqui hoje.

– Mesmo assim, foi uma das melhores semanas da minha vida.

– Talvez você esteja se esquecendo da nossa caminhada pelo canyon? – ele perguntou, olhando-me outra vez pelo retrovisor.

– Bem, não nos deixem curiosos – Pippa ordenou, apoiando a mão em minha perna.

Era um toque inocente, um toque para me estimular a contar a minha história, mas eu sentia o calor de sua palma, a ponta de cada dedo apertando o tecido da minha calça.

Precisei raspar a garganta.

– Foi no mês de julho, estava quente pra caramba – comecei. – Estacionamos em um lugar e saímos do carro. Tínhamos água e um pouco de comida, protetor solar... tudo o que achávamos necessário para passar algumas horas. O sol estava a pino e seguimos andando por uma linda trilha, com paredes rochosas de ambos os lados. Depois de algum tempo, chegamos a uma superfície plana, onde podíamos escolher entre voltar ou seguir em frente, rumo a uma trilha maior para ver mais daquele canyon. É claro que, como tínhamos menos de vinte anos na época, fomos em frente.

Ziggy estudou Will e virou os olhos enquanto dava uma risadinha.

– É claro que seguiram.

– Era de tirar o fôlego – comentei. – Tinha umas rochas enormes ao longe. Era como olhar para uma fortaleza que havia brotado direto do chão, feita totalmente de pedra vermelha. Mas também estava quente *pra caralho*. E, a essa altura, o sol já tinha se movimentado para o outro lado do céu e o caminho de volta era longo. Paramos para descansar algumas vezes pela trilha e nossa água tinha acabado. Estávamos começando a nos cansar também e, sem água, já começávamos a ficar meio loucos. Éramos jovens e estávamos em boa forma, mas tínhamos passado horas andando no calor escaldante. Vou poupá-los do nosso drama, mas, acredite, foi horrível...

– Foi mesmo – confirmou Will.

– Já estava escurecendo quando chegamos ao carro – continuei. – Corremos até a fonte e bebemos o nosso peso em água. Usamos o banheiro para nos limparmos um pouco, sentindo que, de alguma forma, havíamos enganado a morte – contei rindo. – E aí nos arrastamos outra vez de volta ao carro.

– Por que é que estou sentindo um "mas" surgindo a qualquer momento nessa conversa? – Ruby arriscou.

– Mas... – Will continuou. – Voltamos ao carro, enfiei a mão no bolso para pegar a chave e não conseguia encontrá-la.

Irresistíveis

– Ah, pare com isso! – Pippa exclamou boquiaberta.

– Estávamos tão aliviados por termos saído vivos que conseguimos permanecer calmos e mentalmente retraçar o que havíamos feito. Tínhamos parado para beber em algum ponto no caminho, eu tinha tirado meu protetor labial e a câmera, mas o lugar ficava a pelo menos dois quilômetros. Pegamos uma lanterna, fomos até o primeiro ponto onde sabíamos que tínhamos parado e aí percebemos que seria impossível fazer todo o caminho outra vez. Voltamos ao estacionamento e...

– E, como nenhum de nós sabia roubar ou arrombar carros... – comecei.

– Estávamos presos ali – Will terminou. – Na época, não tínhamos celulares, e também não havia orelhões por ali. Teríamos que esperar alguém nos encontrar ou o nascer do sol. Mas a cada minuto fazia mais frio e, bem, vocês já viram as aranhas que vivem no deserto? Eu por fim desisti e usei uma pedra para quebrar a janela traseira e destravar o carro.

– Vocês dois dormiram lá? – Pippa quis saber.

Confirmei com a cabeça.

– No banco traseiro.

– De conchinha? Quem ficou atrás? – Ruby perguntou, e Will jogou um punhado de M&M's contra ela.

– Quando amanheceu, saímos e demos uma olhada em volta – contei. – Por algum motivo, fui atrás do carro e olhei para baixo. E a chave estava ali. No chão, onde deve ter caído antes de sairmos para fazer a trilha.

– Você está zoando?! – exclamou Pippa com cara de alívio. – Estava ali o tempo todo?

– Acho que sim – confirmei. – A gente só não conseguiu ver no escuro.

Ela sacudiu a cabeça para mim, seus olhos brilhavam como os de quem estava se divertindo antes de ela virar-se outra vez para a janela.

Ficamos em um silêncio amigável e eu me vi surpreso com quão tranquilo tudo parecia. Com como era tranquilo estar sentado ali, ao lado de Pippa e cercado por nossos amigos, como se nossa aventura no avião fosse algo que tivesse acontecido com duas outras pessoas. Ela era doce e divertida, aventureira e um pouco selvagem, mas também atenta e uma mulher que conhecia a si mesma.

Eu não sabia quais eram minhas expectativas. Não sabia se esperava que ela tivesse a mesma ideia que eu - que havíamos nos encontrado por acaso -, mas Pippa não estava subindo em meu colo. Não se mostrava desesperada por minha atenção. Não forçava as coisas.

Ela simplesmente estava ali, de férias, para se livrar de sua situação ruim em casa.

E, durante todo esse tempo, estive tão concentrado em minha própria realidade, no fato de eu não ter uma vida em casa, que não me dei conta do quanto ela talvez precisasse dessas férias. Tinha imaginado que Pippa seria a mesma mulher embriagada que encontrei no avião - um peso a carregar na viagem. Um jogo que eu teria que enfrentar.

Em vez disso, era segura de si e comedida.

- Está feliz por ter vindo? - perguntei a ela.

Pippa sequer se virou para olhar para mim.

- Estou muito feliz por ter vindo, muito feliz por passar algum tempo longe de casa. Eu precisava mesmo disso.

—

Eu havia acabado de cochilar quando senti a velocidade da van diminuindo.

Pippa também tinha caído no sono e o espaço entre nós havia desaparecido em algum momento próximo ao último pedágio. E ela agora dormia em meu ombro, sua respiração aquecida em meu ouvido enquanto seu corpo funcionava como uma presença reconfortante ao meu lado. Ajeitei as costas e meus óculos de sol, que tinham deslizado por sobre o nariz.

Olhando pela janela, percebi que tínhamos estacionado em frente a uma hospedaria vitoriana grande, branca, de vários andares, cercada por jardins exuberantes e com uma fonte borbulhando na entrada principal. Uma placa ali na frente me dizia que havíamos chegado à Jedediah Hawkins Inn.

Grandes fileiras de árvores preenchiam as laterais do prédio, as folhas vermelhas, queimadas pelo outono, contra o céu azul.

Will e Ziggs já desciam da van enquanto Niall tentava acordar Ruby, o que me deixava no papel de alguém que deveria cuidar de Pippa. Estendi meu braço livre, aquele que não estava preso pelo suave peso do corpo dela, e toquei sua mão.

Pippa inspirou profundamente, enrijecendo enquanto acordava. Passando a mão no rosto, ela me olhou com ares de culpa.

– Eu dormi em cima de você? Ai, meu Deus! Jensen, eu sinto mui...

– Está tudo bem – falei baixinho. E realmente estava tudo bem. – Eu também acabei dormindo. Mas já chegamos.

Saímos da van e acompanhamos o grupo até o interior do prédio, sacudindo braços e pernas para fazer o sangue voltar a circular normalmente. Fizemos o check-in, pegamos as chaves e concordamos de nos encontrar dentro de alguns minutos na entrada para explorar o local antes de sairmos para degustar alguns dos vinhos da região.

Minhas pernas estavam enrijecidas, minhas costas doloridas por eu ter passado tanto tempo sentado. Gemi enquanto me alongava em meu quarto vazio antes de ir ao banheiro para lavar o rosto, relaxando pouco a pouco: ombros, braços, pescoço. Também sentia algo pesando em minha mente: a necessidade de me desligar de tudo. Era algo fácil de fazer hoje, um domingo. Todavia, será que eu conseguiria me desligar de tudo por duas semanas inteiras?

Quando voltei à recepção, Pippa estava conversando com a mulher no balcão. As duas já riam juntas de alguma coisa. Pippa parecia fazer amigos aonde quer que fosse, ao passo que eu era mais parecido com... alguém que dá gorjetas generosas?

Santo Deus! Eu era muito severo.

Com o corpo inclinado sobre um mapa, a mulher circulou alguns pontos, dando sugestões para as duas noites que pretendíamos passar na cidade. Ouvi Pippa dizer as palavras "férias", "ex", "tarado" e "novos amigos" antes de Ziggy aparecer atrás de mim, pular em minhas costas e me dar um susto enorme.

– Jesus Cristo, menina! – murmurei para ela. – Você não é mais criança.

– Mas você consegue me carregar – rebateu, erguendo a mão para apertar meu bíceps.

Fingi fechar a cara para ela.

– Consigo. Mas não quero.

Pippa aproximou-se de nós e abriu um sorriso enorme.

– Vocês dois são os irmãos mais lindos de toda a história. – Seu entusiasmo era contagiante. Estava de olhos arregalados enquanto absorvia tudo. – Rachel disse que tem um restaurante incrível a uma distância que quase dá para ir andando. Poderíamos tomar café da manhã lá amanhã, o que acham?

– Me parece ótimo – concordei com ela, passando o braço em volta do pescoço de Ziggy para dar um cascudo em sua cabeça.

Nossa primeira parada foi na sala de degustações de uma vinícola local chamada Sherwood House Vineyards. O GPS nos guiou em direção a uma construção colonial cinza que surgia em meio a árvores altas e era cercada por arbustos floridos. Parecia mais uma residência privada e menos uma atração turística, com uma grande área de um gramado perfeitamente cuidado, buxinhos bem aparados balizando o caminho e um par de topiarias em vasos flanqueando a varanda frontal. Aliás, se não fosse uma placa na estrada ali perto, teríamos passado sem nem perceber.

Estacionamos, descemos da van e, por algum motivo que eu não seria capaz de explicar, eu me vi andando muito próximo a Pippa, minha mão por pouco não tocava sua lombar.

– Seria fácil me acostumar com isso – ela comentou, protegendo os olhos do sol enquanto estudava a casa. – Lembre-me de marcar todas as minhas viagens com o seu grupo de amigos, por favor.

– A gente também se reúne no Natal – contei a ela. – Você precisa ouvir Ziggs e Will surtando sabe Deus por que e nossa mãe surtando por não conseguir encontrar nenhum *rakfisk* bom no mercado, mas o jantar é sempre incrível, eu garanto.

– Já estamos fazendo planos hipotéticos para passarmos juntos os feriados do fim do ano? – ela quis saber. Pippa sorria enquanto eu acenava para que ela fosse à minha frente pelo caminho. – Porque, uau, Lele certamente adoraria conhecer você.

Fiz uma busca em minha memória.

– Lele, aquela que a deu à luz. E Coco é a americana – falei, e o rosto dela se iluminou surpreso.

– Você estava ouvindo?

– Não foi tão ruim assim...

– Foi péssimo! – ela corrigiu enquanto suas bochechas coravam.

Pippa havia se trocado no hotel e agora usava um vestido amarelo curto, *leggings* azul-claras e botas marrons. Era uma combinação que eu não esperava que funcionasse, mas que, de alguma forma, funcionava. O vestido destacava o rubor de seu rosto e se misturava às pontas douradas de seus cabelos. Suas pernas eram longas e torneadas e, por um instante, eu me perguntei como seriam nuas, como ficariam debaixo das minhas mãos.

E aí caí na real.

– Mas não vamos mais falar disso – ela propôs, sorrindo por sobre o ombro para mim.

– Falar de quê? – perguntei.

Sem se dar conta de que minha confusão era sincera, ela riu.

– Exatamente.

Por dentro, a Sherwood House lembrava uma sala de estar gigante. Vigas brancas davam apoio ao teto; a lareira crepitava em um canto e um grande bar de madeira estava instalado em outro. Esse cômodo principal dava acesso a outros menores – incluindo o que parecia ser uma loja de antiguidades. Um lance de escadas levava ao segundo piso.

Senti alguém entrelaçar seu braço ao meu e logo vi Ziggy sorrindo para mim.

– Não é incrível?

– É lindo – elogiei. – Ótima escolha.

– Na verdade, isso é coisa do George. Está se divertindo? – E, antes que eu sequer pudesse formular uma resposta, ela acrescentou: – Pippa parece ser legal.

Baixei o queixo para olhá-la nos olhos.

– Está bem, está bem – ela sussurrou. – Eu só estou...

Não diga que está preocupada, pensei, contrário à ideia de ser o cara triste e solitário que as mulheres em minha vida costumavam adorar. Tomar ciência dessa realidade de repente a fez tornar-se insuportável.

Sei que parte da minha reação deve ter transparecido em meu rosto, afinal, minha irmã colocou sua mão junto à minha, como se quisesse suavizar suas palavras. Depois, fez uma pausa e me analisou antes de finalmente dizer:

– Eu só quero que você se divirta.

Com um pouco de esforço, entendi o que ela queria nessa viagem: eu teria que dar tudo de mim. Poderia fazer exatamente o que ela queria que eu fizesse. Ninguém se preocupava com Liv ou Ziggy porque as duas estavam casadas e felizes. Niels tinha uma namorada de longa data e Eric estava sempre com uma namorada nova. Eu era o filho mais velho em uma família de enxeridos e, da mesma forma como eu havia me intrometido e estimulado Ziggy a sair mais, o mesmo estava sendo feito agora por mim. Ela queria que eu participasse dessa viagem. Queria que eu me divertisse. E, por mais que minha irmã negasse, parte dela queria que eu me divertisse com Pippa.

E, muito embora eu soubesse que Pippa não fosse uma possibilidade real para mim, eu já tinha tido relacionamentos casuais antes. Não necessariamente amei essas mulheres, mas também nunca fui nenhum candidato a santo.

Sorri e passei um braço por sobre os ombros de Ziggy.

– Estou me divertindo muito – falei para ela antes de lhe beijar o topo da cabeça. – Obrigado por ter me convencido a vir.

Ela me observou, seus olhos se estreitaram levemente e eu me perguntei quando minha irmãzinha tinha se tornado tão inteligente.

O primeiro vinho era um sauvignon blanc: suave, levemente ácido, nada intenso demais. Observei Pippa erguendo a taça, levando-a ao nariz e inalando antes de tomar o primeiro gole.

Trabalhei na transição mental: *pare de combater, pare de pensar demais. Apenas... desfrute.*

– Então você já trabalhou em um lugar assim? – ela perguntou, alheia à minha introspecção.

Pisquei os olhos enquanto observava a fatia de pão em minha mão.

– Trabalhei, sim, hum... Nos tempos de faculdade. Um emprego de verão.

Ela me deu um sorrisinho lindo.

– Conheceu muitas mulheres? Imagino você nos tempos de faculdade e chego a babar.

Dei risada.

– Eu estava com Becky na época.

Uma leve pontada ardeu em meu peito.

– Sua ex-esposa? – Pippa perguntou, e nossos olhares se encontraram.

Deixei uma risada, um leve golpe de ar, escapar.

– Para ser justo, ela é mais uma ex-namorada do que uma ex-esposa.

Pippa riu gentilmente.

– Nossa! Que terrível perceber isso.

Olhei para onde ela estava sentada contra o braço de um sofá, uma perna enfiada sob a outra enquanto desfrutava de uma taça de vinho. A lareira crepitava atrás de Pippa, o ar aquecido com apenas um toque de fumaça.

Ela tomou outro gole e perguntou:

– A vinícola era parecida com essa?

– Menos aconchegante e mais comercial do que esta, mas... sim, de modo geral, o mesmo clima.

– E você adorava lá?

– Não sei se eu usaria o termo "adorar" – respondi, soltando o corpo no sofá. – Mas era legal ver o processo desde o vinhedo até a adega, entender por que eles produziam certos tipos de vinhos e como até a mais leve variação de temperatura ou umidade afetava o produto final.

– Além disso, bem, vinho grátis – ela comentou, erguendo a taça para brindar.

Dei risada e também ergui a minha.

– Naquela época, eu não tinha o mesmo apreço que tenho hoje em dia por vinhos, mas os vinhos grátis certamente não me faziam mal.

– Não consigo imaginá-lo com Will, juntos, na faculdade. Vocês dois são adultos responsáveis agora, mas olho para vocês e consigo ver uma sombra de loucura.

– Como uma aura? – perguntei, rindo.

Irresistíveis

– Seu lado selvagem continua à espreita – ela concordou, sorrindo para mim enquanto usava o dedo para desenhar um círculo sobre a minha cabeça.

– Pensei que eu estivesse enganando todo mundo com meus suéteres e minhas calças perfeitamente passadas.

Pippa balançou a cabeça, negando.

– A mim você não engana.

Continuamos conversando e logo percebi minha irmã nos observando de onde estava sentada.

Passei o dedo pela sobrancelha, empenhando-me para não me sentir constrangido.

– Depois que conheci Becky, deixamos de ser loucos – contei. – Mas, antes disso, não sei como passávamos semana após semana sem sermos presos ou mortos por nossos próprios pais.

– Conte-me mais sobre o Jensen dos tempos da faculdade – ela pediu alegremente.

A próxima garrafa de vinho foi aberta e Pippa aceitou a taça para degustar, agradecendo. Tomei um gole da minha seleção, um zinfandel picante, já sentindo o efeito da primeira taça. Meu estômago parecia aquecido, minhas pernas e braços um pouco mais soltos, e eu me aproximei de Pippa o suficiente para sentir as leves notas cítricas de seu shampoo.

– O Jensen dos tempos de faculdade era um idiota – admiti. – E, por algum motivo, ele parecia concordar com todas as ideias terríveis de Will.

– Você não pode me dizer algo assim e não explicar melhor – ela provocou.

Pensei nos verões que Will passava em minha casa, nas férias e feriados. Suspeito que ele fosse igualmente louco nos tempos do colegial, mas o fato de estar longe de casa e poder comprar bebidas alcoólicas durante a faculdade tornava tudo ainda pior.

– No segundo ano da faculdade, Will me convenceu a fumar um baseado em nossa sacada, mas não percebeu que a porta havia se trancado acidentalmente. Quero deixar claro que eram por volta de duas horas da manhã em novembro, e nós dois estávamos usando apenas cuecas.

– Isso parece melhor do que a viagem sobre a qual você contou antes – ela comentou. – Mas não consigo imaginá-lo chapado. – Pippa refletiu por um instante antes de prosseguir: – Quanto à cueca, isso já é mais fácil visualizar.

Dei risada do flerte que ela lançou.

– Infelizmente, eu não era tão incrível quanto você talvez esteja imaginando, considerando o cara formalzão que acabei virando – falei, apontando para minha camisa e sapatos polidos. – A maioria das pessoas relaxa ou dá risada ou sente larica quando está chapada, certo? – Quando Pippa assentiu, prossegui: – Eu, quando estou alto, fico neurótico. – Fiz uma pausa e sorri. – Mais neurótico.

– Mas e aí, como vocês fizeram para entrar em casa?

– Tínhamos uma vizinha bonitinha que havia se mudado recentemente para o apartamento com uma sacada ao lado da nossa. Will encontrou umas pedrinhas, uma tampa de garrafa de cerveja e uma lata de refrigerante e foi jogando tudo na janela dela, até ela enfim sair. Depois, flertou com a garota até ela concordar em nos ajudar.

– Ajudar como? – Pippa perguntou, sorrindo.

– Ela estava com medo de deixar dois garotos seminus invadirem sua sacada, então se ofereceu para ligar para alguém que pudesse abrir a porta para nós. Infelizmente, não queríamos explicar ao segurança do campus o motivo de estarmos presos ali, de cueca, com um baseado e um saquinho de maconha. Eu estava muito nervoso. Na minha cabeça, já passava um filme, duas semanas depois, no qual nós nos encontrávamos presos por fumar uma ponta, dividindo a cela com um cafetão chamado Meatball. – Ao me lembrar disso, balancei a cabeça. – Mas, enfim, nossa vizinha também estudava

Irresistíveis

Direito e nos fez defender a nossa causa antes de concordar em nos deixar ir à sua sacada. Nunca vi Will e eu tão desesperados, nem antes, nem depois desse dia.

Pippa apoiou um braço no encosto do sofá enquanto ouvia. Sua expressão deixava claro que ela estava adorando a história.

– Aposto que você se saiu bem, Doutor Jensen Bergstrom.

Encolhi um ombro.

– Eu daria mais detalhes da minha defesa se lembrasse, mesmo que uma palavra apenas, dela.

– Estou supondo que vocês finalmente conseguiram entrar.

– Sim, depois de termos de nos apoiar de forma extremamente constrangedora um no outro e de alguns grunhidos aterrorizados, com medo de cairmos e morrermos, finalmente conseguimos atravessar a fenda de quase um metro entre as sacadas. Agora que penso no assunto, Will teve encontros com ela durante algumas semanas... Mas, hum, talvez isso fosse parte do pagamento. – Cocei o ombro e sorri para ela. – Enfim, chega de lembranças.

– Não, não mesmo! Eu estou aqui para esquecer o Tarado. E você está fazendo um ótimo trabalho. – Pippa olhou para mim e apontou para Ziggy. – Não me faça ir perguntar a Hanna. Aposto que ela me contaria muitas histórias depois de mais uma ou duas taças de vinho. Ela fica um pouco zonza, já percebi.

Erguendo o rosto, Pippa deixou uma risadinha escapar. Segui seu olhar até onde Will estava parado ao lado da minha irmã, enchendo a taça para ela e, se percebi corretamente, conversando com os seios dela.

Não importava com que frequência ou quantas vezes eu os visse assim, continuava achando nojento. Cheguei a bufar.

– Ao que parece... – começou Pippa, inclinando a cabeça. – Will a está monopolizando por enquanto.

– Esses dois são eternos recém-casados – expliquei, depositando em minhas palavras um toque de nojo simulado. – Mas acho que Will é o voluntário para dirigir hoje e está tentando deixá-la um pouco alta. Minha irmã fica hilária depois de beber.

– E não é estranho? Quero dizer, sua irmã mais nova ter se casado com seu melhor amigo?

– Não vou mentir, no começo era, sim. Mas, quando pensei no assunto e me dei conta de que fui eu quem sugeriu que os dois se conhecessem...

– Foi você que armou isso? – ela perguntou, sorrindo por sobre a taça. – A maioria de nós não estimularia o melhor amigo a namorar a própria irmã.

– Eu não sabia o que estava fazendo – falei antes de esvaziar minha taça de vinho, apoiá-la sobre a mesa e pegar mais uma azeitona. – Olhando em retrospectiva, sim, eu disse para ela ligar para o Will. Mas, na época, minha irmã era uma bobinha viciada em trabalho. Nunca imaginei que ele poderia se interessar por ela e enxergar em Ziggy, aquela ratinha de laboratório, algo além de ela ser minha irmãzinha nerd.

Observei-os por mais alguns segundos. Will lançou algum comentário que fez Ziggy explodir em risos e apoiar-se em seu peito. Ele inclinou o corpo, beijou o topo da cabeça dela. Então acrescentei:

– Mas ele faz bem para ela, e ela também é boa para ele. E eu nunca vi os dois mais felizes.

Pippa assentiu e olhou para o resto do grupo.

– Senti a mesma coisa com Niall e minha Ruby. Ela passou anos apaixonada por ele e ele nem dava atenção à existência dela.

– É verdade – falei. – Vocês trabalhavam juntas.

– Era hilário, mas também excruciante ver aquilo, mas agora eu não poderia estar mais feliz por esses dois. – Ela fez uma pausa antes de acrescentar: – Muito embora às vezes eu tenha vontade de jogar água fria neles.

Deixei um riso torto escapar. Eu entendia perfeitamente como Pippa se sentia.

Irresistíveis

Ela soltou o corpo no sofá.

– Tenho certeza de que vou parecer uma solteirona por dizer isso, mas, por favor, deixem um pouco dessa energia para o restante de nós.

Ajeitando a coluna, apontei para o garçom e me deparei com um olhar esperançoso de Ziggy.

O garçom nos ofereceu mais um vinho para degustar.

Pippa ergueu a taça e propôs:

– Aos solteirões?

Pensei naquilo.

– A um pouco dessa energia para o resto de nós – decidi corrigi-la.

Pippa abriu um sorriso e levou a taça aos lábios.

– Sem dúvida vou beber por isso.

Cinco

PIPPA

— Ele me lembra um garoto com quem fiz faculdade — murmurei, olhando para Jensen do outro lado da sala enquanto distraidamente lambia uma gota de vinho da borda da minha taça. — Danny. Daniel Charles Ashworth. Cara, esse nome só pode ser zoeira. Inacreditável! — Balancei a cabeça. — E lindo também. Inteligente, gentil. Era engraçado e charmoso… e nunca tinha namorado.

Ruby acompanhou meu olhar.

— Esse Danny era gay? Sério, Pips, tenho certeza de que Jensen não é. Eu garanto.

Eu já tinha perdido as contas de quantos vinhos tinha degustado, então desisti e pedi uma taça cheia do delicioso petit sirah. Ruby já estava na metade de sua generosa taça de viognier, e nós duas nos encontrávamos empoleiradas desajeitadamente em dois banquinhos do bar enquanto os homens debatiam quais — e quantas — garrafas comprar para levar para casa.

— Gay, não — respondi, piscando e voltando minha atenção a ela. — Só inacreditavelmente seletivo. — Balancei a cabeça para limpar meus pensamentos e peguei uma amêndoa no prato à nossa frente. — Certa noite, totalmente chapado de tequila, Danny admitiu para mim que não gostava de transar com muitas mulheres. Simplesmente não gostava — enfatizei. — Disse que adorava sexo, é claro, mas era algo íntimo demais para se praticar com uma desconhecida.

Ruby levou uma amêndoa à boca, olhando embasbacada para mim.

– Nossa.

– Isso não é, de certa forma, adorável? – arrisquei, pensando no traseiro de Mark se empurrando na direção do corpo daquela desconhecida, no fato de eu não saber, e jamais vir a saber, o nome da mulher embaixo dele. Na forma como ele terminou nosso relacionamento de um jeito tão fácil, sem qualquer medo de que poderia sentir falta. – Não é adorável o sexo significar tanto, mesmo quando você tem só 19 anos, a ponto de não querer fazer com qualquer uma? Ninguém é assim hoje em dia.

– Concordo com você.

– Bem – corrigi, apontando com o queixo para Niall. – *Ele* é assim.

Ruby deu risada.

– Ah, não é, não. Ele só é *casado* há anos. Sempre falei que, se Niall nunca tivesse conhecido Portia, alguma mulher sexualmente livre o teria encontrado e o transformado no mais adorável puto.

– Santo Deus, que imagem mental mais linda! – exclamei em uma lufada de ar. – Um Niall Stella de 19 anos e sexualmente insaciável.

Ela assentiu, concordado.

– Não é?

– Ah, droga! Perdi o buzuzu! – Hanna exclamou, acompanhando nossos olhares e soltando o corpo ao meu lado.

– Não, você chegou bem na hora – corrigi, descansando o queixo na mão. – Deus, veja só que parede de homens mais gatos ali.

Como se pudessem sentir o peso da nossa atenção, os três homens se viraram, todos ao mesmo tempo, e viram nós três descansando os maxilares nas mãos, olhando famintas para eles.

O que era fantástico, exceto para mim e para Jensen, que imediatamente voltou sua atenção para o outro lado, enquanto os três atravessavam a multidão e vinham em nossa direção.

– Você está *lindo* – Hanna rugiu quando Will tocou nela.

– Oi – Ruby cumprimentou com um sorriso sem fôlego quando Niall a abraçou por trás.

Jensen acenou discretamente, sendo gentil e desajeitado comigo.

– Você chegou a provar os picles artesanais?

– Os...? Não – gaguejei, entrando no jogo. – Eu, ainda não.

– São deliciosos.

– São? – perguntei, rindo enquanto os dois outros casais se beijavam ao nosso lado, fazendo com que Jensen e eu ficássemos mais perto um do outro.

Ele sussurrou, assentindo:

– O apimentado é ótimo, se você gostar de pimenta.

Apressei-me em responder:

– Gosto, sim.

– Bem... – ele falou, engolindo uma risada e dando um passo para a direita enquanto Will empurrava Hanna na direção do bar com um beijo profundamente íntimo. – São deliciosos.

– Vou ter que provar, então.

Jensen me analisou, seus olhos dançando. Balançou a cabeça, mas manteve seu olhar preso ao meu.

Era bom reconhecer a premissa disso, abertamente, sem nenhuma palavra. A expectativa de que em algum momento nós dois seríamos um casal se espalhava pesadamente pelo ar. E, embora eu estivesse aberta a um amor de férias e ele não parecesse contrário à ideia, Jensen disfarçava seus sentimentos com uma mistura confusa de humor e formalidade. Eu queria que nós dois fôssemos, no mínimo, parceiros no crime aqui.

Colegas de viagem.

Colegas.

Niall, é claro, pareceu perceber nossa brincadeira e se arrastou para fora do abraço de Ruby.

– Vamos nos trocar para jantar? Estou precisando tomar um bom banho.

Eu apreciava o fato de as três mulheres nessa viagem serem quase mais eficientes do que os homens na rotina de tomar banho e se trocar.

Ruby e Hanna estavam no hall – cabelos úmidos, maquiagem mínima – quando saí do meu quarto em condições similares.

– Vamos celebrar as mulheres que se arrumam rápido! – Hanna declarou e as palmas das nossas mãos bateram quase silenciosamente.

Niall e Will estavam parados juntos alguns passos à frente, conversando discretamente.

– A gente só está esperando o Jens? – Ruby quis saber.

Hanna assentiu.

– Ele deve estar passando as roupas. Ninguém gosta tanto de passar roupa quanto meu irmão. Se bobear, ele passa até as meias.

– Que gracinha! – comentei antes de olhar o que eu estava usando: botas altas, *leggings* vermelhas, minha saia rodada preferida, de zebrinha, um pouco amarrotada por ter passado dias na mala, e uma blusinha branca debaixo de um cardigã verde-água com um papagaio bordado na altura do seio. – A minha roupa faz parecer que uma caixa de canetinhas hidrocor explodiu no corredor.

– Eu adoro as suas combinações – Ruby elogiou. – Você é tão corajosa.

– Obrigada... eu acho? – murmurei.

Francamente, eu apenas gostava dessas cores.

Jensen chegou ao hall e enfim encontrou três mulheres paradas praticamente à frente da sua porta.

– Desculpa – falou, olhando para cada uma de nós, ligeiramente confuso. – Eu... Eu não sabia que todo mundo estava me esperando.

– Não tem problema, noivinha – Hanna brincou, beijando barulhentamente sua bochecha.

– Eu tive que passar as minhas roupas – Jensen explicou baixinho.

E Hanna lançou para mim aquele sorriso de vitória, aquele sorriso que dizia "viu só como eu estava certa?".

Irresistíveis

Ruby segurou o braço de Niall. Hanna, o de Will. E Jensen virou-se para mim com um sorriso tranquilo que desmentia a tensão em seus olhos, e disse:

– Você está linda!

O comentário me deixou subitamente desconfortável. Eu sabia que a motivação dessa viagem estava escrita com a mais brilhante das canetas em nossa testa e nos seguia aonde quer que fôssemos, mas eu queria conseguir ignorá-la. Desfrutar da segurança de uma paixão por Jensen me faria bem, saber que ele seria cuidadoso em todos os pontos em que eu talvez fosse impulsiva. A ele, faria bem desfrutar de um tempo longe do trabalho. E, juntos, poderíamos fingir que essa motivação não existia.

Mas, na realidade, a atenção dele só seria realmente lisonjeira se fosse genuína.

Quando chegamos ao restaurante-vinícola e fomos recebidos pela hostess, discretamente puxei Hanna para um canto.

– Eu não quero... – E me contive.

Eu tinha começado a falar antes de determinar o que exatamente eu queria dizer.

Ela sorriu e deu um passo mais para perto.

– Está tudo bem com você?

– Tudo bem – respondi, assentindo. – É só que... – Olhei para Jensen e rapidamente voltei a encará-la. – Eu só não quero que ele sinta nenhuma... pressão indevida.

Hanna piscou os olhos e apertou o nariz enquanto tentava entender o que eu queria dizer.

– Com você?

– Sim.

Sua confusão se transformou em diversão.

– Você está preocupada com meu irmão sentir pressão pela possibilidade de ficar com uma mulher linda feito você durante as férias?

— Bem… — comecei, lisonjeada pela descrição. *Mulher linda*. Que ótimo! – Sim.

Ela bufou.

— Que vida dura a de Jensen! Deixe-me dar um abraço nele.

O comentário me fez rir. Percebi que, cada vez que Hanna falava, eu me apaixonava um pouco mais por ela. Eu entendia a paixão de Ruby.

— Você é incrível e sei o que quer dizer. A atração pode não ser mútua…

— Então você está…?

— … e se não for mútua – continuei, interrompendo-a. – Não tem problema nenhum. Estou aqui para dar risada, estou aqui para fugir um pouco da minha realidade. – Olhei para a parede que ostentava centenas de garrafas de vinho e senti minha sobrancelha arquear, como se aquelas garrafas estivessem ali para me desafiar. – Para dizer a verdade, estou aqui para ficar meio desleixada.

— Deixe-me contar para você uma coisinha sobre meu irmão – disse Hanna, aproximando-se. – Ele era um pegador reconhecido. Sério. – E, ao perceber minha expressão de surpresa, acrescentou: – Depois, casou-se com uma bruxa que partiu seu coração. Na verdade, ela partiu os corações de todos nós.

As palavras me fizeram franzir o cenho, pensar em um relacionamento de nove anos e como a situação deve ter excedido Jensen e abatido toda a família.

— Agora ele é um viciado em trabalho que não lembra o que é ser espontâneo ou como é se divertir simplesmente por se divertir – ela continuou. – Essas férias vão fazer um bem enorme para ele. – Suas sobrancelhas se repuxaram quando ela acrescentou: – Vai ser ótimo.

Observei enquanto ela voltava para perto de Will, cujos braços inconscientemente já a seguravam na altura da cintura. Estudei os cinco reunidos, esperando que fôssemos encaminhados à nossa mesa.

Irresistíveis

Conforme esperado, minha cadeira estava ao lado da de Jensen na ampla mesa hexagonal no centro da sala de jantar. O restaurante era lindo, com uma escultura que parecia ser um tronco de árvore invertido, saindo do teto, com os galhos e folhas criados usando centenas de lâmpadas minúsculas. Os garçons usavam camisas brancas impecáveis e aventais pretos presos na altura da cintura e enchiam nossas taças de água com gás.

Minha embriaguez provocada pelo vinho da tarde havia se dissipado e eu concordei em dividir uma garrafa do pinot noir da casa com Jensen.

Por que diabos não?

Percebi que ele estava tentando relaxar. Parte de mim adorava o fato de Jensen não estar em sua "situação normal". Sempre senti que eu era relaxada demais se comparada às pessoas à minha volta. Alguém tinha que ser um pilar. Eu podia *tentar* ser esse pilar, mas, como certamente poderia prever, meu plano estava fadado ao fracasso assim que Jensen, sempre muito cavalheiro, me serviu uma taça maior que a sua.

– Está se esquecendo da minha propensão a falar demais quando estou bêbada? – perguntei enquanto o via esvaziar a garrafa em minha taça.

Os aperitivos estavam espalhados pela mesa: endívia com prosciutto, muçarela fresca, minialmôndegas com alecrim e milho, uma tigela de pimenta shishito assada e o meu favorito: um ceviche de camarão e lula que fazia meus olhos salivarem só de imaginar aquele azedinho perfeito.

– Ao contrário do que eu disse – ele falou para mim, apoiando a garrafa vazia sobre a mesa –, acho que gosto da sua tagarelice. Você não é mais uma louca no avião. – Ergueu sua taça e a tocou suavemente na minha. – Você é a Pippa.

Bem, que doçura da sua parte.

— Acho que esta noite quero que *você* fale demais — eu disse, enrubescendo e me aproximando um pouquinho.

Os olhos de Jensen focaram em minha boca e ele pareceu ter se dado conta disso enquanto ajeitava o corpo.

— Infelizmente — arriscou —, eu sou a pessoa menos interessante nesta mesa.

Olhei para nossos amigos. Ruby e Niall estavam de mãos dadas, Hanna tinha se levantado para ir ao banheiro e Will lia o cardápio de uísques do outro lado da mesa.

— Bem — cedi. — Isso *pode* ser verdade, já que não ouvi nenhum argumento seu para tentar desfazer essa imagem, mas, como você é minha única opção neste momento, quero ouvi-lo falar.

Ele olhou para sua taça, piscou os olhos, respirou profunda e demoradamente e então olhou para mim.

— Escolha um assunto.

Ah, o poder inebriante! Ajeitei-me contra o encosto da cadeira, tomando um gole de vinho enquanto refletia sobre sua proposta.

— Não pareça tão maquiavélica — ele pediu, rindo. — Quero dizer, do que quer que eu fale?

— Certamente não quero ouvir nada sobre o seu trabalho — deixei claro.

Ele concordou com um sorriso.

— Não, nada de trabalho.

— E a ex-esposa me parece um assunto muito desagradável.

Ele assentiu, agora rindo abertamente.

— O mais nojento dos assuntos.

— Eu poderia perguntar por que você não tira férias há dois anos, mas...

— Mas isso significaria falar de trabalho — ele me interrompeu.

— Exatamente. Eu poderia perguntar sobre esse time de softball que Hanna sempre menciona — arrisquei, fazendo Jensen virar os olhos exasperadamente. — Ou sua capacidade de correr vários quilômetros todas as manhãs sem precisar receber um pagamento por isso e sem ter nenhum monstro atrás de você... – Mordisquei o lábio. – Mas, falando sério... Acho que nós dois sabemos que eu o acho gentil e mais do que atraente, e sei que não você não tem nenhuma amante em Londres e nenhuma esposa em Boston, mas quero saber se tem namorada.

– E você acha que eu estaria nessa viagem, com minha irmã e o marido dela, e Ruby e Niall e... você... se eu tivesse namorada?

Dei de ombros.

– Para mim, você é um emaranhado de mistérios.

Seus lábios se repuxaram muito ligeiramente, formando um sorriso discretíssimo.

– Não, não tenho namorada.

Bati a mão na mesa e ele ficou assustado.

– Santo Deus, por que não? – gritei. – Uma virilidade como a sua não deveria ser desperdiçada.

Jensen deu risada.

– Virilidade?

– Exatamente.

A palavra o fez enrubescer.

– Bem, acho que sou seletivo.

– Eu já tinha percebido – murmurei friamente.

Ele se contorceu levemente na cadeira.

– Eu gosto de ser capaz de controlar as coisas.

Inclinei o corpo para perto dele.

– Agora sim isso me soa interessante.

Sorrindo de modo a deixar claro que ele sabia que suas próximas palavras me decepcionariam, ele acrescentou:

– Quero dizer, acho que gosto desse aspecto do meu trabalho. Todas as relações que tive depois de Becky pareceram um pouco caóticas.

– Relações podem ser caóticas – admiti.

E, enquanto pronunciava as palavras, eu me dei conta de quão sinceras eram. Com Mark, nunca senti que eu fosse capaz de prever o que ele faria no momento seguinte, era como se eu tivesse que monitorar tudo o tempo todo. Nosso relacionamento mudava constantemente, e o resto da história todo mundo já conhece. Pela primeira vez desde o fim do relacionamento, entendi por que ao longo do último ano eu vinha sentindo aquela ansiedade insuportável dentro de mim. E por que eu já não a sentia mais.

Por mais que eu quisesse que o amor fosse uma aventura, certamente havia alguns pontos que precisavam se manter estáveis.

– Mas, é… – prossegui. – Concordo que não deveriam ser.

– Sair com alguém depois de passar uma década com a mesma mulher foi meio desorientador – confessou. – É uma língua nova, uma língua que eu ainda não domino.

– Tenho certeza de que Niall entende – ofereci.

Ele assentiu.

– Max e eu conversamos sobre isso uma vez. Por sorte, Niall agora tomou um rumo na vida. O mais estranho… – ele prosseguiu, lançando um sorriso tímido para mim. – E sinto muito por isso tocar no assunto asqueroso da ex-esposa, é que Becky sempre teve uma vida um pouco previsível até, de repente, ela decidir ir embora, do nada. Pensei que estivéssemos felizes. *Eu* estava feliz. Imagine quão horrível me senti quando percebi que não tinha me dado conta de que ela não estava.

Entendi, em um momento depressivo, o que ele estava me dizendo. Para Jensen, relacionamentos davam errado de um jeito ou de outro. Seu primeiro amor parecia estar bem, mas não estava. E tudo o que veio depois parecia acontecer em uma língua que ele não falava.

Cheguei a abrir a boca para responder, para reassegurá-lo de que, de alguma forma, a vida dele era assim, e era bagunçada, mas, para todas as mulheres como Becky que existem por aí, há pelo menos a mesma quantidade de homens que entendem nossas mentes e corações o suficiente para serem sinceros. Mas as palavras foram interrompidas por um grito cortante.

O barulho era tão diferente de todas as versões de alarme de incêndio que eu já ouvira que, por um instante, uma parte animalesca do meu cérebro gritava: "PROCURAR ABRIGO ANTIBOMBAS IMEDIATAMENTE". Todavia, logo Jensen segurou minha mão e me puxou junto a si, deixando calmamente o restaurante pela saída de emergência.

Ele agiu com tanta segurança que cheguei a pensar que Jensen talvez tivesse procurado a saída de emergência antes mesmo de nos sentarmos. Não apenas havia agido como se estivesse esperando o alarme de incêndio tocar, mas como se soubesse exatamente aonde ir. Eu queria lhe entregar um Martíni e viver com ele a fantasia de James Bond por uma noite.

O alarme de incêndio trouxe consigo barulhos de surpresa e preocupação e, por fim, a compreensão do que estava acontecendo, explicada aos gritos por garçons que acompanhavam as pessoas até o lado de fora, que diziam que era um pequeno incêndio na cozinha, que estava tudo bem, que todos por favor permanecessem calmos.

A saída de emergência nos levou até a parte de trás do restaurante, ao topo de uma colina com vista para os vinhedos. Horas depois do pôr do sol, as parreiras pareciam formar um sombrio labirinto de madeira e folhagem. Jensen me soltou, rapidamente enfiou a mão no bolso e olhou impressionado para a vista. Do outro lado das fileiras à nossa frente havia uma pequena estrutura que parecia ser um pequeno barracão construído no centro do vinhedo.

– O que você acha que é aquilo lá? – perguntei para ele, apontando.

Will e Hanna passaram por alguns homens mais velhos e ligeiramente histéricos e logo se aproximaram de nós, olhando para onde eu apontava.

– Acho que é onde os trabalhadores almoçam – Hanna arriscou. – Eu almoçaria ali. É uma bela vista.

Fomos um pouco para a frente, abrindo espaço para as pessoas que saíam do restaurante.

Will negou com a cabeça.

– Eu arriscaria dizer que é para o pessoal trepar.

– Eu acho que é onde eles guardam materiais menores para a colheita – Niall propôs, sendo mais lógico, e todos olhamos para ele enquanto Will fingia bocejar.

Atrás de nós, os garçons e os demais funcionários do restaurante se apressavam de um lado a outro, tentando tranquilizar os clientes de que tudo seria corrigido e logo todos voltariam para dentro para terminar o jantar.

Mas, por enquanto, teríamos de ficar aqui fora.

– Eu quero ir lá ver – falei.

– Então vá – Will me estimulou.

– Pippa... – Jensen começou, mas eu me virei para ele e abri um sorriso enorme.

– Corra! – gritei, atravessando a área de concreto e acelerando pela terra macia, deixando um silêncio atordoado ao passar.

A sensação do vento frio batendo em meu rosto era incrível e, pela primeira vez – *obrigada, pinot noir* – vertiginosamente fingi estar em uma corrida de verdade, forçando meus braços, sentindo o chão abaixo dos meus sapatos ficar para trás.

Ouvi passos constantes atrás dos meus, e ali estava Jensen, diminuindo a velocidade para correr ao meu lado e me olhando torto antes de seu lado competitivo assumir o controle. Ele avançou o resto do caminho até o galpão, virando-se ao chegar para me esperar.

Parado de forma tão constante quanto o próprio galpão, Jensen me encarou sem dizer nada enquanto eu recobrava o fôlego.

– Que diabos foi isso? – enfim perguntou, um leve sorriso se formando em seus lábios. – Pensei que você não corresse.

Dei risada, erguendo o rosto para olhar para o céu. O ar estava fresco, um pouco úmido, o céu era da cor do meu vestido índigo favorito.

– Não tenho ideia do que aconteceu. O clima estava ficando sério demais lá em cima. – Apertei as mãos junto às laterais do corpo. – Eu gostei... Só acho que... Acho que estou um pouquinho embriagada.

– Pippa, eu não... – Jensen parou quando eu me virei e segui na direção de uma pequena janela do galpão para espiar ali dentro.

Exatamente como Niall havia previsto, o lugar estava cheio de equipamentos para horticultura, baldes, lonas e mangueiras enroladas.

– Bem, sem dúvida é interessante – respondi, olhando outra vez para ele. – Infelizmente Niall estava certo.

Jensen respirou fundo, observando-me com uma expressão indecifrável.

– O que foi? – perguntei.

Ele riu sem achar graça.

– Não pode simplesmente... – Jensen fez uma pausa, passando a mão nos cabelos. – Você não pode *fugir*, sair correndo e se enfiar em um *vinhedo escuro*.

– Por que, então, resolveu me seguir?

Surpreso, ele piscou os olhos.

– Quero dizer... – E pareceu perceber alguma coisa ridícula em sua resposta, mas, mesmo assim, falou: – Eu não podia deixá-la *fugir para um vinhedo escuro* sozinha.

Suas palavras me fizeram rir.

– Jensen, estou a menos do que seria um quarteirão do restaurante.

Nós dois olhamos para o grupo de clientes do restaurante ainda reunidos lá em cima, ainda esperando para poderem voltar para dentro, ainda totalmente despreocupados com o que Jensen e eu estávamos fazendo.

Virei-me e olhei para o seu perfil na luz fraca lançada pela adega distante. E me perguntei se ele estaria pensando na conversa que tivemos à mesa, no enigma de não confiar em si mesmo e não entender as outras pessoas.

– Sinto muito por Becky – falei, fazendo-o olhar ligeiramente assustado para mim. – Tenho certeza de que muitas pessoas disseram isso no começo, quando a ferida estava totalmente aberta, mas duvido que alguém diga algo hoje em dia.

Ele se virou para me encarar, mas a única resposta foi uma palavra de cautela:

– Não...

– Eu me lembro de quando minha avó morreu. – Desviei o olhar, observando fileiras e mais fileiras de parreiras. – Foi há anos, ela era relativamente nova. Eu tinha onze, ela, bem, vejamos... Devia ter pouco menos de oitenta.

– Eu sinto muito – Jensen lamentou baixinho.

Sorri para ele.

– Obrigada. O que quero dizer é que todo mundo ficou triste por nós no primeiro momento. Naturalmente. Mas, com o passar do tempo, parecia mais difícil lidar com o fato de que ela tinha morrido, pelo menos para Lele. Em todos os grandes e pequenos momentos, minha avó não estava lá. A situação não ficava mais fácil. Nossa tristeza só se tornava mais silenciosa. Não tocávamos mais no assunto, mas eu sabia que Lele não podia mais dividir suas mágoas e vitórias com sua mãe, e isso pesava para ela. – Olhei outra vez para Jensen. – Então, o que estou dizendo é que, sim, já se passaram seis... seis anos desde o ocorrido com Becky?

– Isso, seis – confirmou.

– Seis anos depois e eu sinto muito por ela não estar mais na sua vida.

Jensen assentiu, abriu a boca, mas logo pareceu afogar suas palavras. Ele claramente não gostava de falar sobre si mesmo quando o assunto era relacionamentos. Não, mesmo.

– Obrigado – agradeceu, falando baixinho, mas eu sabia que não era isso que ele estava prestes a dizer alguns segundos antes.

Irresistíveis

– Diga – propus, abrindo os braços. Dei uma volta, ainda com os braços estendidos. – Expresse-se comigo, e com as uvas, e as parreiras, e os materiais de horticultura no galpão.

Jensen deu risada, olhando para onde nossos amigos estavam conversando e nos observando.

– Pippa, você é… – Ele parou abruptamente enquanto um chiado surgia à nossa direita, e em seguida à nossa esquerda.

Dei um passo para trás.

– O que é isso?

Ele resmungou enquanto segurava meu braço.

– Porra! Venha comigo!

Começamos a correr, mas, em poucos segundos, estávamos cercados pela água do sistema de irrigação, água que vinha de todas as direções. Ela nos acertava, nos ensopava, saindo pelas pequenas tubulações espalhadas pelas treliças das videiras, pelas laterais e pelo chão, espalhando-se com a ajuda de aspersores.

Demos mais alguns passos escorregadios pela terra, mas quase caí de costas. Jensen conseguiu me segurar, mas foi por pouco.

Correr era inútil. Estávamos ensopados.

– Esqueça – gritei para ele por sobre o ruído ensurdecedor do sistema de irrigação. Era como se estivéssemos no meio de uma tempestade. – Jensen – chamei-o, segurando a manga de sua camisa enquanto ele tentava voltar para a vinícola. Virei-o para que me encarasse.

Ele voltou seus olhos selvagens na direção dos meus. Não era como se tivéssemos tomado uma garrafa de vinho depois de um dia provando pequenas doses várias e várias e várias vezes. Não era o fato de nosso jantar ter sido interrompido ou de estarmos ensopados ao ar livre, em pleno outubro, em uma pequena vinícola de Long Island.

A julgar pelo brilho selvagem em seus olhos, era como se alguma coisa tivesse sido abalada dentro dele.

– Sei que não nos conhecemos muito bem – gritei, fechando os olhos para tentar protegê-los da água. – Sei que isso vai parecer uma loucura, mas acho que você precisa gritar.

Ele deu risada, gaguejando em meio aos golpes de água.

– Eu preciso gritar?

– Gritar!

Ele balançou a cabeça, sem entender nada.

– Diga! – berrei mais alto do que todo aquele barulho. – Diga o que se passa em sua cabeça neste exato momento. Seja sobre trabalho, sobre a vida, sobre Becky, sobre mim. Faça assim! – Inalei uma lufada do ar gelado enquanto as palavras quase explodiam de dentro de mim: – *Eu quero odiar Mark, mas não odeio! Odeio o fato de eu ter me entregado tão facilmente a um relacionamento que, para ele, foi uma espécie de pit stop, uma relação que eu acreditava que poderia durar para sempre! Era algo bem diferente e eu me sinto uma idiota por não ter percebido antes.*

Ele me observou por vários segundos, a água escorrendo por seu rosto.

– *Eu odeio meu trabalho* – berrei, punhos fechados na lateral do corpo. – Odeio meu apartamento e minha rotina e a possibilidade de a vida seguir assim para sempre e eu não ter a coragem necessária para agir e mudar. Odeio o fato de eu ter trabalhado com tanto afinco e agora, quando olho à minha volta e comparo minha vida à das outras pessoas, tenho a sensação de ser uma gota no oceano.

Jensen desviou o olhar, piscando para afastar as pesadas gotas de água presas em seus cílios.

– Não me faça parecer uma idiota! – pedi, estendendo a mão para tocar em seu peito.

Quando pensei que ele daria meia-volta para retornar ao restaurante, Jensen inclinou a cabeça para trás, fechou os olhos e gritou em meio ao barulho do sistema de irrigação:

– *A essa altura, nós já teríamos tido filhos!*

Ah, meu Deus!

Assenti, encorajando-o. Ele olhou outra vez na minha direção, como se buscasse algum sinal de aprovação, e seu semblante se transformou quando ele expressou suas emoções: seu rosto agora estava mais apertado, os olhos também, e a boca era uma linha dura.

– Eles estariam na *escola!* – gritou, esfregando a mão no rosto para tentar secar a água. – Estariam jogando *futebol* e andando de *bicicleta!*

– Eu entendo! – exclamei, deslizando a mão por seu braço, entrelaçando meus dedos ensopados aos seus.

– Às vezes, sinto que não tenho nada – arfou. – Nada além do meu trabalho e dos meus amigos.

Isso é muita coisa, pensei, mas não falei. Porque eu entendia. Essa não era a vida que ele tinha imaginado para si.

– E fico tão furioso por ela não ter me dito antes que não era aquilo que queria.

Jensen usou sua mão livre para tentar secar o rosto mais uma vez e, por uma fração de segundo, cheguei a me perguntar se havia algo além de água escorrendo por suas bochechas. Na escuridão, era impossível saber.

– Fico com muita raiva por ela ter desperdiçado o meu tempo – disse, negando com a cabeça e desviando o olhar. – E aí, quando conheço alguém, a sensação é... para que investir nela? Não é tarde demais? Eu sou certinho demais, interessante de menos, ou...

– Ou passou tempo demais sendo estável? – sugeri, tentando fazê-lo rir, mas aparentemente minhas palavras tiveram o efeito oposto e ele soltou minha mão, suspirando pesadamente. – Nós dois formamos um par e tanto, não é? – Segurando sua mão com determinação, esperei que ele olhasse para mim. – *Não* é tarde demais. Nem se você tivesse oitenta anos. E só tem trinta e três.

– Trinta e quatro – ele me corrigiu com um rugido.

– E, por favor – prossegui, ignorando-o –, a maioria das mulheres não é tão obtusa com relação à própria vida e aos sentimentos. Sua primeira mordida foi em um pedaço de fruta podre, mas há muitas outras frutas maduras nas videiras. – Cheguei a bambear quando percebi que as palavras o fizeram sorrir enquanto ele olhava para as parreiras de zinfandel à nossa volta. Logo acrescentei: – Não estou falando de mim. Também não estou necessariamente falando da próxima mulher que você vai conhecer. Só quero dizer que ela está por aí, em algum lugar, seja lá quem *ela* for.

Olhando no meu rosto, ele assentiu. A água deslizava por sua testa, escorrendo por sobre o nariz, fazendo o percurso até os lábios. Por uma fração de segundo, ele pareceu prestes a me beijar. Mas então mexeu um pouquinho a cabeça, olhando-me como se esperasse alguma espécie de direcionamento mágico.

– Sinto muito por você ter perdido Becky – falei baixinho. – E sei que já faz tempo, mas não é tempo demais para se sentir totalmente puto com isso. Foi um sonho que não deu certo, e isso é terrível de qualquer forma.

Ele assentiu, apertando a minha mão.

– Também sinto muito por Mark.

Dispensei as palavras com um sorriso.

– Mark não era um sonho. Ele só era uma trepada fantástica que eu tinha esperanças de um dia se tornar um cara melhor. – Pensando um pouco mais sobre o assunto, acrescentei: – Talvez ele *fosse* um sonho, mas foi um sonho bem curto. Se tem uma coisa que percebi até agora nessa viagem é que eu não precisava de três semanas para superar o fim desse relacionamento. Mas, mesmo assim, estou feliz por ter três semanas de folga.

Vi que ele logo se tornou reservado outra vez, mas não fiquei apreensiva. Era o jeito de Jensen processar as coisas, eu já tinha percebido. Ele levava um tempo. E se protegia. Então, facilitei a situação para ele e soltei sua mão para que ele pudesse nos levar de volta ao pátio do restaurante, onde as pessoas já começavam a entrar outra vez. Nós daríamos risada de quão louca eu fui, de quão lunática Pippa era, e voltaríamos aos nossos quartos para nos trocarmos e colocarmos roupas secas para um novo jantar.

Seis

JENSEN

Na manhã de segunda-feira , levantei-me antes do sol.

Pisquei os olhos para o teto escuro, para as cobertas ainda aquecidas à minha volta, enquanto a bruma da sonolência se dissipava. Minha confissão a Pippa ainda ecoava dentro da minha cabeça.

A essa altura, nós já teríamos tido filhos!

Eles estariam na escola! Estariam jogando futebol e andando de bicicleta!

Eu não tinha ideia de onde viera tudo aquilo na noite passada. Eram pensamentos que, a essa altura, eu tinha muito raramente, em geral durante um momento de fraqueza ou depois de um dia extremamente ruim, quando eu voltava para casa e não encontrava nada além de uma construção vazia.

Ou, aparentemente, depois de um dia de bebidas e de enfrentar um sistema de irrigação de um vinhedo.

Eu tinha saído com várias mulheres depois do meu divórcio e não pensava muito mais em Becky. Mas também tinha passado muito tempo pensando em meu casamento depois que conheci Emily. Com ela, a amizade fácil e previsível de alguma forma foi parar na cama e me fez crer que era muito mais fácil ter algo assim – que não precisasse significar nada – em vez de algo em que eu investiria todo o meu coração.

Participei de um jogo de softball e Emily e eu nos conhecemos depois, enquanto tomávamos uma cerveja, como costuma acontecer. Mas, naquela quinta-feira em especial, eu paguei a conta e a acompanhei até seu carro, onde ela me surpreendeu perguntando se eu queria ir com ela à sua casa. No fim das contas, eu fui. Transamos duas vezes naquela noite e fui embora antes de seu despertador tocar na manhã seguinte.

Emily era atraente e inteligente – uma neuropediatra da equipe do hospital infantil de Boston –, mas nós dois sabíamos que não seríamos muito mais do que amigos que dormem juntos quando é conveniente. Transávamos algumas vezes por mês. Era sempre bom. Nunca era incrível. Nunca era incrível em parte porque nenhum de nós investia emoções.

E, francamente, eu sabia que grande parte da minha hesitação em me envolver mais profundamente era o aturdimento residual da situação com Becky e o fato de eu não querer lidar outra vez com isso. Pippa estava certa; a dor se aquietava com o tempo, mas não desaparecia por completo. A dor mudou, transformou meu jeito de ver as coisas e a forma como as pessoas me percebiam. O período de sofrimento aceitável pela perda do meu casamento e tudo o que ele significava na minha vida havia expirado. O resto do mundo seguiu a vida. Eu também deveria seguir.

Por que, então, não segui?

E fico tão furioso por ela não ter me dito antes que não era isso que queria.

Fico com muita raiva por ela ter desperdiçado o meu tempo. E aí, quando conheço alguém, a sensação é... para que investir nela? Não é tarde demais? Eu sou certinho demais, interessante de menos, ou...

Não terminei esse pensamento.

Não sabia ao certo o que em Pippa me fez admitir coisas que eu nunca havia dito em voz alta, mas eu não gostava nada disso. Essas próximas duas semanas deveriam funcionar como uma fuga e uma oportunidade para beber muito, e não como um momento de introspecção e exame de consciência.

Irresistíveis

Afastei os cobertores e me sentei, estendendo a mão para pegar o celular, que estava carregando na mesa de cabeceira. Ignorei os e-mails com um movimento nada característico e abri a última mensagem de Will perguntando se eu queria sair para correr de manhã.

"Estou a fim. Está pronto?"

Enviei a mensagem e joguei o celular na cama.

Dei uma olhada na programação que Ziggy tinha imprimido para todos: *brunch*, tempo livre para explorar a região, um possível passeio por uma cervejaria e jantar aqui, no hotel.

A resposta de Will chegou enquanto eu estava no banheiro. Um simples "Não", seguido por silêncio.

Liguei para o celular dele e, depois de quatro toques e o barulho do celular caindo pelo menos duas vezes, Will atendeu.

– Você é foda igual a sua irmã – resmungou, palavras abafadas pelo que eu imaginei ser um travesseiro.

– Foi você quem me chamou para correr hoje de manhã, lembra?

– Ainda não são nem... – Ele tateou o telefone outra vez. – Não são nem sete horas.

– E daí? É nesse horário que sempre saímos.

– Jensen, você já viu o quarto no qual está?

Deslizei o olhar pelo cômodo. Paredes brancas, uma cama grande coberta por uma colcha artesanal, lareira de alvenaria.

– Sim.

– A gente está de *férias*. O *brunch* não começa antes das dez. Não tem problema em dormir um pouco mais.

– Você devia ter esclarecido isso ontem à noite – falei, já abrindo o cardápio para chamar o serviço de quarto.

– Eu bebi meu próprio peso em vinho e tentei convencer o garçom a abrir uma vinícola comigo – ele contou. – Acho que ninguém deve levar a sério *nada* do que eu disse ontem à noite.

– Está bem – falei com um suspiro. – Eu tenho um trabalho para fazer, de qualquer forma. Me ligue quando se levantar e aí sairemos.

- Não tem, não. - Ouvi tecidos se esfregando ao fundo e o barulho das molas do colchão. - Deus, porra, cara! Não! Nem fodendo que você vai ficar aí sentado e trabalhando no seu notebook. Sua irmã vai me matar.

Então Will também estava encarregado de cuidar do Jensen.

Rangi os dentes.

- Tudo bem - falei. - Nada de trabalho. Só vou dar uma saída agora e encontro vocês todos mais tarde.

- Não, você está certo. Me dê quinze minutos, a gente se encontra no lobby. Combinado?

- Combinado.

—

Meu quarto ficava no final da casa, com vista para o gramado e a passarela que separava a construção principal de uma estrutura similar a um celeiro, ao fundo. O céu continuava escuro, mas tinha clareado o suficiente para eu conseguir enxergar um gazebo com cobertura de cobre ao longe e um pátio onde, de acordo com a brochura que Ziggs incluíra em nosso roteiro, eles serviam o jantar na maioria das noites, junto a uma fogueira.

As coisas estavam consideravelmente agitadas no andar inferior, com a lareira do lobby já acesa e os ruídos e aromas do café da manhã passando pelas portas fechadas da cozinha.

Will já estava ali, conversando com o gerente, próximo à porta principal.

Ao me ver, ergueu a mão para cumprimentar e se despediu do gerente.

- Bom dia - cumprimentou.

- Bom dia. Ziggs ainda está dormindo?

- Cansada pra caramba - disse com um sorriso de quem estava se divertindo e que achei melhor não tentar traduzir. Em seguida, começou a vestir um par de luvas e deixou escapar uma leve bufada. - Vejo que conseguiu recuperar sua blusa.

Olhei para o meu moletom da Johns Hopkins, aquele que parecia passar a maior parte do tempo com minha irmã. Estava um pouco desbotado, um pouco desgastado em algumas partes. Os punhos estavam alargados e uma das mangas já começava a abrir na costura, mas era um dos meus favoritos. Hanna estava sempre entrando e saindo de casa e roubava minhas roupas desde que passou a ter idade para alcançar a porta do meu armário. O único motivo de eu estar vestindo esse moletom era o fato de minha irmã provavelmente ter se trocado em casa em algum momento e o largado no chão.

- Sinto que você está julgando meu moletom, William. Que maravilhoso. Hanna o usa mais do que eu mesmo.

- Não. Hanna, assim como você, tem um sentimentalismo estranho. Vocês são as únicas pessoas que conheço capazes de jogar fora um Tupperware porque não querem lavá-lo, mas guardam um moletom por duas décadas.

Ele tinha razão.

Atravessamos o lobby e saímos antes que o cheiro de bacon e café recém-passado nos forçasse a desistir de ir malhar e a voltar ao prédio pela porta dos fundos.

O ar frio nos atingiu imediatamente. Will puxou sua touca mais para baixo, buscando proteger as orelhas, e eu olhei para os fundos do hotel.

- Este lugar é mesmo bonito - comentou.

Acompanhei seu olhar. A bruma se espalhava entre as colunas da cerca ao longe, as árvores tinham a tonalidade intensa do outono em contraposição a um céu sem cor. A hospedaria ficava para trás, madeira branca, guarnições azul-claras, o telhado cor de cobre que brilhava feito uma moeda recentemente cunhada.

Assenti, concordando.

O telefone de Will vibrou em seu bolso e ele o puxou, rindo sarcasticamente.

- Bennett acabou de dizer no grupo: "Chloe trouxe café da manhã para mim na cama. Duas horas depois, ela ainda não me pediu para consertar a lixeira. Esposas fazem coisas assim por... gentileza? Por favor, traduzam."

Dei risada, balançando a cabeça.

- Você acha que ele está mesmo confuso? Ou só está de zoeira?

Enquanto guardava o telefone e fechava o zíper do bolso, Will falou:

- Acho que é bem sincero, embora ele esteja acrescentando um toque de humor. Ela está completamente diferente. Aqueles dois tinham uma dinâmica específica e agora um é a metade do outro. Impressionante.

- Você queria estar em Nova York para ver mais disso?

- Para dizer a verdade, sim - ele respondeu, inclinando-se para o lado para alongar as costas. - É muito esquisito, mas divertido mesmo assim.

Alongamo-nos em silêncio, como tínhamos feito milhares de outras vezes - coxas, panturrilhas, tendões, glúteos -, enquanto os sons da manhã ecoavam à nossa volta. Cavalos pastavam na grama de um pasto vizinho e um martelo acertava um prego em algum ponto da propriedade, mas o tudo era calmo enquanto nos ajeitávamos para seguir a trilha.

Liguei o cronômetro no meu relógio e partimos, deixando para trás a estrada de terra para chegarmos à calçada de uma rua asfaltada. Nossos pés batiam ritmicamente no chão e eu mantinha a respiração estável e os olhos no caminho à frente.

- Como está o trabalho? - perguntei.

Will era investidor e Max seu colega de trabalho. Juntos, os dois eram donos da Stella & Sumner, uma empresa de capital de risco. Max ficava em Nova York e Will agora trabalhava em Boston.

Irresistíveis

– Indo bem – respondeu. – Tem uma empresa pequena, da área farmacêutica, na Austrália, fazendo um importante trabalho sobre o câncer. Vou até lá para conversar com eles no mês que vem. Ah, e Max transformou meu antigo escritório em uma sala para os dias em que Annabel vai com ele ao trabalho, então vou redecorar o escritório dele da próxima vez que ele sair do país.

– Redecorar? – perguntei.

– Exato. Globo de espelhos, *animal print* de leopardo cor de rosa no sofá. Talvez uma estrutura para strip-tease bem no centro.

– Vocês estão ferrados.

Ele deu risada.

– Na última vez em que fui a Nova York, passei a semana na recepção da empresa, dividindo um computador com a mãe dele. Então, o que vou fazer deve nos deixar empatados.

– As sobrancelhas de Bennett não acabaram de crescer há poucos meses, depois da última vez que vocês tentaram "empatar"? – perguntei. – Lembre-me de ficar muito longe de Nova York.

– Ele perdeu uma sobrancelha, não as duas – Will esclareceu. – E você? Está gostando de ter deixado Boston?

– Sim e não – admiti. – Entendo que eu realmente precisava fazer isso, mas não significa que eu não esteja constantemente preocupado com o que possa estar acontecendo lá durante a minha ausência.

– Porque você é um maníaco por controle – disse, sorrindo em minha direção. – É um traço da família Bergstrom. Estou pensando em mandar fazer uma análise em todos vocês para encontrar o lócus genético.

– Sério, é porque sou competente no *meu trabalho* – eu o corrigi antes de discretamente acrescentar: – E talvez também um pouquinho do que você disse.

Will deu risada e entramos à esquerda, na South Jamesport Avenue, uma estrada rural de duas faixas cercadas por árvores e uma ou outra casa.

Corremos em silêncio, lado a lado, no mesmo ritmo. Mas a calma familiar de uma boa corrida sempre parecia me evadir. Meus pensamentos continuavam dispersos, uma sensação de ansiedade perfurava meu peito.

– Então, o que você acha de Niall e Ruby? – Will perguntou alguns minutos depois.

– Eles parecem legais – respondi, feliz por falar de qualquer assunto que pudesse me afastar dos meus próprios pensamentos. – Niall é muito parecido com Max e, ao mesmo tempo, não é.

– Foi exatamente o que eu pensei quando estive com os dois em Nova York – Will respondeu. – Ruby deve ser muito boa para ele porque ele parece muito mais tranquilo hoje em dia. Mais feliz. Embora eu deva admitir que me sinto incomodado de imaginar alguém nervoso como Niall trabalhando junto com Pippa e Ruby. Aquelas duas são como gêmeas do entusiasmo. Deve ter sido uma situação e tanto.

– É impressionante que isso tenha acontecido.

– Bem, e devo dizer que é bom ver você e Pippa se dando bem – comentou com um sorrisinho torto.

A menção do nome de Pippa fez alguma coisa se apertar em meu estômago.

– É porque ela é gente boa e eu claramente só a peguei em um momento ruim naquele voo – respondi. – De qualquer forma, sei que falei demais. Ainda posso ouvir a gargalhada dela ecoando pela sua cozinha.

– É uma pena eu ter perdido essa cena – Will lamentou.

– Bem, continue por perto e tenho certeza de que vou encontrar outro jeito de fazer alguma coisa igualmente horrível.

– Você não é a primeira pessoa a dar um fora assim, Jens. As merdas que eu costumava falar na frente de Hanna eram inacreditáveis.

Diminuí o ritmo enquanto passávamos por uma grande propriedade cercada por cerca branca e ostentando alguns cavalos. A ne-

Irresistíveis

cessidade de conversar um pouco sobre esse assunto parecia querer explodir do meu peito, forçando as palavras a saírem.

– Essa situação com Pippa...

Will também diminuiu o ritmo, me acompanhando e me encarando.

– Diga...

As ruas estavam praticamente vazias a essa hora, mas tivemos que nos aproximar da lateral da estrada quando um carro passou por nós.

– Veja, você está certo. Eu de fato gosto dela – falei. – Mas a situação pesa um pouco. Sinto como se fôssemos peixes presos em um aquário.

– E quem se importa? Hanna está trabalhando para vocês dois se aproximarem, mas irmãs fazem isso mesmo. Ignore-a. Pippa é exatamente o que eu consideraria o seu tipo nos tempos do colégio. É engraçada, sabe matemática e, é claro, é linda. Se isso não fosse o suficiente, ela está aqui para passar algumas semanas e depois vai para outro continente. Tem alguma coisa que eu não esteja entendendo?

– Não sei – falei. – É claro que estou pensando demais na questão.

Com as mãos na cintura, ele parou e inclinou-se contra uma coluna da cerca para recuperar o fôlego.

– Ouça, eu disse a Hanna que não me envolveria nisso, mas, na faculdade, você teria visto as coisas como elas realmente são: férias incríveis com a família e novos amigos, uma das quais, por acaso, é solteira e bonita pra caramba.

Apertei os olhos e observei a estrada.

– É, acho que sim. De qualquer forma, gosto de pensar que hoje em dia sou muito mais inteligente do que nos tempos de faculdade.

– Disso eu não sei – ele rebateu antes de olhar para baixo e chutar uma pedrinha. – O que o está incomodando?

Caí na risada.

– Essa é uma pergunta um tanto complexa para sete e meia da manhã.

Ele me encarou.

– Ah, é? Nunca vi você enfrentar nenhuma angústia existencial. Nem depois que Becky foi embora. Você passou alguns finais de semana bêbado e depois voltou a trabalhar e nunca mais parou. Quero dizer, é isso? Decidiu que isso é tudo o que quer?

A menção ao nome de Becky fez uma pontada causticante atingir meu peito. Isso estava acontecendo com uma frequência excessiva ultimamente.

– Eu...

– Eu vivo esperando você levar alguém para jantar com a gente – disse, interrompendo-me. – Quando eu morava em Nova York, pensei que não conhecia suas namoradas por causa da distância. Mas agora que vivemos na mesma cidade há, sei lá, uns dois anos, só conheci sua parceira de foda platônica. E vou ser sincero com você, Jens, eu estou do lado de Hanna. A mulher é tão interessante quanto uma colher vazia.

As palavras me fizeram rir incrédulo.

– Veja só quem está falando comigo sobre colegas de foda.

Ele assentiu.

– Tudo bem, você está sendo justo. Já entendi. E, se quiser viver assim para sempre, tudo bem. Mas não entendi o que quer com essa viagem. Não dá para ter as duas coisas. Não pode me dizer que quer continuar livre e desimpedido e ao mesmo tempo ficar todo neurótico com essa situação com Pippa.

– Porque eu sou neurótico, Will – rebati, minha voz um pouco mais alta em meio à bruma úmida da manhã. – Ontem, olhei para Ziggs e percebi o quanto ela adoraria que eu tivesse uma paixão de férias e fiquei, tipo... Claro, por que não? Eu posso ter uma paixão de férias. Mas tem alguma coisa em Pippa que...

Irresistíveis

– Que o deixa desconfortável? – ele perguntou, encarando-me com os olhos fixos de alguém que já tinha entendido o que estava acontecendo.

– Exatamente. E, para dizer a verdade, não entendo o porquê.

– Porque ela é sincera e não é superficial? – Ao perceber que não respondi, ele prosseguiu: – Porque ela faz perguntas importantes sobre quem você é e o que pensa? E porque você acha que não vai conseguir se esquivar dessas perguntas durante as próximas duas semanas?

– Entendi. Parece que você já refletiu muito sobre o assunto.

– Infelizmente, sim. Eu pensei nisso. Quero dizer, eu poderia estar naquela cama gigante, dormindo com a minha bela esposa, mas, em vez disso, estou aqui, discutindo sentimentos com você. Então, converse comigo, Jens. E me conte o que se passa nessa sua cabeça, ou então deixe-me voltar e...

– Está bem, está bem. – Ri sem achar graça, olhando para o céu. – Jesus, eu não sei. Pippa conseguiu me fazer falar de Becks ontem à noite, e eu nem amo mais Becks. Na verdade, é exatamente o oposto... É que eu detesto *pensar* no assunto. Por que as mulheres gostam de falar disso? Eu mesmo nem *penso* mais no que aconteceu.

– É a situação dos seus relacionamentos dos últimos seis anos – Will respondeu. – Você conhece mulheres, sai com elas uma ou duas vezes, às vezes chegam a transar, e depois nunca mais liga para elas. Não é verdade?

Balancei a cabeça negativamente, mas não estava necessariamente rechaçando o que ele tinha acabado de dizer.

– Sua vida está zoada, cara. – Will desencostou da cerca e bateu as mãos nos shorts para limpar os fiapos de madeira. – Aposto que você chega a pensar que as está poupando de se envolver com um homem que em algum momento vai deixar de dar atenção a elas por causa do trabalho.

– Bem, é – admiti, encolhendo o ombro. – Nunca encontrei ninguém com quem eu prefira ficar em vez de trabalhar.

– Já pensou em quão patético isso parece? – perguntou, e sua risada suavizou as palavras. – Na verdade, acho que você está com medo de se envolver e as coisas terminarem outra vez de uma maneira inexplicável. É por esse mesmo motivo que detesta falar sobre Becky. Você simplesmente não entende o que aconteceu. Bem, tenho uma notícia para você: nenhum de nós entende. Nunca entendemos. Ela deixou todo mundo triste. E entendo que seja pior para você, muito pior, mas todos nós a perdemos. E agora você está com medo de tentar outra vez, então nem se arrisca.

– Ah, por favor! Você está misturando as coisas.

Will negou com a cabeça.

– Isso é medo de falhar e você está misturando as coisas.

Santo Deus. Por que é que tudo tinha que voltar ao assunto Becky?

– Não acho que seja tão profundo assim, Will – virei e comecei a andar devagar o suficiente para ele perceber que eu não estava fugindo.

– Não estou dizendo que seja profundo – ele rebateu. – Estou dizendo que é óbvio. Você é tão clichê. Adoro você, cara, mas interpretar a sua cabeça é tão fácil quanto interpretar um sonho no qual você vai pelado à escola.

A comparação me fez rir.

– Está bem. Então o que você está dizendo é que eu sou clichê, não aceito ter sido abandonado e penso demais nas coisas?

– De forma resumida, sim. – E sorriu para mim. – Você realmente me tirou da minha cama quentinha para falar disso?

—

Depois de mais um dia de degustação de vinhos e uma noite com pratos exuberantes e graças a Deus a chance de ir para a cama

Irresistíveis

mais cedo, saímos logo depois do café da manhã de terça-feira. A segunda parte da viagem nos levou de Jamesport a Windham, em Connecticut. O trajeto era feito em poucas horas de carro, mas ter passado as duas últimas noites na mesma hospedaria e depois arrumar as malas para partir realmente nos fazia sentir em uma *road trip*. Quatro dias viajando, visitando várias cervejarias e pequenas vinícolas e então seguiríamos para Vermont para passar um fim de semana tranquilo em um chalé.

Mas, antes dos momentos de tranquilidade, teríamos momentos selvagens. Pelos menos foi assim que Ziggy definiu a próxima parada.

Era parte de uma excursão com atividades já predefinidas, com um total de dez participantes. O que significava que nós encontraríamos companhia de outras quatro pessoas pelo caminho. Niall nos deu um sermão bem-humorado – e lançou um olhar demorado para Pippa – sobre coisas que podemos ou não fazer.

– Por exemplo – explicou no banco da frente, onde estava ao lado de Ruby, que dirigia. – Não comentamos nada se nossos sutiãs estão pinicando no fim do dia.

– Ah, não? – Hanna perguntou, fingindo fazer beicinho.

– E não falamos nada sobre ex-namorados e seus traseiros branquelos balançando enquanto eles metem em outra mulher – ele prosseguiu.

E Pippa resmungou bem-humorada:

– Que drogaaaa!

– Todos precisam lembrar que novos amigos vão nos acompanhar. – Ele se virou para a frente outra vez e Ruby o encarou, balançando a cabeça. – Vamos tentar demonstrar o nosso melhor comportamento, mesmo que estejamos bêbados.

– E qual é mesmo o roteiro, Hanna? – Ruby perguntou.

– Temos um tour em uma cervejaria em Willimantic às três da tarde. Amanhã, uma visita a uma vinícola; na quinta-feira, uma combinação de vinhos e chocolates seguida por frutos do mar.

Na segunda fileira de assentos, Will olhou para mim por sobre o ombro e eu sabia exatamente o que ele estava pensando: Que férias! A ideia era incrível, não me entenda errado, mas, para um grupo de pessoas superambiciosas, não era nada como ler na praia ou brincar tranquilamente em um rio com uma cerveja na mão. Essa era a ideia de "relaxar" de Hanna.

Mas aí ele disse:

– Aposto que você está aliviado por não ter que ficar sentado e parado, não?

E registrei a informação... Está bem, essa também era a minha ideia de "relaxar".

A Willimantic Brewing Company era uma construção em estilo colonial que não poderia ser mais típica da Nova Inglaterra – e eu cresci em Boston, então sei do que estou falando. Willimantic, Connecticut, bem próxima de onde nos hospedaríamos, em Windham, ficava perto de várias cidades grandes e importantes, mas ainda assim tinha um ar rural e pitoresco.

Pippa pareceu ler meus pensamentos:

– Acho que ainda não vi a cidade – sussurrou, olhando pela janela enquanto estacionávamos. – Por que é que eu tenho essa ideia de que a Costa Leste dos Estados Unidos é toda urbana?

Como um especialista de planejamento urbano com experiência em vários países do mundo, Niall abriu a boca para responder, mas Ruby desligou o motor e apressadamente falou:

– Não, meu querido. Não temos tempo para ouvir sua dissertação agora. – E, ao sorrir e apontar pela janela, ela acrescentou: – Acho que ali está nosso contato da Eastern Stumbles.

– Eastern Stumbles? – Will e eu repetimos em uníssono.

Hanna passou sua pasta por sobre a cabeça enquanto abria a porta lateral.

– É o nome do grupo que organiza o passeio. Eles deixam muito claro o que vamos fazer aqui: beber, comer e sair cambaleando.

Irresistíveis

Estendi a mão para pegar meu laptop e os óculos de sol enquanto Hanna e Will se apressavam para conversar com nosso contato. Niall e Ruby saíram do veículo para alongar as pernas e Pippa os acompanhou até a calçada.

Meu celular vibrou e eu o peguei. Era um e-mail de Natalie.

– Você vem com a gente? – Pippa perguntou, já na calçada.

– Não me julgue – falei, digitando uma resposta rápida a Natalie. – Só preciso enviar uma mensagem, rapidinho.

Rindo, ela se abaixou enquanto eu terminava de escrever a mensagem e apertava o botão "enviar". Ajeitando-me para ficar em pé, quase colidi com a minha irmã.

Ela estava bloqueando a minha saída.

– Acho que vamos mudar nossos planos. Will quer improvisar e seguir um pouco mais para o norte.

Olhei para cima. Seu rosto estava vermelho, os olhos um pouco ferozes.

– Tem certeza? – Tentei enxergar atrás dela. – O ambiente aqui não é legal? Não curtiram? Beber, comer e sair cambaleando me parece ótima ideia.

Ela negou com a cabeça.

– Não. Só não curtimos a *vibe*.

Virei-me para olhar pela janela.

– Jensen! – Ziggy gritou, atraindo a minha atenção.

Assustado, olhei outra vez para ela.

– O que foi?

Ela balançou a cabeça, um pouco sem fôlego e talvez ligeiramente frenética. Ruby e Niall entraram em silêncio no carro. Pippa veio atrás de Ziggy, observando-me com um olhar cauteloso.

– Acho que *realmente* é melhor irmos embora – minha irmã propôs.

Eu não sabia se ela estava irritada com Will por ele sugerir que deixássemos para trás toda uma parte de seus planos cuidadosamente preparados ou se só estava com fome. Mas eu precisava fazer xixi.

– Está bem. Eu só preciso entrar para ir ao...

Senti sua mão agarrar meu braço enquanto eu passava por ela. Senti o pânico em sua pegada em volta do meu bíceps. Que diabos estava acontecendo com a minha irmã?

– Jensen – Pippa me chamou baixinho.

Ou talvez tenha gritado.

Mal ouvi.

Aquela mulher estava três metros à frente, mas eu sabia quem era sem que nem precisasse se virar.

Seus cabelos estavam mais curtos, mas percebi aquela manchinha na parte de trás de seu ombro direito. Um ombro que eu tinha beijado vezes demais para contar. E a cicatriz em seu braço esquerdo, por ter sido mordida por um cachorro aos oito anos de idade.

Cegamente, dei um passo para a frente. A forma como as pessoas descrevem momentos assim é verdadeira. Como se o mundo girasse. Como se não existisse gravidade suficiente. O mundo sem dúvida estava girando e eu não sabia quando havia respirado pela última vez.

– *Becks?* – chamei com uma voz rouca.

Ela deu meia-volta, seus olhos castanhos profundamente surpresos.

– *Jensen?*

Eu podia praticamente sentir o silêncio pesado atrás de mim: todo o meu grupo de amigos via essa cena se desdobrar, e ninguém respirava.

Um sorriso brotou no rosto de Becky enquanto ela se aproximava e lançava os braços em volta do meu pescoço. Foi só quando ergui os braços entorpecidamente para retribuir o abraço que percebi que Pippa estava segurando minha mão. Ela me soltou, mas permaneceu ao meu lado, sua presença dando apoio.

Becky se afastou e levou a mão para trás.

– Jensen, quero que conheça Cam, meu marido.

Irresistíveis

Eu não havia notado a presença do homem ao seu lado, embora não tivesse a menor ideia de como não percebi. O cara era uma torre de músculos e ossos, exibindo dentes brancos e brilhantes ao sorrir. Em nosso aperto de mão, notei que sua pegada era forte, mas tranquila. A forma como ele deslizou o braço em volta dos ombros de Becky, a maneira como ela se virou ao lado dele, tudo isso era como ver uma memória se desdobrar.

– É um prazer conhecê-lo – de alguma maneira consegui dizer.

Como era possível?

Ele sorriu para ela.

– Também é um prazer conhecê-lo, cara. Há anos ouço falar de você.

Anos.

Ela tinha outro homem há anos e eu continuava aqui, esperando para começar outra relação.

Tateei ao meu lado e encontrei mais uma vez a mão calorosa e reconfortante de Pippa. Senti os olhos de Becky seguindo o movimento.

Antes que eu conseguisse me conter, as palavras saíram:

– Esta é Pippa, minha esposa.

Senti sua mão levemente apertar a minha, o movimento espantado de seu braço. E vi Becky absorver tudo aquilo: os cabelos de Pippa em um coque bagunçado, seu suéter alaranjado e felpudo, calça jeans justa até o tornozelo, sapatos azuis de salto altíssimo. Vi Becky analisar o colar de Pippa, uma cascata intrincada de miçangas verdes e vermelhas e amarelas, e seu sorriso enorme e vibrante.

Puta que pariu!

O que foi que eu acabei de fazer?

– Sinto muito... – comecei a dizer, querendo imediatamente desfazer o que tinha acabado de fazer.

Ao ver Becky aqui... imediatamente percebi que aquele rosto que eu tinha amado – e que habitara meus pensamentos de mágoa por tantos anos – agora era só um rosto que pertencia ao passado. Isso ficou impressionantemente claro e eu senti apenas a mais leve das mágoas.

Nada de coração partido outra vez.

Nenhum ciúme de seu novo marido.

Nem o menor sinal de saudade ou nostalgia.

Todavia, Pippa logo me interrompeu, soltando minha mão para agarrar a de Becky.

– Becky – disse tranquilamente. – É um prazer finalmente conhecê-la.

Ajeitando o corpo, ela voltou seus olhos brilhantes para mim e deslizou seu braço por minhas costas, abaixando-o até abrir os dedos em meu traseiro.

E apertá-lo.

– Jensen e eu estamos celebrando a nossa lua de mel. Que curioso encontrar vocês dois aqui!

PIPPA

Quando eu era criança, Coco e Lele não cansavam de assistir – e chorar com – um filme sobre um grupo de pessoas com camisas cheias de babados ou shorts curtos que se reuniam depois de um funeral e basicamente passavam uma semana juntos transando uns com os outros.

Pelo menos essa era a impressão que eu tinha de O Reencontro.

Todos esses anos mais tarde, uma cena específica ainda estava em minha memória – aquela em que Chloe vai até Nick e segura sua mão. Ela é nova, diferente, a ex-namorada do amigo suicida do grupo, aquela que ninguém conhecia antes do funeral, aquela que soa um pouco deslocada e ri nas horas mais impróprias. E ela se arrisca ao pedir que o outro homem estranho a acompanhe.

Ele diz: "Você sabe que eu não faço nada."

(Significando sexo!)

E Chloe concorda, porque ela não dá a mínima. Só quer estar com Nick porque sente que ele talvez entenda sua dor de um jeito que os outros não entendem.

Tudo isso se passava em minha cabeça quando segurei a mão de Jensen. Eu estava pensando em Chloe e em quão corajosa ela fora ao fazer isso, na nobreza de dar a Nick acesso ao armário do amigo morto, para separar suas roupas e se lembrar dele.

No meu caso, mesmo que Jensen não tivesse percebido na ocasião, eu também havia segurado sua mão em busca de apoio. Logo que saímos da van, Hanna precisou de mais ou menos dois segundos para identificar Becky de costas – o mesmo tempo que o próprio Jensen precisou – e rapidamente me contou quem era a mulher que se juntaria ao nosso grupo. Eu tinha segurado a mão dele porque imaginei uma situação semelhante, anos no futuro, na qual eu toparia com Mark e o viria casado e feliz – outra vez – e, mesmo assim, independentemente de quão ruim fosse a minha situação hipotética, ela certamente seria bem menos trágica do que a de Jensen.

Eu seria a primeira a admitir que raramente penso demais nas coisas, o que é, ao mesmo tempo, uma bênção e uma maldição. Quando chamei Billy Ollander para me encontrar na área de serviços do colégio na sexta série, não imaginei que ele sairia falando para seus amiguinhos insuportáveis que eu era uma garota fácil. Quando cegamente concordei em tirar férias com Ruby e seus amigos, imaginei que ela estivesse sendo excessivamente positiva, e jamais poderia imaginar que acabaria na estrada com algumas das pessoas mais gentis que já conheci em toda a minha vida. E, quando segurei a mão de Jensen, de forma alguma eu esperava que ele me apresentaria à sua ex-esposa como sua... esposa.

Sua esposa.

Jensen e eu assistimos em um silêncio aturdido quando Hanna se aproximou e timidamente abraçou Becky, depois Will fez a mesma coisa. Os dois abraços foram visivelmente desconfortáveis. Eu tinha passado tempo suficiente com eles nos últimos quatro dias para saber que seus abraços costumavam ser apertados e calorosos, e não esses triângulos rígidos formados por corpos que se tocam no mínimo de pontos necessários.

Observei-os tropeçar em meio às explicações de que sim, agora estavam casados. Sim, era isso que eles queriam dizer. Will e Hanna estavam casados. Isso pareceu tocar em algum ponto delicado para Becky, afinal, todos nós observamos, sem saber exatamente o que fazer enquanto ela se afastava e voltava a abraçar Hanna.

Todavia, para mim era impossível não perceber a postura enrijecida de Jensen ao meu lado. Sem precisar perguntar, eu sabia que, claro, não havia problema em ver Becky ali, vê-la se dar conta de que agora ela não era mais parte da vida deles. Mas essa era uma escolha que *ela* tinha feito.

Puxei o braço de Jensen, sua mão ainda junto à minha.

Ele se virou para me olhar e percebi que Will e Niall tentavam não ficar boquiabertos ao nos ver.

— Obrigado — ele sussurrou enquanto Hanna e Becky conversavam, seu olhar sondando o meu. — O que foi que eu acabei de fazer?

Balancei a cabeça e sorri para ele.

— Não tenho a menor ideia.

— Que bagunça! Preciso contar a verdade para ela.

— Por quê? — perguntei, dando de ombros. — É a primeira vez que você vê sua ex em mais de seis anos, não é?

Ele assentiu, mas começou a se virar para olhar para eles.

A angústia em seu rosto era quase insuportável de ver. Em vez de deixá-lo voltar onde Becky e Hanna estavam conversando, apoiei seu queixo em minha mão e o puxei para perto.

Sua boca encontrou a minha com uma arfada de surpresa antes de ele lentamente relaxar, inclinar a cabeça e transformar o beijo de um simples encontrar dos lábios em algo verdadeiro, caloroso e... delicioso. Minha boca se abriu com a necessidade que ele demonstrava e senti seus braços envolvendo minha cintura, seu peito pressionando o meu.

Ele se afastou só um pouquinho e fiz de tudo para conseguir não puxá-lo outra vez para perto de mim.

— Você faria isso por mim? — ele sussurrou contra meus lábios.

Dei risada.

— Beijá-lo é uma dificuldade que eu vou ter que enfrentar.

Jensen me deu mais um selinho.

— A coisa já estava tão esquisita, e agora isso...

— Nunca esteve tão esquisita assim. – Olhei para nosso grupo de amigos, que claramente nos ignorava. – Mas isso... isso torna tudo muito interessante.

Para dizer a verdade, todos estávamos um pouco espantados. Durante todo o caminho entre Jamesport e Willimantic, Hanna e Will falavam alegres sobre a história do nosso próximo destino e tudo o que faríamos lá. Acredito que isso foi parte de nossa reação quando vimos Becky e Cam e nos pegamos diante da possibilidade de ou embarcarmos no ônibus da excursão ou desajeitadamente desistirmos de tudo. Entramos em piloto automático, seguimos silenciosamente adiante.

Na verdade, podíamos ter ido embora. Havia um milhão de outras coisas para fazer e nenhum motivo para ficarmos em uma posição tão desconfortável, mas, no fim, encostado à lateral do ônibus, foi Jensen quem insistiu que estava tudo bem.

E, ao lado dele, assenti.

— Temos que fazer o passeio. Não tem problema nenhum.

Então, entramos no ônibus, nos sentamos nas fileiras apertadas e conversamos amenidades pelo caminho.

Para dizer a verdade, eu não sabia o que esperar. A gente se saiu muito bem durante o passeio pela cervejaria – andamos de mãos dadas o tempo todo, trocamos alguns beijos aqui e acolá, nos momentos em que imaginamos que dois recém-casados se beijariam. Imaginei que o restante da semana seria mais do mesmo: alguns amassos, alguns abraços, talvez eu me sentasse em seu colo e sentisse aquelas coxas musculosas sob meu corpo por alguns minutos, algumas vezes.

Tudo era tão ingênuo e parecia adequado no contexto de passeios por cervejarias, degustação de vinhos, esmagar uvas. Eu não tinha me dado conta de que isso significava que todos nós ficaríamos hospedados no mesmo lugar em Windham.

Até estarmos na recepção para fazer o check-in.

– Tenho uma reserva de quatro quartos, três noites, para o seu grupo – a mulher disse, sorrindo para Jensen.

Por ironia do destino, Hanna havia pedido a Jensen e a mim que fizéssemos o check-in para todos nós enquanto ela encontrava um lugar para estacionar a van na rua. Becky e Cam e o outro casal do grupo – Ellen e Tom – estavam atrás de nós para pegar as chaves de seus quartos.

– Certo – Jensen disse, mas logo tomou um susto ao meu lado. E tentou corrigir, falando bem alto: – Não. São só três. Três quartos. Só precisamos de três quartos, não é? Certo? Você por acaso…?

Ele se virou para me encarar. Em minha visão periférica, percebi que Becky nos observava.

– No último lugar por onde passamos, nos deram quatro quartos – expliquei para a mulher, rindo desconfortavelmente.

– Pippa gosta de… – Jensen falou, tentando buscar uma forma de completar sua frase. E então acrescentou: – De cantar alto.

Ao mesmo tempo que eu dizia:

– De praticar ioga bem cedo.

– Cedo demais – ele confirmou.

Ao mesmo tempo que eu dizia:

– Cantar muito alto.

– Cantar e praticar ioga – completei, rindo.

Porque eu simplesmente não parecia uma idiota.

– Você pratica ioga? – Becky perguntou, seus olhos iluminados. – Eu também! E adoraria acompanhá-la!

Cam a abraçou enquanto ostentava um sorriso de orgulho no rosto.

– Becks está estudando para se tornar uma instrutora certificada. Ela se converteu mesmo à ioga.

Assenti rapidamente.

Merda, merda, merda!

– Eu pratico um… especial…

– Hot ioga – Jensen falou para me ajudar.

– Bikram? – perguntou Becky.

– Ah… É a versão britânica… desse tipo… – respondi, acenando casualmente com a mão. Claro, afinal, eu era tão sofisticada a ponto de praticar uma versão britânica de um nicho específico de hot ioga. Meu cérebro ficou acelerado enquanto eu tentava explicar por que eu praticaria esse tipo de ioga no meu quarto de hotel. – Sabe… com o vapor… do… chuveiro? – arrisquei, olhando para Jensen, que assentia como se essa fosse uma explicação perfeitamente normal para ele e sua esposa ficarem em quartos diferentes durante a lua de mel.

– Ouça – disse Beck enquanto a animação fazia sua voz subir uma oitava. – Cam corre todas as manhãs, bem cedo. Por que você não economiza seu dinheiro e vem fazer ioga com vapor de manhã no meu quarto? Ou ainda melhor: podemos fazer ioga lá fora, no gramado. Eu adoraria praticar com outra pessoa alguns dos asanas nos quais tenho trabalhado.

Pisquei para ela e me perguntei por que estaria sendo tão gentil, se empenhando tanto em me agradar. Sério, não seria melhor para todo mundo se concordássemos que não havia necessidade nenhuma de socializar?

– Não sei, não. Ela também gosta de cantar – Jensen retrucou em tom de dúvida.

A mulher na recepção animadamente nos entregou três chaves.

– Temos caraoquê no bar, na porta ao lado, todas as terças-feiras a partir das sete da noite, até a hora de o bar fechar!

Ao meu lado, Becky batia palmas em deleite.

– Perfeito!

E parecia emocionada, quase prestes a… chorar?

Lancei um olhar para Jensen.

Irresistíveis

Ele se esforçou para sorrir, muito embora ostentasse uma carranca.

– Perfeito.

❧

– Não sei se você já percebeu o tamanho do desastre – falei, abrindo a mala e pegando alguns itens de higiene pessoal.

Jensen olhou apaticamente para a pequena cama que dividiríamos.

– Não, acho que percebi, sim.

– Não estou falando da cama, seu tarado – falei, rindo. – Pelo amor de Deus, podemos dividir a cama, sem problemas. Estou falando da ioga.

– Você não tem que fazer ioga – ele rebateu, confuso.

– É claro que tenho! Você não notou a esperança na voz dela? A mulher estava quase chorando de tão feliz. Não posso de repente dizer: "Ah, bem, eu não quero praticar a tal da ioga britânica com vapor sobre a qual falei." Nós pareceríamos dois loucos.

Fui até o banheiro e o ouvi rindo atrás de mim.

– Muito diferente do que parecemos agora, não é?

Jensen me acompanhou e observou enquanto eu pegava a escova de dente e passava um pouco de pasta. Não estava tão preocupada com meu iminente fracasso na ioga ou com o fato de eu ter basicamente concordado em dar um show no caraoquê. O problema não era passar os próximos quatro dias com a mulher com quem Jensen havia se casado. Tampouco seria difícil me fingir de esposa de Jensen nessa fase da viagem.

O problema é que eu estava um pouco *ansiosa* por isso.

Eu me conhecia, conhecia meu coração. Eu tendia a mergulhar de cabeça primeiro, pensar só depois. Trabalhando assim, como equipe – uma equipe que se beija, pelo amor de Deus! –, eu estava ferrada.

— Ei! – Suas mãos deslizaram por meu quadril, os dedos se unindo em frente ao meu umbigo, e ele enfim descansou o queixo no topo da minha cabeça.

Por mais delicioso que isso fosse, não estava ajudando.

Encontrei seu olhar no espelho.

— Oi.

Observei enquanto ele me analisava e nós dois seguramos a risada. O que estávamos fazendo? Eu não tinha me permitido pensar muito no que aconteceria esta noite, mas

nós

dois

dormiríamos

juntos.

Enfiei minha escova de dente na boca e comecei a escovar vigorosamente.

Ele ajeitou o corpo e me deu espaço.

— Não lembro quando foi a última vez que vi uma mulher escovando os dentes.

— E a cena é tão interessante quanto você se lembra? – perguntei com a boca cheia de espuma.

Inclinei-me para cuspir e enchi a boca de água para enxaguar.

Ele chegou a abrir a boca para dizer alguma coisa, mas fui mais rápida depois de cuspir outra vez.

— Eu beijei você.

— Beijou mesmo. – E assentiu, aproximando-se de mim e descansando outra vez o queixo na minha cabeça. – E depois, se me recordo bem, *eu* beijei *você*.

— Foi de bobeira?

Ele balançou a cabeça.

— Pippa?

— Sim?

— Obrigado.

Dei risada.

– Por quê? Por ter beijado você? Posso garantir que foi um prazer.

Ele balançou a cabeça, seus olhos encarando os meus pelo espelho.

– Por tornar a situação mais fácil.

Sorri para ele e me soltei em seu abraço.

– Mais fácil *para você*.

Ele não entendeu direito, seus olhos se estreitaram.

– Jensen, esta noite, nós vamos dividir a cama; eu mal consigo tocar a mão nos pés, imagine praticar ioga; e não tenho *o menor* ouvido para música. Isso vai ser um desastre.

– Você bem disse antes: a gente dá conta. Hanna e Will também estão animados com essa parte da viagem. Vamos vencer isso.

Olhei para os seus olhos refletidos no espelho.

– Por que ela está sendo tão gentil?

Sua expressão endureceu, seus olhos perderam o foco.

– Becky sempre foi gentil, mas... é... bem... eu não sei.

Encontramo-nos no térreo para jantar, andando – constrangidamente – de mãos dadas na direção de Will e Niall, que esperavam perto da recepção.

Will virou-se, sorrindo ao nos ver de mãos dadas.

– Isso... – começou a dizer enquanto abria os braços. – Isso é o que eu queria ver.

– Tirando o melhor de uma situação ruim! – Jensen falou animado, puxando-me ao seu lado e dando um beijo barulhento em minha têmpora.

– Ah, não, qual situação ruim? – Becky quis saber, surgindo do nada, fazendo todos nós pularmos de susto.

Definitivamente teríamos de pendurar um sino no pescoço dela.

Will deu risada.

– Puta merda, Jensen, eu estou vivo para ver você fazer isso várias e várias vezes.

Jensen murmurou algumas coisas.

– Não, não, nada... – E piscou para mim. – A gente só...

– Pippa acabou de descobrir que está grávida! – Will provocou.

Jensen e eu olhamos em choque para ele.

– Will! – gritei, batendo em seu peito. – *Que história é essa?* Você ficou louco?

Will arqueou as sobrancelhas. Ainda parecendo um pouco embriagado depois de uma degustação de cervejas bem demorada que acontecera mais cedo, ele se aproximou, sussurrando sem qualquer discrição:

– O quê? Que merda! Essa não foi boa?

– Estamos no meio de uma viagem para degustar vinhos, seu idiota! – sussurrei com olhos arregalados. – Não estou fingindo... – Parei quando Jensen me apertou ao seu lado. Sorri com dentes apertados para uma Becky aturdida. – Will está de zoeira, é um palhaço! Eu não estou grávida.

– Está vendo? – Will continuou, ainda cambaleando levemente. – Eu falei que era capaz de fazê-los ver o lado positivo. Então você não comprou a casa que ofereceram em Beacon Hill? Mas pelo menos sua nova esposa não engravidou na lua de mel, certo?

Jensen olhou furioso na direção de Will.

Hanna desceu as escadas e parou ao lado do marido, lendo corretamente a situação.

– Você está causando problemas?

– O quê? Claro que não.

Ele inclinou o corpo para beijá-la e tentar distraí-la.

– Você quer comprar uma casa em Beacon Hill? – Becky perguntou baixinho a Jensen, dando a impressão de que Beacon Hill é uma área muito abastada da cidade.

Cam se aproximou dela e deixou escapar um "uau".

— Jensen está prestes a se tornar sócio do escritório — Niall afirmou. — Trabalhar duro traz resultados.

Will acrescentou:

— Ficou com o trabalho *e* com a mulher.

Becky analisou Jensen com olhos novamente vidrados.

— Fico muito feliz! E que ótimo! Porque Cam é corretor de imóveis! Ele sem dúvida pode encontrar uma casa em Beacon Hill para você.

Senti o braço de Jensen se apertar ao meu. Sem ele precisar dizer nada, percebi que este era o último lugar onde queria estar agora.

— Que... ótimo... — falou com um sorriso doloroso.

Becky deu um passo adiante e começou a dizer:

— Acho que me preocupei com a possibilidade de que quando...

Seus olhos brilhavam com desconfiança e eu logo a interrompi:

— Colegas, estou morrendo de fome! — exclamei. — Todo o sexo de recém-casados e tal. Onde vamos jantar?

É claro que Jensen ficou vermelho quando eu falei "sexo".

— Sinto que perdi algo realmente interessante ali atrás — Ruby falou, guiando-nos a caminho do jantar.

— Will lançou a bomba de Hiroshima do constrangimento — explicou Niall. — E Pippa veio em seguida, com Nagasaki.

— Foi péssimo — Jensen concordou.

Dei um tapa em seu ombro.

— Essa coisa toda de fingir ser sua esposa já é difícil o suficiente para mim.

— Excesso de sexo na lua de mel? — brincou. Niall tossiu uma risada. — Ah, e parece que Cam vai encontrar a casa dos sonhos em Beacon Hill para nos vender. Obrigado por essa, Will.

Ele sorriu para nós.

— De nada.

Consegui segurar o riso.

– O que devo fazer com sua ex-esposa que fica com os olhos lacrimejando toda vez que está perto de vocês? – eu quis saber. – Só se passaram cinco horas e já sinto que somos disfuncionais.

– Por que Becky está chorando tanto? – Hanna perguntou.

Will olhou outra vez espantado para nós.

– Talvez *ela* esteja grávida?

– Ela estava bebendo cerveja – Ruby o lembrou.

– Talvez ela tenha percebido que perdeu o que teve de melhor em sua vida? – Hanna arriscou, quase rosnando.

– Está bem, está bem, já chega – Jensen falou, esfregando os olhos com a palma da mão.

Hanna apontou para o outro lado da rua e nós a seguimos até um restaurante em estilo colonial, onde tínhamos feito uma reserva para jantar – sozinhos, sem Becky e Cam ou Ellen e Tom.

– Meu Deus! – grunhi. – O que eu vou fazer na noite do caraoquê? Temos mesmo que ir?

– Bem, não precisaríamos ir se você não tivesse *aceitado* – Jensen respondeu, rindo.

– Que incrível! – Will exclamou, também rindo, ainda embriagado. – Venha viajar com a gente, Jens. Você vai ficar junto com a louca do voo e aí vamos encontrar o diabo da sua ex-esposa pela primeira vez em uma década e todos fingiremos que você se casou com a desconhecida bonitona.

– Ei! – protestei, fazendo-me de insultada.

Jensen olhou para mim.

– Você não é nenhuma desconhecida.

– Claro. Afinal, eu contei para você toda a história da minha vida.

Ele sorriu.

– Começando com a proveta.

O restante do grupo ficou em silêncio, confuso.

Jensen os ignorou.

– Sabem o que essa noite exige? – perguntou retoricamente a todos nós, mas olhando direto para mim.

– Do jeito que a viagem está indo, já imagino aonde você quer chegar – Hanna afirmou.

Ele negou com a cabeça e, rugindo, completou:

– *Muito* vinho.

Talvez o encontro com Becky tivesse deixado todo mundo meio alegre, mas beber *um monte* de vinho certamente ajudou. Assim que nos sentamos, Will pediu duas garrafas – uma de tinto, outra de branco – e alguns aperitivos e disse ao garçom que era aniversário de Jensen.

Jensen arrumou um chapéu de palha para o caranguejo de quase um quilo que eles trouxeram e, depois de terminarmos as duas garrafas, parecia normal pedir outras duas. Hanna afirmou – de forma bastante razoável, pelo menos para mim – que havia apenas 750 ml em cada garrafa, o que significava que tínhamos tomado apenas duas taças cada um.

– Muito pouco para quem quer brilhar esta noite – Niall comentou enquanto chamava o garçom.

Duas outras garrafas mais tarde, as bochechas de Will estavam rosadas, Hanna ria de forma escandalosamente indelicada e Jensen mantinha o braço no encosto da minha cadeira, sustentando uma posição bastante casual.

Pedimos vinho de sobremesa quando o garçom trouxe crème brûlée e bolo recheado com creme de chocolate.

Pedimos coquetéis de saideira quando terminamos a sobremesa.

E aí lembramos que ainda tínhamos o caraoquê com Becky e Cam em um bar na cidade.

Ruby ergueu a mão com um dedo em riste.

– Não precisamos ir – falou, piscando embriagada para mim e para Jensen. – Se vocês dois não se sentirem à vontade.

Dei risada.

– Não é desconfortável para mim. Nós não somos casados *de verdade*.

– Acho que ela está falando da questão de não ter ouvido para música – Jensen arriscou, sua voz de repente muito suave em meu ouvido.

– Na verdade, o problema é para todas as outras pessoas no bar – falei aos amigos à mesa, e então me virei para ele, tão próximo que eu poderia beijá-lo ali mesmo. Para ser sincera, era difícil resistir. Ele tinha cheiro de chocolate e aquela barba por fazer no queixo. – E saiba que sei fazer um ótimo cover do Violent Femmes no caraoquê.

Ele curvou ligeiramente a boca.

– Você poderia comer uns cacos de vidro e engolir uísque e fazer um cover do Tom Waits.

– A gente pode fazer um dueto – sugeri.

– Eu voto pelo dueto – Will praticamente gritou do outro lado da mesa.

Hanna pediu a ele que fosse mais discreto quando alguns outros clientes do restaurante olharam em nossa direção.

– Quer saber? – Jensen começou, erguendo a mão para coçar a sobrancelha. – Você canta uma música para mim aqui mesmo, à mesa, e eu faço um dueto com você.

Afastei-me um pouquinho. Ele tinha falado em tom de brincadeira, como se eu jamais fosse capaz de fazer algo assim.

– Não vou cantar nenhuma música *em um restaurante* – declarei.

– Se cantar, eu canto com você no bar.

Fiz as contas em minha cabeça, tentando estimar quanto eu tinha bebido. Ele estava sendo adorável.

– Você é louco.

Neguei com a cabeça e senti os olhos de Ruby voltados para mim antes de ela se virar para o lado e sussurrar alguma coisa com Niall.

– Qualquer música no bar – Jensen insistiu. – Você escolhe. Só precisa cantar alguma coisa para mim agora.

Bingo.

Abri um sorriso enorme para ele.

– Eu escolho?

– É claro – afirmou, acenando casualmente com a mão.

– Que pena que você não me conhece direito. – Empurrei a cadeira e subi nela, ficando acima de todos os que estavam sentados.

– Pippa! – ele me chamou, rindo. – O que você está fazendo? Eu queria dizer cantar aqui, à mesa.

– Tarde demais – Ruby disse a ele. – Você, senhor, acabou de libertar o monstro que há dentro dela.

– Com licença, todo mundo – gritei para o restaurante inteiro. Era um estabelecimento pequeno, com talvez dez mesas no total, mas estava completamente lotado. Garfos tocaram os pratos e o gelo estalava nos copos quando as pessoas ficaram em silêncio. Pelo menos 35 pares de olhos estavam apontados para mim. – Hoje é aniversário do meu marido. E seu melhor amigo da faculdade, que agora é seu cunhado, patrocinou uma quantidade obscena de álcool para nós esta noite, e eu gostaria que vocês todos me ajudassem a cantar parabéns para Jensen.

Sem esperá-los concordar, comecei o primeiro verso da canção – alto, claramente fora de tom e provavelmente agudo demais para os homens conseguirem me acompanhar. Mas a sorte – ou talvez Connecticut – fez todo mundo entrar na brincadeira, cantando bem alto, com as taças erguidas. Ao final, todos gritaram e eu desci da cadeira e inclinei o corpo para dar um beijo na boca de Jensen.

– Meu aniversário é em março – ele sussurrou.

– E daí? – respondi, deslizando meus dedos por seus cabelos simplesmente porque senti que podia fazer isso. – Estamos brincando de fingir. Você é casado. Eu sou a sortuda. E hoje é seu aniversário.

Jensen me encarou com olhos entorpecidos, com uma emoção inominável. Não estava bravo. Não estava sequer surpreso. Mas eu não conseguia interpretar aquilo, pois parecia algo como adoração, e todos nós sabíamos que eu era péssima para ler os homens.

Oito

JENSEN

Em Windham, era possível ir a todos os lugares a pé, mas parecemos levar uma hora para atravessar três quarteirões. Hanna e Will paravam em todas as vitrines – fosse uma loja de antiguidades, fosse uma imobiliária. Quando chegamos à Duke's Tavern, os dois já tinham planejado comprar um sofá, duas mesas, um abajur antigo e uma casa no final da rua, em Canterbury.

Sem nem me dar conta do que estava fazendo, mantive-me de mãos dadas com Pippa o tempo todo. Estritamente falando, eu não precisava fazer isso: não havia Becky nem Cam, não precisávamos nos fingir de casados. Mas era bom tocá-la assim e eu lembrei que ainda ontem tinha pensado em fazer isso, e não por uma mentira impulsiva, mas simplesmente porque ela era linda e nós dois éramos solteiros e por que não, porra?

Quando vi a realidade de Becky bem diante dos meus olhos, nossa história se tornou algo como o monstro que, quando você é criança, vive em seu armário. Eu realmente tinha construído nosso passado em minha cabeça; imaginava que esse tipo de encontro por coincidência acabaria sendo extremamente doloroso, mas a verdade é que foi mais desconfortante do que qualquer outra coisa. Cam parecia gentil, muito embora fosse sem graça. Becky parecia feliz... mesmo que um pouco fragilizada por voltar a me ver. Inesperadamente, a situação parecia mais difícil para ela do que para mim.

O Duke's lembrava todos os bares pequenos que já visitei. Cheirava a cerveja derramada com um leve toque de mofo. Havia uma máquina de pipoca e uma pilha de bandejas para os clientes se servirem. Havia um único bartender trabalhando e um aparelho de caraoquê solitário em um canto. Um pequeno grupo de clientes estava sentado junto ao bar e pelas pequenas mesas espalhadas, mas de forma alguma o estabelecimento parecia lotado.

Ver Niall Stella – tão alto, tão eternamente cheio de classe – em um lugar assim dava alegria a todos nós. Ele se sentou cuidadosamente em uma cadeira coberta com vinil e pediu uma Guinness.

– Você... – Pippa começou a dizer, olhando para mim. – Você está mais tranquilo.

– Como assim?

Inclinando a cabeça para o lado, ela disse:

– Cinco dias atrás, eu esperava que você tivesse a aparência de um homem de negócios em um lugar como esse. Agora você está... – Ela deixou seus olhos deslizarem por minha camiseta da Willimantic Brewing Co. e a única calça jeans que eu havia trazido. – Você está ótimo.

– Eu estava no piloto automático quando arrumei a mala para essa viagem – admiti, esquivando-me do elogio. – Praticamente só trouxe suéteres e camisas sociais.

– Eu percebi. – Ela se inclinou na minha direção, sua respiração aquecida tocava meu pescoço. – Gosto de você de qualquer jeito, mas gosto um pouco mais quando consigo ver esses braços. – Pippa deslizou a mão suavemente por meu antebraço e a fechou em meu bíceps. – São belos braços.

Estremeci, rapidamente desviando minha atenção para o garçom, que cuidadosamente colocava nossas bebidas à nossa frente. Will ergueu o copo cheio de India Pale Ale.

– Aos casamentos: velhos, novos e fingidos. Que eles tragam tudo o que sempre quisemos.

Irresistíveis

Com seus olhos fixos nos meus, Will estendeu a mão, esperando que nossos copos se tocassem. Ergui minha caneca e brindei com ele.

– Parabéns, cuzão – ele falou, sorrindo.

– *Parabéns?* – A voz de Becky ecoou vinda de trás de mim e eu vi o sorriso no rosto de Will se desfazer. Ele se ajeitou na cadeira e passou o braço pelas costas de Hanna. – De quem é o aniversário? – Becky quis saber.

– Oi – Will cumprimentou. – É... a gente só estava brincando.

– Da Pippa – respondi, sorrindo para ela, que assentiu com ares de quem estava se divertindo. – Estávamos prestes a cantar para ela.

Do outro lado da mesa, Niall usava a mão para esconder o riso.

– Isso já é exagero – disse, balançando a cabeça. – Eu não consigo acompanhar.

Cam acenou para o garçom enquanto Becky puxava uma cadeira à minha direita.

– Tudo bem se eu sentar aqui?

Senti o corpo de Pippa se enrijecer à minha esquerda e murmurei discretamente:

– Claro.

A verdade era que eu não queria Becky sentada ali.

Eu não queria Becky aqui.

Não a queria por perto nessa viagem.

Eu não a amava mais, não queria voltar no tempo e mudar nada. Eu sequer precisava de uma explicação melhor de por que nosso casamento terminou. Eu só queria seguir em frente. E, embora os demais aspectos da minha vida tivessem se tornado um sucesso, Will estava certo: minha vida sentimental era um completo fracasso, e por culpa exclusivamente minha. Eu simplesmente não queria *enfrentar* isso.

Cam pediu uma Bud Light e uma taça do merlot porcaria da casa para Becky. Percebi a leve risada de Will antes de, imagino eu, Ziggs tê-lo beliscado por debaixo da mesa, porque ela se aproximou dele e sussurrou:

– Pare.

Mas eu sabia que isso era um erro – me fazer de bonzinho, fingir que éramos velhos amigos. Eu não conseguia. Will não conseguia. E, em especial, Ziggs não conseguia. Becky tinha estragado tudo. Estávamos nos divertindo antes de ela aparecer, e mais três dias de fingimento acabariam desgastando a todos nós.

– Onde vocês foram jantar? – Becky perguntou, sorrindo amigavelmente.

– John's Table – Ruby respondeu, percebendo a leve tensão na mesa. – Foi incrível.

– Acho que temos uma reserva lá amanhã – comentou Becky, esperando uma confirmação de Cam, que assentiu. – Hoje jantamos no Lonely Sail. Foi maravilhoso.

Todos dissemos "legal" como se déssemos a mínima.

– Vocês se lembram... – Becky começou, rindo – daquele dia em que quebramos a mesa na lanchonete?

Ela então ficou em silêncio, apertando os olhos na minha direção, tentando lembrar o nome da lanchonete.

– Attman's – Will falou antes de tomar um gole de sua cerveja.

Abri um sorriso quando me lembrei da ocasião. Estávamos bêbados e Becky pulou em minhas costas, lançando nós dois sobre a mesa, onde caímos e arrancamos o tampo. O pobre rapaz trabalhando na lanchonete tentou não entrar em pânico e nos disse que fôssemos embora, que ele daria um jeito na situação.

– Deveríamos ter pagado – ela falou, balançando a cabeça.

– Pela mesa? Com o quê? – perguntei, dando uma risadinha. – Se não me falha a memória, naquela noite nós dividimos um sanduíche porque nós três juntos tínhamos sete dólares.

Eu também me lembrava do resto daquela noite: Will e eu cambaleamos de volta para o nosso quarto, caímos no chão e começamos a tramar um jeito de projetar as imagens da televisão no teto para podermos jogar videogame bêbados e deitados.

No fim, conseguimos ligar a TV a um projetor antigo que tínhamos roubado do departamento de biologia naquele fim de semana... e foi animal!

De fato, a maioria das minhas memórias dos tempos da faculdade envolviam coisas que fiz com Will.

O silêncio se espalhou pelo grupo, deixando muito claro – para todos nós, suponho – que Becky e o meu grupo de amigos não tinham mais nada em comum.

Cam bateu os nós dos dedos na mesa.

– Alguém aqui acompanha os jogos do Mets?

Todos negamos com a cabeça, murmurando que não, e ele levou a cerveja aos lábios enquanto olhava para uma TV onde, presumimos, estava passando um jogo do Mets.

Ziggy me olhou nos olhos e pude perceber sua exasperação.

Aquela noite – e, em momentos anteriores, uma noite desse tipo incluía o tipo de diversão que me mantinha acordado até tarde, bebendo o tempo todo – estava perdendo a graça. Eu sentia falta da risada de Pippa. Sentia falta da energia que eu absorvia quando ela me olhava e eu não sabia o que estava prestes a fazer.

Virei-me para ela, passei meu braço por sobre seu ombro e a puxei para perto de mim.

– Acho que estou devendo uma música para você – lancei.

Ela ficou animada e sorriu para mim.

– Ah, é? Genial!

– Você escolhe. – E baixei a voz para dizer: – Eu só quero sair dessa mesa.

Nossos olhares se encontraram e eu me perguntei se ela conseguia ler o que meus olhos diziam: *eu não quero estar com ela.*

Eu mais vi do que ouvi seu discreto:

– Está bem, então.

E aí Pippa segurou minha mão, me puxou na direção do canto onde o aparelho de caraoquê descansava solitário abaixo de um único holofote e ligou o microfone. A microfonia se espalhou pelo bar e todos se espantaram antes de Pippa levar o microfone aos lábios.

– Olá, Connecticut – cantarolou, cambaleando levemente. – Esse cara aqui, Jensen, prometeu que cantaria comigo, então pensei que seria legal escolhermos algo *muito* romântico.

À mesa, Will deu risada; minha irmã nos olhava com olhos sonolentos, consequência do vinho. Ruby estava grudada ao colo de Niall, ou chupando seu pescoço ou dormindo ali. A única pessoa que nos observava com atenção era Becky.

Eu queria me arrastar para fora da minha pele.

A mão de Pippa encostou em meu maxilar, virando-me para encará-la.

– Esta aqui é para você.

O riff de abertura de "Kiss Off", do Violent Femmes, começou a ecoar pelo bar e Pippa dançava ao meu lado, pronta para começar a cantar.

Will levou dois dedos à boca e soltou um assobio estridente. Até Ruby se sentou, lançando um longo *u-hu!*.

– *I need someone, a person to talk to, someone who'd care to love* – Pippa cantou e, depois de olhar para seu sorriso, seus olhos bem-humorados, não consegui resistir.

Então, cantei com ela:

– *Could it be you? Could it be you?*

Era ridículo e constrangedor e soávamos *péssimos*, mas aquele era o momento mais catártico desde o meu divórcio. Como era possível? Eu estava berrando uma música raivosa com uma mulher que conhecera havia poucos dias, que eu inicialmente pensei que detestaria, mas que, de algum jeito, passei a adorar. E, sentada, Becky – Becky, justamente Becky – assistia com uma mistura de alívio e tormento estampada no rosto.

Irresistíveis

Mas logo até ela desapareceu da minha vista, afinal, a mulher à minha frente tomava toda a minha atenção. Os cabelos de Pippa estavam soltos e caíam por sobre o ombro. Era fácil imaginar seu corpo sob o vestido e eu estendi o braço, deslizando a mão em volta de sua cintura para puxá-la mais para perto.

Eu queria beijá-la.

Sabia que, em parte, era por causa do vinho e da cerveja, e a sensação inebriante de liberdade por estarmos em uma cidadezinha onde eu não conhecia ninguém, mas também sabia que de forma alguma eu estava sentindo a mesma coisa por Becky.

Pippa dançava junto a mim, cantando terrivelmente ao microfone – mas no tom perfeito para a música, sério. Seus brincos caíam como uma cascata das orelhas, quase tocando os ombros. As pulseiras balançavam no braço. O batom tingia seus lábios com um vermelho sedutor enquanto ela sorria descontroladamente.

A música terminou com uma pancada dissonante na guitarra e Pippa me encarou sem fôlego. Eu raramente fazia coisas sem pensar, mas aproximar-me para beijá-la não era fruto do nosso showzinho ou porque alguém estava assistindo – fiz isso porque, naquele momento, não conseguia pensar em mais nada.

Voltamos à mesa, onde Will batia palmas lentamente, Hanna sorria como boba, Ruby e Niall estavam de olhos arregalados e Becky quase babava de tanto sorrir. Cam brincava com o celular.

– Vocês dois são uma graça juntos – Becky elogiou.

– São, mesmo – Ziggy concordou e, por algum motivo, sua opinião tinha um significado especial.

Eu me sentia ligeiramente agitado, como acontecia em reuniões sem propósito que duravam tempo demais ou ao final de uma chamada de conferência infinita. Pippa deslizou sua mão para junto da minha e assistimos a Becky e Cam nos substituir no caraoquê, escolhendo uma antiga canção de Anne Murray. Uma de suas músicas country lentas.

153

– Uma escolha estranha para vir depois da nossa música, não? – Pippa comentou, sua cabeça em meu ombro. – Mas acho que nossa escolha também foi esquisita para abrir a noite.

Eu me aproximei um pouco mais para que ela pudesse me ouvir por sobre a música.

– O pai de Becky morreu quando ela era adolescente. Ele adorava Anne Murray. Tem um significado especial para ela.

Pippa inclinou a cabeça na minha direção.

– Ah.

E é assim que as coisas começam, pensei. *Não com um monte de informações, mas com coisinhas.* A essa altura, Cam certamente conhecia muitos detalhezinhos de Becky.

Eu podia descobrir que Pippa não precisava olhar para o monitor para cantar Violent Femmes. Eu podia descobrir que ela dançava feito um boneco, tinha duas mães e gostava de gritar na chuva.

Minha boca uniu-se outra vez à dela e, quando me afastei, pude ver o questionamento em seus olhos.

– O que foi? – perguntei, afastando uma mecha de cabelos de seu rosto.

– Está bêbado? – ela me perguntou.

Rindo, respondi:

– Bem... sim. Você não?

– É claro que estou. Mas esse me pareceu um beijo *de verdade*.

Abri a boca para responder, mas senti os corpos se movimentando ao nosso lado e ergui o olhar.

– Esse lugar está um saco – Will resmungou, levantando-se e pegando sua jaqueta. – Vamos tomar vinho no bar do hotel.

Olhei para o relógio e me dei conta de que ainda eram dez da noite.

Então me levantei, ajudei Pippa a vestir seu casaco e discretamente pagamos nossa comanda e saímos do Duke's.

Só quando chegamos ao hotel eu me dei conta de que deixamos Becky no meio de sua música e sequer nos despedimos.

A hora da verdade tinha chegado.

Bem, quase.

Eu podia sentir o quarto lá em cima nos chamando, enquanto estávamos no bar do hotel. Teríamos que enfrentar o inevitável. Ou será que ainda nos divertiríamos hoje à noite?

– Sinto que precisamos fazer uma reunião – minha irmã propôs, soltando o corpo em uma das cadeiras. – Precisamos discutir seriamente se queremos ficar nesse passeio ou seguir para a próxima parada.

– Eu pensei que essa coisa toda com Becky seria simples – Will comentou, assentindo. – Pensei que esse casamento falso de vocês seria engraçado e a gente se divertiria, mas, quando o clima de diversão acabou e a noite continuou, achei estranho o jeito que Becky ficou olhando para você.

– Eu concordo – afirmou Pippa, olhando para mim. – Você não percebeu?

Dei de ombros, tirando meu suéter por conta do calor da lareira.

– A situação também deve ser estranha para ela.

– Cam está mais para um idiota com boa aparência – Ruby arriscou.

Fechei os olhos e ajeitei o corpo contra o encosto do sofá. Hora da verdade. Ver Becky outra vez tinha se tornado mais exaustivo por causa do nível de desconforto que eu esperava do que pelo que realmente aconteceu.

– Por mim, tanto faz – falei. – Se ficarmos, tudo bem, se formos embora, tudo bem também.

– A pessoa que parece estar enfrentando tudo com mais facilidade é Jensen – Ziggy comentou. – Eu meio que tenho vontade de arrebentar a cara dela toda vez que a vejo.

– Bem, foi um dia longo e eu bebi muito, muito mais do que devia – Will falou. – Quem era o responsável por mim? Era você? – E aproximou-se de Ziggy com um sorriso tolo. – *Oi.*

– Está bem, acho que chegou a hora de alguém ir para a cama – Ziggy afirmou, sorrindo enquanto ele pressionava o rosto contra o peito dela. – Talvez devêssemos discutir esse assunto amanhã de manhã. Eu teria que reorganizar algumas coisas para conseguirmos nos hospedar mais cedo no chalé. Talvez devêssemos pensar sobre o assunto e dormir para ver se ainda queremos matar Becky... – Hanna fez uma pausa e abriu um sorriso maldoso. – Oops, sinto muito, quero dizer... para ver como *nos sentimos* amanhã.

– É uma ideia excelente – elogiou Niall enquanto se levantava.

Ruby abraçou a todos e, depois de vários "boas-noites" e "a-gente-se-vê-amanhã", eles seguiram na direção do elevador.

Olhei para Pippa e percebi que ela estava me analisando. Será que também se dava conta de que tínhamos um quarto e uma única cama para dividir?

Ela se levantou e estendeu a mão.

– Está pronto?

E sorriu para mim.

– Acho que chegou a hora – falei, estremecendo internamente.

Mantenha o controle, Jensen.

Meu coração saltava sob o esterno enquanto eu me levantava e segurava sua mão. Parecia minúscula junto à minha, calorosa e suave, mas, ao mesmo tempo, de certa forma sólida. Era ela me tranquilizando, exatamente como hoje de manhã, e meus pés quase pararam quando meu cérebro se deu conta de que, para qualquer um assistindo, essa seria nossa lua de mel.

E a situação não estava ajudando.

De mãos dadas, atravessamos o corredor e subimos as escadas. Estávamos a caminho do nosso quarto e eu não tinha ideia do que estava por vir.

Nove

PIPPA

Jensen abriu a porta de nosso quarto e, sem dizer nada, acenou para que eu entrasse. Em seguida, fechou-a barulhentamente.

Nossa, que momento tenso!

Enquanto passávamos pelas escadas, nenhum de nós disse nada. No corredor, permanecemos em silêncio. A cada passo eu queria me virar para ele, fazer uma dancinha e dizer: nada disso precisa acontecer. A gente pode só contar histórias de terror, devorar tudo o que tiver no frigobar e fingir que é uma festa do pijama.

Mas às vezes, com Jensen, verbalizar as coisas só tornava a situação mais constrangedora.

Quase não tínhamos passado tempo aqui desde que deixamos as malas, mais cedo. E, na ocasião, a pressa por nos fingirmos de casados e o fato de termos toda a noite antes de enfrentarmos *esse momento* fizeram a cama parecer muito maior.

Mas não, ela era exatamente minúscula.

Será que nos Estados Unidos existia algum tamanho de cama entre a de solteiro e a de casal?

Jensen foi o primeiro a quebrar o silêncio enquanto nós dois olhávamos para o colchão.

– Eu posso dormir no chão, sem problema algum.

Porém, eu não queria isso. Para dizer a verdade, eu queria seu corpo enorme me envolvendo, seus braços à minha volta e a frente do seu corpo grudada às minhas costas. Queria ouvir sua respiração enquanto ele dormisse e sentir seu calor durante toda a noite.

Não só porque eu gostava de sexo – e eu gostava *mesmo* – ou de abraços – adorava! Mas também porque eu me sentia segura com ele. Eu me sentia importante, especialmente hoje, quando pude fazer algo para ajudá-lo e aparentemente esse pequeno favor trouxe tanto dele para dentro de mim.

Mas aqui estávamos nós, ele outra vez fechado.

– Não seja bobo. – Fui até minha mala e puxei meu pijama. – Eu só vou me trocar...

Ele tossiu ao olhar para sua mala, aberta em uma cadeira em um canto do quarto.

– Claro.

Eu me troquei, lavei o rosto, prendi os cabelos, soltei os cabelos, prendi os cabelos outra vez. Passei hidratante. Escovei os dentes, usei o vaso sanitário, lavei as mãos, passei mais hidratante. Escovei os dentes outra vez. Fiquei paralisada. E aí, ao sair do banheiro, deixei que ele passasse por mim para fazer a mesma rotina, percebendo, enquanto ele entrava, que só levava um short nas mãos.

Ele dormia sem camisa.

Puta que pariu, que foda!

Porém, quando saiu do banheiro, para meu desânimo, Jensen estava usando a camiseta branca que havia por baixo de sua camisa.

– Pensei que você dormisse sem camisa.

O quê?!

O que foi que eu acabei de dizer?!

Ele me olhou surpreso.

– Bem, eu costumo dormir, mas...

Juro que meu coração batia tão forte a ponto de me impedir de respirar normalmente.

– Acho que imaginei que você dormisse. – Passei a língua pelos lábios, implorando para ele não afastar seus olhos sensuais dos meus. – Sinto muito. Parece que meu filtro quebrou.

Um leve sorriso brotou em seus lábios.

– Você diz como se isso tivesse acontecido só agora.

Às vezes, as brincadeirinhas dele – e o tom de perdão presente em sua voz – faziam meus pensamentos se libertarem.

– Percebi que estávamos só fazendo um joguinho hoje. Mas, nos últimos dias, estive aberta à possibilidade de alguma coisa acontecer entre nós. E agora não tem como voltar atrás, mas eu não queria que você pensasse que eu seria contra a ideia de dividirmos a cama.

Fiz uma pausa e cheguei a abrir a boca para prosseguir, mas me contive, dando a ele uma chance de responder.

Jensen parecia não esperar meu silêncio depois de eu divagar tanto, porque ele ficou ali, me encarando, esperando, por alguns segundos.

– Vá em frente – sussurrei, sentando-me à cama e empurrando meu corpo na direção da cabeceira. – Eu já terminei de falar. Por agora.

Jensen veio lentamente em minha direção e sentou-se na beirada da cama.

– Eu também estava pensando nisso antes de Becky aparecer.

– Estava?

Ele assentiu.

– É claro que sim. Você é linda e não é tão irritante quanto pensei inicialmente.

Uma risada explodiu por meus lábios.

– Você me acha bonita?

– Acho você linda.

Mordisquei o lábio, observando-o.

Um leve sorriso brotou em seu rosto e ele finalmente perguntou:

– Você me acha bonito?

Estendendo a mão para trás, puxei um travesseiro e o joguei contra Jensen.

– Eu acho você lindo – ecoei, e as outras palavras simplesmente saíram por minha boca: – Eu *gosto* de você.

Ele riu, olhos brilhando.

– Eu também *gosto* de você.

E a famosa boca de Pippa Cox não demorou a entrar outra vez em ação:

– Antes dessa viagem, eu nunca tinha visitado uma vinícola. Minha amiga Lucy fez uma festa alguns anos atrás. Era para ser uma noite chique, com queijos e vinhos, mas, como é que dizem por aí? Não se dá pérolas aos porcos... Nós simplesmente não éramos esse tipo de gente. Aquela noite ainda é meio confusa na minha memória. Manchas de vinho no tapete e pessoas dando uns amassos pelos cantos da casa. Não era uma festa grande o suficiente para as pessoas se pegarem escondidas, então a cena toda chegava a ser um pouco constrangedora. Johnny Tripton acabou pelado no quintal, balançando uma bandeira do Brasil. Lucy desmaiou no chão da cozinha e as pessoas meio que... simplesmente passavam por ela para encher seus copos. Eu acordei com os cabelos azuis... Eu costumo tingir meu cabelo de vermelho, às vezes de rosa, mas nunca de azul. E passei toda uma eternidade cheirando a vinho. Ou pelo menos até o fim de semana seguinte. – Sorri para ele. – O que quero dizer é que essa viagem é um pouco mais refinada do que a minha última experiência com vinho, e hoje foi um milhão de vezes mais divertido do que eu esperava.

Nesse momento, se Jensen fosse um desenho animado, ele seria um homem saindo de um conversível com os cabelos de lado e olhos totalmente atordoados.

– Você é mesmo diferente de todo mundo que já conheci.

– E isso é bom ou ruim?

Ele deu risada.

– É bom, eu acho.

– Você *acha?*

– Acho.

Engoli os nervos antes de perguntar:

– Você vai dormir comigo nesta cama?

Jensen encolheu os ombros.

– Eu não tinha ido tão longe assim. Se dividirmos a cama...

Ele estava sendo claro.

– Você acha que, se dividirmos a cama, a gente pode acabar transando?

Ele assentindo enquanto me analisava.

– Talvez sim.

Eu mal conseguia me movimentar de tanto que tremia.

– Você *quer* transar? – E imediatamente ri de mim mesma. – Quero dizer, não que a gente... É só que, esta noite, quando você me beijou, senti que não estava fingindo.

– Eu gosto de sexo, pra caramba – ele respondeu quase grunhindo. – É claro que quero transar. Mas hoje é uma noite complicada e não quero transar com ninguém por impulso.

– Santo Deus! – Deixei minha cabeça cair contra a cabeceira. – Isso é extremamente sensual, e eu nem sei por quê.

– Pippa.

Sorri para ele.

– Jensen.

Meu coração batia em um ritmo selvagem no peito enquanto ele estendia a mão e tocava meu lábio inferior com a ponta do dedo indicador.

– Você *gosta* de sexo? – sussurrou.

Ah, caralho.

– Sim.

Jensen acenou casualmente com a mão.

– Bem, é bom saber.

E se sentou, piscando os olhos como se nossa conversa tivesse terminado. Mas percebi o sorriso sacana em seu rosto quando ele começou a se levantar.

– Seu *tarado!* – falei, rindo e me inclinando para dar um tapa em seu ombro. Ele segurou minha mão e a pressionou onde seu coração batia acelerado.

Seu sorriso bem-humorado ficou para trás; de repente, Jensen parecia sem defesas.

– Pegue leve comigo! – pediu baixinho.

– Pode deixar.

Ele continuou me encarando, deixando cada vez mais claro o que desejava.

– Quer assistir a um filme? – perguntei. – De repente, me sinto solidária a qualquer prostituta que não sabe exatamente como agir diante de uma situação.

Ele me olhou confuso antes de balançar a cabeça e rir.

– Duvido que eu em algum momento seja capaz de prever o que vai sair da sua boca.

– Quero dizer, eu não me importo com o que façamos. Só quero que venha aqui e relaxe. – De verdade, eu só queria tê-lo ao meu lado, quente e forte, com o corpo curvado junto ao meu. Tínhamos uma semana e meia de viagem pela frente. Eu tinha tempo para conquistar o sexo.

E, com Jensen, era mais do que isso, por mais aterrorizante que essa verdade parecesse.

Ele pegou o controle remoto, ligou a TV e começou a passar os canais.

Nossa conversa franca tinha diminuído um pouco a tensão, mas ela continuava presente, especialmente quando Jensen escolheu assistir a *Os Bons Companheiros* e se virou para olhar para o lado da cama onde eu estava sentada, de pernas cruzadas.

– Pode ser? – perguntou.

– Não tem nada mais interessante passando – concordei, assentindo. – E, além disso, eu adoro esse filme.

Irresistíveis

Assentindo levemente, ele colocou o controle remoto no criado-mudo, pareceu hesitar por alguns segundos, depois levou a mão à nuca e tirou a camiseta.

– Puta merda! – sussurrei.

Em apenas uma fração de segundo, memorizei toda a forma de seu torso e, acredite, havia muita informação para eu absorver ali.

Ele segurou a camiseta na altura do peito.

– Posso ficar assim? Estou com muito calor e não tem ventilador aqui. Tenho o costume de dormir com o ventilador ligado.

– Tudo bem – concordei, acenando sem olhar para ele.

Seu peito era um mapa de músculos com a quantidade perfeita de pelos para me fazer sentir que havia um puta homem no quarto comigo.

Ele puxou as cobertas e nós dois nos ajeitamos debaixo delas, colocando cuidadosamente nossos braços e pernas de modo a não nos tocarmos. Para mim, era como fazer um exercício em um mar de insanidade: Jensen usando apenas shorts ao meu lado na cama.

Mas aí suas pernas tocaram as minhas debaixo das cobertas – quentes, o deslizar suave de sua perna peluda contra minha coxa – e, com uma risadinha, ele me abraçou e me puxou de modo que eu apoiasse a cabeça em seu peito.

– A gente não precisa se sentir incomodado – sussurrou.

Assenti, deslizando a mão por sua barriga, sentindo-a se apertar sob meu toque.

– Combinado.

– Não sei se já agradeci pelo que você fez por mim hoje.

Eu ouvia seu coração batendo em meu ouvido, podia sentir seu peito subir e descer a cada respiração.

– De nada. – Hesitei, mas rapidamente acrescentei: – Acho que era isso que eu estava tentando dizer mais cedo. Foi divertido. Foi *fácil*.

Ele deu risada e o som era como um rugido ecoando contra mim.

– Foi, sim.

A palma da mão de Jensen deslizava por meu braço, desde o ombro até o cotovelo, enquanto assistíamos ao filme juntos. De alguma forma, eu sabia que nenhum de nós estava prestando muita atenção ao que acontecia na tela.

Eu gostava do cheiro de seu desodorante, de seu sabonete, mas gostava ainda mais do leve cheiro do seu suor sob tudo aquilo. Seu calor era surreal: membros longos e sólidos, pele tão suave e firme. Fechei os olhos e afundei meu rosto em seu pescoço. Com cuidado, deslizei uma perna sobre a dele, aproximando-me e abraçando-o. Agora, o calor que vinha do meio das minhas pernas atingia sua coxa.

Ele segurou a respiração, de alguma forma preenchendo o quarto com um silêncio pesado e carregado de expectativa, enquanto mantinha o ritmo de sua palma deslizando para cima e para baixo em meu braço.

Jensen enfim deixou escapar uma expiração demorada e descontrolada.

Estaria ele de pau duro? O que seria isso? Seria o fato de minha perna estar tão próxima de seu pau e meus seios contra suas costelas e minha boca a apenas um centímetro da pele bronzeada de seu peito?

Eu estava tão excitada, tão desesperada por alívio e contato, que fechei os olhos e só me concentrei em respirar. Inspirar, expirar. Mas cada lufada trazia mais dele para dentro de mim, para minha cabeça, e o toque suave de sua mão em mim só me dizia o quanto ele se dedicava em me amar, e isso se tornou quase insuportável. Eu precisava filtrar tudo, concentrar-me no ar entrando e saindo de meus pulmões.

Eu apreciava esse alívio, o fato de meu corpo estar relaxando, desligando-se de tudo. Parte de mim se preocupava com a possibilidade de eu passar a noite toda acordada, sempre consciente do homem gostoso e sexual ao meu lado. Mas essa preocupação se desfez com o ritmo de sua mão deslizando para cima e para baixo em meu braço.

Irresistíveis

Acordei excitada, aquecida com a memória de uma boca descendo por meu pescoço, mãos deslizando pelo algodão da minha camisola. Entre as minhas pernas, eu sentia o pulsar de uma forma como não sentia há uma eternidade, essa necessidade de alívio.

Mas não era uma memória.

Jensen estava ali, com o corpo curvado e junto ao meu, sua boca deslizando da minha orelha até o meu pescoço.

Soltei um leve gemido de surpresa enquanto pressionava meu corpo junto ao dele, enquanto sentia seu pau – duro e pronto, encostado em minhas nádegas. Ao perceber meu contato, ele gemeu, esfregando-se em mim em um ritmo lento e forte.

– Ei – sussurrei.

Ele esfregou os dentes em meu pescoço e quase me fez gritar de prazer.

– Ei.

O quarto estava escuro. A televisão, desligada; as luzes, apagadas. Por instinto, olhei para o relógio. Eram quase três horas da manhã.

Levei uma mão para trás e deslizei meus dedos por seus cabelos para manter seu rosto onde estava enquanto Jensen puxava a alça da minha blusa para o lado para mordiscar meu ombro.

– Eu te acordei – ele falou antes de chupar meu pescoço. – Sinto muito.

E, após uma pausa, corrigiu-se:

– Não, não sinto, não.

Virando-me em seus braços, pensei que eu sabia como seria seu beijo – afinal, ele me beijara antes. Todavia, eu não podia prever sua fome, a necessidade em sua boca, suas mãos deslizando por meu torso, a forma como ele se esfregava em mim. Sua boca se enterrou na minha, os lábios provocando até eu abrir os meus para ele, deixando-o entrar. Nunca vi uma boca precisar tanto da minha, as faíscas, o mordiscar de seus dentes em meus lábios, seus gemidos vibrando junto ao meu beijo. Meus braços deslizaram por seus ombros, minhas mãos deslizaram por seus cabelos, e ele estava ali, roçando entre as minhas pernas, encontrando o ponto onde me invadiria agora mesmo, não fosse a calcinha vermelha. Eu o sentia ereto e urgente, sentia a ponta do seu pau deslizando no meio das minhas pernas, me fazendo pegar fogo, aquele ponto onde eu era mais quente, onde eu o desejava.

Jensen se inclinou, puxou minha blusa para cima, expondo meus seios, afundando a cabeça ali para poder lambê-los, para poder segurá-los em suas mãos, antes de voltar a me beijar com uma energia renovada, mas ainda em silêncio. Jensen não falava muito, mas havia alguma coisa em seus gemidos, na inspiração dura e expiração trêmula, que me fazia ouvir atentamente, que me fazia enterrar minhas unhas nele, implorando, em silêncio, para que arrancasse minhas roupas e se enterrasse em mim.

No entanto, eu não precisava disso. Eu estava inchada e desesperada por tê-lo em mim, sentia meu corpo responder ao ritmo que ele estabelecia, à pressão forte exatamente onde eu a desejava, e, quando arqueei-me na direção dele, roçando, movimentando-me no mesmo ritmo, Jensen soltou um:

– Assim. Caralho, assim!

Eu já estava com a parte superior do corpo despida – e como estava calor aqui, não estava? Porque havia uma fina camada de suor em minha pele, e na dele, e isso me levou ao limite, aquela pressão deliciosa deslizando, tão gostosa que chegava a doer. Cada ponto de contato entre nós carregava uma corrente elétrica, uma pontada deliciosa de calor, e eu só queria estar nua – totalmente nua.

Mas, mais uma vez, eu não *precisava* disso. Meu corpo, tomado por aquela crescente ardência interna, me fazia lembrar que eu só precisava do que Jensen já estava fazendo. E mais, e mais daquilo. Da sua boca na minha e dos gemidos ressoando dentro da minha cabeça como um martelo em um tambor.

Ele sabia exatamente como se esfregar em mim, concentrava-se onde tinha de roçar com ritmo. Deus, aquilo quase me fez gritar:

Irresistíveis

a simples realidade de ser *ele*. Mesmo a ideia de Jensen com outra mulher – perdida nas demandas do corpo dele, tentando decifrá--lo – me deixava com frio na barriga. Tão focada, tão desesperada por prazer.

Como eu vim parar aqui? Como eu conquistei a atenção desse homem? Seu desejo? Isso me deixava espantada, realmente espantada.

Ele acelerou o ritmo, sem ar, tão próximo, e o fato de Jensen estar tão excitado quanto eu estava, o fato de ele ser como uma bomba prestes a explodir, fazia minha mente se dividir em duas com a sensação e a percepção de que uma parte conseguiria processar enquanto a outra só conseguia sentir o orgasmo chegando. Fiquei um pouco selvagem, agarrei suas costas, puxei-o com mais força na minha direção, avisando-o em um sussurro:

Estou quase

Eu vou gozar

Com o foco renovado, ele se afundou em mim, sua respiração saindo rápida e quente em meu pescoço até eu sentir como se estivesse me afastando do prazer, quase esmagada pela força do orgasmo que se espalhava por mim, quente e frenético.

Ele me acompanhou com um grito de alívio, seu prazer se derramando úmido em meu umbigo, sua boca pressionada ao meu pescoço, dentes expostos.

Ah, deus, o momento que se seguiu foi de total silêncio no quarto, à exceção de nossas arfadas desesperadas, da força de nossas expirações. Jensen ficou paralisado sobre mim e lentamente se apoiou em seus cotovelos.

De alguma forma meus olhos se adaptaram um pouco ao breu e, embora estivesse quase tudo escuro lá fora, havia um leve toque de luz vindo do despertador e outro se espalhando, vindo do corredor, ao entrar por baixo da porta. Eu sabia que ele estava me olhando, me analisando. Mas não sabia de mais nada. Não sabia se estava franzindo a testa ou sereno e aliviado.

Ele encostou a mão na lateral do meu rosto, afastando uma mecha de cabelos suados.

– Eu pedi para você pegar leve.

Encolhi os ombros debaixo dele, imensamente aliviada pela doçura da sua voz.

– Pelo menos não ficamos nus.

– Isso é um aspecto meramente técnico – sussurrou, aproximando-se para me beijar. – Eu estou coberto de você, e você está coberta de mim.

Eu estou coberta de você.

Fechei os olhos enquanto deslizava as mãos por seu quadril e para a frente, entre nossos corpos, para sentir a umidade de seu orgasmo em minha barriga, depois mais para baixo, onde ele pressionava – ainda não totalmente enrijecido – entre minhas pernas.

– Estamos uma bagunça – comentei.

Ele soltou uma risada um pouco rouca.

– Quer tomar um banho?

– Para isso teremos que ficar realmente nus.

Quero dizer, não que isso importasse muito a essa altura. Mas... talvez importasse, mesmo que apenas um pouquinho. Esconder algo aqui significava que ainda havia algo a ser explorado entre nós, alguma coisa que queríamos deixar guardada, e esse pensamento me trouxe uma leve explosão de felicidade.

– Você primeiro, depois eu vou – falei.

– Ou então podemos dormir assim – disse contra o meu pescoço, rindo. – Porque agora eu estou cansado pra caramba.

– É... Podemos dormir.

Virei meu rosto na direção dele e ele virou o rosto na direção do meu, beijando-me lenta e calorosamente, sua língua dando golpes preguiçosos.

– Assim fica mais fácil fingir amanhã.

Irresistíveis

Assim que Jensen falou isso, seu corpo enrijeceu. Eu não podia negar que foi num momento um tanto inoportuno – fazer uma referência à sua ex-esposa enquanto voltávamos ao normal depois de um orgasmo. Porém, ao mesmo tempo, eu o entendia. Ainda era um comentário sobre nós, só que, de certa forma, um pouco mais realista. A verdade era que eu era inglesa e ele americano. Eu morava em Londres; ele, em Boston. E sua ex-esposa estava duas portas à frente no corredor. Considerando sua fascinação por Jensen esta noite e quão difícil fora para ela afastar seus olhos cheios de culpa dele, eu também me perguntava se ela estaria acordava, ouvindo atentamente em busca de evidências do que tínhamos acabado de fazer.

Na escuridão, de certa forma ficava mais fácil perguntar para ele:

– Como foi hoje para você? Diga a verdade.

Ele rolou para o meu lado, mas me puxou consigo, virando-me de lado para que olhássemos um para o outro e segurando meu quadril. Jensen, o amante gentil, aquele que adorava abraçar.

– Na verdade, não foi tão ruim – respondeu antes de se aproximar e me beijar. – Mas foi inesperado. Acho que a sua presença ajudou. Acho que ver Ziggs e Will furiosos pela minha situação também ajudou.

Assenti.

– É, eu concordo.

– E acho que também ajudou o fato de ela estar casada com um cara que é um tanto quanto entediante – ele sussurrou como se tivesse vergonha de admitir isso abertamente. – Eu carrego parte da culpa por termos terminado, obviamente, mas me pergunto se... se eu não teria sido o problema.

– Então vamos todos manter a fachada? – eu quis saber.

Jensen tossiu discretamente e deu de ombros.

– Não vejo nenhum motivo para dar qualquer satisfação a ela. Não a via desde o dia em que assinamos os papéis do divórcio, não temos mais amigos em comum. A essa altura, dizer a ela que tudo não passava de uma armação provavelmente só a deixaria chateada.

— Acho legal da sua parte não querer magoá-la, mesmo depois de tudo o que aconteceu.

Ele ficou em silêncio por algumas respirações.

— Ela terminou as coisas de forma terrível, com uma imaturidade tão espantosa. Mas ela não estava *querendo* ser horrível.

— Ela só é – falei, reprimindo uma risadinha.

— Ela era nova – ele disse, tentando explicar. – Embora eu não me lembre de Becky ter sido tão...

— Maçante? – sugeri.

Ele soltou um gemido de incredulidade e foi impossível responder qualquer outra coisa que não:

— Bem... sim.

— Ninguém é interessante com dezenove anos de idade.

— Algumas pessoas são – ele discordou.

— Eu não era. Vivia obcecada por gloss e sexo. Não havia muito mais coisas rolando na minha cabeça.

Ele negou com a cabeça, deslizando a mão do meu quadril para a minha cintura.

— Você estudava *matemática*.

— Qualquer um pode estudar matemática – falei para ele. – É só uma opção de coisa para fazer. Ter aptidão para matemática não o torna inerentemente mais interessante. Só o faz ser bom com números, o que, a julgar pela minha experiência, costuma ser um traço de pessoas que não sabem lidar com outras pessoas.

— Você não é assim.

Deixei a frase suspensa entre nós e me perguntei se ele achou a situação no avião engraçada ou surpreendente ou maravilhosa.

Depois de um instante, Jensen sorriu para mim em meio à escuridão.

— Bem, exceto quando você está bêbada de champanhe e arrotando num avião.

Dez

JENSEN

Acordei assustado com um barulho vindo da minha direita e me apoiei em um cotovelo.

As cobertas deslizaram pelo meu corpo e pelo meu quadril. O olhar de Pippa se afastou do meu rosto, desceu e voltou para onde estava antes. Suas bochechas ficaram vermelhas e eu certamente sabia o motivo.

Eu tinha tirado os shorts em algum momento depois da nossa... *troca* na cama.

– Você já acordou – constatei, minha voz ainda pesada de sono. Quando abri os olhos completamente, percebi que Pippa estava usando uma *legging* e camiseta, com os cabelos presos em um coque bagunçado. Estava agachada perto da cama, amarrando seus tênis coloridos. – E está *vestida*.

Pela primeira vez nessas férias, eu não queria sair da cama. Desejava o calor dela aqui, comigo, debaixo das cobertas.

– É, desculpa – sussurrou. – Tentei não acordar você.

– Aonde está indo?

Um desconforto tomou conta de mim. Pippa estava simplesmente indo embora?

Após uma breve hesitação, ela respondeu:

– Vou fazer ioga com Becky.

Sentei-me e a encarei.

– Você sabe que não precisa fazer isso, não sabe?

– Sei, sim – ela confirmou, assentindo. – Mas eu disse que me encontraria com ela.

Pippa olhou outra vez para seus tênis, mas eu sabia que havia mais coisa naquele olhar.

– E aí? – perguntei.

– E *aííí...* – ela falou, alongando a palavra. – Eu só queria um momento para pensar. Você é o primeiro homem ao lado de quem acordei, sem ser o Mark... em um bom tempo.

Deslizando a perna pela lateral da cama e puxando as cobertas sobre meu colo, inclinei-me, descansando os cotovelos nas coxas e estudando-a.

– Entendi.

– Eu gostei da ideia – ela me assegurou discretamente, olhando para mim. – Só vou fazer algo que não costumo fazer e dedicar um momento a pensar um pouco.

Estendi a mão para segurar a sua. Estava fria, como se ela a tivesse lavado antes de vir colocar o tênis.

Ela mordiscou o lábio, seus olhos analisando meu rosto.

– Em uma escala de preguiça a Woody Allen, quão surtado você está?

Dei risada enquanto respondia:

– Estou em algum ponto entre moleza e um cachorro preguiçoso.

– Nossa! – Ela pareceu surpresa com a minha resposta. – Tudo bem, eu posso lidar com isso.

Meu coração ficou apertado.

– Está bem. Façamos um pacto.

Ela se apoiou no joelho e se aproximou:

– Está bem.

– Vamos simplesmente nos divertir – falei, olhando para nossas mãos. Ela era pálida e suave contra minha pele bronzeada. Tendões e veias se entrelaçavam pelas costas de sua mão, e como Pippa era forte! – Temos uma semana e meia juntos. Você

Irresistíveis

mora em Londres, eu moro em Boston. Até agora, essa viagem está sendo...

– Louca – ela completou, sorrindo para mim. – Boa. Diferente.

– Tudo isso – concordei, assentindo. – Então, vamos fazer um pacto: sejamos parceiros nessa aventura. Quero fazer suas férias serem perfeitas.

– E eu também quero fazer as suas férias serem perfeitas.

Ela se aproximou e beijou a parte interna do meu pulso.

– E, se você decidir que quer passar o resto da viagem solteira... – comecei.

– Eu digo para você. E você, faça o mesmo – acrescentou rapidamente. Em seguida, pressionou as costas da minha mão em sua bochecha. – Gosto desse plano.

– Então você tem certeza de que não prefere voltar para a cama? – Puxei-a no meio das minhas pernas.

Mas Pippa resistiu, muito embora tivesse passado alguns segundos olhando para o meu peito, minha barriga, meu quadril.

– Eu tenho que... fazer ioga.

Expirei lentamente.

– Certo. Onde vocês vão se encontrar?

– Optamos por deixar de lado a história do vapor e vamos só fazer ioga na área dos fundos do hotel.

– Você já fez ioga antes?

Ela negou com a cabeça.

– Nunca na minha vida. Mas é só flexionar o corpo e botar as pernas para cima. Quão difícil pode ser isso?

Dei risada.

– Ao que me parece, Becky está se esforçando – ela falou baixinho, sua expressão se endurecendo. – E é mais fácil para mim, *sua esposa*, responder a isso do que para você.

– Você está me protegendo? – perguntei, sorrindo para ela.

– Talvez.

Minha risada discreta se tornou escandalosa.

– Quem poderia imaginar que você acabaria sendo a apaziguadora da história?

Ela se alongou e beijou meu queixo.

– A gente se vê no café da manhã.

—

Vesti uma calça jeans e uma malha e fui ao andar de baixo para pegar uma xícara de café da garrafa próxima à recepção antes de sair na varanda. Havia uma espessa camada de névoa pairando por sobre a grama e fazia frio lá fora, mas o cenário era lindo. A vegetação, de um verde intenso, parecia explodir atrás da névoa – na grama, nas árvores, nas colinas ao longe. Logo após os amplos degraus na parte traseira da propriedade, um pouco à esquerda da casa, no gramado regular, Becky e Pippa se alongavam em tapetes de ioga que imaginei que Becky tivesse trazido para praticar com Cam.

Tomei um gole de café e as observei.

A boa forma geral de Pippa devia ser mais fruto da genética e de sua energia e movimentação constante do que de sua aptidão para esportes. Mesmo enquanto se alongava, ela parecia insegura e sorridente, quase dançando e conversando.

A porta de tela se abriu atrás de mim e Ziggy veio sentar-se ao meu lado no degrau, segurando uma xícara da qual o vapor exalava.

– Que diabos ela está fazendo? – Ziggy quis saber, sua voz ainda um pouco rouca.

– Ioga.

– Isso aí é ioga?

– Pelo menos a versão de Pippa.

– Nossa! E com Becky? Ela devia ter dito a Becky que sumisse.

Assenti, sorrindo por sobre a caneca.

– Parece que Pippa é fiel à sua palavra.

Becky se ajeitou, apresentando a Pippa alguma coisa que não consegui ouvir, e então vi Pippa inclinar o corpo para tocar os dedos do pé e erguer uma perna atrás do corpo. Ela tinha mais ou menos um oitavo da flexibilidade de Becky.

E estava ridícula.

E era maravilhosa.

Ziggs deu risada.

– Ela é incrível pra caramba! Parece a Annabel fazendo ioga.

Becky imitou o que Pippa tinha feito e depois passou para uma versão complicada da postura do cachorro que quase fez Pippa cair no chão.

– Acho que Becky gostou dela - falei, balançando a cabeça enquanto Pippa efetivamente caía no chão e dava risada.

– Gostou dela como?

– Pippa disse que curtia muito aquela tal de ioga britânica, aquela com vapor.

Os olhos de minha irmã se estreitaram enquanto ela estudava mais seriamente as duas.

– O mais esquisito é que nem me preocupo com Pippa ser capaz de segurar a onda - ela falou.

– Becky não é exatamente uma predadora - apontei secamente. - E elas não estão lutando com espadas. Só estão fazendo ioga.

– Não - ela confirmou, rindo. - Estou falando daquela história toda complicada que vocês inventaram, e agora há esse fingimento todo da ioga, mas, tipo... Pippa sempre topa tudo. Gosto disso nela.

Agora de costas, as duas ergueram as pernas e as soltaram atrás da cabeça no que, pelo que me lembro das aulas de ioga, é um movimento chamado *Halasana*.

Ouvi o "ai!" exuberante de Pippa, sua risada escandalosa, e logo vi sua blusa deslizar, deixando a barriga à mostra.

– Ela tem um corpo legal - Ziggy comentou.

– Tem, mesmo.

Senti minha irmã se virando para olhar para mim.

– Vocês dois...?

– Não exatamente.

– Mas quase? – E ela soava esperançosa.

Olhei-a nos olhos.

– Eu me recuso a discutir esse assunto com você.

Ziggy deu um breve sorriso.

– Eu gosto dela.

Senti um desconforto no estômago. Eu também gostava de Pippa. O problema era que se tratava de algo impossível.

Afastando esse pensamento, voltei minha atenção à minha falsa esposa, que continuava no gramado, fazendo ioga com minha ex--esposa. Agora em pé e erguendo uma perna, segurando o pé com uma mão enquanto alongava o outro braço à frente do corpo - um asana que acredito ser chamado de Natarajasana –, Pippa caiu de cara no chão. Rolando até ficar de costas, ela levou a mão à barriga, rindo. Becky ajeitou o corpo e olhou para Pippa com cara de quem estava se divertindo.

O segredo havia sido revelado: Pippa não era nenhuma iogue.

—

– Hanna e eu ficamos com as bolas vermelhas – Pippa me explicava algumas horas depois. – Você e Will ficam com as azuis. – Rindo, ela segurou uma bola amarela. – Esta aqui é o bolim. – Colocou-o na minha mão e completou: – Lance-o além da linha central, mas não deixe passar daquela linha ali. – E apontou para a quinta linha no gramado.

Estávamos jogando bocha, justamente bocha, no gramado ao lado da pousada. Depois da ioga, Pippa nos encontrou para um *brunch* com direito a bebidas alcoólicas. Becky e Cam vieram com ela.

Irresistíveis

Senti que uma tensão havia se solidificado no decorrer da noite e, embora eu me mantivesse firme em minha decisão de evitar qualquer drama, Becky parecia não saber para onde olhar e acabou ficando em silêncio, empurrando seus ovos de um lado para o outro do prato durante a maior parte da refeição.

O problema não era o fato de a conversa ser chata; a questão era que não tínhamos assunto, nada a dizer além de conversa fiada. Não ajudava o fato de eu simplesmente não estar interessado em saber o que ela tinha feito nesses últimos seis anos.

Estudei Becky com olhares rápidos e discretos em sua direção. Eu tinha falado sobre ela com Pippa na noite passada, mas será que Becky sempre fora tão quieta, tão parte do pano de fundo? Tentei descobrir se a sensação era essa só porque ela estava se sentindo desconfortável, porque a situação era estranha... mas, para dizer a verdade, exceto pelo choro estranho de ontem, a sensação era de que Becky estava simplesmente sendo Becky.

Agora faltavam duas horas para mais um passeio por outra vinícola, e, em vez de ir para o quarto e relaxar com um banho – como eu havia sugerido –, Pippa e Ziggy haviam desafiado a Will e a mim para uma partida de bocha de homens contra mulheres.

Segurando a bola que Pippa me passou, aproximei-me da quadra.

– Sim, senhora.

– Mas faça direito – Pippa rapidamente ordenou.

Minha irmã riu discretamente ao meu lado.

– Isso é muito importante – Pippa acrescentou, quase gritando, enquanto eu estendia o braço para jogar. – Homens contra mulheres, vocês não vão querer se sair mal.

Parei, virei-me e olhei para ela por sobre o ombro.

– Não acho que minha performance tenha sido um problema até hoje.

Ziggy bufou, mas Pippa sorriu para mim.

– Sim, mas, se você lembrar direito, era eu quem estava em posição de segurar as bolas. Portanto...

Gritando em protesto, minha irmã se apressou e uma mão gigante logo tapava a boca de Pippa enquanto um braço a erguia do chão. Envolvendo Pippa pela cintura, Will a tirou dali.

– Eu cuido disso – ele falou, sua risada ecoando. – Vá em frente, jogue a bola, Jens.

Virei-me para a quadra de bocha e joguei a bola pelo gramado. Ela rolou e foi parar a poucos centímetros da quinta linha... Uma bela jogada.

Pippa chutou e se debateu até conseguir se libertar dos braços de Will. Em seguida, foi pegar a primeira bola vermelha.

– E agora as garotas vão mostrar como é que se faz.

– Então, é basicamente como jogar shuffleboard? – perguntei, começando a entender as regras. – Mas tentamos chegar o mais perto possível do bolim.

– Exatamente – Ziggy me falou. – Mas os hipsters jogam bocha em vinícolas enquanto pessoas idosas jogam shuffleboard em navios de cruzeiro.

– Não são só os idosos! – protestou Pippa, preparando-se para jogar. – Tem uma mesa de shuffleboard maravilhosa em um dos meus pubs favoritos.

– Fascinante – coloquei-me ao lado dela e falei diretamente ao seu ouvido.

Ela se espantou e virou-se com um olhar furioso na minha direção.

– Saia daqui!

– Conte mais sobre essa mesa de shuffleboard no pub – sussurrei, esforçando-me para distraí-la de seus esforços.

Ela se virou e me encarou com seus olhos azuis brilhantes. E estava tão próxima. Meu coração parou e, quando voltou a bater, estava acelerado.

Que coisa mais esquisita.

Irresistíveis

– Você é péssimo com seu joguinho de distrair – ela protestou.

– Sou, é?

Pippa deu mais um passo adiante e lançou a bola enquanto eu dizia baixinho:

– Ainda sinto o seu calor envolvendo o meu pau.

A jogada foi péssima, a bola foi parar a metros de distância do bolim, e ela se virou para, em tom de brincadeira, me dar um tapa.

– Isso não foi justo!

Segurei sua mão e, fingindo lutar, curvei-me em volta de seu corpo, meu rosto agora em suas costas enquanto eu delicadamente restringia o movimento de seus braços.

– Terrível, não sou?

Will pegou uma das bolas azuis e a passou de uma mão para a outra enquanto tomava posição para jogar.

– Vocês dois são adoráveis – comentou distraidamente, mas pude perceber o efeito das palavras em Pippa, que olhou preocupada na minha direção antes de sair dos meus braços.

Instintivamente me dando espaço.

O timing era totalmente errado. Justamente enquanto Pippa se virava outra vez na minha direção, ela olhou por sobre meu ombro, na direção da pousada, e falou desanimadamente:

– Becky.

– O quê?

Inclinando o queixo para apontar atrás de mim, repetiu:

– Becky. Ela está vindo.

Virei-me com um sorriso no rosto.

– Oi, Becks.

Becky pareceu assustada.

– Fazia uma eternidade que você não me chamava assim.

– Fazia uma eternidade que a gente não se encontrava.

Minhas palavras pareceram tocar-lhe num ponto fraco, fazendo-a estremecer.

– Eu só vim para saber se vocês querem sair um pouco mais cedo para o passeio. A van já está aqui.

– Eu ainda não tomei banho – Pippa respondeu. – Mas posso fazer isso bem rápido.

– Está bem – Becky concordou, analisando-me. – Claro.

Pippa se retirou, observando atentamente a cena enquanto passava por Becky e começava a seguir na direção da pousada.

– Você também precisa tomar banho? – Becky perguntou, olhando-me da cabeça aos pés e fixando-se em minha barba por fazer.

– Sim, provável que sim. Acho que vou com ela.

– Eu queria saber se poderíamos ter uma conversa bem rápida primeiro.

Olhei atrás de Becky, onde Pippa já entrava na hospedaria.

– Becky – falei em um tom doce, sentindo minha irmã e Will fingindo não me ouvir ali perto. – Agora não é hora.

—

– Sobre o que ela queria conversar? – Pippa perguntou, abotoando a camisa na altura da barriga e, em seguida, na altura do peito.

Adeus, seios perfeitos.

– Jensen?

Pisquei para voltar à realidade.

– Hum?

– Eu perguntei sobre o que Becky queria conversar – ela repetiu, rindo para mim.

– Ah! – Dei de ombros e esfreguei uma toalha por meus cabelos úmidos. Tínhamos tomado banho separados, para meu desgosto. – Não tenho a menor ideia. Talvez sobre Cam querer nos vender aquela casa dos sonhos.

Irresistíveis

Sem acreditar na minha hipótese, Pippa bufou enquanto vestia uma calça preta, rebolando para ajustá-la no quadril. A calça era justa; a camisa, praticamente transparente.

– Beacon Hill deve ser um lugar muito abastado, porque ele parece muito animado pela comissão que acha que vai receber.

– É isso que você vai usar? – perguntei, erguendo o queixo.

Ela olhou para baixo, analisando as próprias roupas.

– Bem, sim. E sapatos. Por quê?

Porque eu consigo ver seus seios...?

– Por nada.

Ela esfregou a mão na barriga, olhando-me com incerteza. E então abriu a boca:

– Se pensa que pode opinar sobre o que eu visto ou deixo de vestir, então você não está entendendo como as coisas funcionam por aqui.

Rindo, levantei-me.

– Eu gostei da roupa. É só que eu consigo ver seu sutiã.

– E daí? – ela perguntou, inclinando a cabeça.

– E daí... – repeti. – E daí que isso me faz pensar nos seus peitos.

Pippa calçou as botas.

– Você é muito menos evoluído do que eu pensei num primeiro momento.

—

Fomos os últimos do grupo a entrar na van e nos sentamos na primeira fileira. Logo tratamos de colocar o cinto de segurança. Não sei como conseguimos fazer o que fizemos. Pippa acabou com uma faixa do cinto em volta do pescoço e quase arrancou um botão de sua camisa. A fivela veio enganchar no meu bolso.

Enquanto eu tentava nos soltar daquela bagunça, ela nos observava confusa.

– Isso é para eu pensar bastante caso algum dia a gente decida praticar bondage.

Um silêncio tomou conta do veículo e eu soltei o cinto de seu pescoço antes de olhar para os outros passageiros.

– Não estamos sozinhos aqui, estamos? – ela prosseguiu, bem--humorada.

– Tem outras pessoas – confirmei. – E elas estão nos olhando com curiosidade.

– E um pouco de horror – Niall acrescentou secamente.

Pippa olhou para o retrovisor e sorriu como uma vencedora para o motorista que a olhava ali.

– E esta sou eu sóbria. Boa sorte a todos.

Will virou-se no banco da frente para nos encarar.

– Vocês dois vão criar problemas hoje?

– É provável que sim – respondi. – Como está a dor de cabeça?

Ele riu, olhando outra vez para a frente.

– Desaparecendo devagar.

– Até que horas vocês ficaram fora ontem à noite? – Becky perguntou no fundo da van.

– Por volta de meia-noite? – arriscou Ruby.

Cam inclinou-se para a frente.

– E aonde foram?

– Ficamos no bar da hospedaria – Niall respondeu.

Um silêncio pesado tomou conta da van por alguns segundos.

– Nós não os vimos ir embora – Becky falou.

Ao meu lado, Pippa ficou tensa e eu levei a mão à sua coxa, deixando claro que não se sentisse obrigada a responder.

– O caraoquê era barulhento demais – explicou Ziggy, e eu ouvi uma risadinha permeando sua voz. – E cerveja me dá sono.

Ellen se intrometeu:

Irresistíveis

– Vimos um lugar maravilhoso que vende artesanato. Fica no fim da estrada. Eles têm peças incríveis, caso alguém queira ir com a gente mais tarde.

O silêncio que veio em seguida chegou a doer. Olhei para Pippa e pude ver seu esforço para não aceitar o convite, afinal, seu senso de obrigação quase a forçava a aceitar tudo. Minha mão apertou ainda mais sua coxa, então ela me olhou nos olhos e esboçou um leve sorriso.

– Parece legal – Niall foi dizendo. – Mas temos uma reserva para um almoço bem tarde.

– Tenho mais notícias de Bennett – Will gritou, rapidamente explicando a situação para o restante do grupo antes de ler a mensagem em voz alta: – "Chloe passou minha camisa hoje de manhã. A camisa já tinha vindo passada da lavanderia, devo dizer, mas ela disse que eles não tinham feito o serviço direito. Vocês leram isso? Chloe passou. A minha camisa."

– Não parece nada de mais – Pippa comentou. – Inesperado, mas nada fora da normalidade.

– Você precisava ter conhecido a Chloe dos velhos tempos – Will explicou. – A Chloe antiga teria queimado a camisa de Bennett antes de sequer começar a passar.

Meu celular vibrou no bolso. Eu tinha desligado as notificações e não conseguia imaginar quem poderia estar me ligando ou enviando mensagens. Puxei o celular, olhei para a tela e vi uma mensagem da minha irmã.

Isso aqui tá um saco. Quero ouvir as mensagens de Bennett na nossa van, mas não com essas pessoas. Quero nosso grupinho de volta.

Rapidamente respondi:

Talvez não sirvamos para esses passeios organizados. Por que Becky é uma estraga-prazeres o tempo todo? Não sei.

E nem me importo em saber, esqueci de dizer.

E, é claro, Becky me abordou outra vez no passeio, pedindo para conversar.

Soltei a mão de Pippa e, depois que minha falsa esposa assentiu ligeiramente, aprovando, deixei-a e acompanhei Becky na direção da sombra dos carvalhos.

– É bom voltar a vê-lo – ela começou a dizer.

Assenti, mas a recíproca não era verdadeira.

– Fazia tempo que a gente não se encontrava.

– Eu gostei bastante de Pippa.

Meu estômago se apertou. Eu também gostava muito de Pippa.

– Cam parece... bem legal também. Meus parabéns.

– Obrigada.

– E obrigado por levá-la para fazer ioga hoje de manhã – agradeci com um sorriso no rosto. – Ela tem um senso de aventura bem desenvolvido.

– Não sabia que ela nunca tinha praticado.

– Tenho certeza de que ela pratica muita ioga. Mas só na imaginação dela.

Nós dois rimos educadamente – desconfortavelmente – até Becky olhar para o lado e respirar fundo. E, antes que ela pudesse falar, antes que qualquer som lhe escapasse, eu já queria dar o fora dessa conversa.

– Ouça... – falei. – Acho que não deveríamos fazer isso.

– Você acha que... não devemos conversar? – ela perguntou.

Seu rosto me era tão familiar, mesmo depois de anos. Olhos castanhos enormes, cabelos castanho-escuros. Becky sempre foi descrita como "graciosa" – porque era pequenininha e cheia de vida e, exceto nessa viagem, sempre tinha um sorriso no rosto. Mas ela era mais do que "graciosa". Becky era linda. Só não tinha nada muito sólido em seu interior.

– Agora? Não – respondi com franqueza. – Não enquanto estou nas primeiras férias que tiro em anos.

Depois de apertar suavemente seu ombro, voltei onde o grupo estava e abracei a cintura de Pippa. Minha irmã me olhou e depois observou Becky, que, com ares de derrotada, aproximava-se de Cam. Fazendo que não com a cabeça, tentei comunicar que estava tudo bem, mas Ziggs parecia determinada.

Assentindo brevemente, ela deixou o grupo e foi ao lobby da vinícola. Voltou cerca de dez minutos depois, trazendo uma cesta de piquenique dependurada no braço e um sorriso de triunfo no rosto.

– Vamos relaxar.

—

Devíamos ter imaginado que choveria.

– Nunca confie no céu azul de outubro – Ziggy cantarolou, desistindo de tentar reembrulhar seu sanduíche ensopado e o jogando de volta na cesta que a vinícola havia nos emprestado. Estávamos sentados sob um enorme carvalho, que nos protegia da maior parte da chuva, mas uma gota ou outra sempre caía dos galhos, molhando um ponto inesperado.

– Quem foi que disse isso? – perguntou Will, acariciando suavemente o queixo dela. A água escorria de seu rosto, respingando da ponta do nariz, mas ele parecia não se importar. – Nunca ouvi esse pensamento antes.

– Eu acabei de inventar.

– O mais estranho é que a temperatura está boa – comentou Pippa, virando o rosto para o céu. Quando a expressão de todos pareceu protestar, ela acrescentou: – Mas está! Em Londres, quando chove, fica tão frio que você não se sente úmido, se sente encharcado.

– É verdade – Ruby confirmou. – Quando vim de San Diego, pensei que iria gostar da chuva. Mas agora já cansei.

Apesar dos comentários, nenhum de nós parecia se importar muito com a chuva – certamente não o suficiente para deixarmos o gramado atrás da vinícola, decorado com as cores do outono, as árvores cheias de maçãs.

– Nunca morei em nenhum lugar além de Londres e Bristol – Pippa contou. – Eu sentiria falta das minhas mães, mas não sei se sentiria falta de Londres. Talvez eu precise de uma aventura. Mianmar ou Cingapura.

– Venha morar aqui – minha irmã propôs, deitando-se no colo de Will, que encostava os braços sobre seus ombros.

– Neste exato momento, a ideia me parece incrível. Mas deve ser esse estado de espírito. Você entende, deixar o ex, aquele traidor, em Londres, sair daquele trabalho infernal... A gente sempre quer se mudar para onde passa as férias. Mesmo assim, de fato acho que gostaria de passar uma temporada nos Estados Unidos em algum momento.

Apoiando seu peso em um cotovelo, Ziggy a encarou, agora toda séria.

– E então, por que não? Faça isso!

– Não é tão simples assim – Niall racionalizou baixinho. – Conseguir emprego, visto...

– Bem... – Ziggy continuou, secando algumas gotas de água que haviam caído em seu rosto. – Se estiver interessada, tenho muitos contatos no mundo da engenharia.

E seguiu falando sobre contratações internacionais e algumas pessoas que ela conhecia na área, mas eu me desliguei de tudo e fiquei apenas observando Pippa. Ela era uma mistura surpreendente de delicadeza e impetuosidade, de foco e inconstância. Era quase como se eu pudesse ver uma menininha ali, brigando com uma mulher responsável, disputando quem assumiria o controle.

– Não sei – Pippa falou baixinho. – Tenho muita coisa para processar.

Irresistíveis

A chuva ganhou força, começando a cair mais pesadamente das folhas até que enfim deixamos de nos sentir protegidos. Logo estaríamos ensopados.

- Pessoal - minha irmã falou enquanto nos levantávamos e recolhíamos nossas coisas. - Sei que já toquei no assunto ontem à noite, mas acho que deveríamos fazer um corte nessa parte da viagem. Temos mais dois dias na região e parece que...

- Parece que ficamos melhor em nossa bolha? - Niall concluiu para ela.

Todos me olharam quase ao mesmo tempo. Eu não queria ser o motivo pelo qual deixaríamos Connecticut mais cedo, mas, no fim, parecia que eu não era a única querendo fugir. Por fim, cedi:

- Está bem, sem problemas. Vocês têm razão.

- Mais vinho, menos estranhos - Pippa propôs. E, olhando para mim, ela riu e acrescentou: - Bem, exceto eu.

Onze

PIPPA

Quando resolvemos encurtar nossa estada em Connecticut, foi como se tivéssemos tirado um peso dos ombros. A ideia havia sido boa; a realidade, nem tanto. Então entraríamos na van e seguiríamos viagem mais cedo rumo a Vermont, onde passaríamos pouco mais de uma semana em um silencioso chalé. Como Niall dissera: de volta à nossa bolha.

Tudo soava muito simples, de verdade. Tranquilo, não?

O único problema é que ainda tínhamos uma noite na hospedaria e os outros dois casais estavam planejando levar algo para comer no quarto e... *bem*.

Jensen e eu poderíamos ou sair para comer e correr o risco de nos encontrarmos com Becky e Cam nessa cidadezinha minúscula... ou simplesmente ficar no quarto.

Não conversamos sobre o assunto. Não tínhamos plano algum. A gente só... tipo, seguiu o fluxo, entrou, deixou as coisas no quarto e olhou um para o outro.

— E então? — ele disse.

— E aí?

Depois de ver o que havia no frigobar, ele pegou meio litro de chardonnay e me olhou com cara de quem questionava se aquilo serviria.

— Você ainda não enjoou de vinho? — perguntei, rindo.

— Acho que nunca vou enjoar de vinho — ele respondeu, já pegando o saca-rolhas.

Não havia necessidade de tagarelar nervosamente enquanto ele abria a garrafa. Jensen era um homem acostumado a ser observado por todos na sala, a ver uma plateia ficar em silêncio quando ele falava, a estar ali para que outras pessoas ouvissem o que ele tinha a dizer e fizessem o que ele dissesse para fazer. Observei seu antebraço flexionando-se enquanto ele virava a rolha, que suavemente se soltou da garrafa.

– No que você está pensando agora, enquanto me observa? – ele quis saber, erguendo o olhar assim que a rolha se soltou.

– Só estou… olhando.

Jensen assentiu como se essa resposta fosse suficiente, o que me fez abrir um leve sorriso porque esse era precisamente o tipo de resposta que Mark costumava me dar e que me fazia cutucá-lo para saber mais.

Eu me perguntava se essa relação era esquisita para Jensen. Nenhuma parceria de negócios sairia desse relacionamento; tampouco uma parceria romântica. Eu me perguntava se, para um homem acostumado a dedicar seus esforços somente a coisas que valessem seu tempo, o simples fato de estar aqui, envolvido comigo, era uma revisão de seu "Programa de Eficiência" ou se eu era como um texto escrito em uma lousa, com a instrução "não apague até 28 de outubro".

Eu o achava realmente fascinante.

Ele veio lentamente em minha direção, segurando uma taça parcialmente cheia de vinho. Mas, antes que eu pudesse levar o líquido aos meus lábios, lá estava ele, aproximando-se de mim, sua boca fechada contra a minha agora se abrindo para me saborear.

Em algum momento dos últimos dias, as coisas mudaram. Jensen parecia menos espantado por suas reações comigo e mais seguro de si, como se estivesse buscando algo familiar agora, como se estivesse pronto para restabelecer o controle.

Afastando-se, ele assentiu para o copo em minha mão e me deixou tomar um gole antes de voltar a se aproximar e lamber o vinho dos meus lábios.

Irresistíveis

– Gosto da maneira como seus lábios mexem – falou baixinho, tão perto, com o olhar ainda fixo em minha boca. – Sempre que você fala, é impossível não ficar olhando.

– É o sotaque.

Eu já tinha ouvido isso antes. Os americanos adoravam ver as inglesas falando. Não era nenhum mistério, nós fazemos biquinho enquanto flertamos com as palavras.

Mas Jensen já foi negando com a cabeça.

– Eles são tão rosados – disse. – E cheios.

Inclinando a cabeça, voltou a me beijar e se afastou, olhando-me nos olhos, olhando mais para cima, para meus cabelos.

– Você disse que tinge os cabelos?

Estendeu a mão, prendeu uma mecha entre o indicador e o polegar e deslizou os dedos até a ponta.

– Às vezes – respondi.

– Eu gosto deles assim – elogiou, olhando para seus dedos enquanto repetia a ação. – Nem ruivos, nem loiros.

Suspeito que o motivo de ele gostar dos meus cabelos era a mesma razão que me levava a não gostar deles. Eram fios comportados demais. Longos e previsivelmente ondulados. Vagamente loiros, vagamente ruivos, talvez até vagamente castanhos – uma coisa que não se assumia. Eu queria cabelos que fizessem uma declaração: "Hoje eu sou pink."

– Essa cor de cabelo faz seus olhos parecerem mais azuis – ele prosseguiu e minha mente parou de funcionar. – Deixa seus lábios mais rosados, faz você parecer perfeita demais para ser de verdade.

Bem.

Ninguém jamais havia me dito isso e, de repente, tons de rosa passaram a parecer uma coisa terrível para meus cabelos.

– Que belo elogio! – falei, sorrindo para ele.

Seus olhos reagiram, mas sua boca ficou como estava: lábios apenas ligeiramente afastados, como se ele pudesse sentir o meu sabor no ar. Jensen ergueu o copo, terminando de tomar o vinho em um longo gole, depois deixou-o sobre a mesa e virou-se para mim, claramente esperando que eu também terminasse de beber.

Então, tomei um gole lentamente.

– Pippa – chamou, rindo enquanto se aproximava para beijar meu pescoço.

– Oi?

– Termine o seu vinho.

– Por quê?

Ele puxou minha mão para a frente de sua calça para que eu pudesse saber o motivo.

– Passei o dia todo vendo você pular e correr com essas calças justas e essa camisa praticamente transparente.

– E você por acaso está acostumado a passar o tempo todo vendo mulheres com gola alta e saias para baixo dos joelhos?

Ele riu.

– Venha aqui.

Abri um sorriso e ele me viu se aproximando, percebendo o que estávamos prestes a fazer.

– Não temos que fazer nada – ele sussurrou. – Eu sei, ainda é cedo.

– Não... eu quero.

Jensen puxou o copo da minha mão e o soltou ao acaso sobre a mesa. Ele então me segurou e minhas pernas envolveram sua cintura. Agora Jensen estava em cima de mim, roçando seu corpo ao meu.

Jensen se esfregava em mim, impaciente até encontrar o ritmo perfeito, sua boca cobria a minha, lábios sugando, língua deslizando. Gemeu, puxou minhas pernas para cima.

– Estou de pau duro há horas.

Deus, eu poderia gozar assim.

E tinha gozado, ainda ontem à noite.

Seu pau ali, no meio das minhas pernas, tão seguro, movimentando-se com força, rápido, a respiração quente em meu pescoço, gemi-

Irresistíveis

dos agora libertados, como se ele fosse uma blusa e eu tivesse puxado uma costura que lentamente se desfazia.

– Não quero gozar assim – consegui dizer debaixo dele. – Eu quero...

Eu teria que verificar mais tarde para saber se minha camisa estava rasgada ou se só uma costura se abriu e o barulho se espalhou pelo quarto enquanto ele a arrancava do meu corpo. Jensen arrancou minha calça e minha calcinha com um puxão longo e determinado. Levou a mão para trás e tirou a camisa, puxando-a para a frente e, com o movimento, seus cabelos caíram sobre os olhos.

Suas mãos febris arrancaram suas calças, caçaram uma camisinha na mala e logo ouvi o barulho da embalagem sendo aberta.

O deslizar úmido, a sensação de Jensen puxando-me em sua direção, segurando sua vara para que eu pudesse recebê-la.

E, quando aquele pau me invadiu, nós dois ficamos em silêncio durante um momento de consciência. Ele me encarava e eu me sentia completamente nua em cima ele, de uma maneira que não tinha me sentido nas outras vezes em que trepei bêbada ou debaixo das cobertas. Antes, minha vida sexual parecia tão... óbvia se comparada a isso, e, muito embora Mark fosse alguns anos mais velho do que Jensen, ele nunca parecera tão seguro, tão maduro, tão... experiente.

Suas mãos agarraram meu quadril e me ajudaram a encontrar o ritmo perfeito. Fiquei tão tomada por tudo aquilo que não conseguia me concentrar, não conseguia encontrar o estado de espírito de que precisava, aquele espaço onde eu poderia simplesmente me soltar e absorvê-lo. Mas ele parecia entender, sentado debaixo do meu corpo e finalmente se entregando àquele seu hábito de me dizer como estava se sentindo, e então sua mão veio entre nós, tocando-me pela primeira vez assim, pressionando, paciente. Eu queria me desculpar rapidamente; me sentia tão idiota por meu corpo estar tão distraído com o que estava acontecendo que não conseguia me concentrar no prazer, mas Jensen parecia não se importar.

Lentamente, lentamente, ele trabalhou comigo, me beijando e me tocando e me elogiando até as peças se encaixarem e tudo fazer sentido. Deixei para trás o desejo constrangido e encontrei o prazer focado – e era um prazer esmagador, tão bom que quase me deixava entorpecida. Meu orgasmo se espalhou por mim antes de eu me dar conta de como estava gritando, de quão frenética estava, com as unhas afundando em suas costas. E então minhas costas se arquearam e meu rosto se voltou para o teto.

Ele nos fez rolar de modo que agora estivesse em cima de mim, observando onde nossos corpos se tocavam enquanto me invadia outra vez. Seu olhar navegou até o meu rosto e ele me analisou quando voltou a se movimentar dentro de mim.

– Você está bem? – sussurrou.

Assenti, mas a verdade é que eu não estava bem. Não, mesmo. Eu lentamente perdia a cabeça.

Não era assim que um caso deveria ser. Jensen não era casual, esquecível. Não era meloso nem leviano. Era atento, carinhoso e – puta que pariu! – parecia preferir passar tempo comigo a dormir, comer ou mesmo acertar a situação com Becky. Era quase como se ele *amasse* fazer isso comigo.

Mas apenas temporariamente.

Desejando estudar seu corpo com as mãos, deslizei as palmas por suas costas definidas, pela curva firme de suas nádegas, e para a frente – sentindo os músculos de seu quadril, que socava em mim.

Deslizei a mão por sua barriga. Por seu peito.

Ergui os braços, passeio-os nas laterais de seu pescoço e, desesperada, puxei seu corpo junto ao meu.

Ele se aproximou com um sorriso no rosto, seus lábios encontraram os meus rapidamente, docemente, antes de ele pressionar o rosto contra o meu pescoço e me foder do jeito que seu corpo necessitava.

Irresistíveis

Seu peito deslizava contra o meu, para cima e para baixo, para cima e para baixo, sua respiração desesperada libertava o ar aquecido de seus pulmões em meu pescoço.

Acelerando o ritmo, ele soltou um gemido grave, sua mão deslizando pela lateral do meu corpo para erguer ainda mais minha perna, para socar mais fundo, para foder o meu interior. Foi a única coisa que consegui perceber – como, para ele, a coisa deixou de ser boa e se tornou *necessária,* como seu corpo chegava a um ponto no qual era impossível voltar atrás, como ele gemia a cada respiração e, por fim, como ele ficou tenso em minhas mãos enquanto soltava um rugido longo e rouco.

O som ecoou em meu ouvido, espalhando-se entre nós.

Sexo.

Nós tínhamos feito sexo.

Sexo bom. Não, não apenas *bom,* mas... verdadeiro.

E ele não rolou para longe de mim, não se afastou imediatamente.

Sua boca espalhou beijos calorosos por meu pescoço, maxilar, até encontrar a minha e nos beijarmos enquanto recuperávamos o fôlego, sem conseguir dizer nada.

Não sei o que eu faria com um homem como Jensen na minha vida "de verdade".

Eu seria capaz de deixá-lo conquistar espaço? Ou ficaria tagarelando e bebendo, fazendo piadas, tudo se tornando um caos? Ele teria olhado para mim, para meus cabelos e suas tonalidades tão diferentes, para minha tatuagem de pássaro, para minhas saias de cores escandalosas?

Não, pensei. Não havia outras circunstâncias nas quais um homem como Jensen olharia duas vezes para uma mulher como eu. E, mesmo se isso acontecesse, eu não teria a menor ideia do que fazer com sua atenção.

Acordei desesperada e me sentei na cama.

O quarto estava escuro e imaginei que ainda fosse noite, mas eu não tinha a menor noção real do tempo; em algum momento, Jensen deve ter se levantado e fechado todas as cortinas de modo a criar uma fortaleza escura e aquecida.

Eu esperava estar delicadamente virada de lado, respirando pelo nariz como uma verdadeira dama. Mas, infelizmente, eu não era nada delicada dormindo.

Aliás, devo ter acordado Jensen com meu susto, porque ele logo se sentou ao meu lado, esfregando sua mão aquecida em minhas costas.

– Você está bem? – perguntou.

Assenti, esfregando a mão no rosto.

– Só tive um sonho estranho.

Ele encostou os lábios em meu ombro nu.

– Pesadelo?

– Não exatamente. – Deitei-me e o puxei para perto, virando-me de lado para vê-lo. – É um sonho que sempre tenho. No começo, estou saindo do meu apartamento. E usando um vestido novo e lindo, que me faz sentir muito bem. Mas, com o passar do dia, percebo que a saia é mais curta do que eu imaginava, e fico nervosa, puxando-a o tempo todo e me perguntando se seria adequada para o ambiente de trabalho. Depois, estou em uma reunião importante, ou entrando em uma sala de aula onde não conheço ninguém... bem, alguma coisa assim...

– Entendi.

– E aí percebo que o vestido era, na verdade, só uma blusa, e que estou nua da cintura para baixo.

Ele deu risada, aproximando-se para beijar meu nariz.

– Você acordou assustada.

– É assustador perceber que você saiu pelo mundo seminua.

– Imagino que seja.

– E você? Qual é o *seu* sonho recorrente?

Irresistíveis

Ele fechou os olhos, pensativo e aparentemente contente quando deslizei a mão por seus cabelos. Jensen tinha cabelos macios, cortados na lateral e um pouco mais longos na parte de cima da cabeça. Apenas o suficiente para se conseguir fechar o punho ali. E acho que ele gostava disso.

– No meu, em geral, estou matriculado em uma disciplina e, ao fim do semestre, percebo que chegaram as provas e que não estudei nada ou sequer fui à aula.

– O que você acha que esses sonhos dizem sobre nós? – perguntei, massageando seu couro cabeludo.

– Nada – ele murmurou, sua voz grossa, relaxada. – Acho que todo mundo tem esses mesmos sonhos.

– Você não está sendo muito bom em tratar nossa relação como um caso sem compromisso – alertei baixinho, observando seu rosto enquanto voltava minha atenção ao seu pescoço e massageava seus ombros. – Me deixar segura assim depois de um sonho no meio da noite, me abraçar, me beijar assim depois de transarmos pela primeira vez.

Ele estremeceu com meu toque, mas não falou nada.

Ficamos em silêncio e eu achei que ele tinha dormido, mas logo sua voz ecoou em meio ao silêncio.

– Acho que não sou muito bom com relacionamentos casuais. Estou tentando.

– Bem, se considerarmos que eu estou sentindo que fui invadida por uma britadeira, acho que há aspectos *muito bons* em você.

Ele rosnou, um barulho tão grave em sua garganta a ponto de fazer seu peito ressoar, e alguma coisa naquele som pareceu uma corrente de eletricidade passando por minha pele. Eu me aconcheguei em seu corpo e ele me abraçou, puxando-me para perto.

– É mesmo? – perguntou antes de beijar meu pescoço.

– Acho que você sabe que eu senti prazer.

– Não esperava que você fosse tão tímida no começo – confessou.

– Eu também não. – Soltei um gemido quando ele levou a boca ao meu maxilar. – Você é o amante perfeito.

– Eu? – Jensen deu risada, deixando escapar uma lufada de ar. – Eu quase desmaiei quando gozei.

Sentindo-me orgulhosa, ergui o queixo.

– Eu fui tão incrível assim?

– Foi. – Ele rolou de modo a ficar sobre mim, olhando para baixo. Pensativo, murmurou: – Como você faz isso?

A resposta me parecia óbvia:

– Eu como muito queijo.

Jensen ignorou minhas palavras.

– Você é bobinha e linda e…

– Um pouco maluca?

Todo sincero, ele negou com a cabeça.

– Você só é inesperada.

– Talvez porque você não esteja procurando nada "esperável" por aqui?

Ele me olhou com a pergunta nos olhos, sem entender.

– Quero dizer… – esclareceu – você está fazendo o que quer fazer e se divertindo com isso.

Jensen se aproximou para me beijar, uniu sua boca à minha, lentamente mordiscando meu lábio inferior.

– Você é a garota perfeita para as férias.

Alguma coisa em seu comentário fez com que me contorcesse por dentro. Era como se uma pequena farpa tivesse atingido a carne dos meus sentimentos. Não que eu não quisesse ser a garota perfeita para as férias dele. Mas o fato é que ele era muito melhor do que apenas o garoto perfeito para passar as férias. Jensen era *ideal* de tantas maneiras e sairia tão renovado dessas férias, pronto para encontrar uma mulher adequada para ele. Alguém que não fosse bobinha e maluca e inesperada. Ou viciada em queijo. Eu iria para casa e passaria o resto da vida comparando o próximo

Irresistíveis

homem – e o que viesse depois dele – ao homem que estava agora em cima de mim.

E aqui estava eu, nessa viagem com um grupo de pessoas que eu sinceramente admirava e que – para ser franca – tive a enorme sorte de encontrar. E, para dizer a verdade, eu não sabia se tinha o calibre certo para estar entre elas.

Como se soubesse disso ou pudesse de alguma maneira ver essa insegurança em meu rosto, Jensen falou:

– Acho que deve ser divertido ter você como melhor amiga.

Pisquei para ele, afastando o leve desconforto em meu peito.

– Isso quer dizer que você não gosta de me ver nua?

Movimentando-se de modo que eu pudesse senti-lo outra vez de pau duro no meio das minhas pernas, ele falou:

– Acredite, eu gosto de você nua.

Não consegui traduzir seu tom de voz. Uma "melhor amiga divertida" e uma boa trepada eram essencialmente o que eu queria em um amante. Mas o tom de Jensen ainda trazia aquele tom de "garota das férias".

– Você não namora amigas? – perguntei.

– Bem, todas as mulheres que tenho como amigas são ou casadas ou... algo totalmente platônico.

– Que triste.

Rindo, ele beijou meu pescoço

– Bem, se eu quero alguém, quero estar com ela, e não ser amigo dela.

– Você não era amigo de Becky?

Jensen congelou e lentamente saiu de cima de mim, indo para o lado.

– Não se chateie – falei, indo na direção dele e abraçando-o na altura do peito. – Só estamos conversando.

– Quero dizer... não – respondeu baixinho, olhando para o teto. – Acabamos bêbados em uma noite do nosso segundo ano da faculdade e ficamos juntos. E, depois disso, eu mais ou menos imaginei que estivéssemos juntos.

— Mas presumo que você gostasse de tê-la por perto.

Dando de ombros, Jensen respondeu:

— Ela era Becky. Era a minha namorada.

— Uma namorada divertida?

Ele se virou para olhar para mim.

— Sim, ela era divertida.

Que compartimentalização estranha ele usava.

— É por isso que você não tem casos rápidos, sabia? — falei. — Porque você coloca as pessoas em categorias. Namorada em potencial e talvez um dia esposa, ou então amiga.

— Eu não estou colocando você em nenhuma categoria — falou, enfim abrindo mais um sorrisinho.

— E talvez por isso você me ache inesperada.

Jensen se afastou e estudou meu rosto.

— Quantos anos você tem? Eu devia saber.

— Vinte e seis.

— Você soa experiente.

O comentário me fez rir.

— Eu me sinto uma idiota na maior parte do tempo, então vou aceitar suas palavras como um elogio e guardá-las aqui — falei, fingindo colocá-las em um bolso na altura do meu peito.

Inclinando o corpo para a frente para beijar minha mão, ele pediu:

— Conte mais sobre seu último namorado.

— Você quer ouvir toda a história de Mark outra vez? — perguntei, incrédula.

Rindo, ele negou com a cabeça.

— Desculpa, não. O cara que veio antes desse aí.

— Suponho que você esteja falando de um homem com o qual passei mais do que uma ou duas noites, certo? — Rindo ainda mais, Jensen assentiu, e eu prossegui: — Nesse caso, o nome dele era Alexander, e, pelo amor de Deus, não o chame de Alex, e o cara basicamente queria se casar depois de três encontros.

– Você gostava dele?

A pergunta me fez refletir. Parecia que essa relação tinha acontecido há tanto tempo.

– Gostava. Acho que gostava muito dele, mas eu só tinha 24 anos na época.

– E daí?

– E daí?! – repeti, rosnando em tom de brincadeira para ele. – Se hoje em dia eu tenho a sensação de que não me conheço direito... Como eu poderia prometer ser leal para sempre a alguém quando nem sei se sou leal a essa versão de mim mesma?

Ele me encarou depois que eu disse isso e eu me perguntei se minhas palavras tocaram em algum ponto da relação com Becky ou em algo relacionado a ele mesmo.

– Você não quer se casar? – ele perguntou pronunciando as palavras lentamente, como se tentasse imaginar a resposta.

– Quero – falei. – Talvez. Um dia. Mas esse não é meu objetivo maior. Não ando pelo mundo me perguntando se o homem que acabou de passar ou sorriu para mim apareceria mais tarde em um bar e aí começaríamos a conversar e *boom!*, já estou pronta para colocar o vestido branco.

Compreendendo, ele assentiu. Em seguida, afastou-se um pouquinho, provavelmente pensando em alguma coisa. Então puxei-o de volta para perto enquanto perguntava:

– Você chega em todo encontro pensando em casamento?

– Não – respondeu todo cuidadoso. – Mas não perco tempo saindo com uma mulher mais de uma vez se não consigo me imaginar casado com ela.

– Nem mesmo para uma transa?

Ele sorriu e beijou meu nariz.

– Bem, minha amiga Emily seria a exceção, mas, como regra geral, não durmo com uma mulher se não tenho um relacionamento amoroso com ela.

– Só com "garotas das férias"?

Jensen se permitiu sorrir com meu comentário.

– Só as "garotas das férias".

– Mas é legal, não é? – perguntei baixinho.

Ele me beijou, sua boca deslizou aquecida e úmida pela minha, fazendo-me arder do peito para baixo, especialmente entre as pernas.

– É legal não ter pressão, saber que nenhum de nós quer mais.

– Acho que você curte esse tipo de sexo – sussurrei. – Acho que gosta de ser rápido e safado com as mulheres.

– É verdade que eu espero alguns encontros antes de dormir com alguém. E, estritamente falando, não tenho nenhuma namorada já há algum tempo.

– Qual foi a última mulher com quem você ficou? Emily?

Ele negou com a cabeça e mordiscou o lábio inferior, pensativo, enquanto sua mão distraidamente deslizava para cima e para baixo por minhas costas nuas.

– Vejamos. O nome dela era Patricia.

– Patricia! – Gargalhei. – Você fez a brincadeira da banqueira safada com ela?

Ele se aproximou e me fez cócegas.

– Como você sabe? Ela de fato era uma executiva do Citibank.

– Era boa para brincar na cama, então?

Jensen se afastou um pouquinho, advertindo-me com um olhar.

– Os relacionamentos vão muito além do que acontece na cama.

E, quando ele falou isso, pude sentir a irônica pressão de seu pau contra minha barriga, então deslizei a mão para segurá-lo.

– Mas o que acontece na cama é crucial para os relacionamentos – afirmei. – Pelo menos no começo.

Ele veio para perto de mim.

– Verdade…

Olhamos nos olhos um do outro por algum tempo, seu quadril lentamente roçando para a frente e para trás enquanto ele esfregava o pau na minha mão. Eu queria tocar todo o seu corpo, não apenas porque gostava daquelas linhas e curvas, mas também porque sentia que ninguém jamais havia assumido a missão de explorar cada centímetro do corpo de Jensen.

– É uma pena… – ele começou, mas não concluiu sua frase, afinal, passou a se movimentar mais rapidamente, o fôlego já falhando.

– É, sim – sussurrei.

É uma pena que eu seja excêntrica demais para você.

É uma pena que você seja ocupado demais para mim.

É uma pena que eu esteja descobrindo meu coração e você já isolou o seu.

Sua boca uniu-se à minha, lábios calorosos e apenas ligeiramente úmidos, deslizando por meu pescoço. Ele segurou meus seios, chupou-os, seus dentes roçaram mais abaixo, passando por meu umbigo, até ele chegar lá, quente e arfando, esfregando a língua na área ardente entre as minhas pernas.

– Mais forte! – arfei quando ele começou a me lamber com excesso de cuidado. – Não seja gentil.

Ele fez o que eu pedi e deslizou um dedo para o meu interior enquanto chupava e lambia minha boceta. Jensen era perfeito e frenético e meu corpo buscava e buscava a sensação, até eu saber o que queria e…

– Aqui em cima… *por favor.*

Em segundos ele estava lá, colocando a camisinha, também necessitado, e eu logo me vi consumida pelo alívio de senti-lo metendo em mim: pesado, ansioso, os braços na altura dos meus ombros para ancorá-lo ali.

Eu queria vê-lo de cima, precisava

… desse jeito desesperado…

porque, de repente, eu me vi pensando em Mark e em seu quadril socando, eu me vi pensando justamente naquele momento quando meu coração se partia em pedaços na garganta, seus movimentos em cima da mulher sem nome tão distantes, tão desapegados, como uma máquina que funcionava automaticamente.

Mas aqui, agora, eu sentia que Jensen estava tentando invadir cada centímetro de mim.

Seu peito sobre o meu, suas coxas tocando as minhas, seu pau me invadindo. Ele fodia muito fundo, como se tentasse entrar inteiro em mim.

Era como se cada centímetro dele precisasse de contato. Como um homem tão restrito por suas próprias regras que não conseguia enxergar que precisava de tanta paixão.

Ele levou as mãos às nádegas, empurrando-se ainda mais fundo, estimulando-me com sua voz, com meus movimentos abaixo dele. E nós nos encaixávamos perfeitamente – soa como uma loucura e eu detestava a ideia, mas era verdade. O corpo dele cabia no meu como se fôssemos duas peças complementares. E eu quase não conseguia não morder seu ombro, que ia para a frente e para trás acima do meu rosto.

Eu estava num espaço no qual não queria que isso acabasse nunca, não conseguia me imaginar acordando sem essa sensação ou enfrentando o dia sem sua pele tocando a minha e sua boca em meu pescoço e seus gemidos guturais – tão grosseiros, quase selvagens – ecoando em meu ouvido. Fiquei eufórica vendo esse lado de Jensen. Era como se eu pudesse ver a libertação de um homem poderoso, um primeiro--ministro, czar ou rei.

Meu orgasmo foi como uma revelação. Era uma espiral se espalhando por mim, nascendo no centro do corpo e subindo e descendo ao mesmo tempo, então arqueei o corpo contra o dele, implorando para não parar, *não parar nunca, por favor, Jensen, não pare nunca.*

Mas ele tinha que parar porque seu corpo fez a mesma coisa sobre o meu: a tensão crescia, seus braços me agarravam, seu rosto pressio-

Irresistíveis

nava meu pescoço em uma postura de alívio que se assemelhava ao desistir, a se desprender de tudo de uma vez.

Soam como a mesma coisa, mas não são. Senti isso.

O ar à nossa volta estava quente e parado e lentamente – mas não o suficiente – se misturava ao ar condicionado e tudo parecia gelar. Jensen tirou seu pau de mim em um movimento que fez nós dois gemermos e então ajoelhou-se entre as minhas pernas, olhando para baixo enquanto tirava a camisinha e ficava sentado ali, com o queixo grudado no peito, com a respiração pesada.

Eu já tive casos no passado. Tive noites casuais com homens. Homens doces, homens distraídos, homens famintos. Esquecíveis de muitas formas.

Isto, esta noite, foi diferente.

Eu sabia que me lembraria de Jensen quando fosse velha e repassasse as minhas memórias. Eu me lembraria do amante que tive nas férias de Boston. Eu me lembraria desse momento cheio de afeto quando ele foi tão tomado pelo amor que acabamos de fazer. Pode ter sido uma faísca, um fósforo que se acendeu e apagou, mas estava ali.

Olhei para Jensen enquanto ele estendia o corpo pela cama para jogar a camisinha na lixeira próxima ao criado-mudo. Ele se colocou outra vez em cima de mim, quente, cansado e desejoso daqueles beijos lânguidos que são o prenúncio do sono.

Isso não me assustou, mas tampouco me deixou feliz.

Porque Jensen estava certo: tudo era muito inesperado.

Doze

PIPPA

Na parte final da nossa viagem, seguimos para o norte, rumo ao chalé em Waitsfield, Vermont – ao sul de Burlington. Estávamos todos grogues, pois tínhamos ficado acordados até tarde, cada casal em seu quarto de hotel, e talvez todos tivessem feito algo além de apenas conversar.

Jensen e eu já não brincávamos de fingir, mas algo mais tinha surgido – a permissão de beijar e tocar. E não era para fingir para ninguém nem para fazer joguinhos, mas porque queríamos nos tocar e nos beijar.

No banco traseiro, cochilei em seu ombro, vagamente ciente de nossa posição – o braço dele em volta do meu corpo, sua mão esquerda em minha coxa, logo abaixo da barra da saia, seu corpo inclinado na minha direção, curvado de modo a se tornar a almofada mais confortável do mundo. Percebi que ele falava baixinho quando Hanna, que estava no banco da frente, pedia alguma coisa. Notei o peso de seu beijo quando ele ocasionalmente esfregava os lábios em meus cabelos.

Mas só quando Jensen encostou gentilmente o ombro em mim para me acordar eu me dei conta de que uma coisa realmente mágica estava acontecendo: as paisagens urbanas ficavam para trás e abriam espaço para a natureza exuberante. Em seus espasmos finais de vida antes do inverno, os bordos contornavam densamente as duas pistas da estrada. Tons de alaranjado e amarelo se espalhavam pelo chão, empurrados pelo vento conforme passávamos. Ainda era possível encontrar um ou outro ponto verde aqui e acolá, mas, no geral, a terra era uma mistura de tons que lembravam fogo contra um pano de fundo azul-celeste.

— Santo Deus! — sussurrei.

Senti a atenção de Jensen se voltando para mim, mas não consegui desviar o olhar.

— Quem... Quem...? — gaguejei, incapaz de imaginar como alguém poderia morar aqui e deixar esse lugar.

— Eu nunca a vi sem palavras — ele comentou impressionado.

— Faz só *sete dias* que você me conhece — lembrei-o com uma risada, finalmente capaz de me virar e olhar para ele.

Tão próximo. Seus olhos eram os pontos mais iluminados no carro e estavam totalmente focados em mim.

— Você parece bem pensativo — sussurrei.

— Você é linda — falou baixinho, dando de ombros.

Não caia, Pippa.

— Mais dez minutos e chegaremos ao destino — Will gritou do banco do motorista e eu senti a energia se espalhando pelo carro quando Ruby acordou de seu sono no colo de Niall e ele alongou seus longos braços, apoiando-os no banco à nossa frente.

Uma cidadezinha passou e agora as casas pareciam se tornar cada vez mais distantes umas das outras. Pensei em Londres, em como todos morávamos uns em cima dos outros, e tentei imaginar como seria a vida por aqui.

A simplicidade de ter só o que é necessário, de ter tranquilidade, de ser capaz de ver cada uma das estrelas.

E também pensei na dificuldade de não ser capaz de ir andando ao mercado, de não poder simplesmente pedir comida pelo telefone ou pegar o metrô, em como seria ter que fazer uma longa viagem de carro para ver rostos diferentes, que não os mesmos amigos de sempre.

Irresistíveis

Mas ter tudo isso diante da sua casa a qualquer momento, ver toda essa vegetação se desenvolvendo do inverno à primavera, verão e outono. Nunca mais enfrentar o cinza que, na Inglaterra, aparecia com muito mais frequência do que o sol.

Os dedos de Jensen deslizaram pelo meu pescoço e pelos meus cabelos até a nuca, massageando levemente, como se aquilo fosse algo que ele fizesse todos os dias.

Será que eu não conseguia me imaginar deixando esse estado para trás? Ou será que eu queria que essa viagem nunca chegasse ao fim?

— Eu me pergunto se é assim que meu celular se sente quando a bateria acaba e eu o deixo para trás por algumas horas – murmurei.

Ao meu lado, Jensen deu risada.

— Suas metáforas aleatórias estão começando a fazer sentido para mim.

— Estou pouco a pouco acabando com o seu intelecto.

— É *isso* que você faz quando a gente fode até perder os sentidos?

Ele acreditava ter pronunciado as palavras bem baixinho, mas, de canto de olho, vi Ruby se ajeitando no banco, fingindo não ouvir enquanto se virava na direção da janela. Coloquei o dedo sobre os lábios de Jensen, sacudindo a cabeça enquanto engolia uma risada.

Seus olhos se arregalaram, compreendendo, mas, em vez de parecer desconfortável e puxar o celular para se distrair imediatamente, ele se aproximou, uniu sua boca à minha e entrelaçou nossos dedos. Essa permissão para nos tocarmos quando quiséssemos, onde quiséssemos, acabaria me matando.

Não caia, Pippa.

Não caia.

— Puta merda, pessoal! – Will gritou no banco da frente, e todos nos viramos para olhar pelas janelas do veículo.

Uma estrada particular saía da pista principal, então entramos nela. As rodas da van amassavam as pedras e os pedaços de madeira. Aqui o ar parecia mais fresco, úmido debaixo das sombras, onde o

209

sol era bloqueado pelos enormes galhos das árvores. O cheiro era de folhas e pinho, com um toque da terra no chão. A entrada da garagem aparecia à nossa frente, e Will diminuiu a velocidade até parar antes de desligar o motor.

Eu quase não queria perturbar o silêncio que nos envolvia, não queria pisar nas folhas ou assustar os pássaros ao abrir a porta do veículo. A casa à nossa frente mais parecia ter saído de algum filme ao qual assisti na infância: um enorme chalé, com telhado triangular, construído com madeira de bordo e ostentando mudas de plantas espalhadas por todo o perímetro, até se misturarem às tonalidades da floresta ao fundo.

– É ainda mais incrível do que nas fotos! – Ruby elogiou quase cantando, com o nariz pressionado contra a janela do carro para conseguir ver tudo o que se espalhava à sua frente.

– É mesmo! – Hanna empolgou-se.

Enfim saímos da van, alongamos o corpo e olhamos maravilhados para a construção à nossa frente.

– Hanna – Will chamou baixinho. – Meu amor, dessa vez você se superou.

Ela deu pulinhos, orgulhosa, olhando para ele.

– Ah, é?

Ele sorriu e eu desviei o olhar para dar a privacidade necessária enquanto um sentimento não verbalizado se espalhava entre os dois.

Ruby segurou a mão de Niall e eles fizeram o caminho até o chalé. Todos nós os seguimos, olhando para as árvores, o céu, a rede de trilhas para caminhadas que ligavam o lugar onde estávamos à floresta.

O caminho mais próximo – aquele da entrada da garagem até o chalé – ia até a lateral da construção, mas a majestosa entrada principal fazia até Niall parecer pequeno. A casa tinha dois andares e sacadas dos dois lados. Duas cadeiras de balanço ladeavam a varanda da frente e havia uma pequena pilha de lenha ali perto. Para nos receber, o zelador havia acendido a lareira e, através da janela, avistei uma garrafa de vinho tinto – já aberta – sobre a mesa logo na entrada.

Onde não havia madeira, havia vidro. Janelas e mais janelas forravam a lateral da casa, igualando a luminosidade nas áreas interna e externa.

Hanna pegou uma chave em um envelope guardado na pasta de coisas das férias e abriu a porta.

– Isso aqui é bonito pra caralho! – eu me peguei dizendo.

Jensen riu ao meu lado, e Will virou-se para mim, assentindo enquanto sorria.

– Ah, não tenha dúvida!

– Quero dizer, como vocês esperam que eu volte para a minha vida normal depois disso? – perguntei. – Eu moro em um barraco!

Hanna gargalhou.

– Pensei que fôssemos amigas, Hanna – Ruby acrescentou, rindo. – Mas, depois disso, vou passar o resto da minha vida sendo blasé e apática... e a culpa é toda sua.

Hanna abraçou Ruby e sorriu para mim por sobre o ombro.

– Nós somos amigas! – ela falou, e seu sorriso se tornou ainda maior quando Will surgiu atrás dela, deixando-a no meio de um sanduíche de pessoas. – Somos melhores amigas e essas são as melhores férias da minha vida.

Mais nove dias, pensei, olhando para Jensen enquanto ele e Niall riam do tamanho absurdo da nossa sorte. *Só um pouco mais de uma semana com eles.*

Naquela noite, enquanto o sol se punha diante da enorme janela da cozinha, sentamo-nos à mesa para tomar vinho enquanto Will cozinhava. Sem que Hanna soubesse, ele pedira uma entrega de compras e já tinha planejado as refeições da semana toda.

Enquanto tomávamos vinho e ríamos ouvindo Niall ler em voz alta todas as mensagens de texto que Bennett enviara durante a última semana no celular de Will, Jensen permanecia no canto da cozinha, ouvindo, mas sem se divertir.

— "Não sei se devo mantê-la grávida pelos próximos dez anos inteiros ou fazer uma vasectomia sem ninguém saber e rezar para ter minha esposa de volta." — E desceu um pouco a tela, murmurando: — Isso foi há dois dias. Esta aqui é da noite passada: "Chloe fez uma torta para mim", e Max respondeu: "Certeza de que não foi para jogar em você?"

Jogando um punhado de alho na frigideira, Will deu risada.

— Falei para eles que não teremos celular durante toda a semana, então, se precisarem de alguma coisa, vão ter que ligar para a linha fixa.

Nesse momento, eu quis saber se os olhos de Hanna piscaram para Jensen da mesma forma que os meus piscaram, vendo-o puxar o celular do bolso e olhar para a tela.

Não precisava perguntar para saber o que ele viu ali. Nada. Nenhuma barrinha indicando sinal, nada de 4G, sem linha, sem serviço. Quando fui verificar o livro de hóspedes, depois de trazermos nossas coisas para dentro, percebi que estava mais curiosa por saber de onde eram os outros visitantes do que por descobrir onde estavam os controles remotos e a lenha – mas, de fato, li um aviso dizendo que não havia Wi-Fi.

Durante os passeios pelas vinícolas, pelo menos estávamos o tempo todo fazendo alguma coisa. E, com o drama de Becky e a "garota das férias" ao seu lado, Jensen parecia não se preocupar muito com trabalho. Mas agora eu sabia que nove dias o esperavam sem nada além daquilo que ele escolhesse fazer para preenchê-los. Eu o vi reagir ao isolamento do chalé e aos dias de lazer que seria forçado a encarar aqui. Seu rosto se enrugou, ele enfiou o celular de volta no bolso e se virou para olhar pela janela.

E então se virou outra vez na minha direção. Nossos olhares se encontraram enquanto ele percebeu que eu o estudava. Certamente eu parecia intensa e otimista: maxilar tranquilo, olhos focados nele e claramente comunicando o que eu estava pensando: *Deixe esse maldito celular de lado, Jens, e divirta-se um pouco.* Então, sorri e pisquei enquanto levava a taça de vinho aos lábios e tomava um demorado gole.

A tensão em seus ombros pareceu lentamente se dissolver – e, para mim, não importava se era por esforço consciente ou por algum acontecimento inconsciente –, e Jensen enfim atravessou o cômodo para se aproximar de mim.

— Ei, você. Nada de trabalho! – falei, inclinando a cabeça para sorrir para ele. – Sinto muito por ser a responsável por dar a notícia, mas o mundo do Direito não está autorizado a entrar aqui. Uma pena.

Ele balançou a cabeça enquanto dava um risinho tenso, inclinando-se para beijar o topo da minha cabeça. Mas não se retirou imediatamente, então aproveitei o momento e me apoiei em seu corpo sólido e tranquilizador, engolindo um sorriso enquanto seus braços me envolviam.

A desculpa de Becky estava a centenas de quilômetros de distância, mas, mesmo assim, ninguém reagiu como se esse abraço fosse algo estranho.

Nossa primeira manhã, depois de dormirmos até tarde, foi cheia de panquecas com geleia. Depois, fomos colher frutas vermelhas e nadar no lago, e então descansamos em volta da lareira, lendo as assustadoras histórias de mistérios que encontramos nas prateleiras da casa.

E os dias passavam exatamente assim: trilhas na floresta, cochilos no meio do dia e infinitas horas rindo juntos na cozinha, bebendo vinho enquanto Will cozinhava.

Para mim, a única coisa que faltava era sair para cortar um pouco de lenha.

Por volta do terceiro dia, eu sabia que não conseguiria não falar sobre isso. Suspeitei que, quando olhássemos para trás, esse seria meu verdadeiro legado a essa viagem.

– A lareira parece um pouco fraca – gritei para os homens, que jogavam pôquer na sala de jantar.

Ruby, que estava lendo, ergueu a cabeça e deslizou o olhar de um lado para o outro de forma bastante significativa, passando-o desde onde eu estava sentada, com o corpo curvado na enorme cadeira de couro próxima à lareira, até a enorme pilha de lenha ali na frente.

– Bem, tem muita lenha aqui – disse, confusa.

– Ruby Stella – chamei em voz baixa. – Não estou dizendo que você tenha que ficar calada, mas também não estou dizendo que não deveria.

Ela bateu a mão na boca justamente enquanto Will corria preocupado até a sala. Ele parou entre a lareira (claramente ainda acesa) e a grande pilha de lenha ao lado dela (claramente havia madeira suficiente ali).

– Claro, posso colocar mais lenha na fogueira – falou, sem dar a entender que estava com preguiça.

Que príncipe.

– A questão é que… – comecei, apoiando o peso do corpo em um cotovelo. – Bem, madeira recém-cortada é um presente dos deuses. O cheiro, o estalar…

Ele inclinou a cabeça, estudando-me antes de deslizar o olhar para onde Hanna dava risada com o rosto escondido atrás de um livro.

– Recém-cortada? – ecoou.

– Acho que vi um machado atrás da cabana – informei esperançosa. – Um machado enorme, pesado. E tem uns troncos enormes de madeira lá dentro.

Jensen parou na passagem da porta, seus ombros casualmente encostados ao batente.

– Pippa.

Olhei para ele e sorri.

– O que foi?

Ele apenas olhou para mim.

Pisquei para ele.

– A não ser que você não saiba segurar um machado. Ou não dê conta de um machado tão grande.

Ouvi a risada de Niall vindo da sala de jantar.

– Eu sei muito bem segurar um machado – Will rebateu, afastando-se um pouco. – Usar um machado é tão fácil quanto dar uma volta no parque.

– Não – falei, acalmando-o. – Vocês são rapazes tão urbanos e não quero que se machuquem. Não foi boa ideia ter sugerido isso. Sinto muito.

Do sofá, Ruby murmurou:

– Puta *merdaaa!*

Niall colocou-se atrás de Jensen e sorriu para mim.

– Pippa, você é terrível.

– Mas a pergunta é: e você, também é? – desafiei. – Terrível cortando madeira?

Jensen e Will trocaram um olhar e, em seguida, Jensen segurou a barra de sua blusa de malha, puxando-a por sobre a cabeça. Agora estava usando apenas uma camiseta e calça jeans.

– Parece que fomos desafiados.

Todos nos levantamos e acompanhamos o grupo de "homens em uma missão" até o quintal dos fundos.

De fato havia um bloco para cortar madeira ao lado da cabana e, a poucos metros dali, repousando contra a estrutura da construção, um machado impressionantemente enorme.

Um machado incrivelmente imponente. Eu só estava provocando os rapazes, mas o machado parecia mesmo... pesado.

E aí tive meu primeiro momento de hesitação.

– Rapazes, talvez...

Will segurou a ferramenta e a ajeitou sobre o ombro. Ao meu lado, Hanna deixou escapar uma expiração trêmula.

– O que foi, Pippa? – Will perguntou, fingindo uma expressão séria, franzindo as sobrancelhas.

– Hum, nada.

Niall saiu da cabana com um tronco que, posso jurar, era maior do que ele. Colocou-o no chão para Will cortá-lo em pedaços menores antes de eles facilmente ajeitarem os pedaços sobre o bloco destinado a talhar a madeira.

Mas, em vez de se arriscar, Will passou o machado para Jensen e olhou para mim, lançando um sorrisinho que, de alguma forma, dizia ao mesmo tempo "de nada" e "isso vai calar a boca dela".

Sem sequer lançar um olhar na minha direção – sério, ele era tão sensualmente um homem em uma missão –, Jensen ergueu o machado sobre seu braço direito e golpeou, afundando-o no tronco. O som ecoou à nossa volta, fazendo bandos de pássaros deixarem o conforto de seus ninhos nas árvores em volta.

– Puta merda! Agora sinto que sou um homem! – ele rugiu surpreso, rindo enquanto puxava o machado de volta para desferir outro golpe.

Sua camiseta era branca e, abaixo dela, eu podia ver os músculos de suas costas se apertando quando ele golpeava a madeira com o machado. Hanna dançava ao meu lado, gritando palavras de encorajamento para seu irmão, mas minha atenção estava totalmente focada em Jensen. E em suas costas.

As mesmas costas nas quais enterrei minhas unhas enquanto ele me arregaçava contra o tronco de uma árvore ainda ontem.

As mesmas costas que ensaboei ontem à noite, durante o banho.

Irresistíveis

As mesmas costas que suaram sob minhas mãos enquanto ele esfregava seu corpo junto ao meu na cama hoje cedo.

– Ave Maria, mãe de Deus! – murmurei.

Eu era genial.

– Temo pela saúde de Pippa – Niall falou em meio a uma risada. – Alguém aqui manja de reanimação cardiorrespiratória?

Jensen agora se afastou, sua testa úmida de suor enquanto olhava por sobre o ombro. Seus olhos se repuxavam um pouco enquanto ele abria um sorriso predatório, ao ver minha expressão.

Era precisamente o mesmo olhar que ele ostentava duas noites atrás, quando me jogou na cama e veio em minha direção.

– Agora é você! – Ruby gritou para seu marido.

Então, Jensen, vermelho e desgrenhado, passou o machado para Niall.

Will pegou um pedaço de setenta centímetros do tronco que Jensen havia cortado e o colocou no bloco para Niall seguir com o trabalho.

Jensen veio ficar ao meu lado – tão próximo. E pude sentir o cheiro de seu suor misturado ao de sua colônia pós-barba. Ele sabia provocar. Afinal, eu tinha dito a ele havia poucos dias, durante uma trilha, o quanto adorava seu cheiro quando estava suado.

– Você é perigoso – sussurrei.

– Eu? – falou inocentemente, sem sequer olhar para mim. – Foi você que manipulou a situação para todo o grupo vir aqui cortar lenha.

Cruzei os braços, contente.

– Eu sou esperta.

– Só consigo pensar na expressão "gênio do mal".

– Você tem um pau e tanto aí...

Ele se virou, colocou a mão sobre a minha boca e riu. Aproximando-se, sussurrou:

– Você é muito safada.

— E você gosta — murmurei contra sua palma.

Jensen não tinha como refutar a minha afirmação, então beijou minha testa antes de lançar um olhar de aviso muito bem-humorado e afastar a mão.

Enquanto observávamos, Niall avaliou o peso do machado e, de canto de olho, pude ver exatamente a mesma reação que tive com Jensen tomar conta de Ruby enquanto ela observava o marido cortar a madeira na metade.

— Definitivamente há uma coisa de instinto nisso — Will comentou, assentindo em aprovação. — Depois disso, deveríamos lutar ou sair para caçar... — Ele se afastou e olhou para Hanna, que ria dele enquanto o abraçava na altura da cintura. — Mas não se animem, eu já comprei salmão para comermos hoje.

Will deu alguns golpes e não parava de dizer que cortar lenha devia ser algo que estava em seu sangue porque ele nunca mais queria parar.

— Aproveitamos a tarde de um jeito maravilhoso. Sinto que deveríamos dedicar nosso primeiro filho a Pippa — disse Hanna, ligeiramente sem fôlego.

Will soltou o machado e olhou para ela.

— Quer começar a fazê-lo agora mesmo?

Ela deu um gritinho enquanto ele a jogava por sobre o ombro, levando-a para dentro.

A saída de Niall e Ruby foi mais discreta. Ele simplesmente segurou a mão dela, abriu um leve sorriso para mim e disse baixinho:

— Se nos derem licença...

E, por fim, levou-a para dentro.

Virando-se para mim, Jensen sorriu e bateu as palmas das mãos.

— Seu plano diabólico funcionou.

— Diabólico? — ecoei, deslizando um olhar cheio de significado à nossa volta. — Se não bastasse agora termos muita lenha para a lareira, todo mundo vai passar a tarde transando.

— Todo mundo? — ele perguntou, aproximando-se.

Irresistíveis

O suor em seu peito fazia sua camiseta grudar ao corpo, e eu ergui a mão, descansando-a ali.

— Bem, talvez nem *todo mundo*.

Ele se aproximou e por pouco nossos lábios não se tocaram. E, se o senso de humor de Jensen já não me fizesse adorá-lo, esses momentos delicados fariam.

— Seu quarto ou o meu?

Dei risada da pergunta.

— Estamos aqui há três dias. Por que perderíamos tempo usando uma segunda cama a essa altura?

Havia quatro quartos no chalé: duas suítes e dois outros com cama *queen size*. Jensen havia deixado sua mala em um dos quartos menores no final do corredor, mas, fora isso, o cômodo parecia bastante inutilizado. E não sei explicar — era como se tivéssemos adotado uma rotina de amantes entre os amigos mais próximos dele e da minha querida Ruby. Não era como se ainda estivéssemos brincando de ser casados ou nos enganando e nos forçando a pensar que poderíamos continuar com isso depois que cada um voltasse à sua vida normal, mas tampouco tratávamos a situação como se estivéssemos nos pegando no canto escuro de um corredor. É verdade que havíamos nos unido por acaso, mas já não sentíamos que estávamos tramando alguma coisa.

Ele podia me beijar na frente de sua irmã e ninguém dava a mínima.

Ele segurava minha mão nas trilhas como se estivéssemos juntos há anos.

E, mesmo sem Becky por perto ou qualquer outro motivo para fingir, Jensen deixava claro que estávamos dormindo na mesma cama há pelo menos uma semana. As coisas simplesmente eram assim: sem perguntas, sem explicações.

Foi na nossa última noite no chalé que aconteceu. Jensen me puxou para o seu colo em uma grande poltrona de couro na sala de estar e comecei a sentir uma dor no peito com a ideia de fazer as malas e voltar a Boston para a última semana das minhas férias. Ficamos sentados assim, meu corpo curvado em seu colo, a lareira estalando ali perto, e ele lendo enquanto eu olhava pela janela.

– Você está tão quieta – falou, interrompendo o silêncio.

Então, deixou o livro na mesa ao nosso lado e pegou um copo de uísque para tomar um gole.

Quando ele terminou de engolir, eu me alonguei e senti o gosto em seus lábios.

– Só estou pensativa.

– Em que está pensando?

Jensen colocou o copo sobre a mesa e me olhou nos olhos.

Apoiada em seu ombro, senti sua mão debaixo das minhas pernas e me puxando para que eu ficasse ainda mais próxima dele. Eu queria dizer que estava pensando nele e em mim, em quão bom foi e que eu odiava a ideia de voltar para casa. Mas não era exatamente isso.

Eu sabia que Jensen e eu estávamos vivendo em uma bolha e que a vida não seria assim em nossa realidade cotidiana. Não podia ser, de verdade. Eu desejava que nossas vidas não precisassem ser tão focadas em carreiras e conquistas. Queria que as coisas não fossem realistas, como um Jensen que não fosse obcecado pelo trabalho e que se sentisse feliz em fugir comigo para um chalé na floresta, onde passaríamos seis meses do ano, e só voltaríamos ao mundo real quando estivéssemos bem e cansados de comer panquecas com geleias de frutas que nós mesmos colhemos e fazer sexo sem limites. Eu desejava uma Pippa capaz de fugir seis meses por ano.

– Estou sonhando com coisas impossíveis – falei.

Ele ficou ligeiramente rígido.

Irresistíveis

– Panquecas do Will para sempre – acrescentei, esclarecendo. – E o bordo enorme lá atrás… Tenho certeza de que ele dá uma sombra maravilhosa no verão. Queria poder ficar nesse chalé, nós todos.

Jensen ajustou sua pegada, movimentando-se de modo que eu pudesse sentar em seu colo.

– Eu também.

Ele fechou os olhos, deixando a cabeça se soltar contra o couro suave.

– Estou com medo de ver minha caixa de e-mails.

Olhando quase desamparado para mim, ele pareceu entrar em pânico. Seu celular havia passado a última semana largado em uma cadeira do quarto, ignorado. Não sei se ele sequer olhou a tela, quanto mais ver coisas de trabalho.

Levei minha mão ao seu peito e neguei com a cabeça.

– Não tenha medo. Você não pode fazer nada para resolver essa situação agora, não se quiser que o último dia seja tão bom quanto os outros oito foram. Tenho mais dezoito horas neste lugar e pretendo aproveitá-las ao máximo.

Ele assentiu e beijou a palma da minha mão. Olhei para suas mãos enormes envolvendo as minhas, muito menores. Minha pele parecia tão clara perto da dele. Meus braços estavam sem as pulseiras, as unhas, sem esmalte. Eu não usava maquiagem havia mais de uma semana. Nossa, teve dias que nem me importei em usar sutiã.

– Que duas semanas mais esquisitas – murmurei.

Ele assentiu.

– Ex-esposa e casamento fingido – comentei. – Bebedeiras pela Costa Leste e machos cortando lenha.

– Ioga de manhã e cantar totalmente fora do tom – ele acrescentou. – Eu gostei da cantoria.

– Minha parte preferida.

– Sua parte *preferida?* – ele perguntou com um sorriso afetado.

– Está bem, eu admito. Talvez tenha rolado um ou outro momento que curti mais.

– Para dizer a verdade, eu adorei cada minuto – ele falou, parando para repensar. – *Quase* cada minuto – corrigiu-se, referindo-se a Becky, imagino.

Ergui o rosto e esperei seu olhar encontrar o meu.

– Eu vou voltar a vê-lo?

– Tenho certeza de que vai.

– Você vai ficar com saudade disso? – perguntei baixinho.

Seus olhos se apertaram.

– Essa pergunta é séria?

Eu não sabia como exatamente responder.

– Bem... é? Afinal de contas, eu sou apenas uma "garota das férias".

Um músculo se repuxou em seu maxilar e ele olhou para o lado para piscar, pensativo. Por fim, depois de quase um minuto inteiro de tormento para mim, Jensen voltou a me olhar, inspirando pesadamente.

– Vou sentir falta disso.

Não sei se ele estava falando de mim ou do sexo, do chalé ou simplesmente de estar longe de tudo, mas, quase sem ar, explodi, dizendo:

– Que bom.

– Tenho certeza de que minha primeira noite na minha cama vai ser muito solitária – acrescentou, e senti meu cérebro se apertar, tentando processar suas palavras. – O problema é que não podemos esperar que isso chegue a algum lugar.

– Eu não *espero* isso – rebati, engolindo o leve insulto. – Só estou dizendo que *gosto* de você.

Deslizando a mão abaixo do meu joelho outra vez, ele se levantou e, sem fazer muito esforço, me ergueu com ele. A escada de madeira parecia rolar sob seus passos confiantes; a porta do quarto se abriu com um leve toque de seu ombro.

E aí ele estava em cima de mim; eu, com as costas apoiadas no colchão. Seus olhos verdes estudavam atentamente meu rosto.

– Eu também gosto de você.

Irresistíveis

Eu queria gravar o resto da noite em minha memória permanente: a maneira como ele me despiu tão vagarosamente, sabendo o que havia ali embaixo. A maneira como ele se levantou e dedicou o tempo necessário para tirar sua malha e jogá-la no encosto da cadeira no canto do cômodo e depois voltar onde eu estava, olhos atentos mesmo enquanto se arrastava na minha direção na cama.

Era isso que era fazer amor?

Vendo Jensen sobre mim, sua atenção à forma como suas mãos deslizavam por meus seios nus, de repente me senti completamente inocente. Eu pensava que fazia amor com Mark, pelo menos com ele, se não com os outros caras de quem eu havia gostado. Eu tinha dito a Mark que o amava, e imaginava que realmente o amava. Mas o sexo com ele, desde o começo, era regado a álcool e preguiçoso, ou só uma rapidinha. E eu imaginava que esse tipo de paixão impaciente significasse amor.

Mas, vendo Jensen aqui, enquanto ele explorava todo o meu corpo, seus olhos abertos, suas mãos sinceras e famintas, tive a sensação de que nunca antes fui tocada por *um homem*. Por meninos, muitos. Mas nunca por um homem que dedicou seu tempo a explorar. E o que tornava essa relação diferente não era só o jeito como ele me tocava, mas o que eu *sentia* quando ele me tocava: como se Jensen pudesse levar qualquer coisa e eu daria tudo a ele sem questionar; como se, quando estávamos sozinhos assim, eu não precisasse esconder um único centímetro da minha pele.

Lá fora, começava a escurecer, mas, mesmo ouvindo nossos amigos começarem a preparar o jantar, rindo e tomando vinho, aqui em cima, Jensen e eu levávamos o tempo necessário para tocar e saborear e brincar. Ele gozou em minha boca com um gemido desesperado. Eu gozei em sua língua com um grito abafado pelas costas da minha própria mão, e nos beijamos e beijamos e beijamos por uma hora até eu desejá-lo debaixo do meu corpo, claramente excitado, corpos ligeiramente frenéticos e tomados pela ganância. Usei minha blusa para amarrar suas mãos na cabeceira da cama e me deliciei com o tesão em seus olhos, a tensão de seus músculos enquanto ele me via usando seu pau para estourar a minha boceta.

Ele continuava sem falar muito. Seus gemidos pareciam ser influenciados pela coação – os rugidos leves, o "caralho, que delícia" que escapou quando eu gozei e ele sentiu, a respiração ofegante. Eu queria guardar esses ruídos e me alimentar deles mais tarde. Eu queria guardar seu cheiro e aplicá-lo ao meu corpo.

Depois de desamarrá-lo para deixá-lo brincar com meu corpo da forma como eu sabia que ele gostava, deslizei minhas palmas pelo suor de sua pele, por seu peito, pescoço. Eu estava exausta, ele estava perto de gozar, e suas mãos me ergueram, seu quadril balançando enquanto ele me fodia com força e agilidade. A cama protestava, rangia, batia na parede. Minhas coxas queimavam e a veia na testa de Jensen ficava mais proeminente conforme ele se aproximava do orgasmo, e se aproximava mais, seus dentes apertados a caminho do prazer, suas mãos enterradas na pele do quadril.

Isso realmente era *foder* e, sem dúvida, era a melhor foda da minha vida.

Quando ele gozou, arfando, estremecendo sob o meu corpo, passei o tempo todo observando seu rosto, guardando-o em minha memória. Ele não estava pensando em sua caixa de e-mails ou na sua equipe do trabalho ou no que quer que o esperasse na segunda-feira. Estava pensando apenas em meu corpo deslizando junto ao seu, em sua necessidade de gozar – dentro de mim.

Ele soltou o corpo na cama, braços abertos, peito pesado.

– Puta que pariu!

Aproximando-me para beijá-lo, lambi seu pescoço, seu maxilar, saboreando o sal de seu suor.

– Puta que pariu! – repetiu, agora mais baixo. – Essa foi intensa. Venha aqui.

Sua boca encontrou a minha, sugando suavemente meu lábio inferior. Eu estava dolorido entre as pernas, nas articulações, e Jensen me fez virar para o lado, puxando-me com a mão em minhas nádegas para que eu não ficasse muito longe. Ele me abaixou lenta e docemente, como um amante que tem todo o tempo do mundo. Um amante que tem tempo para gozar, para se suavizar e enrijecer outra vez.

Perdemos o jantar.

Uma pena, mesmo, porque, a julgar pelo cheiro que chegava ao topo da escada, estava uma delícia.

— Espero que vocês tenham se divertido lá em cima — Ruby falou mais tarde, sorrindo para nós enquanto descíamos para a cozinha. — Porque Will fez paella, e, deixe-me dizer... eu poderia passar o resto da minha vida comendo só isso.

— Will vai para casa com a gente? — Niall perguntou da cozinha.

— Estávamos enfrentando um jogo excruciante de xadrez — falei. — Nenhum de nós estava disposto a desistir até acabar.

Will deu um sorriso descarado.

— Não me diga! Xadrez? Porque, pelo barulho, parecia que vocês estavam pendurando quadros.

Niall assentiu.

— Alguma coisa estava mesmo sendo enfiada lá em cima, sem dúvida.

Dei risada e tossi.

— Bem, Pippa não tem espírito esportivo. Ela perdeu e ficou violenta — Jensen brincou, olhando por sobre o fogão e encontrando a enorme panela ainda parcialmente cheia de paella. — Que bom que vocês guardaram um pouco para nós.

Will se entregou à risada.

— Acho que tem aí o suficiente para alimentar setenta pessoas. Todos comemos até quase explodir. — Ele pegou uma colher enquanto

Niall trazia duas tigelas do escorredor de pratos, e logo Jensen e eu estávamos à mesa, enfiando garfadas na boca como se não comêssemos há semanas.

— Estão prontos para ir para casa? — Hanna perguntou ao grupo, encostando-se no balcão próximo à pia.

Todos murmuramos algum tipo de negação. Era como se dependêssemos dessa viagem para continuarmos vivos. A sensação era mais ou menos como deixar para trás um acampamento de verão, quando todos faziam promessas em silêncio e externavam declarações de que seríamos melhores amigos para sempre, de que nunca perderíamos contato, de que faríamos viagens assim pelo menos uma vez por ano durante o resto de nossas vidas... Mas a realidade era que isso não passava de uma breve fuga de nossa vida real. Em especial para Jensen, que não tirava férias havia anos, essa viagem era uma anomalia que não se repetiria tão cedo. Ele sairia daqui e voltaria para a vida de homem viciado em trabalho e estruturado que levava. E cada pedacinho dessa carapaça que ele havia destruído, revelando um homem cheio de paixão e bom humor, voltaria a ser como era antes.

Olhei para Jensen justamente quando ele parecia me estudar, e nossos olhares se encontraram. Também ali vi o reconhecimento não verbalizado de que essa experiência havia sido muito positiva.

Realmente tinha sido... inesperada.

Treze

JENSEN

Na maioria das vezes, meu hábito de acordar cedo é bastante útil.

Como sempre me levantei cedo, com frequência me perguntava se eu havia sido "programado" assim ou se isso era resultado de ter crescido em uma casa com outras seis pessoas. Sair da cama antes de todo mundo significava poder tomar banho quente, usar toalhas secas e ter um pouco de privacidade - ou um mínimo de privacidade - no banheiro, coisas que deixavam de existir depois das sete da manhã. Nos tempos de faculdade, significava que eu podia ficar na balada até tarde, arrastar-me até o meu quarto e ainda acordar cedo o suficiente para fazer a lição ou estudar antes das provas.

Foi só nessas férias que aprendi a dormir até tarde, a acordar somente quando o corpo caloroso de Pippa começava a se mexer junto ao meu e o cheiro de manteiga e frutas vermelhas invadia o quarto, vindo do andar de baixo. Na maioria das manhãs, dormíamos até dez horas. Em uma delas - depois de uma noite particularmente memorável na cama - só acordamos depois das onze horas.

Eu nunca tinha vivido assim... mas era um deleite.

Então, quando meus olhos se abriram, bem cedo na manhã de domingo, quando o céu ainda estava escuro, tentei voltar para a cama. Em poucas horas deixaríamos para trás o santuário do chalé e a bolha que manteve o mundo real trancafiado lá fora. Eu queria continuar aqui, mentalmente, o máximo que pudesse. Não queria voltar à vida normal ainda. Pippa estava quente e nua ao meu lado.

Seus cabelos, bagunçados pelo pescoço, por meu travesseiro, por seu travesseiro. Seus lábios, ligeiramente abertos em meio ao sono. Todavia, meus pensamentos não conseguiam se desvencilhar do que estava por vir: fazer listas, contagem mental, nosso horário de voltar a Boston.

Sem dúvida eu me arrependeria amanhã, mas odiei meu relógio interno e seu retorno ao normal no último dia das férias.

Totalmente acordado contra a minha vontade, ergui a cabeça, cuidadoso para não tirar Pippa de onde ela dormia, sobre meu peito, e tentei ver a hora no relógio sobre o criado-mudo.

Pouco mais de cinco da manhã. Porra!

Eu tinha me acostumado outra vez a dividir a cama com outra pessoa e, muito embora soubesse que deveria ficar ali e saborear cada último momento que eu pudesse – vai saber quando isso aconteceria outra vez... –, meu cérebro estava "programado". Em casa, eu me levantava e trabalhava ou saía para correr, ou até assistia a um pouco de TV. Porém, aqui eu não estava em casa. Era cedo demais para fazer barulho pela casa e correr o risco de acordar todo mundo na última noite de férias, mas, enquanto eu esperava, ouvindo os barulhos suaves de Pippa contra meu pescoço, eu sabia que simplesmente não podia ficar aqui, pensando na vida.

Mudei de posição, cuidadoso para sair da cama sem incomodá-la. Minha mala estava no outro quarto, então atravessei o corredor e vesti minhas roupas e tênis de corrida antes de sair silenciosamente.

—

Voltei da corrida e encontrei Pippa sentada na cama, lendo.

– Ah, oi! – ela cumprimentou, deixando o livro de lado e dando um sorrisinho afetado.

Senti uma leve pontada de culpa por ter saído em nossa última manhã juntos, mas consegui afastar esse sentimento. Tirei a camiseta e a usei para secar o peito e a nuca. Quando me virei, vi que ela estava me observando.

– Eu saí para correr – expliquei. – Tentei não acordar você.

Pippa afastou as cobertas e deitou-se com a cabeça apoiada nos braços. Estava de pernas cruzadas, os dedos dos pés apontando na minha direção.

– Hum, de certa forma, eu gostaria que tivesse me acordado.

Pippa estava nua, a pele leitosa contra as cobertas de flanela escura. Meu olhar deslizou por seu corpo e, mesmo sabendo que iríamos para casa hoje e que acabaríamos tendo uma conversa – uma conversa que eu vinha evitando até agora –, eu não conseguia desviar o olhar.

– Primeiro eu preciso tomar um banho, mas... – falei, tentando organizar meus pensamentos, mas incapaz de afastar os olhos de seus seios.

Aqueles mamilos rosados estavam entumecidos pelo ar frio da manhã. Arrepios percorreram todo o meu corpo e ela se alongou antes de arquear as costas.

– Banho. – E se sentou, levando os pés ao chão. – Que ótima ideia.

Pisquei outra vez para ela, vendo aquele brilho sacana em seus olhos.

Talvez eu não fosse o único querendo evitar uma conversa.

Pippa se levantou e se aproximou. Parou à minha frente. Fazendo beicinho de modo a fingir que estava preocupada, estendeu a mão e deslizou os dedos por minha testa franzida.

– Você se lembra do nosso acordo? – Na ponta dos pés, ela beijou meus lábios ruidosamente. – Diversão.

Seu corpo nu estava a apenas um centímetro do meu corpo parcialmente coberto e eu senti minha vara endurecer debaixo do moletom. O cheiro de Pippa era quente, como mel e baunilha e alguma coisa tão distintivamente Pippa que eu queria saborear outra vez para lembrar como é senti-la em minha língua.

Pippa me deu mais um beijo e foi ao banheiro. Meu olhar deslizou pela curva de sua espinha, por suas nádegas arredondadas, por suas pernas. Ela saiu de vista e eu ouvi a água começando a correr, seguida pelo fechar da porta do boxe.

Olhei pela janela. A parte lógica do meu cérebro fez o seu melhor para entender por que eu não deveria simplesmente tirar o resto das minhas roupas e acompanhar Pippa, esquecer tudo, encostá-la na parede e foder seu grelo. Sairíamos em poucas horas - para retornar a Boston e à bagunça inevitável que eu sabia que me esperava. Pippa voltaria para a casa de seu avô e, depois de alguns dias, para Londres. Isso não significava que era hora de parar de fingir essa vida de casados e começar a pensar na vida real?

Ao ouvi-la cantarolar no banho, voltei à realidade e entrei no banheiro, observando sua silhueta nua do outro lado da porta de vidro fosco. Era impossível não a acompanhar ali.

—

Como precisávamos esvaziar a geladeira antes de sair, nosso último café da manhã foi grande o suficiente para alimentar todo um exército. Will preparava panquecas enquanto Niall cozinhava o que havia sobrado das salsichas e do bacon. Ruby e Pippa cortavam melão, morango, banana e o que mais conseguissem encontrar para fazer uma salada de frutas; eu devo ter preparado um tonel de suco de laranjas frescas.

Comemos feito loucos enquanto um álbum do Tom Petty rodava no toca-discos. Eu não conseguia pensar em uma forma mais perfeita de terminar essa viagem.

Lavamos as louças e levamos as malas ao carro. Pippa e eu sorrimos quando passamos um pelo outro no corredor. Ainda ontem, eu a teria abordado sem questionar, a teria empurrado contra a parede, sugerido que fôssemos à floresta ou que nos trancássemos no quarto.

Irresistíveis

Agora, porém, era como se um alarme tivesse soado em algum lugar e não tivéssemos mais tempo para isso. Nosso prazo de validade havia chegado. Nossas mãos se mantiveram afastadas e nossas bocas se transformaram em sorrisos felizes, mas não havia toque, beijos provocadores ou amassos desesperados. Éramos outra vez amigos, talvez conhecidos íntimos. E isso teria de bastar.

Com todas as bagagens no carro e um último adeus ao nosso lindo chalé, partimos para casa. Will havia dirigido a maior parte do tempo até agora, então, quando o vi bocejar, enquanto entrávamos no carro, eu me ofereci para dirigir na primeira parte do caminho. Justifiquei para mim mesmo dizendo que eu queria fazer algo diferente e não porque era mais fácil, que ao volante eu me concentraria na estrada e não nas conversas – ou na falta de conversa – à minha volta.

Pippa sentou-se em uma das fileiras ao fundo, perto de Will, que, depois do café da manhã gigante, com direito a panquecas – sem dizer as duas semanas de férias e provavelmente muito sexo – dormiu quase imediatamente. Durante os primeiros momentos, todos conversaram, mas a conversa não demorou a cessar enquanto meus companheiros de viagem ou caíam no sono, ou colocavam fones para ouvir música. A voz de Pippa sem dúvida fazia falta, e essa ausência parecia ecoar em meus ouvidos. Ela pareceu pensativa durante a maior parte da viagem e de vez em quando lançava um olhar ao retrovisor. Mais sorrisos fáceis, mais sinais amigáveis.

Trocamos de posições depois que paramos para abastecer e eu me sentei no lugar vazio ao lado de Pippa. As florestas se transformaram em campos gramados, que abriram caminho para vicinais e depois largas rodovias. As rodovias nos levaram a ruas ladeadas por prédios altos, cobertas com carros, com pessoas por todos os cantos. Pippa continuava perceptivelmente calada. O conforto tranquilo que encontrei ao seu lado durante toda a semana desapareceu e, em seu lugar, havia agora um silêncio palpável, mais eloquente a cada quilômetro, até parecer que havia outra pessoa sentada entre nós.

Eu olhava desatento enquanto deixávamos uma rua e entrávamos na próxima, uma enorme quantidade de pensamentos aleatórios se passavam em minha cabeça. Eu me perguntava se Pippa ficaria feliz ao chegar em casa. Faria sentido. Sua vida estava na Inglaterra: suas mães, seu apartamento e seu emprego. Porém, todas as coisas das quais ela queria escapar também estavam lá, inclusive a bunda branquela de Mark, como ela costumava dizer.

O que me levou a pensar em por que Pippa viera parar aqui. A situação havia sido muito difícil para ela, difícil a ponto de ela expulsá-lo do apartamento que os dois dividiam e literalmente atravessar todo um oceano para se distanciar. Eu devo ter sido, na melhor das hipóteses, um namorado distraído e aparentemente um marido ainda pior, mas eu jamais trairia uma mulher. Pippa era cheia de vida e inteligente, divertida e linda, e eu sentia uma satisfação enorme por ela rapidamente ter percebido que Mark não a merecia e que ele a tinha perdido para sempre.

Todavia, eu sabia que haveria outros. Levei a mão ao peito e esfreguei o aperto inesperado que senti ali. Era impressionante notar que, enquanto a ideia de Becky ter outro namorado – ou a realidade de ela ter mesmo se casado com outro homem – não me incomodava, a ideia de Pippa sair com alguém em Londres caía como uma bomba em meu estômago.

Isso não quer dizer que não foi difícil pra caralho perder Becky, mas a dor imediata foi muito curta. O que ficou foi *a forma* como ela se foi – e meu completo desnorteamento por causa disso – e não a ausência em si.

Pippa era diferente. Era uma carga elétrica, um brilho de luz. Apaixonar-se por Pippa e vê-la ir embora era como se alguém apagasse o sol.

Pela primeira vez, realmente senti pena de Mark.

Irresistíveis

O carro parou e eu pisquei, olhando em volta, percebendo que tínhamos estacionado na frente do hotel de Niall e Ruby. Saímos do carro e eu fui até o porta-malas, ocupando-me de tirar as bagagens dos dois e reorganizar as outras malas.

Troquei um aperto de mãos com Niall e dei um abraço em Ruby, sorrindo por sobre seu ombro. Ruby sabia abraçar. Ela e Pippa se despediram, trocando promessas de se falarem assim que Pippa chegasse à Inglaterra.

E a pressão em meu esterno voltou.

Todos estavam acordados e claramente mais alertas quando entramos outra vez na van, mas a ausência de Ruby e Niall pesava no ar. Vi Ziggs verificando o celular de Will e rindo das mensagens cada vez mais ansiosas de Bennett. Eu sabia que o meu telefone estava na mochila aos meus pés e provavelmente já tinha sinal outra vez, mas o deixei ali. Eu tinha consciência de que, quando eu começasse a ler e-mails e ver minha agenda, seria impossível voltar atrás.

– O que nossos futuros papais têm feito? – perguntei, ansioso por pensar em alguma coisa que não fosse o trabalho ou a tensão que eu sentia irradiando de Pippa. – Bennett já saiu correndo e gritando pelas ruas no meio da noite?

– Quase – Ziggy respondeu, vendo as mensagens antes de começar a de fato ler. – "Chloe quer conversar sobre parto na água, ela quer trazer o bebê a um mundo sereno, sem barulhos ou vozes estridentes." E aí Max respondeu dizendo: "Sem barulhos ou vozes estridentes? Chloe já se deu conta de que esse bebê vai viver na casa de vocês dois?"

Ziggs começou a gargalhar e Will pegou seu celular.

– Estou tentando imaginar Bennett e Chloe sendo pais – falou. – Bennett e seus ternos imaculados e aquele sofá branco no escritório. Alguém consegue imaginá-lo usando um canguru e ajudando a criança a assoar o nariz?

– Mal posso esperar para ver! – minha irmã falou. – Estou um pouco triste por morarmos longe e só podermos ver por mensagens e FaceTime.

– Você não disse que planejava passar o Natal lá? – perguntei. – Ou pelo menos uns dias depois que o bebê chegar?

Will virou à direita e parou quando um grupo de crianças de bicicleta atravessou a rua à nossa frente.

– O plano é esse. Espero que ela e Sara tenham seus filhos em datas próximas, assim podemos vê-los todos em uma viagem só. Não é, Pippa? – Will perguntou, olhando por sobre o ombro dela.

Pippa assentiu, subitamente mais alerta.

Na verdade, seu avô morava a não mais do que vinte minutos da minha casa. Agora estávamos diante de uma casa simples, de tijolinhos à vista, em uma rua repleta de árvores. E Pippa praticamente se lançou para fora da van, indo ao lado do banco do motorista para abraçar Will antes de seguir para o lado de Ziggy e lhe dar um abraço apertado e demorado.

Relutante, arrastei-me pelo banco para sair do veículo e logo percebi que minha irmã estava me observando.

É claro que estava.

Lancei um olhar de aviso para ela e saí da van para pegar a mala de Pippa. Eu não tinha a menor ideia de como agir nesse momento.

Sem dizer nada, Pippa passou à minha frente e seguiu pelo caminho até as escadas. Chegou à varanda, pegou uma chave em um tijolo ao lado da porta. Fui atrás dela.

– Seu avô está em casa?

– Ele deve estar no bingo – Pippa respondeu, abrindo a porta contra tempestades antes de enfiar a chave na fechadura.

– Quer que a gente espere com você? – perguntei.

Ela dispensou a oferta enquanto o ferrolho girava e a porta se abria à sua frente. Um cachorro latiu todo alegre em algum lugar dentro da casa.

Irresistíveis

– Não, não precisa. Ele deve voltar logo. Gosta de flertar com as senhorinhas.

Pippa pegou a mala e a colocou em algum lugar fora do meu ângulo de visão.

O vento fez a porta contra tempestade querer bater e eu usei a mão para segurá-la.

Pippa olhou para a rua atrás de mim. O silêncio entre nós era uma novidade.

E eu não gostava nada, nada dessa novidade.

Por fim, ela me olhou.

– Eu me diverti – disse. – Eu me diverti muito.

Assenti, inclinando-me para beijar seu doce sorriso, que não deixava transparecer o menor sinal da tensão desconfortável que nos tinha acompanhado durante toda a viagem.

Era para ser um beijo suave, um tocar dos lábios, simples e caloroso. Mas eu me afastei apenas para voltar outra vez, seu lábio inferior preso entre os meus, uma leve chupada, um roçar dos dentes, e mais um pouco, e mais um pouco, cabeças inclinando e bocas se abrindo, línguas deslizando uma contra a outra. Senti embriaguez ao ser arrastado para dentro daquela familiaridade, abalado pelo calor que se arrastava em minha espinha, precisando de mais.

Com os olhos semicerrados, Pippa se afastou abruptamente. Deslizou um dedo pela boca, engoliu em seco.

– Está bem... – sussurrou, pálida.

Meu estômago se apertou. Aqui estávamos nós dois, dizendo o tão temido adeus.

– Eu preciso ir – falei, apontando por sobre o ombro. E acrescentei apaticamente: – Eu me diverti bastante.

Pippa assentiu.

– Eu também. Foi uma grande parceria. Me chame outra vez quando precisar de uma esposa falsa ou uma garota das férias. Parece que sou muito boa nesses papéis.

– Isso é um eufemismo. – Dando um passo para trás, corri as mãos outra vez pelos cabelos. – Foi um prazer conhecer você.

E... essa foi terrível.

Dei outro passo para trás.

– Tenha uma boa viagem até a sua casa.

As sobrancelhas de Pippa franziram e ela me deu um sorriso cheio de incerteza.

– Pode deixar.

– Tchau.

– Tchau, Jensen...

Minha garganta se apertou, eu me virei e corri até a van.

Hanna continuava me observando.

– Isso foi... – ela falou.

Na defensiva, eu a encarei e apertei o cinto de segurança.

– Isso foi o quê?

– Nada. Eu... ah, sei lá.

Eu detestava o fato de Ziggy enxergar a situação com tamanha clareza. Isso me deixava irrequieto.

– Nós íamos deixá-la aqui, não? – perguntei, ajeitando-me no banco. – Não era para eu dar um beijo de adeus?

– Eu quis dizer *depois* do beijo. Ontem à noite, você não jantou com a gente por causa dela. E agora você acaba de beijá-la e depois parecia que você estava agradecendo a mulher que fez a sua declaração de imposto de renda. Eu senti o desconforto ali.

– Ontem à noite, a gente estava de férias – rebati. – O que você esperava?

Will e Ziggs ficaram em silêncio.

– Nós não vamos nos casar – lembrei-os duramente. – Não passamos duas semanas juntos e aí, de repente, chegamos à conclusão de que nos amamos.

Irresistíveis

No mesmo instante, eu me senti mal pelo meu tom. Ziggy não estava tentando me dizer como viver a minha vida, só estava me dizendo para viver. Ela só queria que eu fosse feliz.

E eu era.

—

Acenei pela janela do carro para Will e Ziggs antes de deixar a garagem. Quatro minutos depois, estava estacionando na frente da minha casa.

Minha casa. Caramba, era bom estar aqui, sozinho em meu espaço pessoal e cercado pelas minhas coisas, com Wi-Fi e sinal de celular, como Deus planejou para a humanidade.

O outono estava com toda a sua força, deixando mais folhas no chão do que nas árvores. Enquanto subia a escada, tomei nota para ligar para o jardineiro e reservar algumas horas para limpar tudo no fim de semana.

Soltei as chaves em um pequeno vaso sobre a mesinha na entrada e deixei a mala perto da porta, dedicando um instante para desfrutar do silêncio.

O relógio do meu avô tiquetaqueava na sala de jantar e um trator roncava em algum lugar afastado, mas, fora isso, o silêncio reinava.

Talvez – e eu não conseguia acreditar que estava dizendo isso – silêncio em excesso.

Foda-se.

Eu estava em casa, sem os sapatos, pronto para vestir uma calça de pijama e pedir comida e ver uma cerveja à minha frente. Peguei o controle da TV para ligá-la antes de ir para a cozinha. Minha pilha de cardápios de restaurantes delivery deslizou facilmente pela bancada, em uma pasta de plástico. Em minha mão, eles pareciam desgastados e familiares.

Isso era bom, não era? Descanso na viagem, descanso no caminho até em casa.

Eu não me sentia tão relaxado há anos.

Algumas horas mais tarde, enquanto eu colocava a última pilha de roupas sujas na máquina de lavar, a campainha tocou.

Abri a porta e congelei.

Eu não estava esperando isso.

– Becky? – falei, e parei, porque em meu cérebro não brotava nenhuma frase que não fosse: "Que porra você está fazendo na minha varanda?!"

Ela ergueu a mão e acenou desajeitadamente.

– Oi.

– Oi? – falei confuso. – O que você está fazendo aqui?

– Estamos visitando a minha família... – ela começou a explicar.

– Quero dizer, o que você está fazendo *aqui*?

– Eu... hum...

Ela raspou a garganta e só então notei que Becky usava um casaco fino, que eu podia ver seus seios no ar frio à sua frente. Devia estar congelante lá fora. Porra.

– Entre – falei, dando um passo para trás, dando muito espaço para ela passar por mim.

Becky parou assim que entrou, levando alguns segundos para olhar em volta. Provavelmente reconheceu parte da mobília. A mesinha de canto. A luminária na mesa da entrada. Becky não tinha levado nada quando fora embora, exceto algumas malas cheias de roupas e algumas pinturas que sua avó tinha nos dado.

Eu ainda comia nas louças do nosso casamento. Porra! Um presente do meu irmão Niels; minha família não me deixou devolvê-las. Talvez eu devesse mudar isso.

– Vocês foram embora antes de o passeio terminar – ela comentou, virando-se para me encarar.

Assenti, enfiando as mãos nos bolsos da calça de moletom.

Irresistíveis

– É, a gente saiu meio que por impulso.

– Foi porque Cam e eu estávamos lá?

Dando de ombros, respondi:

– Em parte. Mas a verdade é que aquele passeio não era o nosso tipo de diversão, depois percebemos.

O silêncio ecoava entre nós e seus olhos estudavam as paredes e a sala de estar, a cozinha, e foi aí que percebi meu erro.

– Onde está Pippa? – ela quis saber.

Uma risadinha me escapou. Eu estava cansado demais pra continuar com essa historinha.

– Pippa está... – comecei, mas logo me dei conta de que eu não tinha que explicar nada. – Ela não mora aqui.

Confusa, Becky piscou os olhos.

– Nós não somos casados – esclareci de forma bem direta.

– Como é que é? – ela se espantou, olhos arregalados.

– A gente só estava... só estava se divertindo.

Passei a mão pelos cabelos e percebi que Becky estava outra vez estudando o cômodo.

– Por que vocês inventaram toda essa história? – ela quis saber, olhando outra vez para mim. – Os dois pareciam um casal, agiam como...

– Nós *estávamos* juntos – respondi com uma leve pontada de desconforto.

– Mas não são casados?

– Eu só... – Mas me calei, percebendo que não valia a pena discutir esse assunto. – Becky, desculpa, mas há algum motivo para você estar *aqui*?

Ela abriu a boca para dizer alguma coisa, mas logo a fechou outra vez, sacudindo a cabeça e dando uma risadinha.

– Eu queria me despedir – enfim explicou.

– Você veio até aqui porque não tinha conseguido se despedir de mim durante a viagem?

Becky fechou a cara, claramente percebendo a ironia.

– Bem, e... a gente não teve tempo para conversar. Só nós dois. Cam está me encorajando a tentar me comunicar melhor. Você tem uns vinte minutos? Eu só... – Ela se virou e foi mais adiante na sala, esfregando as mãos nos cabelos antes de voltar a olhar para mim. – Tem tanta coisa que eu quero dizer.

Tenho certeza de que o silêncio pesado que se instalou não era o que ela esperava. Quase tive vontade de rir. Se alguém tivesse me perguntado há cinco anos – ou talvez há apenas dois anos – se eu tinha alguma coisa a dizer para a minha ex-esposa, eu poderia escrever uma dissertação inteira.

E, para dizer a verdade, eu certamente tinha muito a dizer naquela noite com Pippa na vinícola, gritando para o céu enquanto éramos ensopados pela água que vinha de todas as direções. Mas agora eu me sentia estranhamente vazio. Não estava bravo nem triste. Eu tinha deixado aquelas partes de mim na vinícola e, a essa altura, só Pippa as conhecia.

– Se quiser conversar... – Fiz uma pausa e logo me corrigi, para deixar bem claro: – Quero dizer, se você achar que conversando vai se sentir melhor...

Ela deu um passo mais para perto.

– Sim, acho que agora eu posso explicar.

Não consegui conter o breve riso que passou por meus lábios.

– Becks, *agora* eu não preciso que você me explique nada.

Seu rosto foi tomado pelo choque e ela balançou a cabeça como se não estivesse entendendo.

– Acho que a gente nunca realmente discutiu o assunto – explicou. – Eu nunca admiti como me senti mal por deixá-lo da forma como deixei.

Afastei-me um pouquinho, percebendo ainda agora como ela só sabia focar em si mesma.

– E você acha que seis anos depois de terminarmos é uma boa hora para acertar as coisas?

Irresistíveis

Ela gaguejou alguns ruídos de protesto.

Dei de ombros, deixando claro que eu não podia fazer nada.

– Quero dizer... Se você quiser tirar esse peso do peito, eu posso ouvir. – Sorri para ela. – Não estou dizendo isso porque fiquei amargurado ou porque quero feri-la, mas é a verdade. Não há nada que você precise explicar para mim, Becks. Eu não vivo mais diariamente com esse assunto.

Ela se sentou no sofá, enfiou uma perna por debaixo da outra e olhou para as mãos. Era estranho observar um perfil que no passado me era tão precioso e que agora só parecia... conhecido.

– As coisas não estão acontecendo como eu esperava – admitiu.

Fui até o sofá e me sentei ao seu lado.

– Não sei o que você quer que eu diga – admiti baixinho. – Como você esperava que as coisas fossem acontecer?

Ela se virou para me olhar.

– Acho que senti que eu devia algo para você e que para você seria um alívio me ouvir dizer isso. Fico contente por você não *precisar* – falou em voz baixa. – Mas eu não tinha me dado conta de que *eu* precisava até vê-lo durante as férias.

Assentindo, eu disse:

– Bem, o que é que você precisa dizer?

– Eu queria dizer que estou arrependida – admitiu, olhando-me nos olhos por alguns segundos antes de voltar a analisar suas próprias mãos. – A forma como eu fui embora foi horrível. E eu queria dizer que a culpa não foi sua.

Dei uma risada irônica.

– Acho que isso foi parte do problema.

– Não – reafirmou, erguendo outra vez o olhar. – Eu quero dizer que você não fez nada errado. Eu não deixei de amá-lo. Só achei que éramos novos demais.

– A gente tinha 28 anos.

– Eu quis dizer que ainda não tínhamos *vivido*.

Eu a observei, sentindo a verdade em sua declaração. Senti minha respiração se apertar quando me lembrei de Pippa dizendo basicamente a mesma coisa na semana passada, mas de forma muito mais direta, com confiança, com sabedoria.

Becky tinha deixado sua casa e se mudado para o dormitório da faculdade e depois para viver comigo. Com sua tendência a ser toda protegida, nunca buscara aventura. E eu imaginei que ela nunca fosse querer procurar aventura.

– Entendo tudo o que você está dizendo, em retrospectiva obviamente – ela disse em voz baixa. – Mas eu vi a vida que havia à minha frente, e era uma vida contente e fácil, mas não muito interessante. – Becky puxou um fio solto em sua manga, mas o fio era um pouco mais longo do que ela esperava, imagino, porque ela o levou até a boca para arrancá-lo. – Aí pensei em você e nessa pessoa com quem eu estava casada, um homem pronto para conquistar o mundo, e eu sabia que, em algum momento, um de nós ficaria completamente louco.

Suas palavras me fizeram rir e ela me olhou outra vez, agora um pouco aliviada.

– Não estou dizendo perder a sanidade – explicou. – Estou falando de traição, ou crise da meia-idade, coisas desse tipo.

– Eu jamais a trairia – rebati imediatamente.

Seus olhos se suavizaram um pouco.

– Como você pode ter certeza? Quanto tempo levou para deixar de me amar?

Não respondi, e meu silêncio deu a Becky o que ela precisava.

– Você pode realmente me dizer que não está melhor agora?

– Você não está me pedindo que agradeça, está? – falei incrédulo.

Ela apressou-se em negar com a cabeça.

– Não. Só estou dizendo que vi que minha base era frágil. Eu me vi enlouquecendo em algum momento. Ou talvez esse tenha sido o momento em que enlouqueci. Mas, por algum motivo, eu sabia que nós não ficaríamos juntos para sempre. Sabia que a gente se amava o suficiente para superar os percalços comuns, estresses temporários como mudanças na carreira ou ter filhos. Mas a gente não se amava o suficiente para superar o tédio e eu temia que você se sentisse completamente entediado comigo.

Eu me perguntava se isso explicava Cam, se ela o achava um homem mais simples do que eu. Também me perguntei como deveria me sentir com relação a tudo: lisonjeado por ela me enxergar de forma tão positiva ou constrangido por ela se valorizar tão pouco.

– Você está feliz com ele? – perguntei.

– Estou. – E, quando ela me olhou, seu sorriso era sincero. – Estamos pensando em ter filhos. Já viajamos muito desde que nos conhecemos. Inglaterra, Islândia, Brasil. – Balançando levemente a cabeça, ela acrescentou: – Ele tem um bom emprego. Não precisa que eu trabalhe. Só quer que eu seja feliz.

Becky nunca gostou de muita pressão.

E *isso* me levou a me questionar se eu passava a imagem de um homem que precisava de uma esposa disposta a competir comigo, se isso teria levado Becky a pensar que ela jamais poderia vencer.

A verdade era que talvez eu de fato precisasse disso. E talvez ela jamais tivesse saído vitoriosa. Mas como eu saberia?

E, a essa altura, que importância tinha isso? Eu era mais velho agora. Queria alguém cuja presença demandasse mais espaço em meus pensamentos e em meu coração. Quando pensei em como eu havia descrito Becky para Pippa, percebi como tudo soava tão genérico.

Ela era gentil.

A gente se divertia.

Eu não estava escondendo nada. Eu só não lembrava muito mais do que o fato de que era agradável estar com Becky. Porque Becky estava certa; a gente ainda não tinha vivido. Nenhum de nós tinha.

– Você se sente melhor? – perguntei.

– Acho que sim – ela respondeu, respirando fundo e expirando com as bochechas avermelhadas. – Mas ainda não consigo entender por que você fingiu estar casado com Pippa.

– Não é tão complicado assim. – Estendi a mão e cocei a sobrancelha. – Quando vi você, eu entrei em pânico. – Dando de ombros, acrescentei: – E aí essa história simplesmente surgiu. E, quase imediatamente depois, percebi que eu estava bem, que não era tão difícil assim ficar perto de você. Mas, a essa altura, era mais fácil mentir. Eu não queria deixá-la constrangida. Nem me constranger.

Ela assentiu e continuou assentindo por alguns segundos, como se estivesse processando as informações.

– Eu preciso ir.

Levantei-me depois dela e a segui até a porta.

Essa conversa inteira foi ao mesmo tempo estranha e totalmente banal. Quando abri a porta para ela, percebi que Cam estivera o tempo todo na calçada.

– Você devia tê-lo convidado para entrar – falei, incrédulo ao ouvir minhas próprias palavras. – Ele ficou 45 minutos sentado aí fora, no frio.

– Cam está bem. – Ela estendeu a mão e me deu um beijo na bochecha. – Fique bem, Jens.

—

Soltei o corpo no sofá sentindo como se tivesse acabado de correr uma maratona.

Era cedo, cedo demais para ir dormir. Mesmo assim, desliguei a TV, apaguei as luzes e finalmente tirei o celular da mochila. Vou programar o despertador, mas não vou ver meus e-mails, disse a mim mesmo. Eu leria meu livro e depois iria para a cama.

E não pensaria em Becky, em Pippa e em nada disso.

Irresistíveis

Uma mensagem de texto fez a tela do meu celular acender. Era de Pippa.

"Vovô é adorável e quer que eu jante com ele amanhã às três horas da tarde. Às TRÊS HORAS, Jensen. Às sete e meia, vou estar morrendo de fome. Por favor, jante comigo no horário em que adultos normais jantam?"

Fiquei olhando para a tela.

A ideia de jantar com Pippa era interessante. Ela me faria rir, talvez até viesse aqui, à minha casa. Mas, depois de Becky e de imaginar o pesadelo que me aguardava amanhã no trabalho, não sabia se eu seria uma boa companhia.

Para colocar de forma bem direta, eu estava cansado. Simplesmente não podia lidar... com nada agora.

E me senti horrível antes de responder:

"Esta semana vai ser uma loucura. Talvez na próxima?"

Joguei o telefone de lado, sentindo uma leve náusea.

Meia hora depois, indo para a cama, olhei o telefone para saber se havia alguma resposta. Não havia.

Quatorze

PIPPA

Meu avô me entregou uma tigela de aveia e meu cérebro atabalhoado precisou de vários segundos para se dar conta de que a cerâmica estava *pelando*.

Grunhindo, rapidamente a coloquei no balcão ao meu lado, agradecendo-o distraidamente.

— Vocês, *millennials,* só sabem ficar olhando para o celular – resmungou.

Pisquei os olhos e observei enquanto ele ia até a mesa da cozinha e se sentava para cutucar o que havia dentro de sua tigela.

— Desculpa – falei, apagando a tela. – Eu devo estar boquiaberta como uma cobra que abriu toda a mandíbula para comer uma criaturazinha.

Soltei o celular e me juntei a ele na mesa. Ficar olhando embasbacada para o telefone não mudaria a mensagem da noite passada.

"Esta semana vai ser uma loucura. Talvez na próxima?"

Claro, seu tarado, mas na próxima semana eu não estarei aqui.

— Eu sou uma *millennial?* – perguntei, sorrindo para ele em uma tentativa de afastar minha irritação e confusão. – Sempre me senti algo no meio disso. Nem X, nem Y, nem *millennial.*

Ele olhou para mim e sorriu.

— Faz doze horas que você voltou e eu já sinto que isso aqui vai virar um silêncio enorme quando se for.

Já está um silêncio enorme, pensei. *Uma semana em uma casa com seis pessoas e ter tanta companhia já tinha se tornado a norma.*

– O que acha de... – comecei a dizer antes de engolir uma colherada de aveia. – De eu deixar o celular aqui e nós dois assistirmos a um filme?

Meu avô assentiu enquanto levava uma caneca de café à boca.

– É um plano e tanto, minha netinha.

A rua deslizava por baixo do carro e o preenchia com um chiado constante.

Eu tinha uma cutícula horrível no meu dedo médio esquerdo.

Minha saia precisava ser lavada.

Meus sapatos estavam se desfazendo.

Achei que tinha entendido aquele "foi um prazer conhecer você" quando ele me deixou em casa, mas eu alimentava a esperança de que fosse apenas nervosismo ou o desconforto por Hanna estar nos observando tão atentamente. Não foi. Aquele não foi um beijo de "a gente se vê depois", e sim um beijo de adeus.

Jensen era um cafajeste.

Já tinha esquecido como é horrível me sentir chutada.

– Já percebi que não a conheço tão bem quanto antigamente – meu avô comentou com todo o cuidado. – Mas você passou o dia todo muito quieta.

Olhando para ele, dei um sorriso sincero. Era impossível negar, e nem mesmo ter saído para assistir a um documentário com cenas lindas sobre a migração de pássaros na África me impediu de pensar em Jensen e na rejeição de ontem à noite.

Não que eu esperasse mais, mas nossa relação havia realmente se transformado em algo mais. Eu sabia que não estava imaginando coisas. Confiava demais em minha interpretação dos fatos para acreditar nisso.

– Desculpa – falei.

– É a décima vez que você pede desculpas hoje – ele constatou, franzindo a testa. – E, se tem uma coisa que sei a seu respeito, é que você não fica se desculpando compulsivamente.

– Descul... – Mas me contive, me entregando a mais um sorriso. – Ops.

Ele olhava estoicamente para a estrada à nossa frente.

– Já me disseram que sou péssimo ouvindo as pessoas – brincou. – Mas estou preso com você dentro de um carro. – Suavizando sua voz, acrescentou: – Sou todo ouvidos, meu amor.

– Não, não aconteceu nada – comecei a dizer, virando-me ligeiramente no banco do carro para encará-lo. – Mas sabe esses celulares que você tanto odeia? Eu também os odeio agora.

Olhando rapidamente para mim, meu avô perguntou:

– O que aconteceu?

– Acho que fui dispensada via celular.

Meu avô abriu a boca para falar, mas eu continuei, esclarecendo:

– Não que Jensen e eu estivéssemos juntos. Mas, de certa forma, acho que... estávamos?

Estremeci.

– Jensen?

– O cara com quem conversei no avião. Ele é irmão de Hanna.

Meu avô deu risada.

– E Hanna é...?

– Desculpa – falei, e imediatamente também dei risada. – Hanna é a esposa do parceiro de negócios do cunhado de Ruby.

Ele me olhou com apatia antes de se concentrar outra vez na estrada.

Acenei com a mão de modo a deixar claro que não era fundamental que ele entendesse toda a rede de relacionamentos.

– É um grupo gigante de amigos, e eu viajei com alguns deles: Ruby e Niall, Will e Hanna. Jensen é o irmão mais velho de Hanna e ele foi com a gente.

— Então eram dois casais e você e o irmão de Hanna? — meu avô perguntou, franzindo a testa. — Acho que posso imaginar o que está acontecendo.

— Para dizer a verdade, não quero dividir informações demais aqui — expliquei. — E, como falar demais é meu superpoder, talvez eu tenha que fisicamente cobrir a boca para não fazer isso, mas vou deixar claro que eu gostei dele. Acho que gostei muito dele. E, nas férias, por duas semanas, tive a sensação de que... ele talvez também gostasse de mim. Mas, agora que entrei em contato e disse que queria vê-lo mais uma vez antes de ir embora, ele... — Franzindo a testa, murmurei: — Bem, ele tem que *trabalhar*.

— Trabalhar... — meu avô repetiu.

— Todas as horas do dia, aparentemente. Ele trabalha demais e não pode nem mesmo sair para jantar tarde da noite comigo.

Meu coração pareceu se dissolver dolorosamente dentro do peito.

— Então... — falou, deixando claro que tinha entendido. — Então ele ficou com você durante essas duas semanas de viagem, mas, depois que voltou à vida normal, não tem tempo.

Droga. Já chega.

— É mais ou menos isso. Estávamos em sintonia, mas, de repente... não estávamos mais.

Meu avô entrou na rua arborizada da casa onde Coco passou a infância.

— Bem, então acho que é hora de tomar um uísque.

Por volta de sete horas, eu já tinha tomado uma quantidade suficiente de uísque na varanda com meu avô. Então, quando meu telefone acendeu com o número de Hanna, não tive certeza de que seria boa ideia atender.

Irresistíveis

Mas aí meu estômago se apertou um pouco com o sentimento de culpa, porque eu não queria ignorar sua ligação. Afinal de contas, Hanna estava fazendo o que eu queria que fizéssemos: ligar uns para os outros, manter contato.

– Hanna! – falei, atendendo enquanto me levantava, indo até o outro lado da varanda.

– Nossa! – ela falou sem sequer me cumprimentar. – É tão bom ouvir a sua voz. Tenho a sensação de que estamos todos enfrentando a abstinência hoje!

Dei risada e senti meu humor melhorar. Talvez nem *todos* nós.

– Certamente – respondi com a voz mais tranquila que consegui.

– O que você vai fazer na noite de quarta-feira? Quer vir jantar com a gente? – Sem esperar a minha resposta, Hanna acrescentou: – Você fica em Boston até a próxima segunda-feira, certo?

– Vou embora no domingo.

Olhei para o meu avô, que estava sentado, tomando seu uísque e olhando serenamente para o grande gramado verde. Ele adorava a neta, mas adorava ainda mais sua tranquilidade. Prossegui com Hanna:

– Hum, deixe-me verificar minha agenda para quarta-feira.

Fingi abrir o aplicativo de calendário no celular, mas é claro que eu sabia que não tinha absolutamente nada marcado para essa semana, nada além de passar tempo na casa enorme de meu avô e passear sozinha por Boston. A ideia de ir a um jantar na casa de Hanna parecia perfeita.

Porém, e a possibilidade de Jensen aparecer, depois de me dizer que estaria ocupadíssimo a semana toda? Um pouco nauseante.

Infelizmente, eu não conseguiria vencer esse desconforto e perguntar se Jensen estaria lá, afinal, a última coisa que eu queria era conversar com Hanna sobre seu irmão ter transado comigo em todas as posições possíveis por duas semanas antes de me dispensar por mensagem de texto no celular. Jensen certamente não falaria com Hanna a meu respeito, a não ser que ela bisbilhotasse, e ela acreditaria que tudo estava indo bem. Eu também tinha certeza de que, embora fosse um cafajeste por ter enviado aquela mensagem – e isso não servia de desculpa para o seu comportamento –, Jensen provavelmente *estava* ocupado. Depois de ter passado duas semanas fora, as chances de ele ter tempo para ir à casa da irmã eram pequenas. Tudo daria certo.

– Estou livre na quarta-feira – respondi. – E adoraria ir.

Depois de concordarmos que eu apareceria em algum momento depois das sete e meia daquela noite, desligamos e eu voltei à minha cadeira de varanda, ao lado do meu avô.

– Como está Hanna? – ele perguntou com uma voz tranquila, doce feito mel.

– Ela brincou que todos estamos sofrendo abstinência.

Senti seu olhar voltar-se para mim.

– E você está?

– Talvez por causa de todo o vinho que bebemos – brinquei, mas meu riso foi interrompido quando olhei amargamente para meu copo de uísque.

Meu avô pareceu não ter percebido a ironia.

– Você gosta mesmo desse tal Jensen, não?

Deixei a questão ecoar entre nós, criar raízes, me mostrar do que era feita. É claro que eu gostava dele. Não teria transado com Jensen se não gostasse dele. Nós éramos uma equipe. E nos divertimos.

Mas, droga, a situação ia além disso. Longe dele, eu sentia uma espécie de vazio, como se alguma bola de luz tivesse sido arrancada de mim, e essa sensação não vinha só porque a viagem tinha sido incrível e chegado ao fim. Era uma espécie de vazio doloroso, que tinha o formato do sorriso cuidadoso dele, das mãos grandes e famintas que desmentiam sua fachada tranquila. Tinha a forma do arco de seu quadril e de seu traseiro… *Ah, puta que pariu!*

– Sim, eu gostei mesmo dele.

– Você veio aqui por causa de um namoro fracassado, e veja só onde foi parar.

Irresistíveis

Eu só podia amar meu avô por ser tão extremamente direto.

– Certíssimo – murmurei dentro do meu copo.

A sensação era pior? Era menos humilhação e mais mágoa. A humilhação vinha acompanhada de um fogo cheio de raiva. A mágoa só tinha... uísques e avôs e as mães me esperando em casa.

E, Deus, como eu sentia falta delas agora!

– Amar não é nenhum crime, sabia? – ele disse.

Essa frase atraiu meu interesse. Meu avô havia trabalhado a vida toda como supervisor em um estaleiro. Ganhava um salário decente, mas era um trabalho duro, o tipo de posição que pedia alguém sem emoções muito turbulentas.

– Eu sei – falei com sinceridade. – Mas, na verdade, eu me sinto terrível por essa coisa com Jensen, por mais que tenha sido curta. Porque, muito embora só tenha durado algumas semanas, ele foi autenticamente bom. Autenticamente bondoso e atencioso. Jensen vai ser muito bom para alguém e fico triste porque esse alguém não vou ser eu.

– A gente nunca sabe como as coisas serão no futuro. Eu passei 57 anos com Peg – meu avô falou baixinho. – Nunca esperei que ela fosse me deixar, mas ela me deixou.

Eu nunca tinha ouvido a história de como ele e a mãe de Coco se conheceram, e a emoção em sua voz me pegou desprevenida.

– Onde vocês dois se conheceram?

– Ela estava na lanchonete do pai dela, trabalhando atrás do balcão. – Ele mexeu a bebida âmbar em seu copo. – Eu pedi um milk-shake e observei a forma como ela erguia o copo de metal, pegava o sorvete, acrescentava o leite. Eu nunca tinha dado atenção a isso antes, mas cada um de seus movimentos me fascinava.

Fiquei totalmente paralisada, com medo de interromper o que ele estava dizendo, afinal, aquilo parecia uma verdade tão profunda, algo que me explicaria o que eu estava ou não estava sentindo. Uma coisa capaz de me afastar do meu próprio tormento.

– Ela me entregou o milk-shake e eu paguei, mas, quando ela veio me devolver o troco, falei: "Quero que use seu cabelo assim no nosso casamento". Eu nunca a tinha visto antes, mas eu sabia. E nunca tinha dito algo assim a uma garota. Nunca mais falei a ela o que usar ou que deixasse o cabelo daquele jeito, por 57 anos. Mas, naquele dia, eu queria que ela tivesse a mesma aparência quando se tornasse a minha esposa.

Ele tomou um gole e apoiou o copo no enorme braço da poltrona.

– Passei um ano sem vê-la, sabia? – continuou.

Neguei com a cabeça.

– Eu nunca soube de nada disso.

– É verdade – ele confirmou, assentindo. – Ela acabou deixando a cidade para fazer faculdade logo depois daquele dia na lanchonete. Mas voltou no verão, com um aluno que a seguia de um lado a outro como um cachorrinho. Não posso dizer que eu o culpava. Ela me viu e eu lancei um olhar significativo para seus cabelos. Ela estava com aquele mesmo penteado que adorava usar naquela época. E aí sorriu. Acho que foi nesse momento que a mágica aconteceu. A gente se casou no verão seguinte. Quando ela morreu, eu não conseguia parar de pensar naquele primeiro dia. Era como se algo coçasse em meu cérebro. Eu não conseguia lembrar como ela tinha prendido os cabelos nos dias antes de morrer, mas lembrava como seus cabelos estavam no primeiro dia em que a vi.

Nunca na vida eu tinha ouvido meu avô contar tanta coisa de uma única vez. Se a tagarelice havia sido distribuída pela família, eu certamente fiquei com a maior parte. Mas aqui, com meu avô, eu me peguei totalmente em silêncio.

Olhando para mim, ele prosseguiu:

– E era porque não importava. No começo, o amor é uma coisa física. Você nunca tem o suficiente. Todo mundo adora falar da paixão como se ela fosse amor, mas todos sabemos que não é. A paixão se transforma em algo diferente. Peg tornou-se parte de mim. A ideia de que você passa a amar uma pessoa parece boa, mas não é. Não consigo ir a um restaurante sem ter vontade de saber se ela gostaria de comer ovos beneditinos. Não consigo pegar uma cerveja sem instintivamente pegar a jarra de chá gelado para levar para ela. – Ele respirou fundo, olhou outra vez para a rua. – Não consigo ir para a cama a noite sem esperar seu corpo do outro lado do colchão.

Estendi a mão e acariciei seu braço.

– A verdade é que... – continuou, agora com a voz mais embargada. – É difícil viver sem ela. Muito difícil. Mas eu não mudaria nada, nadinha mesmo. Quando eu disse aquilo para ela, no primeiro dia na lanchonete, ela abriu um sorriso enorme. E queria a mesma coisa naquele instante, mesmo que tenha deixado de querer por um tempinho, quando sua vida ficou corrida demais, diferente demais. Mas a paixão cresceu e cresceu e se transformou em algo melhor. – Ele olhou outra vez para mim. – Sua mãe, Colleen, tem disso. Sei que nem sempre entendo suas escolhas, mas tenho certeza de que ela ama Leslie da forma como eu amava a sua mãe.

Senti o queimar das lágrimas em meus olhos enquanto imaginava o quanto Coco adoraria ouvir meu avô reconhecer isso.

– E quero que você também tenha algo assim, Pipps. Quero um cara que note tudo em você quando se conhecerem, mas que perceba tudo o que está faltando quando você não estiver por perto.

Will atendeu a porta pouco depois das seis horas na quarta-feira, mas Hanna veio logo atrás, atravessando o corredor acompanhada por uma cachorra enorme, de pelagem amarelada.

– Pippa! – ela cantarolou, me abraçando.

Quase fomos derrubadas pela cachorra, que pulou e apoiou as patas nas costas de Hanna.

— Vocês têm uma *cachorra?* – perguntei, abaixando-me para acariciar a orelha da criatura quando Hanna deu um passo para o lado.

— Esta é Penrose! Ela ficou as duas últimas semanas na casa dos meus pais, por causa da festa de aniversário e da viagem. – Ela fez um sinal para a cachorra abaixar e, quando Penrose obedeceu, Hanna puxou um petisco do bolso de sua blusa. – Ela tem um ano, mas ainda estamos trabalhando no adestramento.

Hanna lançou um sorriso para Will por sobre meu ombro.

— Suponho que esse nome seja uma homenagem ao famoso matemático? – arrisquei, sorrindo.

— Isso! Finalmente alguém que aprecie o nosso lado nerd! – exclamou, guiando-me pelo corredor, em direção à cozinha. – Venha, eu estou morrendo de fome!

Como já tinha vindo aqui duas vezes, eu estava familiarizada com a disposição dos cômodos. Mas, dessa vez, a casa parecia mais… um lar, muito embora não houvesse uma multidão de crianças gritando e a expectativa de longas férias no ar. Em vez disso, havia apenas sinais de Will e Hanna, em casa, ao fim do dia: a capa do laptop dela dependurada no corrimão e a mesa do escritório de Will – no final do corredor – lotada de papéis, publicações médicas e Post-its. Dois pares de tênis descansavam lado a lado próximo à porta principal. Uma pilha de correspondências esperava, ainda fechada, para ser analisada em uma pequena mesa no corredor de entrada. Na cozinha, o aroma delicioso de alguma coisa sendo marinada e o queijo derretendo no forno. Depois de um abraço apertado, Will voltou à ilha da cozinha e a dedicar sua atenção à salada que estava preparando.

E, notei, não havia nenhum outro convidado aqui. Estávamos apenas nós quatro na cozinha: Will, Hanna, eu e a adorável e estabanada Penrose.

Devo perguntar?

— Como está o seu avô? – Will perguntou primeiro, colocando um punhado de pepino em uma tigela escura de madeira.

– Ele está bem – respondi. – E eu estou muito feliz pela viagem que fizemos. Adoro visitar meu avô, mas já sinto que estou incomodando. Acho que ele só gosta de receber visitas por alguns dias. É um homem apegado à rotina.

– Conhecemos alguém assim – Hanna comentou rindo, deslizando seu olhar na minha direção.

Bem, agora eu tenho que perguntar.

Depois de respirar fundo, arrisquei:

– Jensen vai jantar com a gente esta noite?

Hanna fez que não com a cabeça.

– Ele disse que precisa trabalhar.

Mas, de onde estava, Will ficou paralisado e lentamente olhou para mim.

Merda.

– Vocês dois não conversaram mais? – perguntou com uma voz cuidadosa.

– A gente… não.

Will arqueou as sobrancelhas.

– Depois… do chalé… eu imaginei que… pelo menos… – Mas deixou sua fala no ar e olhou para Hanna, que pareceu se dar conta de que sim, era estranho eu não saber se Jensen estaria aqui hoje.

Porém, eu não queria que isso se transformasse em drama. Sabia como Hanna podia ser com Jensen – adorável, mas uma mala – e Will também parecia querer cada vez mais que nós dois formássemos um casal.

– Perguntei para ele no domingo, depois que voltamos para casa, se ele queria sair para jantar hoje à noite. Infelizmente, ele disse que está cheio de trabalho. – Fiz uma pausa e não consegui conter um sorriso irônico. – Ele sugeriu, por mensagem de texto, que tentássemos na próxima semana.

– Mas na semana que vem você vai ter ido embora – Hanna falou lentamente, como se houvesse algum detalhe que impedisse seu irmão de ser um cafajeste.

Assenti.

– Jensen vai a Londres na semana que vem? – ela quis saber, subindo a voz em uma oitava.

– Não que eu saiba.

Deus, que situação desconfortável! Se eu fosse sincera, havia mais do que apenas mágoa. Eu sentia também um pouco de humilhação. Adorava o fato de Hanna gostar de mim o suficiente para ignorar todos os motivos pelos quais Jensen e eu não poderíamos ficar juntos no longo prazo, entre os quais estava o fato de vivermos em continentes diferentes, mas havia uma pontada de dor por Jensen tão claramente não se importar comigo enquanto eu ainda estava na cidade, e agora todos nós sabíamos disso. E mais: eu gostava muito de Hanna e Will. Não queria que o que estava acontecendo – ou melhor, o que *não* estava acontecendo – arruinasse isso.

Ela pegou três copos e, por sobre o ombro, perguntou se eu queria vinho ou cerveja.

– Água? – propus, rindo. – Acho que já consumi álcool em quantidade suficiente para toda uma década.

Indo até a geladeira, ela rugiu:

– Estou tão brava com ele! Fiquei me perguntando quando a gente deixou você na casa do seu avô, mas esperava que…

– Sinceramente – falei –, não fique brava por mim.

Will balançou levemente a cabeça.

– Amor, não é da nossa conta.

– E isso alguma vez impediu Jensen de fazer alguma coisa? – ela perguntou, sua voz se tornando mais alta. – Aliás, fico feliz por ele ter se intrometido no passado, ou então eu não teria ligado para você!

– Eu sei! – ele afirmou com uma voz apaziguadora. – E concordo. E sei que está preocupada com o fato de ele estar sozinho. – Olhando para mim como quem queria se desculpar, Will falou: – Foi mal, Pippa.

– Eu não me importo – falei, dando de ombros.

E, francamente, eu não me importava. Na verdade, ouvir a frustração de Hanna me fazia sentir melhor, e não pior.

— Mas é que... — Hanna começou. — Eu quero...

— Sei que quer. — Will foi até ela e a abraçou por sobre os ombros, puxando-a para perto. — Mas venha — disse, beijando o topo da cabeça da esposa. — Vamos comer.

Will colocou uma fatia enorme de lasanha e um pouco de salada em um prato antes de entregá-lo para mim.

— Acho que esse prato pesa mais do que eu — brinquei enquanto o ajeitava sobre o jogo americano com estampas outonais à minha frente. — Se me disser que não posso deixar a mesa antes de terminar, vou acabar perdendo meu voo no domingo.

— A lasanha do Will é famosa — Hanna comentou, e aí enfiou uma garfada na boca. Depois de engolir, continuou: — Bem, é famosa aqui em casa. Comigo.

Dei uma mordida e entendi o motivo. Era a combinação perfeita de queijo, carne, molho e massa. Inacreditável.

— Não é justo você ser bonito e saber cozinhar — falei a Will.

Ele abriu um sorriso enorme.

— Também sou fantástico separando o lixo para reciclagem e varrendo o deque.

— Valorize o seu passe, querido — disse Hanna, dando risada. — Você também sabe limpar um banheiro sujo.

— Hum... — Também caí na risada. — Isso para não mencionar o fato de também ser uma mente brilhante dos investimentos e PhD, doutor Sumner.

Will e Hanna trocaram um olhar.

— É verdade — Hanna concordou, arqueando as sobrancelhas para ele.

– Está bem – eu disse. – Passei as duas últimas semanas com vocês. Mas está rolando alguma coisa que eu não saiba?

– Ontem à noite, decidimos que eu provavelmente vou deixar a firma em... – Ele olhou para Hanna em busca de ajuda e então completou baixinho: – No ano que vem ou algo assim.

– Mudança de carreira? Ou vai simplesmente parar de trabalhar? – perguntei em choque.

Eu sabia que Will trabalhava com Max, imaginei que fosse a situação profissional perfeita para todo mundo.

Hanna assentiu.

– Will não precisa ganhar mais dinheiro e... – Sorrindo para ele, completou: – Quando eu passar pelo período probatório, queremos ter filhos. Will quer ser um pai que fica em casa com os filhos.

Balancei a cabeça, sorrindo para os dois.

– Não é estranho? Estar nessa posição quando as coisas começam a acontecer e todos os seus amigos estão casados e tendo filhos? Parece que acontece de repente. Todo mundo que eu conheço vai se casar no próximo verão. Em seguida, virão os bebês.

– De fato acontece de uma hora para a outra – Will comentou, rindo. – Lembro quando Max e Sara tiveram Annabel e todos nós ficamos: "Nossa, como funciona? Por que ela está chorando? Por que esse fedor?" Agora, Max e Sara já vão ter o quarto filho e todos sabemos trocar fraldas até com as mãos amarradas.

Hanna assentiu e acrescentou:

– E Chloe e Bennett estão se unindo a eles. Para mim, é o maior sinal de que estamos todos seguindo por esse caminho. Quando Chloe nos disse que estava grávida, eu pensei... está bem, é aqui que tudo muda. Da melhor maneira que se possa imaginar.

– É incrível – comentei, cutucando a comida no prato.

Senti uma leve melancolia – não por querer um filho ou um marido. Eu só queria uma pessoa específica aqui com a gente e a cadeira ao meu lado deixava clara a sua ausência.

– Para mim, isso tudo parece tão distante – comentei. – Não que seja ruim.

– Acho que às vezes Jensen sente a mesma coisa – Hanna respondeu como se estivesse lendo minha mente enquanto usava o garfo para mexer a salada. – Mas, nesse caso, acredito que... – Ela então parou de falar e suspirou. – Desculpa, estou me intrometendo outra vez.

Will deu risada.

– Está, sim.

– Mas talvez agora a situação melhore – arrisquei. – Depois de tudo aquilo com Becky? Jensen não falou nada sobre o que aconteceu, mas tenho a sensação de que foi muito catártico para ele perceber que não precisa de nada que venha dela.

– Concordo – falou Hanna. – Pareceu ser muito bom para ele. Eu estava pronta para me transformar no Hulk e acabar com ela, mas ele soube lidar melhor do que eu com a situação. E tenho certeza de que grande parte disso foi você.

– Eu concordo com ela – Will ecoou.

– É estranho eu ver Pippa e imediatamente pensar em Jensen? – Hanna olhou para o marido e, quando ele negou com a cabeça, ela voltou sua atenção para mim. – Vocês dois eram tão fofos juntos. Francamente, acho que nunca o vi tão feliz.

Limpei a boca com o guardanapo antes de falar:

– Não acho que seja estranho, mas acredito que "Jensen e Pippa" foi só um caso de férias. As férias eram, em grande parte, o motivo da felicidade dele.

Ela me olhou incrédula e pude perceber que não concordava com minhas palavras.

– Então você não se importa se terminar?

Pensar nisso fez um golpe de dor se espalhar por mim.

– Eu me importo, sim. Não quero que termine. – As palavras eram tão brutas a ponto de deixar meu peito um pouco dolorido. – Mas o que podemos fazer? Eu vivo em Londres.

Will resmungou com compaixão:

– Eu sinto muito, Pippa.

– Eu gosto dele – admiti, de repente desejando ter aceitado o vinho que Hanna havia oferecido. – Eu... queria que a gente continuasse. Mas, além da distância, não gostaria que ele precisasse ser *convencido* de nada. Não me sentiria bem se ele só me ligasse porque alguém mandou.

Hanna estremeceu um pouquinho com minhas palavras, mas compreendeu.

– Você já teve vontade de se mudar para cá?

Refleti sobre a ideia, guardando meus pensamentos por alguns instantes, muito embora minha reação imediata fosse um entusiasmado "sim". Eu adorava a região de Boston, adorava a ideia de passar uma temporada em outra cidade, mesmo que isso significasse sentir saudade das minhas mães e de Ruby e dos meus outros amigos em Londres. Mas eu queria um desafio. E já tinha amigos aqui – pessoas que, no passado, eu queria conhecer, cuja estima me parecia ser um objetivo e que agora estavam ansiosas para passar tempo comigo.

Assentindo lentamente, falei:

– Eu me mudaria para cá por um bom emprego, ou mesmo um emprego que me permitisse levar uma vida confortável. – Olhei nos olhos de Hanna e percebi um leve brilho ali. – Mas não me mudaria por Jensen. Não assim.

Ela sorriu com culpa.

– Bem, eu tenho alguns contatos que esperam receber notícias suas quando você voltar a Londres. Alguns são da Harvard, mas também tem pessoas de algumas empresas na região de Boston.

Ela se levantou, foi até um aparador próximo à janela e pegou uma folha de papel dobrada.

– Aqui – disse ao me entregar o papel. – Se alguma dessas oportunidades interessar, os contatos estão aí.

Na garagem, depois de nos despedirmos, fiquei sentada no carro do meu avô durante alguns minutos. Havíamos feito planos de nos vermos outra vez no sábado, mas Hanna tinha quase certeza de que teria de ir ao laboratório para ajudar um dos seus alunos da pós-graduação, então a sensação era a de que eu tinha me despedido deles e que não nos veríamos tão cedo. Ruby e Niall tinham voltado a Londres havia alguns dias e eu os veria em breve, mas eu sentia mais do que aquela tristeza momentânea que surge no fim das férias. Sentia uma ligação com esse lugar e as pessoas daqui, e a ideia de voltar à chuvosa Londres, a um trabalho de merda, a ver um chefe ainda mais de merda, tudo isso me deixava... mal-humorada.

Fui pegar a chave em minha bolsa e me deparei com o papel que Hanna tinha me dado no jantar. Puxei-o e percebi que, na verdade, eram duas folhas, digitadas com espaço simples entre as linhas e *cheias* de nomes. Professores buscando alguém para cuidar de seus laboratórios, institutos com financiamento privado dentro do campus, empresas de engenharia procurando alguém para uma posição bem parecida com o meu emprego atual... Cada emprego descrito parecia ser uma possibilidade, e Hanna havia dedicado tanto tempo a isso. Se eu quisesse me mudar para Boston ou Nova York, havia pelo menos doze oportunidades para eu me arriscar.

Mas logo também vi a outra informação que ela havia me passado.

Estava digitada como o restante da página, então Hanna claramente queria incluí-la ali. Era como se ela soubesse que eu não tinha o endereço dele.

Olhei para a página. Só de ver aquele nome impresso em tinta preta, já me senti irrequieta. Eu queria ir até ele, sentir seus braços longos em volta do meu corpo. Queria um adeus que fosse mais parecido com um "te vejo em breve", e não aquele "a gente se vê por aí" que tive no domingo e que – até agora – não havia sido superado.

Senti uma onda de "é agora ou nunca" se espalhar por meu sangue. Virei a chave na ignição e deixei a garagem. Porém, em vez de virar para a esquerda, virei para a direita.

Jensen morava em uma casa maravilhosa, em uma rua ampla e arborizada. O imóvel tinha dois andares estreitos, era de tijolinhos impecáveis à vista e ostentava uma porta perfeitamente pintada de verde. Em uma das laterais, a hera se espalhava como se tivesse sido recentemente podada, como se seus dedos delicados segurassem a ampla janela de moldura branca.

Uma luz estava acesa no cômodo da frente. Outra, em algum ponto mais ao fundo da casa. Na cozinha, talvez. Ou na despensa. De qualquer forma, eu conhecia Jensen bem o suficiente para saber que ele não deixaria as duas luzes acesas se não estivesse em casa. Uma lâmpada ligada na casa vazia: bom para a segurança. Duas lâmpadas acesas em uma casa vazia: desperdício.

Um vento frio espalhou algumas folhas pela rua e várias delas passaram sobre meus pés, atraindo a minha atenção para o chão. Estava escuro. Já era tarde, então ninguém andava pela rua, não havia carros estacionados nas sarjetas.

Que diabos eu estava fazendo aqui? Buscando ser rejeitada mais uma vez? Não era exatamente verdade que eu não tinha nada a perder: ainda restava o meu orgulho. Vir aqui depois de ser dispensada por uma mensagem de texto certamente tinha um ar de desespero. A situação tinha mesmo chegado a esse ponto? Mark e seu traseiro branco não tinham me ensinado nada? Gemendo internamente, olhei outra vez pela janela. Será que eu tinha deixado Londres para superar um homem e realmente aberto meu coração para outro homem pisoteá-lo?

Pippa Bay Cox, você é muito idiota.

Irresistíveis

Deus, que pesadelo. Estava frio na rua e quente no carro. Talvez ainda mais quente em uma cafeteria no fim da rua, onde eu poderia comer meus sentimentos com um pouco de açúcar polvilhado. Um carro estacionou no meio-fio atrás de mim e percebi em que situação estranha eu me encontrava: parada na frente de uma casa, olhando pela janela. Ajeitei o corpo enquanto a pessoa ligava o alarme do carro e me virei, topando com um corpo rígido.

– Eu sinto mui... – comecei, mas logo minha bolsa caiu.

Atordoada, abaixei-me para pegá-la.

– Pippa?

Olhei para os sapatos marrons perfeitamente polidos no chão à minha frente, pensei na voz suave e gentil que havia pronunciado o meu nome.

– Olá.

E ainda não tinha me dado ao trabalho de me levantar.

– Oi.

Para qualquer um que observasse, tenho certeza de que eu parecia estar fazendo genuflexões aos pés de um homem de negócios, mas, se houvesse algum código secreto que eu pudesse usar para fazer a calçada se abrir e me engolir, eu teria usado, sem dúvida. Isso era... horrível. Muito lentamente, coloquei minhas coisas de volta na bolsa.

Ele se agachou.

– O que você está fazendo aqui?

Santo Deus.

– Hanna... – falei, enfiando a mão pela janela do carro para pegar a chave. – Ela me deu seu endereço. Eu pensei que... – Balancei a cabeça negativamente. – Por favor, não fique bravo com ela. Saber que não haveria uma amante de lingerie com você lá dentro me deu a coragem necessária para passar aqui. Acho que eu queria vê-lo. – Quando ele não respondeu imediatamente e eu tive vontade de explodir em chamas, acrescentei: – Desculpa. Você me disse que estaria ocupado...

Uma mão enorme veio em minha direção, agarrou meu cotovelo e me puxou para perto. Quando vi o rosto de Jensen, percebi um leve sorriso ali.

– Não precisa se desculpar – falou baixinho. – Eu só fiquei surpreso ao vê-la. Uma surpresa agradável.

Olhei para seu terno e depois para o seu carro.

– Está chegando agora em casa?

Ele assentiu e eu olhei para o meu relógio. Já eram mais de onze da noite.

– Você não estava brincando quando falou do trabalho... – murmurei antes de olhar para a casa. – As luzes estão acesas.

Ele assentiu.

– Elas têm *timer*.

É claro que as luzes da casa dele têm timer.

Dei risada.

– Entendi.

E, sem dizer mais nada, ele se inclinou, me abraçou e me puxou para perto, de modo que pudesse encostar seus lábios aos meus.

O alívio, o calor. Não havia qualquer tom de dúvida naquele beijo, apenas o roçar familiar dos seus lábios nos meus, as bocas se abrindo juntas, os golpes fortes da sua língua. Seus beijos se tornaram mais leves, mais breves, até haver apenas selinhos rápidos em meus lábios, em minha bochecha, em meu maxilar.

– Senti saudades – ele admitiu, beijando meu pescoço.

A exaustão ficava evidente na curva de seus lábios, no peso que parecia haver em suas pálpebras.

– Também senti saudades – falei, abraçando seu pescoço enquanto ele ajeitava o corpo. – Eu só queria falar um oi, mas você parece prestes a cair de cansaço aqui na calçada mesmo.

Jensen se afastou um pouquinho, olhou para mim e depois para a porta da casa.

— Eu *estou* prestes a cair, mas você não precisa ir embora. Entre. Passe a noite aqui.

Passamos em silêncio pelo andar inferior. Jensen segurava minha mão, me puxando com determinação até o banheiro da suíte máster – onde pegou uma escova de dente nova para mim. Depois de escovarmos os dentes, sorrindo em silêncio, fomos para o quarto.

Seu quarto era repleto de cores neutras: tons de creme e azul combinando com a cor da madeira. Minha saia vermelha e minha blusa azul-safira pareciam joias em um rio quando caíram no chão.

Jensen pareceu não perceber. Suas roupas caíram ao lado das minhas e ele me puxou para baixo das cobertas, sua boca movimentando-se calorosa e úmida contra meu pescoço, meus ombros; seus lábios sugando meus seios.

Nunca tínhamos feito amor assim: sem a *consciência* que parecia pesar sobre tudo durante a viagem às vinícolas. Aqui, éramos só nós na cama, em seu quarto escuro, nossas mãos tocando a pele agora tão familiar, nós dois rindo em meio aos beijos. Uma dor pesada se instalou na região mais baixa da minha barriga, radiando entre as pernas, e o corpo dele ficou rijo e faminto sobre o meu até ele estar lá, enfiando, movimentando a curva perfeita de seu quadril, apoiando-se nos braços, a pressão de sua boca em meu pescoço.

Era o paraíso e era o inferno. O alívio era uma droga: estar aqui com ele era sempre o que era: perfeito; sob o efeito de sua boca e suas mãos possessivas, era impossível não sentir que eu era a única pessoa que importava em todo o mundo. Mas essa consciência se transformava em uma tortura: aceitar pela primeira vez que tudo era assustadoramente temporário. Saber que, se eu não tivesse vindo aqui, ele não teria feito o esforço.

– Isso é bom – ele arfou contra o meu pescoço. – Deus, é sempre tão bom!

Eu envolvi seu corpo com o meu, braços e pernas e coração, sentindo mais uma vez o que eu tinha recebido em Vermont. O que reverberava entre nós não era uma admiração respeitosa, mas algo com fogo e profundidade, uma coisa que seria difícil deixar para trás. Enquanto ele se movimentava sobre mim, socando exatamente onde eu precisava, senti que a questão de se eu me apaixonaria por Jensen era irrelevante.

Eu tinha me apaixonado.

Perceber isso me fez arfar, emitir um leve gemido que ele percebeu e que o fez diminuir o ritmo – não parar completamente, mas ajustar-se de modo a conseguir ver meu rosto.

– Tudo bem com você? – Jensen perguntou, me beijando. Acima, seus ombros se ergueram, mais altos, mais para trás. Olhei para a curva musculosa de seu pescoço, para a definição do seu peito.

– Você vai me ligar quando for a Londres? – perguntei com a vozinha mais patética do mundo.

Aparentemente eu teria que me satisfazer com isso.

Ele deslizou uma mão até a minha perna, puxando-a para cima, na direção de seu quadril. Com esse movimento, entrou mais fundo e nós dois estremecemos com o alívio, com o arder enlouquecedor. Jensen tentou sorrir para mim, mas acabou fazendo uma careta por causa da tensão que se espalhava por todo o seu corpo.

– Eu só volto a Londres em março. Vou ligar se você não arrumar um namorado até lá.

Era para ser uma brincadeira, acho.

Ou um lembrete.

Fechei os olhos, puxando-o para baixo, e ele veio com vontade, girando aquele botão dentro de mim que parecia fazer só o prazer importar.

Irresistíveis

Foi bom que esse pensamento – *um namorado* – se desfez antes de permitir que o pensamento gêmeo – uma namorada -- surgisse. Assim pudemos continuar nos movimentando daquele jeito até gozar, estremecer, arfar juntos. E percebi que não teríamos que colocar nossos corações na linha de fogo e tentar fazer esse relacionamento se transformar em algo mais sério.

Quinze

JENSEN

O mais estranho de sair de férias é que tudo parece um pouco fora de lugar quando você volta para casa.

Disse a mim mesmo que isso era apenas o resultado de ter tirado férias maravilhosas depois de anos sem me atrever a fazer isso. Disse a mim mesmo que isso era resultado de ter ficado um pouco mais solto, desligado, da novidade que era estar cercado o tempo todo por amigos próximos, em vez de viver no isolamento. Talvez também tenha sido efeito de voltar a ver Becky e de nosso passado ter vindo parar no meio do presente, de eu inicialmente não saber o que fazer até perceber que eu simplesmente não precisava fazer nada.

Porém, quando cheguei em casa, a sensação de desconforto pareceu muito maior do que tudo isso. Sim, eu estava tão ocupado que não conseguia dar conta da rotina, andava pulando as sessões de malhação e trabalhando durante o almoço para me colocar em dia com tudo. Sim, eu estava tão acabado no fim do dia que chegava em casa, jantava, tomava banho, ia para a cama. Acordava no outro dia e fazia tudo outra vez. E ninguém precisava ser um gênio para saber que era mais do que apenas o peso da carga de trabalho que andava me esmagando e me fazendo sentir deslocado.

Pippa e eu tínhamos deixado claro o que queríamos: um pouco de diversão, um caso, uma fuga da vida real. Por que, então, eu havia me permitido sentir mais do que isso?

Não conseguia parar de pensar nela, de sonhar acordado com o tempo que passamos juntos no chalé, de desejar que pudéssemos ter seguido sua sugestão de ficar lá e fingir, por metade do ano, que a vida em Londres e Boston simplesmente não existia. Seis meses sem telefone ou e-mail, mas com as pessoas de quem mais gosto bem ali, ao meu lado? Parecia o paraíso.

Ter Pippa por mais uma noite foi mais uma tortura do que qualquer outra coisa. Eu havia sido atingido por uma onda ao sair do carro e vê-la olhando para a minha casa. Precisei de talvez cinco segundos para perceber que não estava imaginando aquela cena. Eu estava exausto, considerando renunciar ao meu banho para conseguir dormir dez minutinhos a mais, mas, de repente, dormir era a última coisa que eu tinha em mente.

Na manhã seguinte, ela se vestiu, silenciosamente me deu um beijo de bom-dia e foi embora.

Um caso, forcei-me a lembrar. Éramos só um caso.

—

Dias depois, eu olhava para a tabela no meu monitor, os números se embaçando. Eram quase sete da noite e, depois de horas analisando a mesma lista de ativos, eu estava pronto para atear fogo no computador, nos arquivos e talvez até no meu escritório.

- Eu sabia que você estaria aqui, então trouxe presentes - Greg falou, olhando cansado para minha mesa e a pilha de arquivos ali ajeitados.

Ele colocou sobre a mesa um sanduíche embrulhado em papel e puxou uma cerveja do bolso da calça.

- Não, obrigado - falei com um sorriso fraco, olhando para ele antes de me concentrar outra vez na tela. - Eu comi um bagel ou algo assim mais cedo.

Irresistíveis

- "Um bagel ou algo assim" - repetiu. E, em vez de sair, apoiou o corpo na cadeira à minha frente. - Sabe, em geral, quando as pessoas saem de férias, elas voltam um pouco menos... ferozes.

Pressionei os dedos contra os olhos, bloqueando a luz. A falta de sono e o excesso de café tinham me deixado irritado e com uma dor constante nas têmporas.

- Eu não trabalhei como devia durante a minha ausência e agora tudo está uma zona.

- A equipe júnior não fez o que você mandou? Ou...? - ele quis saber.

- Não, eles fizeram, mas... Sei lá. Não fizeram como eu teria feito. Isso sem mencionar que deixei o escritório em Londres com os depoimentos concluídos e muito tempo antes da audiência, e aí eles acabaram esquecendo o prazo.

- Puta merda!

- Exatamente.

- Mas você sabe que nada disso é responsabilidade sua - falou.

- Bem... - rebati. - *Tecnicamente*, é minha...

- Seu trabalho era analisar os depoimentos - ele argumentou, interrompendo-me. - Não era cuidar da burocracia. E é claro que você não trabalhou como gostaria durante as férias. É por isso que são chamadas de *férias*. - Ele pronunciou cada sílaba, pegou um dicionário na prateleira e começou a fuçar nas páginas. - Só um segundo e vou achar a definição para você. Na verdade, não acredito que você tem um dicionário aqui...

Estendendo a mão pela mesa, tomei o dicionário dele.

- Entendo que, estritamente falando, não era minha *obrigação* - respondi, virando-me outra vez para o computador. - Mas agora tenho que cuidar dessa bagunça e das coisas que surgiram enquanto eu estava fora e... - Respirei fundo e tentei soltar os ombros antes de dizer calmamente: - Vai dar tudo certo. Vou precisar me colocar em dia, mas vai dar tudo certo.

Pronto para sair, ele se levantou.

– Vá para casa, vá jantar, assista a um pouco de TV, faça alguma coisa. E comece outra vez amanhã, sim, mas saia em um horário decente. Você vai acabar esgotado se continuar assim, e é bom demais no que faz para permitir que isso aconteça.

– Farei isso – murmurei, vendo-o passar pela porta.

Greg deu risada.

– Mentiroso. Mas tenha uma boa noite, Jens. – E, quando estava mais adiante no corredor, virou-se e gritou outra vez: – Vá para casa!

Sorri e pisquei os olhos para a tabela à minha frente.

Ele tinha razão. Longas horas de trabalho e nenhuma vida social haviam se tornado a norma. Eu era um sócio minoritário com pouco mais de 30 anos. Sem esposa ou filhos para encontrar ao voltar para casa, nunca tive dificuldades para ficar trabalhando até tarde. Lembrei-me de como era difícil nos primeiros dias – eu havia lutado muito para conseguir algumas horas de trabalho por ano e esperava ser bom o suficiente para os grandes sócios notarem a minha existência.

Agora eu estava afundando no trabalho, com mais casos do que eu dava conta de cuidar, e incapaz de sair por muito tempo sem que o mundo dentro do meu escritório implodisse. Sim, era um problema que eu mesmo havia criado, mas não sabia quanto tempo mais suportaria. Eu adorava meu trabalho, adorava o equilíbrio ordeiro e não negociável do Direito. Isso sempre foi mais do que suficiente – até deixar de ser.

A xícara de café que havia passado a última hora na minha mesa tinha esfriado, e eu a empurrei para o lado. Abri a gaveta e contei as moedas para ir à máquina de café no corredor.

Meu celular estava próximo a uma pilha de moedas de 25 centavos e, por um capricho – ciente de que eu provavelmente passaria mais algumas horas aqui –, eu o peguei. Havia aproximadamente

Irresistíveis

quinze telefonemas não atendidos – muitos dos quais eram de Ziggy – e uma série de mensagens de texto. A mais recente era de Liv.

"Ziggs quer que você vá à casa dela para jantar."

"Estou no trabalho", respondi. "Por que ela mesma não me mandou uma mensagem?"

"Você, no trabalho? QUE SURPRESA!", Liv respondeu imediatamente. "Ela disse que você não estava atendendo ao telefone."

Culpa e irritação se misturaram dentro de mim. Ziggs era a última pessoa que deveria reclamar com Liv por eu trabalhar demais.

Deslizei o olhar pela minha mesa e depois para o relógio. O prédio estava silencioso, exceto pelo barulho de um aspirador de pó no final do corredor, e a exaustão me atingiu como uma onda pesada e quente. Jantar na casa de Will e Ziggy parecia uma excelente ideia. Eu estava cansado dessa cadeira e dos infinitos e-mails, cafés frios e comidas compradas prontas. Ziggy trabalhava quase até tão tarde quanto eu; eles provavelmente estariam começando a jantar agora. Enviei uma mensagem dizendo que estava a caminho e desliguei o computador e o celular.

A agradável leviandade que eu havia sentido ainda há poucos dias tinha evaporado completamente e eu me encontrava outra vez exatamente no meu ponto de partida: cansado, marginalmente sozinho e faminto pelo calor de companhia de verdade.

—

Estacionei junto ao meio-fio e segui a caminho da casa, notando a forma como era iluminada em uma rua escura. Pequenas lâmpadas pontilhavam os canteiros e clareavam as árvores; a luz de outras lâmpadas era filtrada pelas cortinas no segundo piso. De onde eu estava, era possível ver a sala de estar e o fim do corredor, onde minha irmã e Will estavam abraçados. Uma canção do Guns N' Roses atravessava a janela aberta e chegava à rua. Os dois dançavam "Sweet Child o' Mine" na cozinha.

Românticos do inferno.

Na varanda, as abóboras haviam desaparecido, e, em seu lugar, havia um vaso de ferro repleto de flores. Na porta, uma guirlanda com temas outonais.

– Oi! – gritei ao entrar.

Penrose veio me receber, abanando o rabo.

Abaixei-me para acariciar sua orelha.

– Eles enfim a deixaram vir para casa?

– E aí, cara? – Ziggy gritou da cozinha.

Penrose andou em círculos antes de rolar aos meus pés para que eu acariciasse sua barriga. Tirei os sapatos, ajeitei-os próximo à porta e segui a cachorra, que já atravessava o corredor.

– Você veio! – minha irmã constatou, afastando-se de onde estava dançando com o marido.

Abracei-a e beijei sua testa.

– É claro que vim. Eu amo o Will.

Ela deu um soco em meu braço e foi até uma pilha de legumes no balcão.

– Posso ajudar com alguma coisa? – perguntei.

Ziggs negou com a cabeça.

– Só estamos dançando, terminando a salada, coisinhas assim. Você prefere algum molho específico?

– O que vocês escolherem está bom para mim.

Observei-os trabalhando em conjunto por um instante antes de contar que Becky tinha aparecido em minha casa.

Minha irmã olhou boquiaberta para mim.

– Ela fez o *quê?*

Will, que procurava um pouco de alface na geladeira, passou a cabeça pela lateral da porta para também me encarar.

Irresistíveis

– Você só pode estar de zoeira.

– Não estou.

– Quanto tempo ela ficou lá? – Ziggs perguntou incrédula.

– Acho que uns 45 minutos. – Cocei o queixo. – Bem, eu basicamente disse que ela podia falar se isso a fizesse se sentir melhor, mas que não mudaria minha posição. Ela disse que percebeu que se sentia jovem demais e que ainda não tinha vivido aventuras.

Will assobiou.

– Ela é meio idiota, não é?

– Sim, isso. Ela é... isso – Ziggy gaguejou.

Senti meu peito se apertar com o amor que eu sentia por minha irmãzinha tão adorada e tão bobinha e sua eterna necessidade de me proteger.

– Ela está bem – prossegui, pegando uma fatia de cenoura para beliscar. – Não acho que seja má pessoa, só não é exatamente boa em se comunicar.

– Para deixar registrado – Will começou. – Acho que você enfrentou a situação da forma perfeita.

– Ele, sim, mas, eca... Estou tão de saco cheio dela. – Ziggy respirou fundo e olhou para a faca em sua mão. – Vamos mudar de assunto antes que eu precise achar alguma coisa para perfurar.

Will olhou para Ziggy com um sorriso doce nos lábios e gentilmente tirou a faca da mão dela.

– Boa ideia. Jens, está a fim de sair para correr no fim de semana?

Eu peguei outro pedaço de cenoura.

– Pode ser. Contanto que eu volte cedo o suficiente para ir trabalhar.

Minha irmã me olhou outra vez em choque antes de levar a mão à boca e pegar outra vez a faca, agora com os ombros tensos.

Analisei-a por alguns segundos.

– Algum problema, Ziggs?

– Não sei – ela respondeu, fatiando um pepino com muita vontade. – Quero dizer, não é da minha conta, mas é interessante você poder sair para correr com Will no fim de semana e estar livre esta noite, já que na semana passada disse a Pippa que estaria trabalhando sem parar.

– Eu falei o que a Pippa? – perguntei, pulso agitado, membros instáveis.

– Bem, não foram essas exatas palavras – ela falou, de certa forma mais tranquila. – E, é claro, estou muito feliz por você estar aqui. Mas você estava ocupado demais para jantar com ela e, mesmo assim... – Deslizou um olhar dramático pela cozinha. – Aqui estamos nós. Nós três.

– Tem vinho? – perguntei a Will, que pegou uma taça e uma garrafa aberta e as colocou à minha frente no balcão.

Servi-me com uma boa quantidade, tomei um demorado gole e apoiei outra vez a taça no balcão.

– Não sei de onde veio a informação – falei. – Nem de como você sabe o que eu disse a Pippa. Mas isso... *estar* aqui? Para mim, não é esforço nenhum vir aqui e me divertir com vocês. Se eu não estiver a fim de conversar, posso olhar para o meu prato e comer, agradecer pelo jantar e ir para casa. Com Pippa, a situação é diferente, mesmo se estiver tudo bem. E eu tinha mesmo que trabalhar, devo dizer. Ainda estava na empresa quando Liv me mandou uma mensagem dizendo que você não estava conseguindo falar comigo.

Ziggy virou-se para olhar para mim como se eu tivesse dito alguma coisa absurda.

– Não entendo por que você está sempre...

– Ah, meu Deus! – exclamei antes de apoiar a cabeça nas mãos. – Será que podemos jantar antes de começarmos com isso? Ou, no mínimo, tomar mais uma taça de vinho? Hoje foi um dia de merda.

Minha irmã pareceu se acalmar e querer se desculpar.

Irresistíveis

– Não faça isso – logo acrescentei, sentindo a culpa se encher como uma bexiga em meu peito.

Ziggs só estava tentando ajudar, eu sabia disso. Suas intenções eram boas, mesmo que seu método fosse louco.

– Vamos pelo menos comer um pouco – prossegui. – Depois você pode gritar o quanto quiser comigo.

—

Will havia feito um assado com batatas e cenouras cristalizadas em açúcar mascavo e, enquanto eu estava ali sentado, desfrutando da melhor refeição desde que deixamos Vermont, acabei me sentindo traído por ele só ter aprendido a fazer essas receitas agora, e não quando éramos colegas de quarto nos tempos da faculdade.

Como de costume, o jantar foi tranquilo. Conversamos sobre meus pais e a viagem que eles estavam prestes a fazer para a Escócia. Falamos sobre a viagem que tradicionalmente costumávamos fazer entre Natal e Ano-Novo. Com a previsão da chegada de alguns bebês em dezembro, os planos teriam de ser adiados, mas abordei a inevitável discussão sobre o destino escolhido para o próximo ano (Bali) e, caso eu não conseguisse folga, se teríamos toda aquela conversa de "ah, mas o pobrezinho do Jensen vai ficar sozinho".

Quando terminei de comer a primeira pratada do assado, o assunto havia mudado para Max e Bennett e a série de mensagens de texto sobre *Chloe, a Santa,* e *Sara, a Monstra.*

Will virou-se para mim depois de confirmar que, sim, as duas continuavam tendo comportamentos dignos de deixar qualquer um desconfiado.

– Como está indo o seu retorno ao escritório? – ele perguntou, levando uma colherada do assado à boca.

– Aquela fusão internacional da qual eu vinha cuidando virou uma bagunça – contei a eles. – E, muito embora as coisas que tenham saído do controle não tenham nada a ver com o nosso escritório, os problemas acabam refletindo na equipe. Vou precisar fazer muita hora extra para consertar os erros.

– Isso soa desesperador – Will comentou.

– É, sim, mas é o nosso trabalho. – Tomei mais um gole de vinho, sentindo o calor se espalhar por minha corrente sanguínea. – E o pessoal, todo mundo está bem?

Ziggy assentiu.

– Niall e Ruby foram embora um dia depois que voltamos de Vermont. Pippa, no domingo.

Fiquei paralisado. Como eu não tinha percebido que Pippa havia ido embora *quatro dias atrás?*

– Ah – falei, mantendo-me ocupado e cortando um pedaço de carne. – Eu não tinha me dado conta...

– Bem, você saberia da programação dela se tivesse se importado em vê-la antes de ela ir embora – minha irmã provocou em tom de desafio.

Peguei um pãozinho quente e o abri, deixando a fumaça escapar. Mordi um pedaço e mastiguei lentamente antes de engolir. Ele caiu como uma mistura de farinha e cola em meu estômago.

– Para dizer a verdade, eu a vi.

Ziggy ficou congelada, segurando o copo de água perto da boca.

– Quando?

Olhando para o meu prato, tentei soar o mais casual possível.

– Ela estava em frente de casa quando voltei do trabalho na quarta-feira passada. Acho que ela passou lá depois de jantar aqui.

– Nossa! – ela exclamou, sorrindo lentamente. – Bem, que ótimo, então. Vocês dois estão mantendo um relacionamento a distância, ou...?

– Acho que não.

Puxei a manteiga para perto e passei um pouco no pãozinho.

– Você *acha* que não? – ela insistiu.

– Minha querida, eu já disse, tenho que trabalhar.

No mínimo minhas palavras a deixaram mais irritada.

– A semana tem sete dias, *meu querido*. Vinte e quatro...

– Ela mora na Inglaterra.

Minha irmã baixou o garfo e apoiou os antebraços na mesa, encarando-me com olhos de aço.

– Você sabe que é exatamente por isso que está solteiro, não sabe?

– Suponho que essa seja uma pergunta retórica – arrisquei, dando mais uma mordida no pãozinho.

Que desceu ainda pior do que o último. Eu sabia que a estava provocando; ela detestava minha calma exterior e queria tirar algum tipo de reação de mim. Mesmo assim, eu não dava a mínima.

– Você conhece alguém de quem gosta e não consegue encontrar um jeito de arrumar nem um tempinho para ela? Para cultivar...

– Cultivar o quê? – perguntei, voz mais alta, surpreendendo-me com minha própria raiva. Quantas vezes eu teria que explicar? – Nós dois vivemos em *continentes* diferentes, queremos coisas diferentes. Por que é que alguma das partes poderia querer adiar o inevitável?

– Porque vocês estavam tão bem juntos! – ela berrou em resposta. Will apoiou a mão no braço da minha irmã para tentar acalmá-la, mas ela se recusou. – Ouça, Jens, sua carreira é louca, e sinto muito orgulho de você. Se é isso que você quer da vida, então tudo bem. Eu vou entender. Mas, depois de vê-lo na semana passada e o jeito como você ria e parecia se iluminar toda vez que Pippa se aproximava, acho que não é isso que quer. E não diga que era por ter resolvido as coisas com Becky porque ela nem estava no chalé. Você estava tão feliz!

– O que você quer dizer com isso? – perguntei, meu rosto esquentando. – Em oposição ao quê? Quão péssimo eu fico no restante do tempo?

Ela ergueu o queixo.

– Talvez...

Will raspou a garganta, olhando entre nós.

– Por que nós não fazemos uma pausa? – começou, mas não conseguiu terminar.

– Eu não entendo a importância disso nem por que de repente *todo mundo* parece tão empenhado em resolver a minha vida amorosa.

Ziggy estapeou a mesa, rindo furiosa.

– Você só pode estar *brincando* comigo!

Eu cheguei a rir.

– Você não pode estar comparando as duas situações. Você nunca namorou ninguém. Eu tive relacionamentos. Sou divorciado, oras! É um pouco diferente de não saber nada sobre relacionamentos.

– Você se divorciou *há seis anos!*

– Por que você não consegue entender? Foi um caso, Ziggy. O que Pippa e eu tivemos foi um caso. As pessoas têm casos sempre... Pergunte ao seu marido, ele tem experiência nisso.

– Não me pareceu um caso – Will me contrariou, lançando um olhar de aviso na minha direção.

– E não é da sua conta – rebati, baixando o garfo. – Mas essa decisão não foi exclusivamente minha. Nós dois queríamos a mesma coisa. Nenhum de nós estava em posição de querer mais.

– E como você sabe o que ela quer? Afinal, você nem telefonou para ela.

– Eu...

– Você mandou uma *porra* de *mensagem de texto!*

Will e eu ficamos boquiabertos, instintivamente empurramos nossos corpos contra as costas da cadeira. Minha irmã não falava palavrões. E, quando falava, era ou porque alguma coisa estava pegando fogo, ou a nova edição da *Science* tinha chegado antecipadamente em sua casa. Mas ela nunca falava um palavrão direcionado a mim.

– Pippa acabou de terminar um relacionamento – disse a ela, tentando suavizar meu tom de voz. Ziggy só queria o que era melhor

Irresistíveis

para mim, eu sabia disso. – Ela estava *morando* com outro cara, Ziggs. O que ela e eu tivemos não era para ser mais do que isso.

– Não quer dizer que não possa vir a ser.

– Quer dizer, sim.

– Por quê? Por que você veio logo depois de outro homem? Porque é um advogado arrumadinho e ela às vezes tinge os cabelos de rosa? Qualquer um transaria com Pippa. Caramba, até eu transaria com ela.

Will imediatamente ficou alerta.

– Sério?

– Bem, sim. Na minha cabeça, sim. – Ziggy deu de ombros. – E se Jensen deixasse de ser um...

– Já chega! – gritei. E a sala ficou em silêncio. – Não estamos falando de você, Hanna.

– Você acabou de me chamar de Hanna? – ela perguntou com o rosto corado. – Acha que é divertido vê-lo assim? Saber que você volta para uma casa vazia toda noite e que isso nunca, nunca vai mudar porque você tem muito medo ou é teimoso demais para dar o primeiro passo? Eu me preocupo com você, Jensen. Eu me preocupo *todo santo dia*.

– Bem, então resolva esse seu problema! Porque eu mesmo não estou preocupado.

– Mas deveria estar. Desse jeito, você nunca vai ficar com ninguém! – Seus olhos se arregalaram e ela respirou fundo. – Eu não queria...

– Está bem, eu sei. Você não queria dizer isso em voz alta.

Afastei-me da mesa.

Ziggy pareceu horrorizada e arrependida, mas eu já estava irritado demais para ouvir uma palavra que fosse.

– Obrigado pelo jantar – falei, jogando o guardanapo na mesa e atravessando o corredor.

—

Apesar do frio, fui para casa com os vidros do carro abertos, esperando que o som do vento soprando pelo veículo pudesse afastar o eco das palavras da minha irmã.

A rua estava silenciosa quando estacionei em frente de casa e desliguei o motor. Não saí do carro, e não porque havia outra coisa que eu estivesse pensando em fazer. Só realmente não queria entrar em casa. Lá dentro, tudo estava arrumado e quieto. Lá dentro, havia as linhas deixadas pelo aspirador de pó no tapete da sala de estar, aquelas linhas que jamais eram perturbadas por meus passos. Lá dentro, havia uma pilha de cardápios de restaurantes que faziam entrega e uma lista gigantesca na categoria dos "assistidos recentemente" do Netflix.

De repente, lá dentro parecia insuportável.

O que estava acontecendo comigo? Eu sempre amei a minha casa, fui excelente no trabalho e gostei da minha rotina. Talvez eu não fosse totalmente feliz o tempo todo, mas eu estava acostumado a me sentir *contente*.

Por que é que isso já não parecia ser suficiente?

Enfim saí do carro e fui à varanda, lentamente puxando as chaves do bolso. As janelas estavam escuras, exceto pelas lâmpadas com *timer*, e eu me recusei a fazer mais uma comparação entre a minha varanda e a de Ziggy, a minha vida e a de Ziggy.

Hanna, pensei, percebendo pela primeira vez. Não quero comparar a minha vida à de Hanna.

Ela tinha crescido.

Tinha me superado.

Destranquei a porta e entrei. Joguei o chaveiro na direção da mesinha na entrada. Sem me importar com acender as luzes ou pegar o controle remoto, sentei-me em frente à TV desligada.

Hanna estava certa, eu deveria me preocupar. Eu tinha um emprego pelo qual havia sacrificado tudo, eu tinha uma família que eu amava – o que era muito mais do que muita gente tinha. Mesmo assim, eu não vinha fazendo nada para tornar minha vida mais preenchida.

Dezesseis

PIPPA

Talvez para o bem de todos, o voo de volta à Inglaterra tenha sido mais calmo do que aquele rumo a Boston. O rapaz ligeiramente desgrenhado ao meu lado dormiu cinco minutos depois de afivelar o cinto de segurança e roncou fortemente durante toda a viagem. Infelizmente, dessa vez não tinha Amelia, mas a comissária que lá estava me ofereceu protetores auriculares e um coquetel.

Aceitei os protetores, recusei o coquetel.

Olhando para trás, eu não sabia o que sentir com relação à viagem com o pessoal. O passeio havia parecido um sonho enquanto eu estava lá, mas, Santo Deus!, ter participado daquilo foi a melhor opção? Eu obviamente havia superado o traseiro branquelo de Mark, porém, depois daquela última noite maravilhosa com Jensen e de ele ter desaparecido e se enfiado de cabeça no trabalho, me sentia melancólica, como se minha melhor amiga tivesse se mudado para uma cidade do outro lado do planeta. E, talvez ainda pior, minhas exigências na hora de escolher um cara com quem sair haviam subido para um nível que, infelizmente, tornaria impossível encontrar alguém nas ruas de Londres ou em qualquer outro lugar.

É isso que acontece quando você encontra sua cara-metade? Ele eleva o nível a um ponto tão alto que você simplesmente não se importa com mais nada? Jensen era bonito e alto e inteligente. Era sexy de um jeito secreto – entregava suas qualidades lentamente e se tornava o amante mais habilidoso e atencioso entre quatro paredes. E...

parecia que nós dois combinávamos. Eu era tagarela; ele, pensativo. Eu era excêntrica; ele, clássico. Mesmo assim, quando estávamos juntos, nós dávamos certo.

Droga! Eu detestava quando meus pensamentos se transformavam em cartões sentimentais.

Coloquei os protetores nos ouvidos e tentei pensar em outra coisa.

Roupas novas.

Tinta para cabelo.

Queijo.

Negação, muita negação. Eu tinha que enfrentar a realidade da minha vida de forma direta. Tinha que decidir se queria ficar para sempre em Londres ou... experimentar alguma coisa nova.

Quando pensava em trabalho, toda aquela sensação de terror se transformava na alegria imaginária que eu sentiria se entrasse na sala de Anthony e pedisse minha demissão.

E, quando pensava em minhas mães, eu não as via agitadas com a possibilidade de eu me mudar para longe. Apenas imaginava o quão feliz ficariam por mim se eu vivesse uma aventura em Boston, se eu passasse alguns anos na cidade.

E, quando pensava em meu apartamento, não sentia... nada. Nenhum sentimentalismo ou tristeza com a possibilidade de me mudar. Tudo ali – do tapete azul surrado na sala de estar até o edredom branco sobre a cama – estava associado ou aos dias mais agitados dos meus 20 e poucos anos ou a Mark.

Mark, que havia sido tão parecido comigo em tantas coisas. Tínhamos tudo em comum: um amor pelo pub da esquina, a tendência de nos embriagarmos um pouco e cantarmos alto, mais alto do que nossas vozes desafinadas permitiriam. Dividíamos o mesmo gosto por cores e sons e espontaneidade. E, ainda assim, nossa rotina era tão calma, quase frívola. Eu não precisava fazer nada para viver assim. Era uma vida sem desafios.

Quando me distanciei de tudo, percebi que minha vida em Londres era fácil, mas não era satisfatória, e jamais me daria o que eu queria.

Infelizmente, o que eu queria agora era que Jensen me procurasse, era ter um apartamento em Boston, perto de um círculo de amigos que tinham Golden retrievers orelhudos e filhos vestidos de Superman ou de duendes. Minha vida em Londres se resumia a dias em um trabalho que eu odiava e noites de cerveja e cair no sono no sofá. Irônico, talvez, o fato de que as férias que me fizeram mudar de perspectiva com relação ao álcool foram compostas de quatro dias seguidos de vinho e cerveja seguidos por outros nove dias em um chalé, dias tomados por jogos de tabuleiro e devassidão. Percebi que o motivo pelo qual meus amigos se animavam com o que estava por vir era o fato de eles – diferentemente de mim –, terem uma vida "verdadeira" à qual retornar.

Caso em questão: dos 326 e-mails na minha caixa de entrada quando voltei, apenas três eram de pessoas, e não de lojas de departamentos como House of Fraser, Debenhams ou Harrods. Durante todo o tempo que passei fora, ninguém me ligou, embora Mark tivesse passado em casa e levado toda a comida que havia restado na despensa.

Que tarado mais inacreditável.

Sentei-me no chão do meu apartamento silencioso, com minha mala ainda fechada perto da porta, e comi pêssegos enlatados.

Esse era o fundo do poço? Essa imagem minha, desgrenhada e sem tomar banho depois de um longo voo, usando uma saia torta por motivos totalmente respeitáveis, jantando no chão? Era assim que as autoridades me encontrariam, espalhada no tapete, sendo lentamente mordiscada por roedores?

Talvez o fundo do poço tenha sido semanas atrás, quando encontrei Mark e sua amante em minha cama?

Eu devia me sentir deprimida por haver tantos fundos do poço para escolher, mas não me sentia mais triste por isso. Nem brava. Eu tinha fome de alguma coisa... alguma coisa além de pêssegos.

Joguei-os de volta na lata e fui ao meu quarto. Eu não queria dormir aqui.

Decisão é uma coisa curiosa. Nos filmes, ela parece um susto, a espantosa percepção de se ter encontrado uma resposta e, por fim, um sorriso voltado para o céu. Para mim, a decisão de revirar minha realidade atual de ponta-cabeça foi mais como um piscar de olhos demorado, os ombros caindo e um audível "Puta merda!".

Pedi demissão na tarde de terça-feira.

Tinha planejado pedi-la na segunda-feira, mas, enquanto trabalhava, percebi que não conseguiria pagar o aluguel do meu apartamento sem um emprego rentável e que deveria conversar com minhas mães para saber se não tinha problema eu voltar para casa enquanto pensava no que fazer da vida. É claro que elas ficaram muito felizes.

– Você quer se mudar para Boston! – Coco exclamou, batendo as mãos. – Meu amor, você não vai se arrepender. Não vai, de jeito nenhum.

– Mas vou precisar de um emprego – murmurei enquanto levava um palitinho de cenoura à boca.

– Você vai dar um jeito – Lele afirmou, passando o braço por sobre meus ombros. – Você ainda é nova. Nós podemos ajudá-la até a vida se acertar.

Anthony, meu chefe, foi menos cordial com relação à minha decisão.

– Você vai trabalhar onde, afinal? – perguntou na tarde de terça-feira, quando reuni a coragem necessária para entrar em seu escritório e dar a notícia.

Irresistíveis

— Ainda não sei — respondi, e vi sua expressão se transformar de decepção em escárnio. — Estou analisando algumas opções.

E eu estava. Naquela manhã, havia enviado cartas a todos os endereços na lista de Hanna. Bem, todos, menos o de Jensen. Ele não tinha ligado, enviado mensagem de texto ou e-mail desde que deixamos sua casa, na manhã seguinte. Quase uma semana, e a essa altura eu já me perguntava se ele teria se dado conta de que eu não estava mais em Boston.

Anthony inclinou o corpo para a frente, parecendo zombar de mim.

— Você não tem outro emprego em vista?

Ele quase surtou dois anos atrás, quando Ruby pediu as contas e pairavam no ar rumores de um processo contra a empresa. Mas as coisas se acalmaram quando Richard Corbett discretamente pagou a Ruby uma soma desconhecida de dinheiro por debaixo dos panos. Desde então, Anthony havia se transformado em um chefe ético com E maiúsculo, mas isso não o impedia de ser um idiota com I maiúsculo de tempos em tempos. O cara simplesmente era assim.

Fiz de tudo para não me afundar na cadeira.

— Ainda não, mas acho que não terei problema para encontrar outro emprego.

— Não seja boba, Pippa. Fique aqui até surgir algo novo para você.

Eu sabia que essa seria a saída mais inteligente. O problema, todavia, era que eu não suportaria. Eu não suportava ficar aqui nem um segundo mais. Eu o detestava, odiava o trabalho, o escritório sem graça, o fato de eu me sentir tão inútil ao fim do dia de trabalho e ir direto para o bar.

Eu adorava a pessoa que eu tinha sido em Boston.

Detestava quem eu tinha me tornado aqui.

— Sei que não entreguei aviso prévio, mas será que você poderia dar boas recomendações se alguém ligar, Tony?

Ele hesitou, girando uma caneta sobre a mesa. Eu tinha sido seu braço direito desde que Ruby saíra do escritório e Richard me promovera de estagiária a efetiva. Depois, passei para a posição de engenheira associada, e eu sequer tinha pós-graduação. Independentemente do que Tony pudesse sentir com relação à minha saída, não podia negar que eu havia sido uma funcionária incrível sob sua supervisão.

— Darei, sim — enfim falou. E, em um raro momento de gentileza, acrescentou: — Detesto vê-la ir embora.

Mexi os dedos, estremeci um pouco na cadeira, como se tivesse sido atingida por um raio.

— Eu... Obrigada.

Limpei minha mesa, coloquei tudo em uma caixa, tomei o metrô e voltei para o meu apartamento.

E comecei a fazer as malas.

Meu celular tocou na mesa da sala de jantar, afastando-me da atividade mental de escolher quais edições da revista *Glamour* eu queria guardar. Arrastando-me até a mesa e com o coração já batendo acelerado — na semana desde que voltei para casa, eu já tinha recebido quatro telefonemas de possíveis empregadores em Boston –, peguei o celular e vi o rosto de Mark estampado na tela.

— Você decidiu me ligar *agora?* — lancei sem sequer dizer oi.

Ouvi sua inspiração demorada.

— É um horário ruim?

Olhei para a parede.

— Você trepou com outra mulher na minha cama. E depois fez uma limpa na minha despensa!

— Você está soando muito americana — ele resmungou.

— Vá se ferrar.

— Você está certa sobre a despensa. Foi mal, Pipps. Eu estava cheio de trabalho e não tive tempo de fazer compras.

Suspirei, sentei-me outra vez no chão e me encostei ao sofá.

– Bem, depois de chegar em casa à meia-noite, depois de três semanas nos Estados Unidos, fiquei muito feliz de ter que sair para comprar comida.

Ele gemeu antes de murmurar:

– Estou ligando para pedir desculpas e parece que eu tenho mais uma coisa por que me desculpar.

– Talvez mais do que isso.

Suspirando, ele falou baixinho:

– Eu sinto muito, Pipps. Odeio pensar no que fiz.

Suas palavras me deixaram calada.

Não que Mark nunca pedisse desculpa. Mas ele raramente soava *sincero*.

Fiquei imediatamente cautelosa.

– O que você quer? – perguntei desconfiada.

– Só liguei porque sinto saudades e queria saber como foram as suas férias.

– Eu nunca mais vou transar com você – rosnei preventivamente.

Mark sempre tinha a capacidade de derreter minha raiva com sedução. Só de pensar já fiquei toda balançada e desleal. O beijo de Jensen ainda estava em meus lábios; seu toque, em toda a minha pele. Eu não sabia quanto tempo iria levar para me livrar disso. E, por enquanto, nem sabia se queria mesmo me livrar.

– Não é por isso que estou ligando – afirmou. – Não é para transar. Muito embora cinco semanas já tenham se passado desde a última vez que nos vimos e estou louco de saudade... Sei que sou um grande tarado.

– Algo mais do que "grande" – rebati. – E algo pior do que tarado.

Ele riu das minhas palavras.

– Me encontre para jantar hoje?

Neguei com a cabeça.

– Você está me zoando, cara!

— Qual é? – pressionou. – Ando pensando muito no que fiz e em como me senti mal quando Shannon fez a mesma coisa comigo. E isso está acabando comigo.

Agora eu dei risada.

— Mark, você ouviu o que acabou de dizer? Você quer que eu vá jantar com você para você se sentir melhor por ter trepado com outra mulher na minha cama?

— E você não se sentiria melhor me vendo implorar por perdão?

Era tão inesperado ouvi-lo dizer algo assim, um pedido de desculpas tão direto. E, mesmo assim, minha resposta era não. Eu tinha me identificado tão fortemente com Jensen. O pedido de desculpas não me faria sentir nem melhor, nem pior. Não me faria sentir nada.

Mark não era o homem que eu queria.

Então, me perguntei, por que não ir? Se um de nós pudesse ter um pouco de paz de espírito esta noite, por que esse alguém não seria ele?

— Para mim, é indiferente – respondi. – Pode pedir desculpas ou ser hipócrita, tanto faz. Mas estarei com fome às sete e meia da noite e estarei no Yard.

E aí desliguei.

Quando Mark e eu nos conhecemos, muito embora ele ainda estivesse apaixonado por Shannon, eu passava uma hora me arrumando toda vez que combinávamos de nos encontrar no bar. Ele aparecia com a barba por fazer, usando calças cargo e uma camiseta velha do Joy Division, e eu parecia estar andando por aí perfeitamente maquiada e penteada, confortavelmente usando uma saia de seda verde e um cardigã vermelho com os quais aparentava ter passado o dia, obrigada.

O inesperado aconteceu na primeira noite que ele ficou em casa, acordou e me viu exatamente como eu era: cabelos roxos que mais pareciam um ninho de pombos e o rosto sem maquiagem. E foi nesse momento que Mark brilhou: ele olhou para mim, seus olhos estudando meu rosto, e falou discretamente:

– Aí está ela.

Mark pode ter feito muita coisa errada, mas um acerto constante era me fazer sentir linda exatamente como eu era. E, enquanto eu me preparava para o jantar – simplesmente vestindo calças, tênis desgastados de ginástica e um vestido simples –, me dei conta de que essa era uma área na qual Jensen havia falhado. Ele sempre parecia me medir pelos comentários de Ruby acerca dos meus cabelos tingidos. E, enquanto isso, mantinha no rosto um sorriso paciente ou um risinho nervoso. Nem sempre parecia gostar do volume das minhas roupas ou do meu volume.

Na verdade, machucava sentir esse primeiro espinho em minha adoração por Jensen. Machucava não ter recebido notícias dele, querer saber se ele havia conversado com Becky, não ter uma única mensagem de texto ou e-mail ou telefonema depois de tudo o que aconteceu. Mas eu ainda não estava pronta para me desprender totalmente dele, porque sentia que, enterrados em meio à minha adoração por Jensen, também estavam sentimentos de uma versão idealizada de mim mesma, uma versão que eu queria conhecer. Uma mulher que fazia o que queria durante o dia, que estava cercada de pessoas que adorava à noite, que perseguia ambição e aventura.

Todavia, olhando para mim mesma agora, eu também queria recordar *essa* Pippa: a Pippa que usava as roupas que lhe agradassem, que não se vestia para um homem ou uma amiga – para ninguém que não ela mesma.

Olhei para o relógio. Dava tempo de ligar para Tami e chegar a tempo de jantar.

Foi a primeira coisa que ele percebeu, e seu semblante pareceu entristecido, a saudade estava estampada ali.

— Você tingiu os cabelos — comentou.

Aproximei-me, deixando que ele me abraçasse.

— Já não era sem tempo.

Mark estendeu a mão para segurar uma mecha, deixando seus dedos deslizarem pelos fios.

— Isso me faz sentir saudades.

— Isso me faz querer dançar — respondi, afastando-me de modo que ele não pudesse me alcançar.

— Poderíamos ter ido ao Rooney's, em vez de vir aqui — sugeriu, pensando que eu estava falando em dançar no sentido literal.

Mark não entendeu. Eu queria dizer que tingir os cabelos me deixava feliz, me trazia de volta a mim mesma. Assenti para a hostess quando ela perguntou se nós dois jantaríamos ali esta noite. Em seguida, nós a acompanhamos até uma mesa ao fundo do salão, contra a parede.

— Não quero ir ao Rooney's. Nem ao Squeaky Wheel. Nem a nenhum desses lugares dos velhos tempos.

— Você está tão brava comigo — falou baixinho, abrindo o cardápio na página de coquetéis.

— Não estou mais brava — garanti. — Mas também não quero fazer um tour pelos lugares onde passávamos nossas noites juntos.

Ele me encarou como se me estudasse, e então assentiu brevemente.

— Você está diferente.

— Não estou.

Negando com a cabeça, Mark se aproximou.

— Está, sim. Você não gosta mais daqui.

Mark sempre foi astuto quando era conveniente para ele.

— Eu assumi a posição de Trinity quando ela saiu da empresa — lembrei. — E você se deitou na minha cama quando terminou com Shannon. — Ignorando sua reação carregada de dor, prossegui: — E aí eu percebi: os dois aspectos mais importantes da minha vida só sabiam me sugar.

— Não era assim com a gente, Pipps — Mark insistiu.

Neguei com a cabeça.

— Quando éramos apenas amigos, tenho certeza de que você se sentia bem por eu estar sempre disposta a receber qualquer coisa que você me desse. Você queria atenção e eu só queria *você*. Mas alguma coisa acontece quando se trai a confiança de alguém que está disposto a dar tudo. E essa generosidade é abalada. Você deveria saber disso melhor do que ninguém, então acho que realmente queria terminar nosso relacionamento, mas foi covarde demais para dizer.

Dessa vez, ele não concordou imediatamente comigo. Olhou para seu copo de água, deslizou o dedo pelo caminho deixado por uma gota que escorrera da borda.

— Eu e ela não combinamos. Eu a conheci no...

— Não quero saber nada a respeito dela — lembrei-o com uma voz dura, interrompendo-o. — Estou pouco me fodendo.

Mark olhou surpreso para mim.

— Ela não foi o problema — prossegui. — Você foi. Não preciso que outra pessoa leve a culpa por uma coisa que *você* fez. E você também não pode fugir da responsabilidade.

Ele sorriu para mim.

— Aí está a boa e velha Pippa.

— Não diga isso — rosnei, e seu sorriso desapareceu. — Não estamos aqui para recordar momentos sentimentais. Você me feriu. Levou outra mulher para o meu apartamento, para a nossa cama.

Ele engoliu em seco, balançando a cabeça.

— Me desculpe.

Mark claramente precisava pensar no que dizer em seguida, porque, apesar de já ter vindo a esse restaurante mais de uma vez, ele pegou outra vez o cardápio e leu a mesma página por mais de um minuto.

Olhei para o meu cardápio, decidi pedir bife e fritas e o coloquei outra vez sobre a mesa. A garçonete veio à nossa mesa, anotou o pedido e nos deixou em silêncio.

A julgar por seu maxilar, imaginei que Mark me diria que eu estava errada e que ele não queria sabotar intencionalmente nosso relacionamento, e que ele era um amante dedicado que havia simplesmente cometido um erro inocente. Mas, quando ele falou, não foi o que previ:

— Talvez você esteja certa. Não sei.

Ri sem achar graça.

— Que horrível. Horrível, mesmo.

— Eu sei — admitiu com a voz dolorida. — Mas tem uma coisa: era você quem estava lá por mim quando Shannon foi embora. Você me ouviu, me fez rir, me deixou bêbado e cantou comigo e… foi a minha melhor amiga. Eu *queria* que fosse amor.

Recostei-me à cadeira, apertando as mãos sob a mesa para não dar um tapa na cara dele.

— Eu também queria que fosse amor. Para dizer a verdade, pensei que fosse. Mas não era. Era paixão. Você é lindo e charmoso e não demorou para aprender a me agradar na cama. Nos dias atuais, encontrar essa combinação é como encontrar um unicórnio. — Mark deu risada e eu me permiti dar um leve sorriso em resposta. — Mas eu juro, não estou magoada.

Ele ficou paralisado.

— Não estou — repeti. — Eu estava com raiva e me sentindo humilhada e queria cortar o seu saco e queimá-lo, mas depois eu viajei, conheci alguém e… também me conheci, talvez.

— Você conheceu um homem? — perguntou.

Rapidamente cortei o assunto.

— Não pergunte sobre isso.

Rindo, ele falou:

— Está bem. Mesmo se não perguntar for me deixar louco?

Ignorei seu comentário, inclinei-me para a frente, cotovelos sobre a mesa.

— Ele já foi casado, com uma mulher que conheceu na faculdade e que namorou durante anos. Quatro meses depois que os dois se casaram, ela resolveu ir embora. Disse a ele que não se sentia bem, que não queria estar casada.

Mark deixou um assobio grave escapar.

– Não aja como se estivesse tão surpreso. Poderia ter sido com nós dois. – Afastando-me da mesa, recostei-me à cadeira. – Por que as pessoas são tão covardes? Por que precisam de tanto tempo para entender o que se passa em seus corações?

– Nós passamos um ano juntos e você acaba de admitir que também não me amava – Mark me lembrou.

Olhei outra vez para ele.

– É verdade. Mas eu jamais o magoaria enquanto tentasse chegar a uma conclusão. Eu teria conversado sobre o assunto.

Ele ergueu o olhar e agradeceu a garçonete quando ela colocou uísque e refrigerante sobre a mesa.

Mark tomou um gole de sua bebida e percebeu que eu não tinha pedido nada para beber.

– Não vai tomar nada? – perguntou, apontando seu copo para mim.

Essa era a nossa rotina: sentar, pedir uma bebida, comida, outra bebida. E talvez mais uma. Eu não tinha nada contra tomar bebidas mais pesadas, mas queria sentir o calor do vinho, a brisa fresca lá fora, e os braços longos de Jensen descansando em meus ombros enquanto assistíamos ao pôr do sol em uma vinícola.

Ou, para dizer a verdade, em qualquer lugar.

Se eu começasse a beber esta noite, não pararia depois de uma dose, e voltaria para casa arrasada e deprimida e provavelmente ligaria para ele para dizer que estava com saudades.

E depois?

Talvez ele não se surpreendesse por eu fazer algo tão impulsivo.

Mas, sendo o homem direto que era, Jensen me lembraria de que tudo não passou de um caso.

Ao mesmo tempo, sendo a alma generosa que era, prometeria me ligar da próxima vez que viesse a Londres.

E eu riria com uma leveza forçada e lhe asseguraria que estava bêbada e sendo nostálgica e que há muitas opções aqui e que eu estou bem, bem, bem.

— Hoje não — falei, sorrindo para Mark. — Estou sentindo a necessidade de me livrar de alguns hábitos antigos.

Porém, de volta em casa — ainda sóbria —, o telefone na cozinha parecia tentar flertar comigo.

Crescendo e encolhendo, ele era um farol azul-claro preso à parede.
Ligue para ele, dizia o telefone.
Faça isso. Você sabe que quer ligar.
E seria bom ouvir a voz dele, não seria?

Seria, sim, mas, em vez de ligar para Jensen, saí da cozinha e fui para o quarto, onde poderia enfiar o celular na gaveta e colocar meu pijama e fingir que não havia uma dor palpitando dentro de mim, querendo ouvir a voz dele, querendo perceber que ele se alegrava ao ter notícias minhas.

Jensen parecera feliz ao me ver na calçada em frente à sua casa, não? Embora eu tivesse gaguejado e ficado perturbada, ele calmamente me ouviu, depois se aproximou e encostou sua boca à minha.

A simples lembrança do que se seguiu naquela noite me fez tocar os lábios agora.

De certa maneira, eu queria me bater por não ter me atentado mais. Coisinhas como sua maneira de segurar o garfo ou se eu tinha visto sua caligrafia em algum momento da viagem. Eu sabia que ele gostava de café puro, mas será que segurava a xícara pela asa ou gostava de senti-la aquecida na mão?

Irresistíveis

– Puta merda, Pippa! – rosnei, jogando meu vestido no cesto de roupas para lavar. – Pare com isso!

Seria tão fácil se eu soubesse que esses pensamentos envolvendo Jensen eram apenas palavras para me animar, uma maneira de me atrair para longe de Londres, de manter minha coragem em alta. Mas não eram. Eu não tinha medo de deixar Londres e, para ser sincera, não gostava da ideia de Jensen saber que me mudaria para Boston agora que não estávamos mantendo contato.

Eu queria que ele me desejasse.

Eu queria que ele me *telefonasse*.

É claro que, nesse momento, a linha de telefone fixo me deixou assustada pra caramba. O telefone tocou no criado-mudo. Ninguém além das minhas mães e de atendentes de telemarketing ligavam nessa linha, então atendi – para contar a Lele que o jantar com Mark tinha sido sem graça como eu havia previsto e que não, eu não estava na cama com ele agora.

Mas agora o telefone estava aqui, na minha mão, parecendo outra vez tão sedutor.

Enfiei a mão na bolsa para pegar os papéis que Hanna me dera, abri-os e deslizei o dedo sobre o nome dele enquanto permanecia sentada na beirada da cama.

Um milhão de vezes na história do mundo, uma garota havia telefonado para um rapaz. E também um milhão de vezes ela havia se sentido tão nervosa assim – como se realmente estivesse prestes a vomitar – e refletido por dez minutos se dar esse telefonema seria uma boa ideia.

Eram pouco mais de onze horas aqui na Inglaterra, o que significava que talvez ele estivesse em casa, ou pelo menos que o escritório estaria vazio... Era possível que ele visse um número de Londres ligando, esperasse que fosse eu e atendesse.

Não era?

Digitei cuidadosamente os números, pressionando cada tecla com dedos firmes. No celular, eu poderia simplesmente clicar na foto dele e o telefonema aconteceria, fácil assim. Todavia, eu não queria fazer isso, porque a foto era uma selfie que tínhamos tirado embriagados e usando chapéu de palha no meio de uma vinícola. Ver aquela foto me traria uma avalanche de memórias. Por outro lado, no telefone fixo era apenas uma série de números pressionados em uma ordem específica. Impessoal. Lógico. Era matemático. Eu lidava com números todos os dias. E, se eu levasse o tempo necessário, deixasse meus dedos pressionarem cada tecla sem um pensamento deliberado de sequência, nenhum vestígio do que eu estava fazendo ficaria em minha memória. Então eu poderia acidentalmente ligar para ele a qualquer momento do dia ou deixar os números surgirem, sem serem convidados, em minha mente.

Digitei o último deles e levei o telefone à lateral do rosto. Minha mão estava trêmula.

Uma pausa.

Um toque.

Meu coração batia tão agitado que eu tinha de me esforçar para respirar.

Mais um toque. Mas foi interrompido pela metade.

Interrompido, caramba, como se ele tivesse visto o número, percebido que era da Inglaterra e recusado a ligação.

Tinha que haver outra explicação, muito embora meu cérebro não a encontrasse.

Jensen tinha visto que eu estava telefonando. Tinha recusado a ligação.

Andei de um lado a outro do apartamento. Talvez ele tivesse programado o celular para mandar todas as ligações para a caixa de mensagem depois do primeiro toque enquanto estivesse trabalhando. Talvez estivesse no meio de um jantar de negócios e tivesse automaticamente recusado a ligação.

Irresistíveis

Coloquei um filme, pensei demais, dormi no sofá. Quando acordei, o céu ainda estava escuro e o relógio sobre a lareira marcava 3h07 da madrugada. A primeira coisa em que pensei foi Jensen.

Agora eram mais de dez da noite para ele.

Tateando em busca do telefone fixo antes que meu cérebro começasse a funcionar direito, digitei outra vez o número da folha de papel – não com o mesmo cuidado da outra vez – e ouvi o primeiro toque. E o segundo. E, na metade do terceiro toque, outra vez caixa postal.

Ele realmente havia recusado a ligação.

Disse a mim mesma que desligasse, senti os músculos do meu braço se tensionarem para afastar o telefone, mas não consegui. E me odiei por ouvir a mensagem. Apertei o maxilar, arregalei os olhos.

"Você ligou para Jensen Bergstrom. Ou não estou com o celular no momento, ou estou dirigindo. Por favor, deixe seu nome, número de telefone e demais informações relevantes e eu retornarei a sua chamada."

Beep.

Fiquei boquiaberta, senti meus olhos inexplicavelmente ardendo antes de bater o telefone com violência na base.

Mudei-me de volta para a casa das minhas mães duas semanas depois de voltar de Boston. Coco havia liberado sua sala de costura – que no passado fora meu quarto – e, com Lele trabalhando no escritório de advocacia o dia todo e Coco pintando no sótão, a sensação era de reviver a minha infância.

Eu tinha entrevistas de emprego por telefone com seis pessoas diferentes e mais três retornos com três empresas. E saí com dois caras: um do meu antigo escritório, com quem eu vinha conversando havia anos, mas apenas como amigo (até agora, que eu tinha ficado solteira); o outro, um cara que conheci no metrô e cujos sapatos eram polidos e que usava terno (o que me fazia pensar em Jensen). Os encontros foram legais, agradáveis. Porém, nos dois casos, eu havia recusado um beijo de boa-noite e ido sozinha para casa.

Sempre ouvi dizer que a distância faz o coração se apaixonar mais, e nunca acreditei nessa história. A distância dos meus antigos ficantes só fazia meus olhos vagarem. Mas agora, mesmo algumas semanas depois de ter visto Jensen pela última vez – e muito embora parte de mim quisesse socar seu estômago por ele não ter atendido meus telefonemas –, eu não conseguia pensar em ninguém além dele.

Os dois lados de sua personalidade guerreavam em minha cabeça: o homem que podia ser tão doce, tão divertido, tão atencioso; e o homem que era capaz de esquecer quando eu deixaria a cidade, não atender meus telefonemas, fazer amor comigo somente quando eu estava convenientemente à sua frente.

– Você está terrivelmente distraída – Coco disse, sentando-se ao meu lado na banqueta do piano na sala da frente da casa.

– Estou esperando resposta de Turner, de Boston – respondi, apertando o dó central com o indicador.

Embora o que eu tinha dito fosse verdade, eu não sabia por que estava olhando para o piano havia dez minutos. Mas que se dane isso e aquilo e tudo mais se eu fosse falar de Jensen.

– Eles disseram que querem me encontrar pessoalmente – continuei.

Ela arqueou as sobrancelhas.

– Aqui em Londres? Nossa, meu amor, isso significa muito! – E segurou a minha mão, acariciando docemente. – Não seria melhor mandar seu currículo para alguma vaga aqui? Só por precaução...

Dando de ombros, respondi:

– Eu não quero um "só por precaução".

Dezessete

JENSEN

Tinha começado a chover – uma garoa pesada que ameaçava se transformar em neve –, mas, tentando me manter otimista, separei minhas roupas de ginástica e tênis, na esperança de que o tempo estaria limpo o suficiente para me permitir passar algum tempo na pista de corrida.

Minha cabeça sempre ficava desanuviada após uma boa corrida e, depois de enfrentar dias dormindo menos do que o necessário e com zero concentração, uma cabeça desanuviada parecia algo fenomenalmente positivo.

Nosso cérebro podia ficar congestionado? Por um instante, pensei em perguntar a Hanna na próxima vez que nos víssemos, mas eu sabia que ela iria: (a) virar os olhos e sugerir que eu era incapaz de diferenciar meu cérebro da minha bunda; ou (b) dar uma resposta cheia de detalhes científicos desnecessários. E, embora nenhuma dessas opções fosse particularmente útil agora, as duas eram melhores do que a situação em que nos encontrávamos: não conversávamos havia mais de duas semanas.

Eu basicamente tinha conseguido estragar tudo com todo mundo.

Na manhã de sexta-feira, decidi ir dirigindo ao trabalho e ponderando sobre as coisas, de modo que eu tivesse um pouco de tempo para mim mesmo. Não havia problema algum em ficar um fim de semana sem falar com a minha irmã. Mas dois fins de semana sem conversar? Terrível. Eu não sabia se poderia enfrentar um terceiro e nem via motivo para isso. Não queria exatamente me desculpar, mas tampouco queria culpá-la por tudo. Toda a situação era uma droga.

Meu carro estava em silêncio, exceto pelo tamborilar das gotas contra o capô e o chiado quase inaudível do motor ali embaixo. E, como a hora do rush era um pesadelo dos infernos, eu tinha em mãos um tempo sem distrações para pensar em tudo o que ela dissera, em tudo o que eu dissera e no fato de ela estar (totalmente) certa e de eu ser um completo idiota.

Lembrei-me de quando ficamos presos no trânsito no primeiro dia da nossa viagem. Eu estava todo sorrisos e embriagado, desfrutando do começo das férias enquanto Pippa inventava histórias envolvendo as pessoas nos carros à nossa volta. O homem à nossa frente estava tramando um roubo a banco, era óbvio. "Percebam as olheiras dele e a culpa pesando em seus ombros, a postura dele!" Uma mãe esgotada, com vários filhos no banco de trás, voltava para casa depois de uma festa de aniversário, segundo Pippa, e o sorrisinho que testemunhamos era resultado de a mulher ter se lembrado da garrafa de vinho que ela comprara no dia anterior.

Agora, uma mulher na SUV preta à minha esquerda dançava no banco do carro e cantarolava com a música em seu rádio. À minha direita, um homem com mais ou menos a minha idade mantinha os olhos no retrovisor e as mãos erguidas, gesticulando intensamente e conversando com as crianças no banco de trás. Tenho certeza de que eles levavam uma vida fascinante... Eu só não era tão bom quanto Pippa para inventar histórias.

De qualquer forma, seu hábito de sonhar acordada parecia ter grudado em mim, afinal, quando Pippa surgia em minha cabeça, ela ficava ali, afastando os pensamentos desconfortantes da briga com minha irmã. E me vi me perguntando sobre a vida de Pippa em Londres, assim como ela certa vez havia se perguntado sobre a minha

Irresistíveis

em Boston. Ela usava o metrô para ir ao trabalho? Ou ia andando? Pippa tinha carro?

Nos tempos de faculdade, durante as férias, eu costumava roubar as chaves do carro do meu pai e dirigir pela cidade tarde da noite para invadir campos de futebol com Will e beber cerveja até nós dois dormirmos e acordarmos cobertos pelo orvalho e por formigas e ter que ir correndo para casa antes que alguém desse falta do carro. Talvez a Pippa adolescente costumasse roubar a chave do carro de suas mães e passear com as amigas pelas ruas de Londres. Talvez costumasse ficar com garotos no banco traseiro e cantar o mais alto que seus pulmões permitissem com as janelas abertas e o vento chicoteando o interior do veículo.

Uma buzina soou ao meu lado e eu pisquei, impressionado com meu fluxo de pensamento. Eu vinha passando mais tempo do que o esperado pensando no que Pippa estaria fazendo a toda hora. Especialmente se considerarmos que nosso relacionamento era para ser *casual*.

Certo?

Apesar de ter saído mais cedo, quando cheguei ao escritório estava meia hora atrasado para uma reunião. Meu dia havia sido solidamente planejado, desde as oito e meia da manhã até as seis e meia da tarde, com um almoço de negócios na sala de reuniões.

Eu não tinha tempo para isso – já eram mais de nove horas –, mas não importava: queria ligar para Hanna.

Levantei-me, fechei a porta do escritório e voltei à minha mesa. Peguei o telefone e disquei o número da minha irmã, franzindo a testa quando a ligação foi direto para a caixa de mensagens. Droga! É claro. Ela estava dando aula.

– Zig... Hanna, sou eu. Estou no escritório. Me ligue no celular quando puder. Tenho um dia bem cheio, mas talvez pudéssemos jantar mais tarde ou fazer algo no fim de semana? Te amo.

Desliguei, peguei o celular e fui andando pelo corredor, em direção à sala de reuniões, verificando meu e-mail pelo caminho. Havia uma mensagem que eu não reconheci, um endereço ox.ac.uk, e precisei de um instante para me dar conta de que se tratava de um e-mail de Ruby.

Oi, amigo!
Eu queria dividir essas fotos da nossa viagem!
Espero que as coisas estejam bem e que voltemos
a nos ver logo.
bjs
Ruby

Anexas estavam várias fotografias que ela tinha tirado em várias paradas pela viagem e eu hesitei um pouco antes de abri-las, ponderando se eu estava na melhor posição mental para reviver as memórias.

Arrisquei mesmo assim.

A primeira havia sido tirada no dia em que chegamos à casa de Will e Ziggy, todos sorridentes entrando na van. Havia fotografias nossas em diferentes degustações e jantares e trilhas. Havia fotos tiradas sem sabermos enquanto ríamos de alguma coisa que outra pessoa tinha dito. Era interessante observar a progressão das minhas interações com Pippa por meio das fotos. Tínhamos começado muito educados – coluna ereta, sorrisos amigáveis, muito espaço pessoal. Mas isso havia desaparecido completamente quando chegamos a Vermont. Eu já não encontrava nas fotos essa distância segura que a gente mantém dos desconhecidos; em seu lugar estava a familiaridade de amigos que viraram amantes, de abraços e dedos entrelaçados. Era quase doloroso perceber a forma como eu olhava para ela, e, quando abri uma imagem na qual Ruby tinha nos flagrado saindo da floresta – olhos brilhando e bochechas coradas, cabelos e roupas desgrenhados –, fechei o aplicativo de e-mail. Já era difícil demais ter essas memórias; eu não queria revivê-las também na tela.

—

Por volta de uma da tarde, reuni minhas coisas e segui para a grande sala de reuniões no segundo piso. Meu estômago roncou quando o cheiro de café se espalhou pelo corredor, e então me dei conta de que eu não tinha comido nada desde o café da manhã.

Eu estava pegando uma banana na mesa quando senti uma mão em meu braço. Era John, o assistente do meu chefe.

– Doutor Bergstrom, o doutor Avery quer conversar com você no escritório dele antes da reunião.

Ajeitei a postura e observei enquanto ele me lançava um sorriso educado e dava meia-volta, caminhando na direção que eu devia seguir. Pelo caminho, o suor brotava em minha nuca. Havia poucos motivos para Malcolm Avery querer me ver antes da reunião, especialmente quando já era para estarmos lá e todos já tomavam seus assentos.

– Jensen – Malcolm me chamou, fechando o arquivo no qual estava trabalhando. – Entre. Eu gostaria de alguns minutos para conversarmos antes da reunião.

– Claro – concordei, entrando em sua sala.

Ele acenou para a porta atrás de mim.

– Feche-a, por favor.

O formigar dos meus nervos se transformou em uma onda de suor.

Um milhão de coisas percorreram minha mente – todas as coisas que eu talvez tivesse feito erradas ao longo dos últimos meses. E enfim pensei na bagunça em Londres. Droga.

– Sente-se – Malcolm convidou, ajeitando alguns papéis à sua frente antes de sentar-se outra vez na cadeira. – Como estão as coisas?

– Tudo bem – respondi, e mentalmente repassei os casos nos quais estava trabalhando, pensando nas atualizações que ele pudesse querer ouvir. – O Walton Group deve terminar no fim desse mês, o caso da Petersen Pharma talvez seja concluído ao fim do ano.

– E Londres? – ele quis saber.

– Surgiram alguns problemas com o escritório em Londres – admiti. Ele assentiu e eu engoli o nó na garganta. – Nada que não possamos reparar, só vai dar um pouco mais de trabalho do que eu esper...

– Sei que você está acompanhando esse caso de perto – falou. – Sei como está a situação.

Malcolm cruzou as mãos na mesa à sua frente e pensou por um instante.

– Jensen, você sabe como as coisas funcionam por aqui. Nos dias atuais, praticar o Direito não é o suficiente. Precisamos de associados e parceiros que possam trazer muito dinheiro para a empresa. Que gerem confiança e tragam negócios. E que mantenham esses negócios. Sabe... quando eu estava começando, costumava calcular uma estimativa geral dos meus lucros mensais.

Meus olhos se arregalaram e ele sorriu antes de prosseguir:

– É verdade. Eu anotava os honorários das horas que cobrava dos clientes, depois as comparava aos custos que eu gerava ao meu empregador... Tudo, desde o salário que pagávamos à minha secretária até o gasto com eletricidade em meu escritório. Na época, não tínhamos computadores, então eu anotava tudo em um caderninho que guardava no bolso do terno. Se eu arcava com os custos do almoço de um cliente, anotava. Se precisasse de uma caixa de clipes de papel, eu anotava. Eu registrava todos esses números porque assim eu sabia quando estava gerando lucros e quando não estava. Quando me sentava para conversar com meu chefe, estava tudo ali, preto no branco, as coisas pelas quais *eu* era responsável, os impactos que *eu* tinha causado. Certo dia, ele olhou para mim e falou:

Irresistíveis

"Uma pessoa tão pé no saco assim precisa se sentar ao meu lado na mesa". Pouco tempo depois, eu me tornei sócio.

Assenti, sem saber exatamente aonde ele queria chegar.

– Parece um bom sistema.

– Vejo a mesma vontade, a mesma dedicação em você. Horas de trabalho não são necessariamente o motivo que torna alguém sócio, embora já tenham me dito que você trabalha muitas horas, certo?

Assenti outra vez.

– Acredito que sim.

– É necessário alguém que possa enfrentar os casos importantes com profissionalismo e eficiência. Alguém que coordene o processo, que administre as interações em todos os níveis com destreza, que gere a melhor reputação para a empresa e traga novos clientes que ouviram falar muito bem de nós. É claro que pode haver um contratempo aqui ou acolá, como o que aconteceu em Londres, mas são as pessoas que reconhecem esses problemas e trabalham para corrigi-los que permanecem com a gente. Você cria relacionamentos e coordena as fusões dos maiores grupos e faz isso de tal modo que conquistou o respeito de toda a sua equipe. – Ele fez uma pausa e inclinou o corpo para a frente. – Aposto que, se eu perguntar, vou descobrir que você tem o seu próprio "caderninho" ou algo assim, não tem?

Eu tinha. Eu tinha uma tabela com todos os clientes que atendi, com os meus trabalhos e quanto cobrávamos, desde o dia em que fui contratado.

– Sim, tenho – respondi.

Ele deu risada e bateu a mão na mesa.

– Eu sabia! E é por isso que vou indicar o seu nome para se tornar sócio na reunião que deve começar... – E olhou para o relógio. – Cinco minutos atrás. Meus parabéns, Jensen!

—

Soltei o corpo no sofá e olhei para o teto. Se minha vida fosse composta de listas de afazeres – e, sejamos sinceros, ela mais ou menos era –, então o item de maior prioridade agora tinha um enorme X vermelho ao seu lado. Depois da reunião, eu tinha oficialmente sido convidado para me tornar sócio... Eu enfim havia conseguido.

Então, qual era o problema? Em vez de sair para comemorar com os membros da minha equipe ou ligar para todo mundo que eu conhecia, eu estava sentado sozinho em minha sala de estar, olhando para o teto branco.

Estiquei as pernas e as apoiei na mesinha de centro enquanto tomava mais um gole de cerveja. Eu tinha conquistado aquilo que passei toda a minha vida adulta trabalhando para conquistar, mas, em vez de me sentir satisfeito, eu estava irrequieto. Tudo era muito anticlimático. Eu essencialmente tinha sido promovido para ter mais trabalho, mais responsabilidades, mais problemas.

O ponteiro do meu relógio de pulso tiquetaqueava em silêncio. Eu queria conversar sobre isso com alguém, porque sem dúvida qualquer pessoa da minha vida ficaria muito feliz por mim e estouraria essa bolha. Eu poderia ligar outra vez para Hanna; como ela também era uma *workaholic*, entenderia o que era ser reconhecido. Mas ela ainda não tinha retornado a minha ligação e eu não queria forçar a barra caso ela estivesse mesmo irritada comigo.

Meus pais também ficariam muito felizes. Depois de passar quase quarenta anos casado com minha mãe, meu pai sabia mais do que qualquer um de nós sobre a importância de equilibrar o trabalho com a vida em casa.

Vida. Casa.

A crueza das minhas paredes vazias sempre fora um calmante; um contraste intencional com as pilhas de coisas no escritório e o barulho constante de telefones tocando, vozes gritando pelo corredor, sapatos batendo contra o mármore. Minha casa sempre fora meu lugar calmo e estéril. Meu retiro. Mas, de repente, ela parecia completamente sem vida.

E, quanto mais eu pensava nisso, mais eu sabia que aquilo que faltava em minha casa também faltava em todos os outros aspectos da minha vida: energia. Espontaneidade. Som e música, risada e sexo, erros e triunfos.

Com essa percepção veio também a sensação que tive quando acordei e vi Pippa dormindo no travesseiro ao lado do meu ou descendo as escadas na casa em Vermont, quando vi suas pernas longas esticadas no sofá enquanto ela lia. A sensação era aquele aperto, aquela pontada quase dolorida que o coração dá quando tem algo a dizer.

Eu sentia saudades dela. Eu a desejava. Eu a queria aqui comigo e ter outra vez aquela alegria com as coisinhas que ela parecia saber fazer tão bem.

Eu sentia falta do frio na barriga ao ouvir seu riso e ao vê-la apertar o nariz quando alguém usava a palavra "hidratar". Sentia saudade de seu jeito de arrastar as letras ao falar e os dedos por minhas costas quando eu me deitava em cima dela, recuperando o fôlego. Sentia saudade de estar dentro dela, mas mais, do que isso, sentia a saudade de como era estar com ela. Mesmo sem fazer nada... apenas estando juntos.

Levantei-me e corri para o andar de cima. Peguei a primeira mala que encontrei e comecei a jogar coisas dentro: camisas, calças, cuecas. Enfiei nessa mala tudo o que encontrei na bancada do armário do banheiro e a fechei.

Eu não sabia o que diria quando chegasse lá – ou o que ela diria em resposta. Então apenas repeti as mesmas palavras várias e várias vezes na minha mente: *Eu te amo. Sei que era para ser só um caso, mas não foi. Quero descobrir como será de agora em diante.*

—

Christina Lauren

Enquanto entrava na I-90, me dei conta de que não tinha reservado nenhuma passagem para Londres. Rindo, telefonei para a central de reservas da Delta. Os carros aceleravam à minha direita e à minha esquerda e, em poucos minutos, minha ligação foi atendida.

– Olá – a atendente cumprimentou com a voz alegre de quem estava disposta a ajudar. – Reconhecemos o número do qual o senhor está ligando. Poderia, por favor, confirmar seu endereço residencial?

Falei meu endereço, tentando conter o tom de urgência em minha voz.

Ela murmurou alguma coisa na linha, perguntou do que eu precisava, qual era o meu destino e quando eu queria embarcar. Se um voo para o outro lado do Atlântico decidido assim, de última hora, era algo fora do comum, ela não deixou transparecer.

– Qual é a data do seu retorno, senhor?

Fiquei em silêncio. Eu não tinha pensado nisso. Se eu pudesse tirar o trabalho e qualquer outra responsabilidade da equação, o melhor a fazer seria ficar uma semana, talvez duas, antes de voltar para casa. Eu esperava que Pippa e eu voltássemos juntos, ou, no mínimo, com um plano para seguirmos em frente. Eu poderia esperar. Eu poderia ser paciente.

O que eu parecia não aceitar bem era a história de "me ligue quando for para Londres".

– Eu gostaria de deixar o retorno em aberto, por favor – pedi.

– Está bem, senhor – a mulher falou. E então, como se tivesse percebido meu nervosismo, ela prosseguiu: – Fazemos isso o tempo todo, senhor. Sabe qual cadeira prefere, senhor Bergstrom?

– Qualquer uma – respondi. – O importante é eu conseguir embarcar nesse voo.

– Tudo bem. – Alguns toques no teclado depois, continuou: – E o senhor gostaria...

Ela então fez uma pausa e eu me peguei olhando para o celular, preocupado com a possibilidade de a ligação ter caído.

Irresistíveis

– Alô?

– Perdão, senhor – ela ressurgiu na linha. – O senhor estaria interessado em usar as suas milhas?

– Milhas?

– Sim, o senhor tem... muitas milhas – ela explicou antes de rir. – Quase 800 mil, na verdade.

—

Londres estava cinza como de costume durante a aproximação, mas, quando atravessamos as nuvens, era possível ver a Tower Bridge e a London Eye, o rio Tâmisa deslizando pela cidade. Meu nervosismo, que havia de certa forma se dissipado durante o longo voo, voltou a ganhar vida conforme a cidade aparecia diante dos meus olhos.

O Shard London Bridge me fez lembrar uma história que Pippa contou de quando visitou a área de observação no 72º andar e quão hilário era haver uma página do Yelp para as pessoas "reclamarem da vista".

Ver o estádio de Wembley me fez lembrar Pippa descrevendo um show que vira ali, contando que estar no estádio com os olhos fechados, cercada por 90 mil pessoas enquanto a música fazia seus ossos tremerem era o mais próximo do êxtase que ela já estivera.

Eu queria ser aquele ao seu lado quando ela vivesse o próximo momento desse tipo.

Senti-me reenergizado quando descemos do avião e seguimos para o terminal, passamos pela alfândega e finalmente fomos pegar as bagagens. A rotina parecia tão natural, tão normal a ponto de libertar meu cérebro para imaginar – cem vezes – como seria ir andando ao apartamento dela ou encontrá-la no pub da esquina de sua casa ou simplesmente na calçada. Eu vinha praticando meu discurso, mas já começava a me dar conta de que o que eu diria quando a visse não faria diferença. Se ela me quisesse, encontraríamos uma forma de seguir juntos.

Eu me sentia como o protagonista dos filmes, em uma missão e com a esperança de que não fosse tarde demais.

O caos organizado do Heathrow ecoava à minha volta, mas consegui encontrar um canto silencioso próximo à área das bagagens. Estava frio e úmido próximo a um conjunto de portas automáticas, e ali deixei minhas malas e puxei o celular do bolso.

Explodi em risos ao abrir os contatos e me deparar com a imagem ao lado do nome de Pippa. Era uma fotografia que ela havia tirado na Jedediah Hawkins Inn no início da viagem, fazendo uma careta, os lábios repuxados, olhos estrábicos. Ruby disse que precisávamos todos nos adicionar às nossas listas de contato, e Pippa tirou a pior *selfie* e a enviou a todos.

Logo abaixo da foto estava seu endereço. Era o começo da tarde de sábado; eu não sabia se ela estaria em casa ou se teria saído com amigos, mas precisava tentar. Fui ao lado de fora do terminal e fiz sinal para um táxi.

As ruas se tornaram mais estreitas quando o carro deixou a M4 e entrou na cidade. Do banco de trás, eu observava conforme passávamos por fileiras de casas minúsculas e apartamentos construídos em ângulos peculiares. A maioria das árvores estava sem as folhas nessa época do ano e os troncos nodosos se erguiam e se espalhavam pelas calçadas de paralelepípedos, posicionando-se contra os tijolos acinzentados.

As pessoas se reuniam na frente dos pubs, com canecos nas mãos, conversando; outras preferiam ficar no interior dos bares e assistir a um jogo na televisão. Passamos por mais pessoas sentadas ou entrando em cafeterias. Imaginei a vida que Pippa e eu teríamos em Londres, se ela quisesse viver aqui: encontrar amigos no pub da esquina ou passar no mercadinho do bairro para comprar comida para o jantar.

Irresistíveis

Eu sabia que era perigoso começar a andar pelo caminho da fantasia, mas não consegui evitar. Eu não a tinha visto em quase um mês... Nem visto, nem conversado com ela durante todo esse tempo. Se eu sentia que estava na merda agora, imagine como seria se nunca mais falasse com ela.

Uma onda de náusea me atingiu quando o táxi parou em frente a um prédio estreito de tijolinhos à vista. Paguei o taxista, peguei a minha mala e saí do veículo. Olhando para a janela do terceiro andar, eu me dei conta de que, se tudo acontecesse conforme planejado, eu poderia dormir nos braços dela já esta noite.

Verifiquei mais uma vez o endereço e o número do apartamento antes de começar a subir as escadas.

Pode ser que ela não esteja aqui.

E não tinha problema nenhum.

Eu esperaria no café no outro quarteirão ou tomaria o metrô para o Hyde Park para dar uma volta e esperar durante algumas horas.

Bati na porta do apartamento e meu coração saltou na garganta quando ouvi os pesados passos se aproximando.

Pensei que estivesse preparado para qualquer coisa. Mas estava errado.

O homem à porta do apartamento de Pippa me observou com olhos azuis arregalados. Cabelos escuros e ondulados caíam em tranças por seus ombros e um fio de fumaça saía do cigarro em sua mão.

Desconcertado, abri a boca:

– ...Mark? – perguntei.

Ele soltou a fumaça do cigarro antes de tirar um fiapo de tabaco do lábio.

– Quem?

– Você é... Mark? – perguntei outra vez, dessa vez mais baixo. – Ou... Pippa está? Ela está aqui? Acho que este é o apartamento dela.

Olhei para o papel em minha mão para verificar mais uma vez o número.

– Não, cara – o homem respondeu. – Não conheço nenhuma Pippa nem nenhum Mark. Acabei de me mudar para cá. A pessoa que morava aqui antes se mudou há uma semana.

Embasbacado, assenti e agradeci, virando-me outra vez para o corredor.

Pippa se mudou?

Desci as escadas lentamente, um degrau de cada vez.

Não sei por que fiquei tão surpreso por não saber disso. Afinal, nós não tínhamos mantido contato. Mas poucas semanas se passaram desde que ela deixara Boston. Pippa deve ter se mudado... imediatamente.

Peguei o celular, vi outra vez sua fotografia e cliquei nela.

Senti um nó no estômago quando tocou a primeira vez, e mais uma vez, até ouvir alguém atender e algumas pancadas e um barulho abafado, como se, do outro lado, alguém tivesse deixado o telefone cair. O ritmo da música atravessava a linha e chegava ao meu ouvido.

– Aêê! – alguém gritou ao telefone, e eu estreitei os olhos, tentando identificar a voz de Pippa em meio a muitas outras.

– Pippa?

– Alô? Não estou te ouvindo. Fale mais alto, por favor!

– Pippa, aqui é o Jensen. Você está em casa? Eu acabei de...

– Jensen! Há quanto tempo, meu colega! E em casa? Não, só bem mais tarde. Como você está?

– Bem, eu estou... o motivo da minha ligação é...

– Ouça, eu tento ligar para você amanhã. Não estou conseguindo ouvir nada!

Fiquei paralisado, olhando cegamente para a rua à minha frente, enquanto a linha ficava muda.

– Claro, sem problemas.

—

Irresistíveis

Como se as coisas não pudessem piorar, logo percebi que estava tão esperançoso de ver Pippa e de que tudo desse certo que sequer fiz reserva em um hotel para o caso de as coisas não saírem como o planejado.

Encontrei um táxi na rua do prédio de Pippa e o motorista esperou até eu reservar um quarto pelo celular. Depois que ela não conseguiu falar comigo, jantei sozinho em um pequeno pub e, durante todo o tempo, me neguei a reconhecer a possibilidade de ter cometido um enorme erro.

Ela vai me ligar de manhã, disse a mim mesmo.

Mas ela não ligou, muito embora eu verificasse continuamente enquanto trabalhava um pouco no escritório de Londres, afinal, eu havia inventado a desculpa de que iria à cidade para acertar alguns problemas. Pippa também não me ligou à tarde e, quando voltei a telefonar para ela, à noite, a ligação foi direto para uma mensagem genérica dizendo para eu deixar um recado. Deixei a mensagem e mantive o volume do celular alto, o aparelho perto da cama, para o caso de ela ligar.

Tentei na manhã seguinte. Caixa postal. E mais uma vez. E deixei outra mensagem. Eu não tinha o endereço de e-mail de Pippa e Ruby ainda não tinha respondido meu e-mail pedindo sua ajuda para entrar em contato com Pippa. Na terceira noite em Londres, era chegada a hora de admitir a derrota.

Com a minha única mala fechada, fiz o check-out no hotel e tomei um táxi para o aeroporto.

Foi fácil reservar o voo e, ciente de que eu tomaria todo o uísque que meu estômago aguentasse antes de dormir até chegar em casa, usei todas as milhas necessárias para trocar por uma passagem na primeira classe em um voo direto para Boston.

Encontrei um assento isolado em um canto do *lounge* e tomei o cuidado de manter o olhar baixo e os fones no ouvido, para ter certeza de que ninguém tentaria puxar conversa. Hanna enviou uma mensagem de texto enquanto eu tomava a segunda dose de uísque com refrigerante, mas eu ignorei o que ela tinha a dizer, pois não estava disposto a admitir que tinha dado um salto de fé e caído e me arrebentado no chão.

Eu sabia que ela ficaria orgulhosa por eu ter tentado e que faria de tudo para me animar, mas por hora eu queria chafurdar. Ou Pippa nunca quis nada além do tivemos, ou quis, mas eu estava ocupado demais para perceber na hora certa.

Anunciaram meu voo no sistema de som do aeroporto e eu esvaziei o copo. Peguei minha bolsa de mão antes de seguir até o portão.

Os viajantes começavam a se reunir ali perto, esperando o embarque, e eu entrei na fila, retribuí o sorriso da agente, olhei para minha passagem e entrei no avião.

Passos ecoavam à minha frente e entrei em piloto automático enquanto percorria o corredor, até chegar à minha fileira.

Quando ergui o olhar, foi como se o chão tivesse se aberto debaixo dos meus pés.

Respirei fundo e abri a boca e, da torrente de palavras e discursos que giravam em minha cabeça, apenas uma sílaba conseguiu sair por minha boca:

– Oi.

Dezoito

PIPPA

Quando eu tinha 16 anos, passei para pegar algumas compras na mercearia perto de casa, depois do colégio, enquanto reclamava *das minhas mães e por ter tanta lição de casa e por elas não perceberem como eu era ocupada e importante. Como se atreviam a me mandar fazer compras?* E foi então que ergui o olhar da bandeja de ovos em minha mão e me deparei com o rosto de Justin Timberlake, que tentava pegar... sabe Deus o quê.

Aparentemente, segundo o Google me contou mais tarde, ele estava na cidade para fazer um show. Até hoje, não tenho a menor ideia do que ele foi buscar na mercearia do meu bairro.

Naquele momento, meu cérebro simplesmente desligou. Já aconteceu com meu computador antes – o monitor dá um estalo discreto pouco antes de tudo ficar preto, e aí tenho que reiniciar a máquina. Sempre que isso acontece com o computador pré-histórico em meu quarto, eu digo que ele está *justintimberlakeando,* porque a sensação é a mesma.

Puft.

Tela preta.

Justin sorriu para mim e abaixou a cabeça para me olhar nos olhos, seu semblante cada vez mais tomado por preocupação.

– Você está bem? – perguntou.

Neguei com a cabeça e ele pegou a bandeja de ovos da minha mão e a colocou na cesta dependurada em meu braço, sorrindo outra vez.

– Não quero que você solte os ovos.

E eu não consigo parar de rir disso, afinal, quando Justin Timberlake me disse para não soltar os ovos, a parte do meu cérebro que se esforçava para ainda funcionar começou a criar uma série de piadas envolvendo ovulação.

Não que eu tenha sido corajosa o suficiente para dizer alguma delas.

Então, é uma cruz que eu tenho que carregar, de verdade, o fato de que, durante o meu grande momento diante de uma celebridade, fiquei completamente muda, a ponto de a celebridade em questão se mostrar incerta sobre se eu sobreviveria ao encontro sem soltar uma dúzia de ovos.

E foi exatamente assim que me senti olhando para Jensen Bergstrom parado à minha frente no avião.

Puft.

Tela preta.

No tempo que meu sistema levou para reiniciar, Jensen havia saído do corredor, perguntando ao homem que vinha atrás dele, em direção à minha fileira, se não se importaria de trocar de lugar, e depois se sentando na cadeira ao meu lado.

Graças a Deus dessa vez eu estava sentada. E não segurando ovos.

– Mas que…? – Minha pergunta foi interrompida pela sensação de asfixia na garganta.

Ele deixou escapar baixinho:

– Oi.

Quando Jensen engoliu em seco, meus olhos deslizaram para a sua garganta. Ele estava usando uma camisa social, mas com a gola aberta. Sem casaco, sem gravata. E, com os olhos colados ao seu pescoço, pude notar seu pulso e de repente me senti queimando, ardendo.

Olhei para o seu rosto e era como rever todas as minhas memórias favoritas. Revi a cicatriz abaixo do seu olho esquerdo, a sarda solitária na bochecha direita. Lembrei que seus incisivos ligeiramente se sobrepunham aos dentes em suas laterais, criando o sorriso mais perfeito do mundo. Todas essas imperfeições menores haviam transformado Jensen em nada menos do que um deus para mim, mas vê-las agora me fazia perceber que elas tornavam aquele o meu rosto favorito em todo o mundo.

Nossos olhares se encontraram, e ali estava aquela fricção química inacreditável.

Nós tínhamos essa química, não tínhamos?

Por outro lado, acho que toda mulher teria essa fricção química com um homem como Jensen. Quero dizer, *porra!* Como não teria? *Olhe* para ele.

E veja o que eu fiz. Jensen tampouco estava de calça social. Em vez disso, usava uma calça jeans escura que abraçava suas coxas musculosas e tênis Adidas verdes... E meu cérebro se ateve por um segundo àquelas roupas casuais, tentando descobrir se *ele* era mesmo *ele*.

— Oi? — respondi, mexendo a cabeça antes de tagarelar: — Não retornei o seu telefonema. — Minhas palavras soavam irregulares como pedacinhos de papel rasgado. — Ah, Deus. E você estava *aqui?* Em Londres?

— Sim — ele respondeu, franzindo levemente a testa. — E não, você não retornou a minha ligação. Por quê?

Em vez de uma resposta, outra pergunta saiu pela minha boca:

— Você realmente está no mesmo voo que vai me levar a Boston? Não seria coincidência *demais?*

Eu não sabia como me sentir com relação a isso.

Bem, não é verdade. Eu simplesmente sentia muitas coisas confusas com relação a isso e não sabia qual dessas coisas venceria a batalha e sairia dominante.

Em primeiro lugar, euforia. Era um reflexo, como o repuxar do meu joelho. Ele estava lindo e feliz e havia uma energia frenética em seus olhos que parecia um colete salva-vidas jogado direto na minha direção. Independentemente de qualquer coisa, eu tinha adorado passar tempo com ele durante a viagem. Tinha começado a *amá-lo*.

Mas também cautela. Por motivos óbvios.

E raiva. Também por motivos óbvios.

E, talvez, apenas uma faísca de esperança.

— Uma coincidência e tanto — ele concordou baixinho. Depois, deu um sorriso que se espalhou por todo o seu rosto, desde os olhos até os lábios, passando pelas bochechas. — Está indo para Boston? Tentei traduzir o repuxar esperançoso de sua sobrancelha, a forma como ele me olhava nos olhos.

— Tenho três entrevistas — respondi, assentindo.

A alegria pareceu sumir do seu rosto.

— Ah.

Fazer o quê?

Assenti, desviando o olhar e engolindo as palavras "não se preocupe, eu não vou ligar para você se você não pedir", que pareciam apertar a minha garganta.

— E eles compraram uma passagem na primeira classe para você? — Jensen resmungou. — Uau!

Para mim, já bastava! Era esse tipo de coisa que ele achava interessante? Se eu valia ou não uma passagem cara de avião? Virando o rosto para a janela, ri para mim mesma, mesmo sem achar a menor graça.

Eu tinha passado as últimas três semanas tentando parar de pensar nele. E estava demorando mais para superar um caso de duas semanas do que tinha levado para deixar para trás o traseiro branquelo de Mark. E, ainda assim, aqui estava eu, bem ao lado de Jensen. E era doloroso.

— Pippa! — ele me chamou baixinho, pousando a mão cuidadosamente sobre a minha, no meu colo. — Você está com raiva de mim ou algo assim?

Suavemente afastei minha mão. As palavras borbulharam em minha garganta, mas eu logo as engoli, afinal, eu não passava de um caso.

Foi só um caso.

Pippa, caramba, foi só um caso.

Olhei outra vez para ele, incapaz de continuar dizendo essa mentira a mim mesma.

– A questão é, Jensen, o que aconteceu entre nós em outubro. Para mim, não foi só um caso.

Seus olhos ficaram arregalados.

– Eu...

– E você me deixou totalmente de lado.

Jensen abriu a boca para falar outra vez, mas eu fui mais rápida:

– Olha, sei que era para ser um caso, mas aparentemente meu coração tinha outros planos. Então, se não estou olhando para você é porque me importo com você... E também estou com uma leve vontade de quebrar a sua cara.

Negando com a cabeça como se não soubesse exatamente por onde começar, Jensen falou:

– No sábado à noite, antes de ligar para você, fui ao seu antigo apartamento. No domingo, enviei um e-mail a Ruby para tentar encontrar você. Liguei no seu telefone a cada quatro horas nos últimos três dias.

Um martelo começou a bater dentro do meu peito.

– No sábado, quando você ligou, eu tinha saído com amigos para comemorar as minhas entrevistas de emprego. Desliguei o celular no domingo porque não consegui aguentar. Há pouco mais de uma semana, mudei-me daquele apartamento para a casa das minhas mães. Liguei para você não muito tempo depois que deixei Boston e cheguei a Londres. Aliás, liguei duas vezes. Nas duas, você mandou a ligação para a caixa de mensagens. Talvez sábado tenha sido um pouco tarde demais para me ligar de volta.

Seus olhos se arregalaram.

– Então por que você não deixou uma mensagem de voz? Eu não sabia que era você ligando. Tenho o seu número na minha lista de contatos, mas não vi nenhuma ligação sua não atendida.

– Era um número da Inglaterra, Jensen, o meu telefone fixo, ligando quando era noite em Londres. Quem mais poderia ser?

Ele deu risada.

– Talvez uma das cinquenta pessoas com quem trabalho no escritório daqui? – Sua voz saiu mais suave quando ele acrescentou: – Você acha que alguém para de trabalhar nessa empresa?

Ignorei seu sorriso afetuoso porque uma pontada causticante de humilhação rapidamente se espalhou por minhas bochechas.

– Não me faça parecer uma idiota. Até eu sei que você jamais mandaria um telefonema de trabalho direto para a caixa de mensagens.

– Pippa – ele falou, aproximando-se e segurando a minha mão com a sua, quente e firme. – Londres começa a trabalhar no meio da noite para mim, e o escritório na Costa Leste só fecha depois das nove da noite. Isso significa que das seis da manhã até por volta de meia-noite eu participo de reuniões ou respondo e-mails e mensagens de voz que as pessoas deixam quando estou dormindo ou nas reuniões. Eu quase nunca atendo o telefone, especialmente quando enfim chego em casa.

A maldita retrospectiva dava o ar da graça outra vez.

Eu tinha imediatamente imaginado que ele estava me ignorando quando, de fato, estava fazendo o que fazia com todo mundo, já que não gostava de falar ao telefone.

– Por que é que você ainda tem um celular? – perguntei com os olhos apertados.

Jensen sorriu.

– Trabalho. Não posso ignorar as ligações do meu chefe, o dono da empresa, nem da minha mãe.

Negando com a cabeça, sussurrei:

– Não tente me seduzir.

Meu comentário claramente o deixou aturdido.

– Não estou tentando seduzir ninguém. Estou sendo sincero. Eu não sabia que você tinha ligado. Quem me dera saber! Senti saudade.

Irresistíveis

Essas palavras ressoaram dentro de mim, gerando uma reação confusa que eu seria incapaz de definir, mas isso não significava muita coisa. Eu tinha ficado em sua cidade durante dias ao final das minhas férias, e ele não tinha me ligado depois daquela noite em sua casa nem demonstrado qualquer interesse em voltar a me ver. E, apesar do que tínhamos dito anteriormente, a verdade era que eu não estava nem um pouco interessada em esperar aquela ligação de "Quando Jensen Está em Londres".

— Embora seja bom saber que você se importa, no fim das contas acho que não quero que você me ligue quando estiver de passagem por Londres. Descobri que não sou do tipo que vive tendo casos. — Funguei, tentando parecer controlada. — Não mais. Acho que não quero mais seguir por esse caminho.

Jensen fez uma pausa antes de falar, piscando para mim algumas vezes.

— Eu nunca fui do tipo que vive tendo casos.

— Se minha memória não estiver falhando, parece que você viveu muito bem tendo casos.

Um sorriso repuxou a lateral da sua boca.

— Pippa, pergunte por que eu estou aqui.

— Acho que já ficou claro que estava aqui a trabalho. O escritório de Londres, lembra?

Ele inclinou a cabeça, estreitou os olhos.

— Foi *isso* que ficou claro?

Franzi a testa. Não foi? A situação toda estava se tornando muito confusa, afinal, Jensen tinha falado sobre fuso horário e horas de trabalho e...

— Está bem — enfim cedi, falando com uma voz sem emoção. — Por que você está aqui?

— Eu vim até aqui para ver você.

Puft.

Tela preta.

Enquanto minha mente tentava processar essas palavras, ele simplesmente me observou, seu leve sorriso se espalhando pelo rosto, ainda cheio de incerteza.

– Você... *o quê?*

Seu sorriso se tornou mais aberto enquanto ele assentia.

– Eu vim até aqui para ver você. Percebi que eu queria mais. Vim para ver se você... também queria mais comigo. Eu estou apaixonado por você.

Minhas pernas se enrijeceram, empurrando-me para cima, fazendo-me ficar em pé e, antes que eu percebesse, estava desajeitadamente pisando em seu colo e tropeçando pelo corredor, a caminho do banheiro.

A comissária gritou atrás de mim:

– Vamos decolar em breve...

Mas o embarque ainda estava aberto. E eu tinha que...

me mexer

andar

respirar

alguma coisa.

Entrei no banheiro e estava começando a fechar a porta quando uma mão me segurou e me impediu.

Jensen olhou para mim como se implorasse.

– Aqui mal tem espaço para mim – sussurrei, forçando a mão contra seu peito.

Mesmo assim, ele deu um passo para a frente, habilmente trocando as nossas posições, de modo que minhas costas agora estivessem contra a porta.

– Mas... nos dê um segundo – ele disse para a comissária agitada.

Jensen fechou cuidadosamente a porta, baixou a tampa do vaso sanitário, sentou-se ali e ficou olhando para mim.

– Que diabos estamos fazendo aqui? – eu quis saber.

Ele segurou minhas mãos, olhou para elas.

Irresistíveis

– Não quero que você vá embora depois de eu dizer que te amo.

– Eu vou passar o voo inteiro sentada ao seu lado – rebati desajeitadamente.

Ele estremeceu, balançando levemente a cabeça.

– Pippa...

– Eu voltei de Boston e me senti péssima – contei para ele. – Pedi demissão, voltei para a casa das minhas mães e comecei a transformar a minha vida em uma realidade à qual eu gostaria de voltar depois de tirar férias.

Jensen ouviu, observando-me pacientemente.

– Não sei dizer se você me arruinou ou... deu um jeito em mim – falei. – Eu saí com alguns caras... – Ele estremeceu outra vez. – E não gostei de nenhum deles.

– Eu não fiquei com ninguém depois de você – ele afirmou.

– Nem com a Emily do softball?

Jensen deu risada.

– Nem com ela. E não foi nenhum sacrifício. – Ele estendeu a mão, acariciou meu queixo e olhou direto nos meus olhos. – E talvez Hanna e Will digam que isso é normal, mas antes eu saí com várias mulheres. Só não tinha conhecido você ainda. Você é a pessoa mais linda que já conheci.

Ele estava olhando outra vez no meu rosto quando disse isso. E não tinha feito nenhum comentário sobre os meus cabelos.

Se tinha percebido que agora estavam com uma tonalidade lavanda, não deixou transparecer. Nem deu aquela olhada casual – mas óbvia – nas pulseiras espalhadas em meu braço ou no meu colar pesado ou em meu coturno vermelho.

E acho que foi aí que eu me dei conta. Eu estava convencida. Aqueles olhos verdes envoltos por pesados cílios; as bochechas suaves e coradas; os cabelos que ele tinha deixado crescer o suficiente para não cair sobre a sobrancelha; e, agora, o fato de ele me ver como eu sou, e não como um conjunto de excentricidades e cores fortes...

Meu cérebro tentou encontrar um último argumento.

– Você veio a Londres para esse grande gesto porque está se sentindo solitário.

Jensen me estudou, estendendo uma mão para, pensativo, coçar o maxilar.

– É verdade.

Essas duas palavras ecoaram pesadamente entre nós, e, quanto mais elas ficavam no ar, mais eu percebia que ele *poderia* encontrar outra mulher se só quisesse companhia.

– É tarde demais? – Ele me observou, lábios lentamente formando um sorriso cético. – Tenho a sensação de que ainda não tivemos uma chance de testar. Da outra vez, nós dois estávamos tentando fazer tudo ser casual.

– Não sei o que pensar de tudo isso – admiti. – Você não é do tipo impulsivo.

Segurando minhas mãos, ele deu risada.

– Talvez eu queira mudar um pouco as coisas.

– Antes… – comecei, falando suavemente. – Antes você só me queria quando era conveniente.

Jensen olhou para o banheiro minúsculo à nossa volta, pensou no voo que tinha tomado apenas para me ver. Seu argumento era supérfluo e nós dois sabíamos disso, então ele olhou outra vez para mim e sorriu. Bem-humorado. Tranquilo. Exatamente o homem que eu conhecera na viagem.

– Bem, nós estamos aqui. Não é exatamente a definição de conveniência – rebateu com um sorriso provocante. – E eu te amo.

As palavras explodiram para fora da minha boca:

– Eu já dormi com muitos caras.

– O quê? – E deu risada. – E daí?

– Sou péssima lidando com dinheiro.

– Eu sou ótimo lidando com dinheiro.

Senti meu coração tentando se arrastar para fora de mim.

— E se eu não arrumar emprego em Boston?

— Eu venho para o escritório de Londres.

— Simples assim? — perguntei.

Meu coração era uma bagunça se debatendo no peito.

— Não é exatamente "simples assim" — ele explicou, negando com a cabeça. — Eu passei o último mês me sentindo péssimo e refletindo sobre todos os motivos pelos quais nada faz sentido. O problema é que não há nenhum motivo que me convença a ficar lá. — Jensen deslizou o indicador por uma sobrancelha arqueada. — Não me importo com a distância. Não tenho a preocupação de que você vá me deixar sem uma explicação. Não ligo por sermos pessoas tão diferentes e não me preocupo com meu trabalho entrar no nosso caminho. Não vou deixar isso acontecer. Não mais.

Ele fez uma pausa antes de acrescentar:

— Na sexta-feira, eu virei sócio da empresa.

Senti o ar à nossa volta parar e o pequeno espaço do banheiro pareceu encolher ainda mais.

— Você *o quê?*

Seu sorriso era provocador e doce.

— Ainda não contei para ninguém. Queria contar primeiro para você.

Agarrando seus ombros, gritei:

— Você está *me zoando?*

Jensen deu risada.

— Não. É uma loucura, eu sei.

Mas estar tão perto dele e sentir essa expectativa enorme era aterrorizante.

— Pippa — falou, olhando para mim. — Você acha que também poderia me amar?

— E se eu não pudesse? — sussurrei.

Ele me olhou sem falar nada. Em seu olhar não havia nem arrogância, nem derrota. Havia um ar de certeza vindo de seu coração, algo dizendo que ele não estava errado, que nós daríamos certo.

Eu sabia o quanto ele tinha trabalhado para conseguir confiar em sua bússola emocional e eu seria uma pessoa horrível se destruísse essa confiança.

– Se eu dissesse que não poderia, você saberia que eu estaria mentindo – admiti.

Seu peito desceu um pouco quando ele expirou com insegurança.

– Mentindo?

Mordisquei o lábio antes de esclarecer:

– Porque eu já amo.

Seu rosto inteiro se transformou quando ele abriu um sorriso enorme.

– Desculpe – disse. – Você está um pouco longe demais, eu não consigo...

Abaixei-me, repeti as palavras contra sua boca antes de beijá-lo.

E o mais estranho: o beijo parecia familiar, como se tivéssemos nos beijado mil vezes antes. E acho que tínhamos. Eu esperava que fosse alguma espécie de revelação, algo como um beijo de comprometimento.

Dizer as palavras em voz alta não tinha mudado nada. Elas só nos fizeram reconhecer o que já existia.

Epílogo
IRRESISTÍVEIS

JENSEN

O avião tocou o solo e eu acordei Pippa, sacudindo-a suavemente. Ela se assustou, deu um pulo, inspirou duramente e olhou em volta.

Observei-a enquanto ela se lembrava do que tinha acontecido: entrar no avião, me encontrar ali, nossa conversa no banheiro minúsculo, as declarações, termos sido expulsos do banheiro para a decolagem e o jeito mais esquisito do mundo de nos abraçarmos em nossos assentos. Ela dormiu cerca de meia hora depois que ganhamos altitude, deixando-me sozinho para pensar em tudo o que estava acontecendo.

Eu gostava de estar preparado.

Se Pippa não encontrasse um trabalho em Boston, poderíamos nos mudar para a Inglaterra.

Ou ela poderia ir morar comigo e encontrar alguma coisa para fazer, sem precisar necessariamente se apressar. Mas Pippa era muito independente e vivaz; eu não sabia como ela responderia à minha sugestão de me deixar ganhar dinheiro enquanto ela cuidasse de tornar as nossas vidas interessantes.

Por outro lado, parte de mim suspeitava que esse fosse o emprego dos sonhos de Pippa: Aventura S/A.

– Eu babei em você? – ela perguntou, ainda um pouco rouca por ter acabado de acordar.

– Só um pouquinho.

Pippa sorriu.

– Eu melhoro a cada vez que voamos juntos.

Acariciando seu queixo, eu me aproximei e dei-lhe um beijo rápido.

– Esse voo foi ótimo.

Saímos da aeronave e atravessamos os corredores para pegarmos a mala dela.

– Me diga como estão os seus horários – pedi, ajeitando a minha mochila sobre a mala de rodinhas de Pippa e guiando-a ao estacionamento.

– Que dia é hoje? – perguntou, esfregando as mãos nos olhos. – Terça-feira?

– Isso. – Olhei para o relógio em meu pulso. – Terça-feira, 4h49 da tarde no horário local.

– Tenho uma entrevista amanhã às dez da manhã e, se não me falha a memória, outras duas na quinta-feira. – Ela puxou o celular do bolso e apertou os olhos enquanto estudava a tela. – Isso, é isso mesmo.

Olhei curioso para o seu celular, lembrando que ela dissera que tinha ficado sem serviço. Compreendendo, ela disse, bocejando:

– Mães. Celular novo e dinheiro para o almoço antes de eu vir.

Eu mal podia esperar para conhecê-las.

– E reservaram um hotel para você? Quero dizer, seus entrevistadores, não as suas mães.

Ela assentiu.

– Um quarto no Omni.

Ficamos em silêncio enquanto seguimos andando até o meu carro. Por um lado, eu não queria apressar as coisas. Por outro, tinha ido até Londres para declarar o meu amor e, antes disso, nós tínhamos transado de todas as maneiras concebíveis. Parecia um pouco tarde demais para me preocupar com apressar as coisas.

– Quer ficar em casa?

Ela me olhou enquanto eu ajeitava a bagagem no carro.

Irresistíveis

– Ou eu vou para lá, ou você vai para o meu hotel – afirmou, rindo. – Afinal, agora você é meu, não?

—

Sem trânsito, levaríamos cerca de quinze minutos entre o Logan International e o hotel de Pippa, ou meia hora até a minha casa.

A vantagem do hotel: mais rápido para chegar.

A vantagem da minha casa: minha cama, mais opções de entrega de comida e mais superfícies planas para atividade sexual.

Meu telefone tocou enquanto passávamos pelas ruas, a mão de Pippa em minha perna. Olhando para a tela, vi o rosto de Hanna.

Pippa sorriu, animada, mas eu levei o dedo aos lábios para indicar que deveríamos ficar em silêncio para fazer uma surpresa. Também suspeitei que, se Hanna desconfiasse que Pippa estava comigo, ela tentaria nos convencer a ir à sua casa e... não.

– Oi, Ziggs.

– Ouça – ela falou com uma voz estourada, permeada pelo pânico. – Desculpa por não ter atendido sua ligação na sexta-feira, mas depois você não atendeu mais e estou me sentindo culpada por uma coisa e...

– Querida, está tudo bem – falei, rindo. – Eu liguei para você enquanto estava deixando a cidade e desde então estive um pouco... ocupado.

– Ah, você não está em Boston? – ela perguntou, confusa.

A única pessoa que conhecia minha agenda melhor do que Hanna era a minha assistente.

– Agora estou. Eu só queria dizer para você que...

– Não, espere. Deixe-me falar primeiro – pediu. – Eu não disse uma coisa para você e agora estou me remoendo.

Confuso, arqueei as sobrancelhas.

– Você não me disse uma coisa?

– Pippa está vindo para cá – Hanna contou. – Para Boston. Isso se ela já não estiver aqui. Vai fazer algumas entrevistas de emprego.

Ela engoliu uma lufada de ar depois da última palavra, e então não havia nada além de silêncio. Era como se Hanna tivesse lançado uma granada e dado um pulo para trás na esperança de ser poupada da explosão. Pippa levou a mão à boca.

Eu queria surpreender Hanna levando Pippa à sua casa, talvez amanhã, mas agora eu não sabia o que fazer.

– Não fique nervoso – Hanna acrescentou, tentando parecer animada. – Eu não sabia direito como você reagiria. Sei que não queria que eu me intrometesse mais.

Sorri para Pippa, que, em silêncio, mordiscou o lábio inferior, e falei:

– Eu não estou nervoso.

– Eu só queria muito que vocês dois dessem certo – Hanna continuou. – E espero que eu consiga vê-la enquanto ela estiver em Boston porque gosto tanto dela...

– Tenho certeza de que você vai vê-la.

– Mas... – minha irmã prosseguiu. – Prometo que não vou vê-la se isso o fizer sentir-se estranho.

– Não vou me sentir estranho – admiti. – Eu também amo Pippa.

Ao meu lado, Pippa abriu um sorriso enorme. Hanna ficou totalmente em silêncio antes de sussurrar:

– Como é que é?

– Ziggs, eu preciso chegar em casa, mas posso passar aí para jantar um pouco mais tarde? Também tenho uma surpresa.

—

Subir a escada da minha casa pareceu-me um pouco surreal. Será que nós chegaríamos a morar juntos? Será que viveríamos *aqui*? Não que eu estivesse pensando em cada pergunta, mas muitas delas giravam dentro da minha cabeça – quando moraríamos perto um do outro? Quando moraríamos juntos? Será que isso duraria para sempre? Qual emprego ela arrumaria? Ela *precisava mesmo* de um emprego? De qualquer modo, o silêncio reinou quando fechamos a porta.

Pippa deslizou o olhar pela sala de estar.

– Quando estive aqui da outra vez, não prestei muita atenção.

Pude notar o pulsar em seu pescoço, abaixo da pele suave, naquela garganta ao mesmo tempo delicada e forte.

– E acho que agora também não é hora de prestar atenção.

Ela se virou para me olhar e abriu um sorriso enorme.

– Não?

– Não.

Aproximei-me de Pippa e ela estendeu a mão. Usou a barra da minha camisa para me puxar para perto.

– Então vamos direto para o sexo?

Assentindo, respondi:

– Direto para o sexo.

– Quarto?

– Ou sofá – sugeri. – Ou bancada da cozinha.

Ela se alongou e me beijou preguiçosamente.

– Ou banho.

Banho. Essa me parecia uma ideia excelente.

Fiz nós dois darmos meia-volta antes de segurar sua mão e levá-la ao banheiro da suíte máster.

– Seus cabelos estão lindos.

Senti-a rindo, a vibração em sua garganta contra a minha boca.

– Pensei que você não fosse comentar. Imaginei que detestasse essa cor.

– Eu percebi – falei. – Mas não dei muita atenção até você dormir em cima de mim. Acho que eu só estava animado por vê-la e tão nervoso que não processei a informação. Gostei dos cabelos.

Ela arrancou a minha camisa e a jogou no chão próximo ao chuveiro.

– Essa é uma boa resposta.

– É?

Minhas mãos repousaram sobre seus ombros antes de começarem a puxar o tecido que havia ali.

O vestido de Pippa caiu aos seus pés e ela deu um passo para o lado.

– É. Meu avô vai gostar de você.

Afastei-me, olhando surpreso para ela.

– Avô? – Olhei para suas mãos, que arrancavam minha calça jeans e levavam a cueca junto. – Estamos falando do seu avô agora?

Ela deu um sorrisinho afetado.

– Um dia eu conto toda a história para você.

– Quando estivermos comendo sanduíches e tomando refrigerante – falei, rindo. – Não quando estamos...

Nua, ela ficou de costas para mim, estendendo a mão para abrir o chuveiro. E, porra!, aqui estava tudo o que eu queria, tudo no mesmo lugar.

Fizemos sexo no banho. E, dessa vez, sem precisar dizer adeus depois, sem aquela compreensão de que tudo era temporário, mas sabendo que não era.

—

No sofá, Pippa se aproximou de mim, seus cabelos molhados fazendo cócegas em meu pescoço enquanto ela tomava o controle remoto das minhas mãos.

– Eu me recuso a ver *Game of Thrones*.

Fiz beicinho para ela. Eu tinha gravado toda a temporada anterior e estava pronto para me deliciar.

– Pensei que você só fosse dormir em cima de mim.

– Não estou mais cansada.

– Mas...

Irresistíveis

– Tenho certeza de que o seriado é ótimo. Mas tem sangue e violência demais para o meu gosto.

– Acho que isso significa que você também vai vetar *The Walking Dead*? Porque gravei alguns episódios.

Ela riu e roubou a minha cerveja para tomar um gole antes de devolvê-la.

– Exatamente. – Olhando em volta, resmungou: – Você precisa de mais cores aqui.

– Você descobriu o meu truque. – Aproximei-me, beijei sua têmpora enquanto ela escolhia o filme *Descompensada* no iTunes. – Eu só trouxe você aqui para redecorar a casa.

– Há algum item aqui que tenha valor sentimental?

Acompanhei seu olhar, que pousou em uma luminária antiga e descolada em um canto.

Tomando um gole de cerveja, neguei com a cabeça.

– Não.

– Carta branca?

– Pode fazer o que quiser comigo e com a minha casa.

Ela roubou outra vez a minha cerveja, seus olhos fixos no começo do filme na TV.

– Mas não com a minha cerveja.

Sorrindo, peguei a garrafa de volta.

Ela esticou o braço, impedindo que eu alcançasse a cerveja, rindo.

– É possível que eu venha aqui e vire tudo de ponta-cabeça.

– Espero que sim.

– Você vai reclamar quando trabalhar demais.

– Melhor que seja assim.

Ela inclinou o rosto na direção do meu.

– Espero encontrar um emprego aqui. Quero *muito* que dê certo.

– Eu também quero.

Ela fez beicinho.

– Gosto do seu banheiro. Tem espaço lá para um milhão de shampoos. E a sua cama é muito confortável. Hanna também mora em Boston e eu adoro todos os amigos de Nova York. E, só de ficarmos juntos assim, detesto imaginar não ter isso. Em especial, detesto imaginar não ter *você*.

A vulnerabilidade em suas palavras fez meu coração se apertar.

– Independentemente do resultado das entrevistas, vamos dar um jeito de fazer acontecer.

Seus olhos brilharam quando algo pareceu se passar em sua mente. Então, Pippa ajeitou o corpo.

– A gente não ia à casa da Hanna?

Quase pulei do sofá.

– Puta merda!

Peguei meu celular na mesinha de centro, quase o derrubei no colo de Pippa. Mas, assim que olhei para a tela, vi uma única notificação ali: uma mensagem de texto da minha irmã.

"Não podemos jantar juntos hoje. Estamos a caminho de Nova York. Todo mundo vai se encontrar lá. Venha se unir a nós assim que puder."

E, depois disso, o *emoji* de um bebê.

– Que...? – Mas aí me dei conta. – Nossa. *Nossaaa!!!*

Pippa olhou para mim.

– O que foi?

– Não podemos jantar na casa de Hanna e Will hoje à noite – respondi. – Mas, antes que eu possa contar para você, só quero ter certeza de que está pronta para mim e tudo o que vem com a minha família e os meus amigos...

Ela se aproximou.

– Sim. Eu quero tudo isso.

Virei meu telefone na direção dela, para que pudesse ler. A mesma confusão e, em seguida, compreensão, espalharam-se por seu rosto.

– Quer ir? – perguntei.

Irresistíveis

– Porra, claro que sim! – exclamou em resposta, sorrindo para mim. Em seguida, virou-se e pegou seu celular na bolsa no chão. – Hanna também me mandou uma mensagem. – Analisou a tela. – Pedindo desculpas por possivelmente não poder se encontrar comigo nessa viagem.

Sorri para ela.

– Ou talvez você apareça e a surpreenda.

Observando outra vez o telefone, Pippa ficou com os olhos marejados.

– Ruby também mandou uma mensagem. Ela também não quer perder o encontro. Todo mundo vai para lá para comemorar?

– Provavelmente. E, em uma situação normal, eu ficaria aqui, enterrado no trabalho. Mas, se você vai, eu vou – falei. – Eles são loucos e autoritários, mas... acho que você vai se adequar perfeitamente.

Ela engoliu em seco, aparentando se sentir insultada.

– Você me acha louca e autoritária?

– Não. Acho você divertida e inteligente e intensa. – Dei um beijinho em seu nariz. – E totalmente *irresistível*.

Epílogo
PLAYBOY IRRESISTÍVEL

WILL

Hanna desligou o telefone e ficou olhando confusa para o aparelho.

– Ele estava no carro. E parecia muito ocupado.

– Jensen? Ocupado? – ironizei, adotando um tom sarcasticamente confuso.

Jensen *sempre* parecia ocupado.

– Não – ela esclareceu. – Eu não quis dizer ocupado com o trabalho. Não estava daquele jeito, falando com sua voz de homem de negócios e todo monossilábico, isso quando atende ao telefone. Estava mais, tipo... *distraído*. – Mordiscou o lábio e acrescentou: – Jensen soava estranhamente tranquilo e *feliz*. E falou sobre amor... – Balançou a cabeça. – Não entendi nada.

Encolhendo os ombros, ela deu a volta no balcão da cozinha para me abraçar, descansando o queixo em meu ombro.

– Não quero ir trabalhar amanhã.

– Eu também não – confessei. – E nem me sinto inspirado para trabalhar hoje à noite. – Ergui o braço atrás dela para olhar o relógio em meu pulso. – Tenho que fazer aquela ligação para a Biollex daqui a uma hora.

– Will? – Sua voz saiu meio fraca, como ficava quando ela tentava me perguntar o que eu queria ganhar de Natal ou se eu estaria disposto a fazer uma torta de cereja só porque ela queria. Para o jantar.

Olhei para Hanna e beijei a ponta de seu nariz.

– Diga.

– Tem certeza de que quer esperar dois anos?

Precisei de um instante para me dar conta do que ela estava falando.

Era ela que não estava pronta para ter filhos. Agora com 34 anos, eu me sentia pronto, mas é claro que estava disposto a esperar até que nós dois estivéssemos preparados.

Percebi que esse era o jeito de Hanna dizer "acho que estou pronta".

– Você quer dizer...?

Assentindo, ela falou:

– Talvez não dê certo imediatamente. Quero dizer, lembra o que Chloe e Bennett enfrentaram? Talvez fosse bom a gente só... ver o que acontece.

Meu celular vibrou no balcão da cozinha, mas eu o ignorei.

– Ah, é? – lancei, observando sua expressão.

Tinha sido mesmo difícil para Chloe engravidar. Ela e Bennett tentaram por mais de dois anos. Deixando de lado todo o senso de humor, parte de mim acreditava que esse era o motivo pelo qual Chloe estava tão feliz. Os dois não deixaram o desejo de ter um filho tomar todo o espaço de suas vidas, mas havia um alívio e uma sensação de vitória inegáveis em seus olhos quando nos contaram que enfim estavam esperando um bebê.

Hanna assentiu, mordiscando seu lábio inferior, mas o sorriso iluminou seus olhos.

– É melhor você ter certeza – sussurrei antes de beijá-la outra vez. – Não é uma coisa do tipo "acho que pode ser agora".

– Eu cuido da violeta na janela da cozinha e a tenho mantido viva pelos últimos sete meses – apontou, sorrindo para mim. – E acho que sou uma boa mãe para Penrose.

– Você é uma ótima mãe para a nossa cachorra – elogiei, tomando cuidado para manter minha animação controlada. – Mas também é viciada em trabalho.

Ela me encarou e eu percebi o que estava silenciosamente dizendo: "São sete e quinze da noite e, *hello!*, há duas horas eu estou aqui, de pijama, e não no laboratório".

– Isso é um dia – falei com uma voz apertada. – Na maior parte dos outros, você sai às sete da manhã e só volta quando já está escuro. Sei que, de acordo com os nossos planos, eu ficaria em casa, mas, num primeiro momento, você também vai querer ficar. É uma questão importante, não é?

– Eu estou pronta, Will. – Ela se alongou e beijou meu queixo. – Eu quero ter um filho.

Caramba!

Olhei para o relógio. Eu tinha uma ligação importante para fazer em... 45 minutos. E queria dar uma revisada nos assuntos antes, mas agora tinha outra coisa que eu queria mais.

Para ser mais específico: a cintura quente de Hanna debaixo das minhas mãos e aquelas arfadas que ela soltava quando eu a erguia e a colocava sentada na ilha da cozinha. Queria sentir suas unhas se afundando em minhas costas e seu abraço. Não era a primeira vez que transaríamos neste cômodo – nem de longe –, mas agora parecia diferente.

– Isso é o sexo de duas pessoas *supercasadas* – ela disse, tirando as palavras da minha boca enquanto alegremente puxava a minha camisa para fora da calça jeans. – Será nossa primeira vez fazendo sexo produtivo, reprodutivo. Com um objetivo! Sexo com uma missão! – E olhou beatificamente para o meu rosto. – Missionário!

Beijei-a para calá-la, rindo contra sua boca e arrancando sua calça de pijama.

– Espere aí, espere aí. – Afastei-me e olhei para ela. – Você ainda está tomando anticoncepcional, não está?

Como se se sentisse culpada, encolheu o ombro.

– Como assim?! – Fiquei boquiaberto para ela. – Quando foi que você parou?

Soltando um pouquinho os ombros, ela admitiu:

– Acho que há uma semana.

– A gente transou na última semana. – Pensativo, pisquei os olhos. – Tipo, várias vezes.

– Eu sei, mas não acho que eu tenha ficado, tipo, *imediatamente fértil*, nem nada do tipo.

Mesmo me deparando com sua confidência ilógica, senti um calor se espalhar por meu corpo. Sei que devia ter ficado um pouco irritado por ela ter feito isso sem conversarmos, mas não fiquei. A possibilidade de repente parecia real pra caralho. A gente teria filhos um dia. Talvez logo.

Puta merda!

Tudo se transformou em uma mistura de risada e dentes batendo e membros presos em roupas, mas, quando eu a tinha livre o suficiente para me colocar entre seus joelhos e invadi-la, o resto do mundo se derreteu na minha visão periférica. No fim das contas, não se tratava de sexo com um objetivo. Era apenas... estar com Hanna. Como eu tinha ficado mil vezes, com um leve eco de expectativa e excitação que não tinha nada a ver com senti-la em mim ou os gemidos que ela soltava. Seus cabelos tocaram meu rosto quando me inclinei para beijar seu pescoço. Suas mãos eram suaves e firmes em minhas costas, agarrando meu traseiro. Eu tinha visto Hanna se transformar de uma mulher jovem e inocente em um poço de energia, confiança e assertividade. E, comigo, ela continuava sendo a mulher doce, aberta e sorridente pela qual me apaixonara havia mais de três anos.

—

Hanna soltou o corpo na ilha da cozinha, olhando-me com os olhos embriagados de quem havia acabado de transar.

– Muito bem, William.

Irresistíveis

Beijei seus seios, murmurei alguma coisa incoerente.

Ela estendeu a mão cegamente para trás quando meu telefone vibrou outra vez.

– O que está acontecendo com o seu celular? Será que você confundiu o horário daquela ligação?

Pegando o aparelho, ela o levou para perto do rosto para ler a tela, mantendo uma mão enterrada em meus cabelos.

Senti seu corpo ficar paralisado embaixo do meu, a respiração presa em seu peito.

– Will.

Dei um beijo sobre seu coração.

– Hum?

– Você tem... algumas mensagens de texto de Bennett e uma de Max.

Dei risada.

– Leia para mim.

Hanna se recusou e estendeu a mão, entregando o celular para mim.

– Acho que você vai querer ver com seus próprios olhos.

Epílogo
ESTRANHO IRRESISTÍVEL

MAX

– Como é que eu tive três filhos antes e nenhuma dessas roupas de maternidade serve no meu corpo?

Sara puxou a barra da camiseta e me olhou pelo espelho, o desespero escancarado em sua expressão. A camiseta servia nas mangas, no peito, na largura. Mas estava longe de ser longa o suficiente. O tecido sequer chegava a cobrir seu barrigão de grávida.

– Porque o pequeno Graham se recusa a se manter contido – respondi, beijando o topo da cabeça dela. – Temo por você não conseguir espirrar sem se molhar.

– Isso acontece desde Annabel. – Ela se virou, apoiou as costas na bancada do banheiro. A testa franzida deu lugar a um sorriso apertado. – Eu te amo.

Dei risada. Esse era seu refrão ao longo das últimas semanas. Toda vez que internamente sentia vontade de me dar um soco, ela dizia que me amava.

Eu não precisava perguntar para descobrir se era verdade. Ela já tinha dito muitas vezes que me amava.

Meus bebês gigantes a forçavam a fazer xixi quando ela espirrava: "Eu te amo, Max."

Tivemos que pedir uma mesa em vez de uma cabine quando ela foi tomar café da manhã em seu restaurante favorito, o Hell's Kitchen, porque minha prole gigante tomava espaço demais: "Eu te amo, Max."

Nossa segunda filha, Iris, que estava para completar dois anos, já tinha quebrado um braço tentando "jogar rúgbi" no parque: "Eu te amo, Max."

Nossa vida era uma bagunça de crianças e suco derramado e telefonemas de trabalho atendidos no banheiro e limpar manchas de gelatina nos móveis. Mas, para dizer a verdade, eu não temia nosso futuro ainda mais caótico. Sara adorava ter filhos mais do que adorava qualquer outra coisa, e nós dois parecíamos capazes de enfrentar muito bem essa loucura. Disse a ela que três estaria bom. Ela queria cinco. Mesmo a essa altura, ainda não tinha mudado de ideia.

De qualquer forma, depois desse parto, talvez eu sugerisse que parássemos no quarto filho: durante toda a gravidez, Sara se mostrou... espirituosa.

Ezra gritou com Iris no outro quarto e o grito foi seguido por uma forte pancada. Comecei a avançar na direção da porta, mas Sara me segurou pelo antebraço.

– Não – falou. – É só aquela vitrolinha de brinquedo. Aquilo lá não quebra, de jeito nenhum.

– Como você sabe qual brinquedo era?

Ela abriu um sorriso, fazendo-me lembrar de como andava tranquila.

– Confie em mim. – E puxou a barra da minha camisa. – Venha aqui.

– Por que as crianças ainda não estão na cama? – perguntei, olhando para trás.

– Você pode descobrir depois que vier aqui.

Aproximei-me para beijá-la, deixando-a dizer a intensidade do beijo que queria. E aparentemente ela queria um beijo selvagem e demorado. Suas mãos já deslizavam por baixo da minha camisa, indo da barriga ao peito.

– Você é uma delícia.

Segurei seus seios.

– Você também.

Irresistíveis

Ela gemeu extasiada.

– Ah, meu Deus, você é mais gostoso do que o meu melhor sutiã. Será que poderia andar atrás de mim, segurando meus peitos o
dia todo?

– Você já me deu a tarefa de massagear os seus pés. – Beijei-a
outra vez antes de murmurar pensativo: – Mas acho que uma tarefa
é para fazer enquanto estivermos sentados e a outra é para quando
estivermos em movimento.

Sara esticou a ponta dos pés e me abraçou na altura do pescoço.

– Você é tão bom comigo.

Deslizei a mão por sua barriga, sentindo o que possivelmente
seria um pezinho chutando a minha palma.

– É porque eu te amo.

Seus olhos castanhos enormes encontraram os meus.

– Você alguma vez imaginou isso? – perguntou. – Quatro anos
atrás, imaginou que estaríamos grávidos apenas meses depois de
transarmos em um bar? E que estaríamos prestes a ter o quarto
filho e eu ainda me sentiria assim quando beijasse você?

– Acho que vou me sentir assim para sempre.

– Você sente saudades? – ela perguntou, e eu sabia do que estava falando.

– Claro. Mas temos nosso encontro de aniversário já marcado.

Depois de Annabel, precisamos de alguns meses para voltar ao
nosso quarto no clube do Johnny. Mas, depois de Iris, aquele quarto
não parecia mais certo. Tentamos algumas vezes, arriscamos voltar
àquele lugar que era libertador e erótico e nosso. Mas, por algum
motivo, fazer amor no quarto com uma parede de vidro gigante agora era diferente. Era quase íntimo demais, expostos demais. Para
colocar de uma forma bem simples: não funcionava mais.

Em vez disso, fechamos um novo acordo: durante a hora do almoço, enquanto o Red Moon estivesse fechado, um fotógrafo brilhante – cujo nome nunca descobrimos e que não conhecíamos an-

tes – ficou do outro lado do vidro, tirando fotos enquanto nós dois fazíamos amor. Johnny as usou em uma decoração de bom gosto do corredor. Uma ou duas vezes por mês, íamos lá para uma sessão. Mais vezes se sentíssemos necessidade, menos vezes se os acontecimentos da vida nos impedissem.

Os frequentadores gostavam de saber que ainda andávamos por lá.

Sara gostava de poder escolher quais imagens seriam usadas.

E eu me sentia reassegurado de que sempre encontraríamos um jeito de fazer essa necessidade dela funcionar: teríamos esse prazer privado entre nós enquanto vivêssemos.

– Você está feliz? – ela perguntou, arrastando as mãos por debaixo da minha camisa para pressionar meu umbigo.

– Em êxtase.

Ela alongou o corpo e me beijou outra vez.

– Acho que deveríamos parar no quarto filho.

Com meu rosto diante do seu, dei risada.

– Acho que você está certa.

– Gosto de ter um babá. Não quero que ele peça as contas.

O comentário me fez rir mais alto.

– Acho que George também ficou muito feliz por você ter um babá.

No bolso da calça, meu telefone vibrou e eu o puxei para ler a tela.

Meu coração parou.

– Será que devemos comprar uma casa em Connecticut? – ela perguntou pensativa enquanto beijava minha clavícula. – Manhattan não vai funcionar para nós por muito mais tempo.

Olhei sem piscar para a tela.

– Talvez pudéssemos ir a Connecticut de carro amanhã, já que a sua agenda está tranquila.

Li a mensagem outra vez, e mais uma vez.

Irresistíveis

Bem, aqui vamos nós. Deixei um risinho escapar. Aquele pobre filho da mãe não tinha ideia do que estava prestes a atingi-lo.

– Max?

Espantado, pisquei para ela.

– Sim?

– Talvez pudéssemos ir a Connecticut amanhã à tarde?

Com um sorriso, virei meu celular para que ela pudesse ler o que estava na tela.

– Ainda não, flor. Temos uma viagem mais importante para fazer agora.

O epílogo *finalmente*

GEORGE

Will puxou a cabeça para fora das cobertas, a boca curvada em um sorriso cheio de orgulho. Seus cabelos estavam perfeitamente amassados e, juro, se eu não fosse um cavalheiro, me sentiria tentado a tirar uma foto dele e compartilhá-la com algumas centenas de seguidores no Snapchat.

Para a sorte de Will, eu *era* um cavalheiro.

– Está vivo? – ele perguntou, beijando o meu peito.

Deixei meu braço deslizar sobre a minha testa.

– Não.

– Ótimo. – Ele se arrastou e beijou meu queixo. – Missão cumprida.

Virei-me para olhar para ele, para puxá-lo para mais perto. Sem nenhum espaço entre nossos corpos, eu podia sentir o forte *tum--tum* de seu coração. Momentos assim me faziam querer ficar em pé na cama e começar a cantar.

Hum, talvez mais tarde.

– Posso dizer uma coisa para você? – ele perguntou, beijando-me, sacudindo levemente meu ombro para que eu olhasse para ele.

Abri os olhos. Sua expressão era de nervosismo, como costumava ser quando eu saía do quarto usando alguma coisa completamente *avant-garde* e percebia que ele queria me emprestar uma calça jeans e uma das suas camisetas. Seus olhos castanhos agora ostentavam um brilho iluminado e dançavam por meu rosto, estudando-me.

- Tenho uma coisa para você.

Ah. Um nervosismo bem diferente, então.

Ele certamente atraiu a minha atenção.

- Um presente?

Rindo, ele rolou para mais longe, pegando alguma coisa na gaveta do criado-mudo. As cobertas deslizaram e eu passei a palma da mão em suas costas.

- Se não bastasse ter o nome perfeito e as costas perfeitas, você cozinha, tolera o meu amor por *boy bands* e ainda me dá presentes? Eu sou o cara mais sortudo do mundo.

Todos os dias eu agradecia ao universo por aquele trem do metrô que passava tão tarde e por:

1. Will Perkins estar atrasado para sua entrevista para ser babá na casa de Sara e Max Stella.
2. Ele ainda estar lá quando eu passei implorando por uma troca de roupas porque tinha me ensopado com a água parada na sarjeta a dois quarteirões dali e estava mais perto da casa de Sara do que da minha.
3. Eles terem nos apresentado.
4. Eu ter dado risada e flertado simplesmente porque o nome dele era Will.
5. Ele ter olhado para a minha camisa grudada ao peito como se ali tivesse encontrado sua religião.

Sempre soube que meu destino seria ficar com um Will. Eu só tinha escolhido o Will errado na primeira vez.

E eu me zoaria para sempre por acreditar em amor à primeira vista, mas me foda com o seu Louboutin de salto mais alto se esse tipo de amor não existir de verdade.

De qualquer forma, não comente nada com Chloe. Ela arrumaria uma régua para medir.

Irresistíveis

Will rolou até apoiar as costas no colchão e colocou uma caixinha na minha mão. E o mundo todo parou.

Eu esperava um pirulito todo incrementado que ele comprara em alguma das vezes que saiu com Iris e Annabel, talvez um vale-presente para eu trocar a sola dos meus sapatos preferidos, afinal, eu vinha sentindo o luto pela morte iminente deles, e Will Perkins costumava notar esses detalhes. Porém, o presente cabia na palma da minha mão. E pesava. Era preto e de textura macia e... parecia uma caixa *com um significado especial*.

Parecia uma caixa que Will Perkins daria a seu namorado George Mercer no aniversário de um ano, antes de dizer uma coisa importantíssima e capaz de mudar as nossas vidas.

– São abotoaduras, não são? – arrisquei.

Ele sorriu. Seus cabelos loiros caíram sobre a testa enquanto ele se virava outra vez para mim.

– Você não usa abotoaduras.

– Porque não sei usá-las, e não porque não sou refinado o suficiente – insisti.

Will deu risada, beijou meu nariz.

– Você sem dúvida é refinado o suficiente. Mas não deveria se preocupar com coisas como abotoaduras ou tirar o lixo ou consertar a lixeira.

Meus olhos se arregalaram de alegria.

– Você consertou a lixeira?

– Estava cansado de vê-lo enfiando as cascas de cenoura pelo ralo, amor. Foi por isso que consertei.

Estendi a mão e, com delicadeza, puxei seus cabelos. Quando é que eu poderia imaginar que um dia ficaria contente ao conversar sobre essas coisinhas da casa?

– Eu te amo.

– Eu também te amo. – Ele olhou para mim, franziu o cenho. – Você quer que eu abra a caixa?

Olhei para a caixinha na minha mão, entre nossos corpos. Na parte de cima havia uma única palavra escrita em dourado: *Cartier*.

– Brincos? – sussurrei.

Ele negou com a cabeça.

– Suas orelhas não são furadas.

– Fones de ouvido chiques?

– Da Cartier?

Virando-me outra vez para olhar seu rosto, senti um aperto de emoção em meus olhos, um nó pesado em minha garganta. Porra!

– Tem certeza disso? – perguntou. – Eu sou barulhento e bagunceiro e enfio cascas de cenoura no ralo.

Deslizando o dedo por meu lábio inferior, ele balançou a cabeça.

– Não posso perguntar se você não abrir o presente, G.

A caixa se abriu com um leve estalo. Ali dentro havia uma pesada faixa de titânio.

– George – ele falou baixinho antes de me beijar mais uma vez. Senti seu corpo tremendo. Percebi que minha mão também tremia.

– Sim?

– Casa comigo?

Tive que engolir em seco três vezes antes de a resposta sair em voz alta.

Ainda assim, o meu "sim" rouco se transformou no "sim?" alegre dele, que se transformou em centenas de beijos rápidos e um último demorado, que durou todo o tempo enquanto ele se posicionava em cima de mim, seus sopros de fôlego aquecidos atingindo meu pescoço.

Eu poderia ficar aqui, com ele, para sempre.

Trocaria minha bolsa carteiro da Gucci por ficar na cama pelo menos mais uma hora.

Mas a maldita Sara, a Monstra Grávida, tinha ligado cinco vezes enquanto meu namorado – *noivo!* – me fodia até me levar ao delírio, e cinco ligações não atendidas significavam que ela realmente tinha algo importante a dizer.

Com o rosto de Will descansando preguiçosamente em meu peito, levei o telefone ao ouvido e ouvi a mensagem de voz mais recente de Sara.

– Will.

Ele beijou meu peito, perto do coração.

– Hum?

– Temos que ir a um lugar, amor.

CRETINA IRRESISTÍVEL

CHLOE

Cerca de nove meses atrás

Bennett veio por trás de mim, apoiou suas mãos firmemente em meu quadril.

– Vou dar um pulinho no bar. Quer alguma coisa?

Virei-me para ele, sorrindo enquanto seus lábios deslizavam por meu maxilar, chegando ao pescoço.

– Obrigada. Eu estou bem.

Afastando-se, ele me olhou.

– Tem certeza? Dor de cabeça, ainda?

Pisquei e virei o rosto. Não queria que ele enxergasse a mentira em meu olhar.

– Um pouquinho.

Bennett parou antes de se virar para mim e erguer meu rosto para me olhar nos olhos.

– Quer um copo de água ou alguma outra coisa? – perguntou.

– Água, pode ser. Obrigada, amor.

Dez minutos depois, ele me encontrou perto da pista de dança, impressionado com os recém-casados. Eu não os conhecia muito bem. Eram parceiros de negócios, mas alguma coisa naquela alegria deles, na forma como eles pareciam estar à beira de uma aventura, zumbia persistentemente em meu sangue.

– Você está bem? – Ele veio por trás outra vez, beijando meu pescoço.

Assenti, aceitando o copo de água e apontando com o queixo para o casal dançando no meio da pista de dança a céu aberto.

– Só estou observando os dois.

– Foi um belo casamento.

Inclinei-me ao seu lado, sentindo meu corpo se acalmar com sua presença calorosa e sólida. Bennett tomou um gole de sua bebida e me abraçou na altura da cintura.

– Ela está linda – comentei, olhando para a noiva e seu belíssimo vestido pérola.

– Ele sem dúvida concorda – Bennett falou, erguendo o queixo. – Quase comeu o rosto dela quando se beijaram.

Virei-me para encará-lo. O cheiro do uísque me deixava levemente enjoada.

– Tire isso daqui – ordenei. – E dance comigo.

Em tom de brincadeira, Bennett fez beicinho.

– Mas eu acabei de pegar a bebida.

– Prefere ficar com ela?

Ele deixou o copo em uma mesa ali perto antes de entrelaçar seus dedos aos meus e me guiar até a pista de dança.

Com as mãos na minha lombar, ele me puxou para perto e – santo Deus! – percebi que alguma espécie de instinto o fez me puxar com cuidado, sem aquele jeito imperativo tão típico de Bennett Ryan.

– Você está quieta esta noite – falou, inclinando-se para beijar meu ombro nu. – Tem certeza de que está tudo bem?

Assenti, encostando minha maçã do rosto em sua clavícula.

– Só estou absorvendo e processando tudo. E me sinto tão feliz que eu poderia explodir.

– Você está *feliz*? A gente não brigou nenhuma vez hoje à noite. Eu jamais esperaria ouvir isso.

Dei risada, inclinando meu rosto para olhá-lo.

– Amor?

– Oi?

Senti meu estômago saltar no peito, o coração bater na garganta. Queria contar para ele mais tarde, mas não conseguia mais esperar. As palavras não cabiam dentro de mim.

– Você vai ser papai.

Os braços de Bennett se enrijeceram, seus pés ficaram paralisados antes de um estremecimento insano tomar conta de todo o seu corpo. Então, deu um passo para trás. A emoção que vi nos olhos do meu marido era completamente inédita.

Eu jamais o tinha visto tão impressionado assim.

– O que foi que você acabou de dizer?

As palavras saíram um pouco altas demais, apertadas demais, como se uma marreta tivesse caído em cima de um tambor.

– Eu disse que você vai ser papai.

Ele ergueu a mão trêmula e a pressionou contra a boca.

– Você tem certeza disso? – perguntou com a boca ainda atrás dos dedos.

E seus olhos começaram a brilhar.

Confirmei com a cabeça, sentindo meus olhos também arderem. Sua reação – seu alívio e alegria e ternura – quase fez meus joelhos cederem.

– Eu tenho certeza.

Depois de dois anos tentando e sem conseguir engravidar. Meses de cálculo e planejamento. Duas tentativas fracassadas de fertilização *in vitro*. E aqui estávamos nós, um mês depois de nossa decisão mútua de deixar de tentar por um tempo. E eu estava grávida.

Bennett deslizou a mão pelo rosto antes de segurar meu cotovelo e me puxar para fora da pista de dança, na sombra de uma das tendas.

– Como foi que você... Quando?

– Fiz o teste hoje de manhã. – Mordisquei o lábio. – Bem, para dizer a verdade, fiz mais ou menos dezessete testes hoje de manhã.

Quero dizer, ainda está no comecinho da gravidez. Minha menstruação estava só alguns dias atrasada.

– Chlo! – Ele me encarou, abrindo um sorriso enorme. – Nós vamos ser pais *terríveis*.

Rindo, concordei:

– Os piores.

– A gente não sabe o que é falhar – falou, seus olhos buscando maniacamente os meus. – Quer dizer, acho que seremos os mais nervosos...

– Rigorosos...

– Autoritários...

– Neuróticos...

– Não – ele rebateu, balançando a cabeça, outra vez com aquele brilho nos olhos. – Você vai ser perfeita. Vai me surpreender pra caralho.

Sua boca cobriu a minha, aberta, sondando, a língua deslizando por meus lábios, por meus dentes, chegando mais fundo. Segurei uma mecha daqueles cabelos grossos, perfeitamente bagunçados, puxando-o mais para perto, quase desesperada.

Puta merda.

Eu estou grávida.

Vou ter um filho desse filho da mãe.

Epílogo
CRETINO IRRESISTÍVEL

BENNETT

Esta noite

Pelo retrovisor, nosso motorista me olhou nos olhos, desculpando-se em silêncio pelo fato de estarmos parando em
todos
os
faróis
vermelhos
de
Manhattan.

– Hhhe-hhhe-hhhe – arrisquei, lembrando Chloe de respirar da forma que tínhamos aprendido.

Os olhos dela estavam arregalados, fixos nos meus como se buscassem alguma coisa enquanto ela assentia freneticamente, como se eu fosse o colete salva-vidas jogado nesse mar de uma farsa biológica que poderíamos chamar de "minha esposa dá à luz fazendo um melão passar inteiro por um canudo".

– Você enviou uma mensagem para o Max para avisar? – ela gritou, fechando os olhos bem apertados.

Vi uma gota de suor descer por sua têmpora.

– Sim.

Tenho tantas perguntas. E uma delas é: como diabos isso vai dar certo?

Diante da realidade de que uma criança gigante sairia da minha esposa, de repente passei a desconfiar de qualquer estatística sobre mulheres tentando dar à luz.

– E para Will? E Hanna?

– Sim.

Ela inclinou o corpo para a frente, deixando escapar um rosnado que se transformou em grito. E aí inspirou profundamente, berrando:

– George e Will P.?

– Sara ligou para George – expliquei. – Respire, Chlo. Preocupe-se com o que está acontecendo aqui, e não com eles.

Eu já tinha visto o corpo dela bem de perto, e já tinha visto a criança em um ultrassom 4-D. Não sou nenhum especialista em física, mas não vejo como isso pode dar certo.

– Tem certeza de que não quer uma epidural assim que chegarmos ao hospital? – perguntei enquanto o carro passava por um buraco na rua e Chloe gritava de dor.

Ela negou rapidamente com a cabeça e continuou sua respiração soprada. Sua mão era como um torno em volta da minha.

– Não. Não. Não. Não.

A palavra se tornou uma espécie de cântico religioso e eu pensei em nossa burocracia e nas procurações que tínhamos assinado. Havia ali alguma cláusula dizendo que eu podia tomar todas as decisões ligadas à nossa saúde no caso de um parto aterrorizante? Será que eu podia escolher uma cesariana por ela assim que chegássemos ao hospital, para poupá-la da dor que ela estava prestes a enfrentar?

– Boa respiração, Chlo. Você é perfeita.

– Como você consegue ficar tão calmo? – ela perguntou sem fôlego, com a testa úmida de suor. – Você está calmo demais e isso está me deixando louca.

Dei um risinho torto.

– É porque é você que está sentindo dor.

E eu não tenho a menor ideia do que fazer.

– Eu te amo – ela arfou.

E parecia prestes a morrer.

– Também te amo.

Isso é normal?

Minha mão coçava para ir até o bolso, puxar o celular e ligar para Max.

O que significa o fato de ela gritar a cada minuto? Ainda meia hora atrás, suas contrações aconteciam a cada mais ou menos dez minutos. Será que Chloe conseguiria quebrar a minha mão com seu aperto? Ela disse que está com fome, mas a médica pediu que eu não lhe desse nada para comer... De qualquer forma, estou com um pouco de medo dela. Ela está sorrindo... mas está medonha.

Outra contração veio e ela apertou um pouco mais. Eu a deixaria quebrar todos os ossos da minha mão se assim fosse preciso, mas dessa vez foi difícil estimar quanto tempo a contração durou.

Suspirando, Chloe sussurrou para mim, ou para si mesma:

– Está tudo bem. Eu estou bem. Eu estou bem. Eu estou bem. Eu estou bem. Eu estou bem.

Eu a vi lutando em meio a tudo aquilo, e enfim seu rosto relaxou e ela soltou o corpo outra vez no banco do carro, as mãos segurando a barriga.

Instintivamente senti que Chloe devia estar me lançando olhares fulminantes ou querendo brigar comigo para se distrair ou fazer alguma coisa - qualquer coisa - que a levasse a parecer uma insuportável. Mas ela continuava me tratando tão bem.

Eu apreciava a atitude, mas não sabia se gostava.

Eu curtia as grosserias.

Tinha me apaixonado por aquela casca-grossa.

E me perguntava, pela milésima vez, se alguma coisa havia se transformado para sempre nela. E caso tivesse, como eu me sentiria com relação a isso?

Sua respiração deu sinais de mais uma contração.

– Estamos quase chegando, Chlo. Quase chegando.

Ela apertou o maxilar, conseguindo pronunciar um "obrigada, amor" com bastante dificuldade.

Respirei fundo, tentando me manter calmo diante do forte desejo de Chloe de se manter doce e gentil e razoável.

Ouvi-a inalando.

E depois ouvi as palavras raspando sua garganta:

– SERÁ QUE VOCÊ PODE FAZER A GENTE CHEGAR À PORRA DO HOSPITAL AINDA HOJE, KYLE? PUTA QUE PARIU!

A última palavra se transformou em um demorando choramingo e, na frente do carro, o motorista esboçou uma risada, olhando pelo retrovisor para mim. Era como furar uma bexiga, o jeito que toda a tensão parecia deixar o meu corpo.

– É isso aí, Chlo – falei, rindo. – Puta que pariu, Kyle!

Ele pisou no acelerador, manobrando o carro e invadindo com duas rodas a calçada – onde um cara havia parado de bicicleta para brincar com o celular. Descendo a mão na buzina, Kyle enfiou a cabeça para fora da janela e berrou:

– Estou com uma mulher quase parindo aqui! Saiam da frente, seus idiotas.

Chloe fechou a janela e inclinou o corpo para fora.

– Saiam da frente, porra! Vazem, caralho!

Os carros à nossa volta começaram a buzinar e alguns chegaram a ir para o lado para abrir caminho e nos permitir avançar pela Madison Avenue.

Kyle sorriu ao conseguir deixar para trás a área congestionada e poder pisar com entusiasmo no acelerador.

Estendi a mão e a descansei no braço de Chloe.

– Só faltam cinco...

Irresistíveis

– Não toque em mim – ela rosnou na melhor imitação que já vi do demônio de *O Exorcista*. Em seguida, esticou o braço e agarrou de surpresa meu colarinho. – Foi você quem fez isso.

Sorri, embasbacado e muito aliviado.

– Pode apostar o seu rabo que fui eu.

– Você se acha muito engraçadinho? – perguntou em um chiado. – Acha que essa ideia foi boa?

A felicidade se espalhou por mim.

– Sim. Sim, acho que foi.

– Isso aqui vai me rasgar – Chloe gemeu. – E você vai ter que arrastar a sua esposa rachada no meio por aí, em uma cadeira de rodas, pelo resto da minha vida porque minhas pernas não vão trabalhar juntas porque MINHA ESPINHA FOI ESTOURADA POR ESSE MALDITO BEBÊ QUE ESTÁ SAINDO PELA MINHA VAGINA DENTRO DE UMA PORRA DE CARRO, BENNETT! COMO VOCÊ ESPERA QUE EU VENDA A CONTA DE LANGLEY DESSE JEITO?! – Agora Chloe soltou a minha camisa e empurrou o corpo para a frente, batendo no banco do motorista. – KYLE, VOCÊ ESTÁ ME OUVINDO?

– Sim, senhora Ryan.

– É senhora Mills para você de agora em diante. e o acelerador é esse pedal aí à sua direita... você está levando a gente pro hospital no carro dos Flintstones?

Kyle gargalhou, ultrapassando um caminhão de entrega. Chloe segurou minha mão, amassando meus ossos.

– Não quero machucar você – gemeu.

– Está tudo bem.

Ela se virou e me encarou com dentes apertados.

– Mas agora eu quero matar você.

– Eu sei, amor, eu sei.

– Não me chame de "amor", porra. Você não tem ideia da dor que eu estou sentindo. Da próxima vez, você tem o filho e eu fico sentada aí, rindo de ver você sendo rachado ao meio.

Inclinei-me e beijei sua testa suada.

- Não estou rindo da sua situação. Eu só senti saudades de você desse jeito. Já estamos chegando.

—

O plano de Chloe fora muito específico: nem pensar em epidural, nada de restrições alimentares, parto na água na suíte. Na verdade, havia três páginas de exigências nas quais ela vinha trabalhando meticulosamente ao longo das últimas semanas. Sua bolsa do hospital havia sido arrumada, desarrumada, rearrumada.

No fim das contas, nossa filha tinha duplo cordão nucal, o que significava que o cordão umbilical havia se enrolado duas vezes em seu pescoço. Não era incomum, segundo o que nos disseram. Mas, na nossa situação, não era bom sinal.

- Depois das contrações, a frequência cardíaca do bebê não volta ao normal - a doutora Bryant explicou, sua mão apoiada no ombro de Chloe e o *bipe-bipe-bipe* dos monitores ecoando à nossa volta. Ela olhou para mim, sorrindo calmamente. - Se ela já estava forçando, é melhor trabalharmos para tirar esse bebê daí o quanto antes. Mas a criança ainda está alta demais. - E olhou para Chloe. - Você só está com cinco centímetros.

- Poderia verificar outra vez? - Chloe gemeu. - Porque, falando sério, a sensação é de vinte centímetros.

- Eu sei - a médica falou, rindo. - E sei o quão fixa é a sua ideia de ter um parto natural, mas, meus caros, essa é uma das situações em que vou ter que vetar a ideia.

Chloe sequer respondeu antes de ser levada para a sala de cirurgia.

Sedada e chateada por ver seu plano perfeito se despedaçar, ela me olhou com lágrimas nos olhos, os cabelos presos em uma touca amarela esterilizada, o rosto inchado e sem maquiagem.

Irresistíveis

E, sinceramente, ela nunca estivera tão linda.

– Não importa como vai acontecer – lembrei. – No fim, teremos a nossa criança.

Ela assentiu.

– Eu sei.

Olhei surpreso para ela.

– Você está bem?

– Estou decepcionada – respondeu, engolindo uma onda de emoções. – Mas eu quero que tudo fique bem.

– Vai ficar – garantiu a doutora Bryant com suas mãos esterilizadas, cobertas por luvas, e um sorriso atrás da máscara. – Prontos?

A enfermeira fechou a cortina, escondendo metade do corpo de Chloe. Fiquei próximo à sua cabeça, usando um avental cirúrgico, touca e luvas.

Eu sabia que a doutora Bryant começaria a trabalhar imediatamente. Sabia, pelo menos em teoria, o que estava acontecendo do outro lado da barreira amarela. Havia antissépticos e bisturis e toda sorte de instrumentos cirúrgicos. Eu sabia que já tinham começado, sabia que estavam se apressando.

Mas não havia qualquer sinal de dor no rosto de Chloe. Ela simplesmente me olhava.

– Eu te amo.

Sorrindo, respondi:

– Eu também te amo.

– Você está decepcionado? – ela quis saber.

– Nem um pouco.

– Não é estranho? – sussurrou.

Dei risada, beijando seu nariz.

– Esse momento... todo?

Ela assentiu e me deu um sorriso vacilante.

– Um pouquinho.

– Vamos lá – anunciou a doutora Bryant antes de murmurar para a enfermeira: – Pegue aquele instrumento...

Os olhos de Chloe ficaram marejados e ela mordiscou o lábio com expectativa.

– Parabéns, Chloe – a doutora Bryant anunciou, e um choro cortante se espalhou à nossa volta. – Bennett, vocês têm uma filha.

E aí peguei nos braços aquela bolinha quentinha e chorando e, com mãos trêmulas, coloquei-a sobre o peito de Chloe.

Ela tinha um narizinho minúsculo, a boquinha também, mas os olhos estavam arregalados.

Era mais linda do que qualquer coisa que eu já conhecera.

– Oi – Chloe sussurrou, olhando para ela. Por fim, suas lágrimas rolaram. – Estamos te esperando há tanto tempo!

Em um instante, meu mundo se desintegrou e se reconstruiu na forma de uma fortaleza capaz de proteger minhas duas garotas.

—

– Ah, porr... poxa! – Chloe resmungou, rindo. – Não era para isso ser instintivo?

Apoiei a cabeça de nossa filha em minha mão e tentei encontrar o ângulo certo.

– Pensei que fosse, mas...

– É tipo, eu sou a vaca, você é o fazendeiro e ela é o balde – Chloe falou.

A enfermeira entrou, verificou a incisão da mamãe, verificou algumas informações e nos ajudou a encontrar uma posição para o bebê.

– Já pensaram em um nome para a garotinha?

– Não – respondemos ao mesmo tempo.

A enfermeira colocou nosso arquivo de informações outra vez na prateleira na parede.

Irresistíveis

– Tem todo um exército de pessoas esperando para vê-los. Querem que eu os deixe entrar?

Chloe assentiu, ajeitando seu avental.

Pude ouvi-los atravessando o corredor. A risada de George, a voz grossa de Will Sumner, o sotaque de Max e os gritos animados de todos os três filhos de Stella. E eles estavam aqui, espalhando-se pelo quarto, um emaranhado de corpos e presentes e palavras. Onze rostos sorridentes. Pelo menos oito pares de olhos marejados.

Max se aproximou imediatamente. Ele era como um ímã atraído por crianças. Olhando para nossa filha, perguntou:

– Posso?

Com os olhos brilhando, Chloe a colocou nos braços dele.

– Já escolheram o nome? – Sara perguntou, olhando para o bebê no braço do marido.

– Maisie – Chloe respondeu ao mesmo tempo que eu dizia:

– Lillian.

– Ótimo – George comentou, unindo-se a eles para acariciar minha filha.

Olhei para Annabel e Iris, paradas tão quietinhas ao lado de Will P., que segurava Ezra em seus braços. Lancei um sorriso para Hanna e seu Will, que analisavam a cena no quarto com um silêncio maravilhado.

Espere aí.

Onze rostos.

Will, Hanna, Max, Sara, Annabel, Iris, Ezra, Will, George...

Ergui o queixo para Jensen, que estava abraçado a Pippa em minha visão periférica.

– Parabéns ao papai e à mamãe – ele falou, sorrindo enquanto olhava em volta. – Todo mundo trouxe cobertores de bebê ou flores. A gente... ah...

– A gente trouxe álcool – Pippa terminou a frase, entregando-me uma garrafa de Patrón.

– Obrigado – agradeci, rindo enquanto atravessava o quarto para dar um aperto de mãos em Jensen e beijar o rosto de Pippa. – Vou usar as duas coisas. Então, aí... – Apontei com o dedo para o espaço entre eles. – Tem alguma coisa aí.

Ele assentiu.

– Definitivamente tem alguma coisa.

Hanna deu um soco no braço dele.

– Eles não tinham me contado que havia uma coisa ali.

– Eu ia contar – seu irmão afirmou, rindo. – Mas aí vocês vieram para Nova York, então nós os seguimos até aqui!

– Sinto que devo me desculpar – Chloe falou do outro lado da sala.

O grupo a encarou, todos franzindo o cenho em meio ao silêncio confuso.

– Ora, vão se *terrar*, seus *fusões* – ela rosnou. – Sinto que devia, mas não vou me desculpar.

– Ah, graças a Deus – Max falou exasperado.

– A insuportável está de volta! – George completou.

– E você está demitido – Chloe berrou.

– Ele trabalha *para mim*, querida – Sara a lembrou, repetindo aquele refrão que todos já tínhamos ouvido uma centena de vezes.

– E seja gentil – George falou a Chloe, estendendo a mão esquerda e expondo o dedo para mostrar a aliança. – Ou você não vai ser minha monstra de honra.

– Sua vaca madrinha? – ela perguntou em um suspiro de reverência.

– Bem ao meu lado – George falou. – Para me lembrar que eu não mereço ficar com ele.

Aparentemente minha esposa não tinha se recuperado totalmente de seu estado emocional delicado, pois ela explodiu em lágrimas ao ver aquilo, acenando para George se aproximar para ela poder abraçá-lo.

– Você também, Will Perkins – Chloe chamou, estendendo o braço livre na mão dele.

Irresistíveis

Em tom de brincadeira, Will Sumner apoiou o corpo na parede, como se a usasse para se equilibrar enquanto o mundo se abria e nos engolia todos. Todavia, o quarto de fato continuava totalmente tranquilo. Chloe abraçou George, George abraçou Chloe e – para a surpresa e alívio de todos – o apocalipse ainda não tinha chegado.

Observei a minha esposa ali, deitada na cama, sorrindo de uma orelha a outra e conversando com os dois homens sobre o casamento iminente e as aventuras da chegada de nossa filha. Sara olhava atentamente para o bebê nos braços de Max e eu me perguntava o quão desesperada ela estaria para chegar ao fim dessa gravidez, que era claramente a mais desafiadora de sua vida. Will e Hanna se agacharam no chão para ouvir Annabel contar uma história detalhada de uma borboleta que vivia nas flores que eles tinham trazido. O celular de Pippa tocou e ela e Jensen se aproximaram de Max e Sara, permitindo que Ruby e Niall conhecessem minha filha pelo FaceTime.

Meus pais invadiram o quarto, Henry trazendo sua família, e mesmo a suíte enorme pareceu pequena demais para abrigar todos nós. Eles se movimentavam pelo quarto em um mar de abraços, alternando-se para segurar minha filha, cheirá-la, declarar que era o bebê mais lindo que já tinham visto.

Os dois filhos de meu irmão se sentaram no chão com os filhos de Max e Sara, e eles agora brincavam com os arranjos de flores. Em uma situação normal, eu os encorajaria a evitar que pétalas caíssem no chão e fossem pisoteadas, mas... estranhamente, essa rigidez obsessiva havia ficado para trás. "Rigidez" era uma coisa menor, não valia a pena perder tempo com ela. As batalhas que valiam a pena enfrentar eram aquelas para proteger minha família, a batalha enorme de trabalhar diariamente para criar um mundo melhor para todo mundo. As batalhas que valiam a pena enfrentar eram aquelas que estavam em meus ombros, agora como pai de uma filha – ou seja, criá-la para crescer sendo confiante e forte e segura.

Zoem pra caralho essas flores, crianças.

– Vocês já a mimaram demais, pessoal – falei, atravessando a multidão e segurando minha filha nos braços. Ela era um paradoxo tão incrível, uma mistura de pequeno e substancial, com seus punhos pequeninos apertados e abertos, com olhos atentos. Sentei-me na cama ao lado de Chloe, apoiando-me nos travesseiros e sentindo sua cabeça descansar em meu ombro. Olhamos, apaixonados, para a nossa menininha.

– Maisie – ela sussurrou.

– Lillian.

Chloe virou o rosto para mim e balançou a cabeça negativamente, mantendo o maxilar apertado.

– Maisie.

O que eu podia fazer senão beijá-la?

– Para ter a melhor mulher do mundo – sussurrei –, eu tive que começar do básico: amá-la como ela é, não como eu queria que ela fosse. Tornar-me a pessoa sem a qual ela não consegue viver. Ser seu braço direito. Descubra do que ela precisa e ela não vai desistir de você, por nada nesse mundo.

Eu tinha me tornado a pessoa sem a qual ela não conseguia viver. Tinha me tornado seu braço direito... e o pai de sua filha. E, do jeito que as coisas aconteceram, todos os dias eu era o cretino mais sortudo do mundo.

Agradecimentos

Com esta obra, o último volume da série *Cretino Irresistível*, pensamos em encomendar um conjunto de bótons para levar às nossas sessões de autógrafos, um design para cada personagem. Os leitores poderiam escolher os personagens, homens e mulheres, com os quais mais se identificassem. Acreditamos que essa seria uma tarefa fácil – uma coisinha divertida. Mas... estávamos erradas.

Para começar, *minha nossa!*, são muitos bótons. Mas, mais importante, nossas expectativas de que os leitores nos abordariam e escolheriam facilmente seu personagem favorito enquanto conversávamos e autografávamos seus livros e depois seguiriam suas vidas se provaram maravilhosa e surpreendentemente incorretas.

Não esperávamos que nossos leitores tivessem tanta dificuldade com suas escolhas. Não esperávamos que cada um que chegasse à nossa mesa enxergaria um pouquinho de si próprio em todos os personagens. Talvez ansiassem pelo fogo de Chloe, mas se identificassem mais naturalmente com a força silenciosa de Sara. Talvez gostassem da ideia de um Bennett, mas estivessem felizes em um casamento com um Niall. Foi a mais maravilhosa das revelações, ter criado um conjunto de personagens com os quais tantas pessoas se identificavam. Conseguimos atingir nosso objetivo? Criamos mulheres tão distintas quanto as mulheres fortes e cheias de vida que as leram? Esperamos que sim. Mas sabemos que podemos fazer melhor do que isso. Podemos ser mais diversificadas. Podemos capturar melhor o mundo em que vivemos. Todos vocês são irresistíveis e cada um que nos contou do que gostou e o que gostaria de ver nos próximos livros fez cada segundo dos momentos mais complicados da escrita valer a pena.

Nunca deixem de ser abertos, sinceros e famintos como vocês são. Nós também somos assim na posição de leitoras. E é justamente por isso que amamos vocês.

E nada disso teria acontecido sem algumas pessoas muito importantes. Estaríamos perdidas sem a nossa agente, Holly Root, que nos contratou por um livro que acabou não sendo comprado por nenhuma editora, mas que, mesmo assim, enxergou o nosso potencial e nos manteve em seu radar. Essa é a prova de que você nunca sabe qual dos seus livros vai decolar, então, para todos os escritores que estão por aí: continuem escrevendo. Deem início ao próximo projeto. Livrem-se desses pesos, e usem as palavras para isso.

Nosso incrível editor, Adam Wilson, tem os mais longos, mais brilhantes e mais exuberantes cabelos da indústria e ama a gente, mesmo sabendo que a gente vai pedir para trançá-los. Já publicamos quatorze livros juntos e todos os seus *feedbacks* nos fazem melhorar. Obrigada por sua paciência e por tudo o que você faz.

Kristin Dwyer é a melhor assessora de imprensa do mundo. Ponto final. Obrigada por ser nossa Preciosa e trabalhar duro para que os nossos livros cheguem ao mundo. Você sempre faz um ótimo trabalho, colega.

Amamos de verdade a nossa família na Simon & Schuster/Gallery: Jen Bergstrom, Louise Burke, Carolyn Reidy, Paul O'Halloran, Liz Psaltis, Diana Velasquez, Melanie Mitzman, Theresa Dooley, a incansável equipe de vendas que trabalha para fazer nossas obras chegarem às prateleiras (amamos todos e cada um de vocês) e todos aqueles que prestam atenção aos detalhes ou transportam caixas de livros ou que em algum momento tiveram de digitar as palavras "Christina Lauren". Esperamos que vocês coloquem coraçõezinhos no pontinho dos *is* de "Christina". Temos muita sorte por poder contar com todos vocês.

Escrever livros é muito difícil, e deve ser ainda mais complicado apontar o que há de errado neles. Obrigada a nossas primeiras leitoras, Erin Service, Tonya Irving e Sarah J. Maas. A Lauren "Drew" Suero, que esteve lá desde o primeiro momento e mantém nossas redes sociais funcionando. Heather Carrier, quando pedimos uma coisa brilhante e linda e "ah, será que você consegue para amanhã?", você nunca pensa duas vezes (ou talvez pense, mas a gente não fica sabendo porque nos falamos por e-mail, hahaha!). Obrigada a todos os blogueiros que escrevem resenhas, a todos que postam no Twitter, Instagram ou simplesmente recomendam os livros a um amigo. Vocês dedicam seus corações e seu precioso tempo aos nossos livros para fazê-los chegar a novos leitores e, sem vocês, não passaríamos de duas garotas com computadores.

Às nossas famílias, que nos dão liberdade e nos animam, que nos amam apesar das loucuras de prazos, viagens e palitinhos de peixe e ervilhas congeladas no jantar: vocês sempre dizem os "eu te amo" mais perfeitos justamente quando precisamos ouvi-los. Sem vocês, jamais conseguiríamos ter feito o que fizemos.

E aos leitores mais divertidos e mais generosos do mundo, mesmo aqueles que nunca conhecemos ou nunca vemos no Twitter ou naquele tal de Facebook: obrigada por nos deixar entrar em suas casas e corações. Obrigada a todos aqueles que nos acompanharam nessa jornada e que amam nossos personagens tanto quanto nós os amamos. Temos muitas outras histórias por vir e mal podemos esperar para dividi-las com vocês.

(PS: Bennett ainda está te esperando no escritório dele.)

Lo, você é a melhor amiga que já tive. Viajamos o mundo e você ainda dá conta de suportar meus roncos; quase fomos presas juntas, fizemos tatuagens iguais e tiramos fotos no camarim da La Perla só para ver se era mesmo possível. Mal posso esperar para descobrir qual será a nossa próxima loucura. ~ PQ

PQ, vejo os livros na prateleira e ainda não consigo acreditar que temos a chance de fazer *isso, juntas,* todos os dias. Sou a Lolo mais sortuda do mundo. Te encontro no aeroporto? ~ Lo

Volume 1
Cretino Irresistível

Volume 3
Estranho Irresistível

Volume 2
Cretina Irresistível

Volume 4
Paixão Irresistível

Volume 5
Playboy Irresistível

Volume 6
Noiva Irresistível

Volume 7
Sempre Irresistível

Volume 9
Chefe Irresistível

Volume 8
Surpresa Irresistível

Volume 10
Irresistíveis

Volume 1
Sedutor

Volume 2
Indecente

Volume 4
Mentiroso

Volume 3
Misterioso